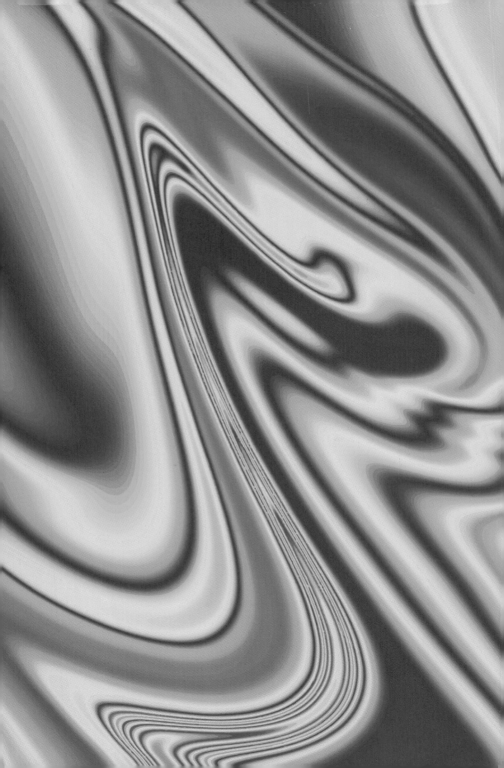

Ken Liu Anthology

어딘가 상상도 못 할 곳에,
수많은 순록 떼가

KEN LIU: Anthology

켄 리우 소설
장성주 엮고 옮김

어딘가　상상도 못 할 곳에,
수많은 순록 떼가

Ken Liu Anthology

황금가지

차례

저자 머리말

내가 쓰는 글은 과학 소설이나 판타지 소설로 분류되곤 한다(가끔은 '사변 소설(speculative fiction)'이라는 장르에 들어갈 때도 있다.). 꼬리표 달기를 좋아하는 편은 아니지만 그런 장르가 나에게 어떤 의미를 지니는지, 더 나아가 내가 상상하는 글쓰기의 미학이 어떤 것인지에 관하여 짧게나마 밝히는 것은 의미 있는 일이라는 생각이 든다.

나는 과학 소설이 미래를 예견하는 일과 연관이 깊다고 생각하지 않는다. 그쪽 분야에서 과학 소설은 이제껏 별 신통한 성적을 거두지 못했다. 어쩌면 어떤 작가들은 자신이 쓴 소설 속에서 정말로 미래를 예견한다고 생각하는지도 모르지만, 그런 것은 나의 관심사나 목적이었던 적이 한 번도 없다. 나는 심지어 (표현 자체가 변명처럼 들리는) '도래할지도 모르는 미래'에 관해서도 쓰지 않는다. 내가 쓰는 이야기는 대부분 의도적으로, 그것도 아주 적극적으로, '도래할 리 없는' 미래에 관한 것들이다.

내가 생각하기에 과학 소설이 하는 일, 또는 적어도 내가 이야기

속에서 하고자 하는 일은, 오히려 희망과 공포로 가득한 지금 이 순간의 현실에 확대경을 가져다 대는 것이다. 최신 경향을 토대로 추론하고 점차 흔해지는 패턴들을 상술하고 아직 덜 여문 혁신의 논리적 귀결을 제시함으로써, SF는 우리 자신과 우리 사회의 면면을 선명하게 드러내고 강조하는 고성능 필터로서 기능한다. 그것도 좋은 면과 나쁜 면, 양쪽 모두를. 이른바 '사실주의' 문학에서라면 너무 당연하거나 너무 모호해서 알아보기 힘든 것들이 사변과 상상의 세계에서는 명확하고 구체적으로 변한다.

이는 바꾸어 말하면 기술 자체와 그리 다르지 않다. 기술의 본분은 인간 본성의 잠재력을 남김없이 증폭하는 것이므로.

최근 몇 년 동안 내가 천착한 중요한 주제 하나는 격렬한 변화 앞에서 인간으로 남고자 부단히 애쓰는 우리 자신의 모습이었다. 현대성은 전통을 전복하고 세상의 크기를 인지하는 인간의 감각을 뒤엎었으며, 이로써 몇 세대가 흘러도 또렷이 파악하기 힘들 만큼 커다란 영향력으로 우리 삶을 바꾸어 놓았다. 오늘날 개개인은 고대의 어떤 현자보다도 더 많은 정보와 지식에 접근할 수 있고, 그 결과 우리는 소비와 여가, 직업, 결혼, 자기 정체성의 선택이라는 측면에서 과거의 어느 세대보다 더 큰 자유를 누린다. 그런데 우리는 과연 더 자유롭다고, 더 현명하다고, 더 인간적이라고 느낄까? 아니면 역설적이게도 과거보다 더 혼란스럽고 더 답답하다고, 더 불안하다고, 그러면서도 덜 인간적이라고 느낄까?

현대성이라는 말에서는 어딘가 '동떨어진' 느낌이 난다.

그러한 까닭에 나는 이야기에서 의식 업로드나 싱귤래리티

(Singularity, 특이점), 포스트 휴머니즘 같은 소재를 많이 다룬다. 그러나 핵심만 놓고 보면 이러한 이야기들은 모두 같은 질문을 던진다. 지난날의 지혜가 설득력을 잃은 것처럼 느껴지는 시대에 인간으로 산다는 것은 무엇을 의미하는가? 앞선 이들은 상상도 못 했던 갖가지 선택과 직면한 시대에 한 개인이 만족스러운 삶을 살려면 어떻게 해야 하는가? 세상 만물이 변하는 것처럼 보이는 시대에 변하지 말아야 할/ 변하지 않아도 되는/ 결코 변하지 않을 것은 무엇인가? 전통과 정체성, 문화, 가족, 사랑(이 경우에는 다양한 형태를 모두 망라하여) 같은 것들의 가치는 무엇인가? 아니면 우리 발밑의 세상이 흔들리면서 그런 것들의 의미 자체도 변해 가는가?

내가 쓰는 이야기가 이러한 질문의 답을 제시하는 경우는 드물다. 오히려 그 이야기들은 등장인물이 불완전한 방법을 통해서라도 살아남아서 꿈꾸고자 분투하는 모습을 보여 주며, 그러한 인물이 자유자재로 이용할 수 있는 가장 강력한 도구는 다름 아닌 이야기 짓기이다.

내가 보기에 우리 인간이라는 종(種)은 기본적으로 이야기를 통해 세계를 이해하도록 진화했다. 나는 법학 교육을 받고 변호사로 일해 온 까닭에 사실과 숫자가 인간을 설득하지 못하는 것을 이제껏 눈앞에서 생생하게 지켜보았다. 그것은 오로지 이야기만이 할 수 있는 일이다.

모든 나라와 문화권, 도시, 마을, 직업군, 가족, 심지어 한 개인에게조차도 기원 설화라는 것이 있다. 이 '자기 서사'는 스스로에게 자신이 누구인지, 또 어째서 지금의 자신이 되었는지를 가르쳐 준다.

우리는 '정직'이나 '공감', '관용', '애국심' 같은 말의 의미를 사전에 실린 정의를 통해 배우지 않는다. 그보다는 어린 시절에 동화를 읽으며, 또는 그런 말에 깃든 가치들을 상징하고 실천하는 영웅의 모험담을 읽으며 말의 의미를 머릿속에 새긴다(미국인이라면 '벚나무를 잘랐다고 아버지에게 솔직하게 고백한 조지 워싱턴' 이야기나 '영국군에게 사형당하는 순간에도 조국에 바칠 목숨이 하나뿐이라 애통했던 네이선 헤일' 이야기를 떠올릴 것이다.). 우리는 윤리 강령이나 두꺼운 규정집을 읽으며 도덕적인 의사나 선량한 변호사가 되는 법을 배우지 않는다. 그 대신 우리는 자신이 흠모하는 이들을 모방하고, 이로써 그들의 삶을 우리 스스로가 선택에 직면했을 때 이정표로 믿고 따르는 이야기로 변화시킨다.

이 같은 기원 설화가 하나의 민족을 아우를 때 '서사시'라는 이름이 붙는다(통념과 달리 서사시는 지금도 현재성을 띠고 엄연히 존재하는 예술 형식이다. 예컨대 뮤지컬 「해밀턴」은 아우구스투스 시대에 로마인으로 사는 것이 어떤 의미인지를 정의했던 「아이네이스」와 같은 방식으로 오늘날 미국인으로 사는 것이 어떤 의미인지 보여 주는 미국의 서사시이다.). 그러나 서사시 짓기는 개개인을 단위로 이루어지기도 한다. 우리 삶에서 가장 중요한 사건들은 적잖은 경우에 우연과 돌발의 결과이다. 누구와 결혼하는지, 어떤 직업에 종사하는지, 어떤 책과 시에서 오래가는 즐거움을 얻는지 같은 것들 말이다. 그러나 삶을 무작위적인 사건의 연속으로 이해할 수는 없기에 우리는 그것들을 하나로 엮어 이야기를 짓고, 그 이야기에 플롯을 부여하고, 스스로가 이야기 속 인물이 되어 따라갈 성장 곡선을 창조한다. 우리는 저마다 각자가 만든 장대한 판타지의 주인공이다.

그러나 이야기는 단지 우리가 살아가면서 겪는 일을 이해하도록 돕는 데 그치지 않고 우리가 시간의 강을 건너가는 동안 길잡이가 되어 주기도 한다. 지금 있는 곳이 어디인지, 또 원래 출발한 곳이 어디인지 이해할 때 우리는 비로소 목적을 지니고 앞으로 나아가며 소중히 여기는 것들을 지키고자 싸울 수 있기 때문이다. 이러한 의미에서, 나는 결국 미래에 관한 이야기를 쓰는 셈이다. 미래를 예견하는 이야기가 아니라 미래를 만들어 가는 이야기를.

삶을 이런 식으로 보는 관점에는 희망이 존재한다. 이 책에 실린 이야기들과 달리 우리 개개인의 사적 서사와 우리가 저마다 조국으로 여기는 나라의 국가 서사는 아직 완결되지 않았고, 책으로 묶이지도 않았으며, 따라서 고쳐 쓸 수 없는 것도 아니다. 앞으로의 전개는 우리 상상력의 펜촉에 달려 있다. 국가는 역사라는 덫에 붙잡혀서는 안 되며(다시 말하지만 오늘날의 격렬한 정치 대립은 대부분 누가 건국 신화를 쓸 자격을 차지할 것인가, 또 시대에 뒤처진 국가 서사를 어떤 식으로 되살릴 것인가를 둘러싸고 벌어진다. 그리고 이제껏 미래 만들기에서 배제된 이들은 바로 지금 작가 회의에 자신이 앉을 자리를 요구하는 중이다.), 개개인은 단지 경험의 총합에 머물러서는 안 된다. 누군가 내게 이야기를 통하여 전하고 싶은 것을 단 하나만 꼽으라고 하면 나는 이렇게 말하고 싶다. 우리는 결국 누구도 아닌 자기만의 이야기를 쓴다. 이로써 우리는 자기 운명의 저자가 된다.

나의 두 번째 한국어판 단편집을 출간해 준 황금가지 출판사에 감사의 말을 전한다. 내가 쓴 이야기가 새 독자들에게 닿도록 한국어로 번역해 준 번역자에게도 감사하는 바이다. 책이 나오도록 도와준 나의 저작권 대리인 대니 배러와 해더 배러에게도.

그리고 마지막으로, 제가 쓴 책을 펼쳐 주신 한국의 모든 독자 여러분, 감사합니다. 저의 이야기가 외국어로 번역되어 머나먼 나라에 사는 수많은 독자들의 손에서 또 다른 삶을 누리게 될 줄은 꿈에도 몰랐습니다. 이처럼 시간과 공간, 언어, 문화를 넘어 쓰는 이와 읽는 이가 대화를 나눌 때 우리는 비로소 가장 인간다워진다고, 저는 느낍니다. 우리는 이야기를 짓는 종(種)이니까요.

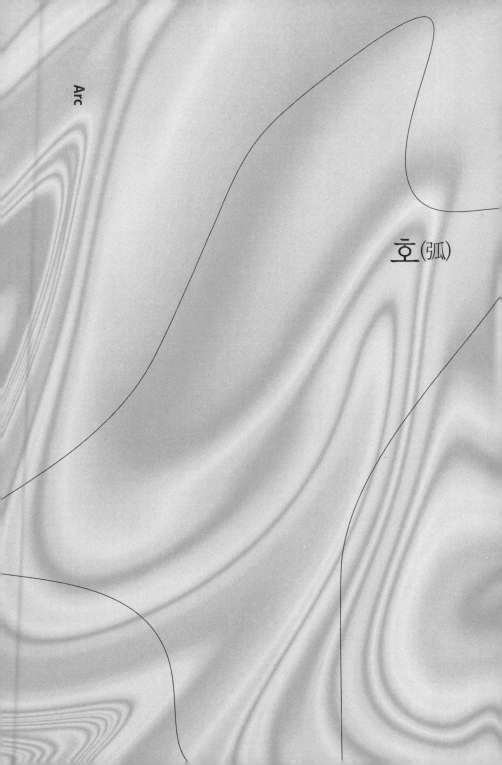

Arc

호(弧)

사건 사고가 뜸한 여름 한복판의 나날, 기삿감이 떨어진 신참 기자들은 우리 집을 찾곤 한다.

한 블록 너머 해변으로부터 시원한 바람이 불어오는 포치로 내가 기자를 안내하면, 데이비드는 레모네이드가 든 유리 주전자와 과자라면 마땅히 그래야 하듯 트랜스 지방이 잔뜩 함유된 쿠키를 한 쟁반 갖다 주고는, 빙그레 웃으며 자리를 뜬다. 가끔은 와인을 내오기도 한다. 술을 좋아할 것 같은 사람이 왔을 때에는.

집 안쪽에서 데이비드가 해변에 나갈 채비를 하느라 식구들을 불러 모으는 소리가 난다. 여름이면 우리 집은 햇살과 따뜻한 모래사장 생각에 들뜬 아이들로 가득하다. 내 자손들도 나를 닮아 바다를 좋아하니까.

기자들은 누구나 내 손부터 본다. 얼굴을 빤히 볼 엄두는 차마 나지 않아서 손을 뚫어져라 보는 것이다. 검버섯과 주름진 살갗, 관절염 때문에 부은 손목을.

하나도 아프지 않다고. 나는 그들을 안심시킨다. 보디워크스사 덕분에 나이를 곱게 먹으면서 몸 구석구석을 잘 관리한다고. 그러다 때가 되면 평온하게 잠들 거라고. 눈을 감기 전에 기나긴 황혼이 지루하게 이어지는 일은 없을 거라고.

예의를 차린 한담이 금세 끝나고 나면, 질문은 훤히 보이는 쪽으로 방향을 튼다. 혹시 후회하시지는 않나요? 나중에 결정을 번복하실 건가요? 돌이키기에는 이미 늦었다고 생각하시나요? 기자들은 자기네 머릿속에 미리 써 놓은 기사의 근거를 내 입으로 듣고 싶어 한다.

하지만 내가 살아온 이야기를 나누며 레모네이드를 마시고 쿠키를 먹다 보면 질문은 어느새 그치고 만다. 대화는 편안해지고, 무엇보다, 자유로워진다. 우리는 포치에 오래도록 머문다. 이야깃거리가 몹시도 많기에.

나중에 기자들은 내게 고맙다는 인사를 남기고 돌아가서 이런 식의 기사를 쓴다. '맏아들을 낳았을 때 레나 오젠은 열여섯 살이었다. 그로부터 100년 후, 오젠의 막내딸이 태어났다.'

그렇게 쓰면 신문은 잘 팔릴 것이다. 그러나 정작 흥미진진한 사연들은 따로 있다.

채드와 나는 나란히 해변을 걷고 있었다.

나는 늘 바다가 좋았다. 내 생각에 바다는 오래된 동시에 새로운 것이었으니까. 나는 내 방 벽에다 조그마한 불가사리를 암적색과 자주색으로 그려놓았다. 쭈글쭈글한 산호는 선명한 원색으로, 물고기 떼는 밝고 현란한 무늬로 그렸다. 교과서에서 본 폼페이의 벽화 사진처럼. 채드는 내가 예술가라고 말하곤 했다. 내가 집에 혼자 있을 때, 내 침대에 나란히 누워 자기가 가져온 아니 디프랭코나 너바나의 카세트테이프를 함께 듣는 동안에.

하지만 12월 그날, 롱아일랜드 해협의 바닷물은 미묘하게 다른 갖가지 잿빛으로 물들어 있었다. 연필로 그린 스케치처럼.

나는 웃옷이 얇아서 오들오들 떨었다. 채드는 자기 코트를 내게 벗어 주지 않았다. 여느 때하고는 다르게.

발가락 사이로 모래가 차갑게 잘박거렸고, 이따금 조가비 부스러기가 발바닥을 콕콕 찔렀다. 그런데도 물가를 따라 줄곧 맨발로 걸은 까닭은 등 뒤로 이어진 내 발자국 모양에 넋이 나가서였다. 자국 하나하나가 야트막한 굽이였다. 방금 막 파 놓은 무덤처럼.

"난 모르겠어." 웅얼거리는 내 목소리. "그런다고 뭐가 달라져?"

그럴 생각은 없었는데도, 나는 배에 손을 얹었다. 아직은 배가 평평한 느낌이 들었다. 탄탄했다.

"나 이제 막 예일 대학교 입학 허가증을 받았단 말이야."

채드가 말했다. 바다에 대고, 바람에 대고, 누구 한 명 들을 사람도 없는 쪽에 대고 한 말이었다. 나를 외면하고 서서.

"아아, 정말 미치겠네."

채드는 커다랗고 두툼한 두 손에 얼굴을 파묻었다. 내가 보기에는 모래 속에서 느긋하게 쉬는 게의 집게발을 닮은, 그래서 너무도 귀여운 손이었다. 채드가 고개를 가로저었다. 그런 식으로 고개를 가로젓는 사람은 영화 속에만 사는 줄 알았는데.

깔깔 웃고 싶었지만, 참았다. 나는 채드의 손을 잡으려고 했다. 손시리겠다. 문득 든 생각이었다. 장갑도 안 끼고 나와서는. 나도 장갑을 안 끼어서 손끝이 얼기는 마찬가지였지만, 그 정도 추위는 익숙했다. 나는 이것저것 맨손으로 만지는 것도, 손을 놀려 일하는 것도 좋아했으니까.

손을 잡아도 멍하기만 했다. 우리는 서로를 느끼지 못했다.

"내 생일에 또 미스틱에 데려가 줄 거야?"

내가 물었다. 2주 후면 내 열여섯 살 생일이었으니까.

채드는 말이 없었다.

등 뒤에 남은 발자국 모양 무덤들에 뭐가 묻혀 있는지를, 나는 그때 깨달았다.

아빠가 몇 번을 물어봐도 내 대답은 똑같았다.

"몰라요."

아빠는 나를 을러대다가, 벽에다 세간살이를 내던지다가, 내 친구들한테 전화해서 족칠 거라고까지 했다. 하지만 누가 내 친구인지는 알지 못했다. 그때껏 딸 친구들한테 관심을 가져 본 적이 한 번도 없었으니까. 채드의 이름이 들통날 염려는 없었다.

"남자애 이름을 감춰서 어쩌려는 건데?" 엄마가 나한테 물었다. "대학은 안 갈 거니? 너 이러다 앞길 다 망쳐."

채드를 만난 건 그때껏 나한테 일어난 최고의 행운이었는데, 어쩌면 나는 그 행운 속에 함정이 있을 거란 생각을 처음부터 했던 것 같기도 하다. 그 애 아버지는 유명한 변호사, 그 애 어머니는 학교 운영 위원회 임원이었다. 그 반면에 우리 집은 끼니마다 즉석식품을 데워 먹는 형편이었고.

나는 채드의 침대가 좋았다. 채드의 방처럼 널찍해서. 그 애가 데려가 준 덕분에 탤런트처럼 멋지게 빼입은 사람들이 모이는 재미난 곳도 많이 가 봤다. 그중 어떤 곳은 내 꿈속에 나오기도 했다.

채드는 마음만 먹으면 다정하게 굴 줄도 아는 애였다. 툭하면 양손으로 내 얼굴을 감싸고서 가만히 눈을 들여다보곤 했다. 나는 얼굴이 빨개졌지만 눈길을 피하지는 않았다.

"정말이야. 넌 정말 예뻐."

채드는 그렇게 말하곤 했다. 그래서 나도 그렇게 믿었다.

채드와 말 한마디 안 한 채로 몇 주가 흘렀다.

내가 입을 다문 것이 채드를 감싸는 짓이라는 생각은 들지 않았다. 어쩌면 내가 치러야 할 대가라고 생각했던 것 같다. 감히 꿈을 꾸려 한 대가. 자신이 누군지 감히 잊으려 한 대가.

아니면 단순히 채드가 그 일에 말을 보태는 게 싫었는지도 모르겠다. 내 머릿속에서 채드는 이 고결한 일에, 오래된 동시에 새롭기도 한 이 일에 관여할 권리를 이미 박탈당한 사람이었다. 나는 임신 중단이나 입양 같은 선택지도 입에 올리지 않았다. 내 몸이고, 내 삶이고, 내 아기였으니까.

"애를 한 명 더 키우기엔 네 엄마도 나도 너무 늙었다."

아빠는 선언하듯 말했다. 내가 상대 남자애의 이름을 끝까지 감추리라는 걸 눈치채고 나서.

"정 낳고 싶거든 너 혼자 알아서 해."

채드가 다른 여자애랑 졸업 무도회에 간다는 소문이 돌았다. 나는 졸업 앨범을 펼쳐 그 애의 사진을 찾아봤다.

"넌 정말 예쁘구나."

나는 사진을 보며 중얼거렸다. 내가 채드를 위해 했던 일들을 그 애도 했을지 궁금했다.

졸업 무도회가 열리던 날 저녁, 나는 캄캄해질 때까지 기다렸다가 차를 몰고 채드네 집까지 가서는, 썩은 달걀 여남은 개가 든 비닐봉지를 꺼내 들었다. 그러고는 채드 방의 캄캄한 창문을 가만히 바라보며 망설였다. 내 얼굴을 감싸던 손의 느낌이 떠올라서였다. 너무도 부드럽고 따스했다. 흔히 얘기하는 진짜 사랑의 느낌처럼.

바로 그 순간, 내 배 속에 태동이 느껴졌다. 허리를 굽히지 않으면 숨도 못 쉴 만큼 강력하게.

무더웠던 8월 어느 날, 채드의 부모님은 차 한가득 짐을 싣고 아들과 함께 예일 대학교가 있는 뉴헤이븐으로 향했다. 우리 아빠는 짐 가방 한 개를 싸서 나를 병원에 데려다주었다.

가냘프게 우는, 핏물이 흥건한 그 생물을 간호사가 포대로 꽁꽁 싸서 내밀었을 때, 나는 기다렸다. 찌릿하게 연결되는 느낌을, 모든 것이 선명해지는 감각을, 내 삶에 의미를 부여해 줄 따사로움을.

하지만 아무리 기다려도 그런 것은 찾아오지 않았다.

그저 기진맥진한 느낌뿐이었다.

"자야겠어요."

내가 쉰 목소리로 중얼거리자 간호사는 우는 어린것을 안고 자리를 떴다. 자고 일어나면 기분이 달라질 듯도 싶었다.

아니면 그 어린것이 사라지거나.

하지만 그것은 당연히 사라지지 않았다. 그것은 소리 내어 울며, 요구했다. 간호사들이 한 시간마다 교대로 나를 찾아와 엄마가 해야 할 일을 가르쳐 주며 클립보드에 끼운 문진표의 목록에 하나씩 확인 표시를 했다. 나는 번번이 고개를 끄덕였고, 그러는 동안 비명을 지르고 싶었다. 그것이 내 젖꼭지를 깨물었을 때 너무나 아팠기 때문에.

특별하다는 기분은 안 들었다. 고결한 일이라는 느낌도 없었다. 바보가 된 기분이었다. 실수한 것 같은 기분이었다.

"아기 엄마는 저 애야." 아빠는 그렇게 말하며 엄마를 데리고 갔다. "꼬박 2주 동안 당신이 봐 줬잖아, 그 정도면 과분하지. 아직 젊으니까 알아서 하라고 해. 제힘으로 하게 놔두지 않으면 평생 못해."

그 원룸은 원래 남편의 폭력을 피해 집을 나온 여성들이 지내는 곳이었지만, 아빠는 보호 시설의 책임자를 설득하여 내가 그곳에 머물게 해 주었다. 아빠가 말하길 내가 열여덟 살이 될 때까지는 매달 나와 내 아기의 식비를 줄 거라고 했다. 아빠는 매정한 사람이 아니었다. 내가 끼니를 굶는 일은 없을 터였다. 하지만 나는 내 손으로 내리찍은 발등을 지켜보며 사는 법을 배워야 할 처지였다.

기저귀에서 나는 냄새가 너무도 싫었다. 이유식 냄새도 역했다. 졸음은 늘 쏟아졌다. 나는 아기가 꼴도 보기 싫었다.

무엇보다 나 스스로가 증오스러웠다. 나는 내 아들이 미웠는데 그건 곧 내가 인간도 아니라는 뜻이었으니까.

"우리가 너를 이때껏 너무 오냐오냐하며 키웠어."

아빠는 그 말을 남기고 내 면전에서 내가 살던 집의 현관문을 닫아 버렸다. 나는 문을 두드리며 차가운 겨울 공기 속에서 애원하고 또 애원했다. 하지만 아빠는 꿈쩍도 하지 않았다.

나는 울었다. 온 우주에 나 혼자였고 내 힘으로 되는 일이라곤 우는 것뿐이었다.

아들 이름은 찰리로 지었다. 이름이 곧 힌트('찰리'와 '채드'는 둘 다 남자 이름 '찰스'의 애칭이다. ─ 옮긴이)였지만 아빠는 이제 그런 힌트에 관심을 두지 않았다.

이따금, 볕이 따뜻해서 기운이 솟는 날이면, 나는 유아차를 밀며 거리 저편의 조그마한 놀이터로 향했다. 그러고는 찰리가 낮잠을 자는 동안 볕을 쬐며 잠시 혼자 앉아 있곤 했다. 놀이터에는 다른 엄마들도 있었지만 다들 나보다 나이가 훨씬 많았다. 그 엄마들은 자기들끼리 모여 앉아 나를 빤히 보며 소곤거렸다.

그러다가 그 사람이 나타났다. 낡은 가죽 재킷을 입은, 담배 냄새가 풍기는, 햇빛을 받으면 회색 눈이 현란한 색조로 물드는데 그중 지루한 색은 단 하나도 없는, 그 남자가. 나이는 기껏해야 스물한 살쯤으로 보였지만 행동거지는 산전수전을 다 겪은 사람 같았다.

남자는 허리를 숙이고 내게 커피를 건넸다.

"이게 필요해 보여서."

내가 본 남자의 두 손은 커다랗고 거칠거칠했다. 그 손이 얼굴에 닿는 느낌을 상상해 보았다. 사포처럼 까끌까끌한 느낌을.

고마웠다. 그 관심이, 그 친절이. 뜨겁고 쓴 커피를 홀짝거리다 보니…… 술 맛이 났다. 나는 놀라서 남자를 올려다보았다.

"나는 아기가 있는데."

그렇게 말하고서 나는 고개를 돌려 바라보았다. 얼빠진 사람처럼, 유아차를. 바보처럼, 우리 조그만 찰리를. 내가 진짜로 하고 싶었던 말은 이거였다. 난 저 덫에 걸렸는데.

"아기가 누구의 소유물인 건 아니잖아."

남자가 말했다. 그러고는 내 곁에 앉더니, 꼭 내가 예쁘다고 생각하는 듯한 표정으로 나를 마주보았다.

"사람이 다른 사람을 소유할 순 없으니까. 나는 제임스라고 해."

남자의 눈을 가만히 들여다보는 사이에 나는 그가 무슨 말을 하는지 깨달았다. 너를 옭아맬 덫 같은 건 없어. 너한테는 이 길밖에 없다고 제풀에 믿어 버리지 않는 한은.

아직 여름이었지만, 이른 새벽의 공기는 살짝 쌀쌀했다. 찰리는 우리 부모님 집 현관의 포치 바닥에 누운 채로 나를 올려다보았다. 포대기로 단단히 싸매서 조그만 꾸러미 같았던 아기는 두 눈이 꼭 썰물 때의 물웅덩이처럼 반짝거렸고, 표정은 살짝 찡그리고 있었다.

"잘 있어." 나는 찰리에게 말했다. "넌 내 소유물이 아니야. 나도 네 소유물이 아니고."

부모님 집의 초인종을 누르고 돌아서서, 까만 하늘에 총총한 별들 아래로 뒷마당을 힘껏 내달려서, 나는 제임스의 차 문을 열었다. 그러고는 캄캄한 뉴잉글랜드의 밤 한가운데 옹송그린 한 줌의 온기와 빛 속에 오도카니 앉아 있었다.

"우리 어디로 가는 거야?"

나는 제임스에게 물었다. 신발이 이슬로 흠뻑 젖어 있었다. 가진 거라곤 입고 있는 옷과 주머니에 든 40달러뿐이었다.

"글쎄. 목적지가 뭐 그렇게 중요하겠어?"

우리는 함께 웃었다. 그렇게 첫 번째 삶을 등지고 떠나면서 나는 비로소 자유로워진 기분이 들었다.

4년 동안, 제임스와 나는 자동차로 전국을 돌아다녔다. 한 곳에 머문 시간은 길어 봐야 몇 달, 지도를 펼쳐 놓고 눈길이 꽂히는 지명을 다음번 목적지로 삼고 떠나는 식이었다. 겨울이면 차를 몰고 멕시코에 가서 리조트의 관광객들과 친하게 지내며 그 사람들 물건을 훔치곤 했고, 여름이면 알래스카로 가서 냇가에 캠프를 차리고 곰처럼 연어를 잡아 식량으로 삼았다.

어느 날, 샌프란시스코에 있는 싸구려 호스텔의 침대에서 눈을 떠 보니 제임스가 사라지고 없었다. 놀라지는 않았다. *내 사랑.* 그 사람이 입버릇처럼 하던 말이었다. 사람이 다른 사람을 소유할 순 없어. 너랑 나는 영원히 자유야.

그래도 마음은 아팠다. 친절하지도 다정하지도 않은 남자였지만, 제임스는 내게 삶이 무엇인지 가르쳐 주었다. 꼭 잔디 마당이 딸린 집에서 살 필요는 없다는 것을, 돈 때문에 전전긍긍할 필요는 없다는 것을, 의무와 덫과 남들의 기대에 부응하는 나날로 삶을 채우지 않아도 된다는 것을. 그런 교훈을 남자들은 본능처럼 알지만 여자들은 배워야만 아는 듯싶었다.

제임스에게서 자유가 무엇인지 그토록 많이 배웠는데도, 나는 아침이면 그의 널따란 어깨가 뺨에 닿는 느낌이 그리웠고, 밤이면 그의 손이 허벅지에 닿는 느낌이 그리웠다. 결국 나는 그의 것이라고, 또 그는 나의 것이라고 생각하기에 이르렀다. 사랑한다는 말은 서로 간에 한 번도 하지 않았지만, 지나고 보니 말 같은 것은 중요하지 않았다.

자유는 쉽사리 얻을 수 있는 것이 아니었다.

나는 며칠 동안 빈속으로 지냈다. 속이 울렁거렸다. 호스텔에서 쫓겨난 후에는 쌀쌀한 바닷가에서 덜덜 떨고 기침을 하며 잠을 청했다. 병원 침대에서 눈을 떴을 때 사람들은 내게 하마터면 죽을 뻔했다는 이야기를 들려주었다.

병원을 나선 후에는 멍하니 부둣가를 돌아다녔다. 딱히 찾는 것이 있지는 않았다. 무언가 내 가슴에 뚫린 구멍을 막아 줄 것 말고는.

제임스와 살면서 배운 것은 자유만으로는, 또 부족하다는 사실이었다. 그리고 사랑만으로도. 나는 더 이상 다른 사람들에게 구원받고 싶지 않았다. 나는 수학의 도형 문제를 푸는 방식으로 내게 무엇이 필요한지를 궁리했다. 나 혼자서 편히 지낼 방이 있어야 했다. 그 방을 달팽이가 지고 다니는 집처럼 든든하게 유지하려면 꼬박꼬박 들어오는 수입이 있어야 했다. 그 수입을 얻으려면 내 두 손으로 일을 하는 수밖에 없었다.

어느 빌딩 앞에 사람이 잔뜩 모여 있었다. 나는 사람들 속으로 들어가 북적이는 인파에 떠내려가듯이 앞쪽으로 나아갔다.

창가에 웬 남자가 로댕의 「생각하는 사람」처럼 포즈를 잡고 앉아 있었다. 다만 그 남자는 피부가 다 벗겨져서, 살갗 아래 불끈 솟은 근육의 섬유와 혈관이 고스란히 보였다. 세세한 부분까지 정교하게 표현되어 있었다. 신경 한 가닥, 힘줄 한 가닥, 모세 혈관 한 줄이 점점 가늘어지다가 조직 속으로 사라지는 부분까지 생생하게 보였다.

내장을 가린 얄따란 근육도 층층이 저며 놓아서, 퍼즐처럼 얽힌 색색의 내장들이 드러나 보였다. 생기 없는 눈 한쪽은 구경꾼들을 가만히 내려다볼 뿐, 깜박이는 법이 없었다. 다른 쪽 눈은 안구가 제거되어 안쪽의 퀭한 눈구멍이 보였다. 두개골 위쪽은 모자처럼 벗겨져서 그 밑의 뇌가 갓 만든 수플레처럼 사람들의 시선을 사로잡았다.

보디워크스: '틀'을 보여 드립니다. 표지판에 적힌 문구였다. 아래쪽에는 그보다 작은 서체로 이렇게 적혀 있었다. 직원 모집 중.

나는 빌딩 안으로 들어갔다.

플라스티네이션(plastination) 과정은 시신이 부패하지 않도록 막는 방부 처리에서 시작한다. 그다음은 시신을 해부할 차례이다. 피부와 지방을 벗겨내어 속에 감춰진 구조를 보여 주기 위하여. 그러고 나면 시신을 알코올과 아세톤 욕조에 차례로 담가 조직 속의 수분과 유분을 모조리 아세톤으로 대체한다. 다음으로 시신을 폴리머 용액에 담그면 조직 주위에 진공이 발생한다. 조직 속의 아세톤은 이 진공 속에서 증발하기 시작하고, 증발해서 날아가는 아세톤이 근육과 혈관, 신경 속으로 액상 폴리머를 끌어들여 마침내 세포 하나하나까지 고분자 화합물이 침투한다.

이 과정을 '침윤(impregnation)('impregnation'은 '수태'나 '수정'을 의미하기도 한다. ─ 옮긴이)'이라고 한다.

이제 시신은 포즈를 취할 준비가 된 상태로, 열을 가하거나 가스 처리를 하면 폴리머 사슬이 교차 결합을 하면서 단단해진다. 이때쯤이면 시신은 고분자 화합물 조각상으로 변신한다. 모세 혈관 한 줄, 신경 한 가닥, 근섬유 한 올까지 고스란히 보존된 채로.

아트 디렉터, 즉 미술 팀의 총책임자인 에마가 내 작업대 옆의 스툴에 앉아 지켜보는 동안, 나는 시신의 포즈를 잡았다.

시신의 포즈를 잡는 일은 꼭두각시 인형극과 비슷한 구석이 있었다. 허공에 고정한 틀에서 길이가 제각각인 실 수백 가닥을 아래로 드리워 시신의 팔과 손가락, 다리, 머리 등을 의도한 방향으로 고정시켰다. 작업실에 가득한 형상들은 꼭 강력한 플래시를 터뜨리며 촬영한 사진 같았다. 이쪽에 있는 남자는 피부가 다 벗겨진 채 허공으로 뛰어오르는 도중에 정지해 버린 상태였고, 저쪽에 있는 여성은 한쪽 가슴 내부가 훤히 드러난 채로 한 다리를 들고 피겨스케이팅 선수처럼 회전하다 멈춰 버린 모습이었다.

에마가 자세를 고쳐 앉자 스툴 다리가 바닥을 긁는 끼익 소리가 났다. 내가 알기로 에마는 요통으로 고생을 했으니 등받이 없는 스툴이 편할 리 없었다. 하지만 그녀는 남들이 자기 일로 호들갑 떠는 꼴을 못 보는 사람이었기에, 나는 묵묵히 작업에 열중했다.

에마는 사소한 잡담으로 시간을 낭비하는 법이 없었다. 나는 내가 아는 플라스티네이션 기술을 모두 에마에게서 배웠고, 가르침은 대부분 침묵 속에서 이루어졌다. 에마는 무언가 직접 만든 후에 내가 그것을 똑같이 만들 때까지 기다렸다. 내가 제대로 하지 못하면 자기 손으로 다시 만들었다. 내 결과물이 마음에 들면 다음 단계로 넘어갔다.

나는 몇 년이 지나서야 에마가 나를 마음에 들어 하는 걸 눈치챘다. 소리도 없이, 에마는 내 작업대에 초코바를 놓고 가곤 했다. 내가 점심 도시락을 깜박하고 안 가져온 날에. 내가 도시락을 싸 온 날에는 나란히 앉아서 말없이 함께 점심을 먹었다. 가끔은 내가 읽고 있는 책이나 보고 온 영화 이야기를 에마한테 들려주기도 했다. 에마는 한마디도 하지 않고 가만히 들었다. 며칠 후면 작업대에 놓인 에마의 쪽지가 눈에 띄곤 했다. '좋은 책이네'나 '당신은 그 영화의 내용을 잘못 이해했어, 다음에 이 영화를 꼭 보도록 해' 같은 쪽지가.

한번은 에마가 이유도 밝히지 않고 자기 비서를 해고한 적이 있었다. 사람들이 있는 휴게실에서 그 비서가 대놓고 내 이야기를 함부로 떠든 다음 날의 일이었다. "레나는 도대체 뭘 그렇게 숨기는 걸까?" 비서가 한 말이었다. "데이트도 안 하고, 친구도 한 명도 없잖아."

시간이 흐르면서, 나는 에마가 말을 거의 무용지물로 여기는 것을 깨닫기에 이르렀다. 말은 생각의 그림자, 그 자체가 믿기 힘들고 잡기 힘들고 비현실적이었다. 육신은 플라스티네이션을 통해 보존되어 영생을 얻었다. 하지만 아세톤과 폴리머가 혈액과 수분의 자리를 차지할 때, 생각은 사라진 지 이미 오래였다.

"어쩌면 그런 건 처음부터 없었는지도 몰라."

언젠가 에마가 내게 한 말이었다. 에마는 유물론자였다. 그래서 자기 손으로 주무를 수 있는 것만을 믿었다.

나는 에마의 그런 점이 좋았다. 에마는 말이 전하는 가짜 친밀감을 신뢰하지 않았다. 나는 그런 식의 덧없는 친근감을, '함께'라는 헛된 기약을 더는 바라지 않았다. 에마는 오로지 나라는 물리적 존재, 내가 하는 작업, 내가 착실하게 출근하는지에만 관심을 보였다.

작업 중이던 시신의 포즈가 마음에 든 나는 작업대 쪽으로 물러나 에마 곁에 섰다. 우리는 앞에 있는 여성의 몸을 나란히 바라보았다. 여성의 머리는 하늘을 올려다보듯 뒤로 젖힌 상태였고, 등은 근육이 제거되어 팽팽하게 당긴 활 같은 척추가 훤히 보였다.

에마는 말이 없었다. 그렇게 한참이 지난 후에 흘긋 훔쳐보니, 에마가 보일락 말락 하게 고개를 끄덕거리고 있었다. 나는 슬며시 입꼬리가 올라갔다.

"세부 작업 맡아서 한 거 몇 점만 보여 줘."

에마가 말했다. 처음 보디워크스에 들어왔을 무렵, 그러니까 십 년도 더 된 그때, 나는 에마가 그린 스케치에 따라 시신의 팔다리와 몸통을 고정하여 포즈를 잡았다. 그 일이 내게는 천직이었다. 공간과 구도, 양감, 음영을 파악하는 감각이 뛰어났으니까. 나는 험한 일도 마다하지 않았다. 시체를 주무르는 일쯤은 태연하게 해치울 정도로.

우리 회사는 제작품 가운데 일부를 박물관에 납품했는데, 유명한 조각상과 똑같이 극적인 포즈를 취한 인체상들이었다. 힘들지만 보람 있는 작업이었다. 시신을 붙잡고 씨름하다 보면 강해지는 기분이 들었으니까.

나중에는 세밀한 작업을 더 많이 맡았다. 포즈 잡기가 가장 까다로운 부위는 손가락과 얼굴이었다. 주사바늘로 폼러버를 한 치의 오차도 없이 주입해야 비로소 입술의 곡선이 제대로 잡히고, 손가락이 정확한 각도로 구부러지고, 손목이 스케치대로 돌아갔다.

나는 보관용 캐비닛으로 가서 당시 작업 중이던 과제물을 꺼내 왔다. 그것을 작업대에 올리고 에마 옆에 내가 앉을 스툴을 놓은 다음, 작품에 덮인 천을 벗겼다.

회사에 들어오고 나서 처음 몇 년 동안, 나는 내 재료인 시신들에 관해 자주 생각했다. 살아 있는 동안에는 어떤 사람들이었을까? 본인이나 유족은 무슨 이유로 이런 식의 매장법이 적절하다고 판단했을까? 법이 제대로 돌아가지 않는 나라에 살던 사람들일까? 과학 연구를 위해 고인들이 보디워크스에 자발적으로 기증한 시신이라는 이야기를 들었지만, 허울 좋은 변명이었다. 내가 포즈를 잡은 것들 가운데 최고로 정밀한 제작품 몇 점은 애초에 의과 대학이나 박물관이 아니라 개인이 소장할 용도로 만들어졌다. 나는 죽은 여성들의 자세를 벌거벗은 발레리나처럼 고정시켰다. 죽은 남성들은 벌거벗은 권투 선수처럼 만들었다.

"예술이군."

내 앞의 작업대에 놓인 손 한 쌍을 가만히 바라보며 에마가 말했다. 의뢰인은 양쪽 손만 원한다고 했다. 손목 위 팔뚝을 15센티미터 정도 남긴 채로. 양손의 포즈는 마우리츠 에셔의 유명한 석판화에 나오는 서로를 스케치하는 손 한 쌍과 똑같았다. 다만 우리 눈앞의 두 손은 연필이 아니라 수술칼을 쥐고 있었고, 그래서 서로를 해부하는 것처럼 보였다. 혈관 한 줄기, 근섬유 한 가닥, 손목뼈 한 조각까지 발라내는 것처럼.

남의 양손을 해부하고 방부 처리까지 해서 자기 집 거실에 여봐란듯이 놔두다니, 도대체 어떻게 생겨먹은 인간이 그런 생각을 할까? 그것 또한 덧없는 삶과 경이로운 인간의 육신을 관조하는 한 가지 방식일까? 르네상스 시대의 시인이 '메멘토 모리('memento mori'는 라틴어로 '그대가 죽을 운명임을 명심하라'라는 뜻으로서 삶이 유한하다는 사실을 일깨우는 경구이다.—옮긴이)'를 중얼거리며 바라보았던 해골처럼, 저 손도 보는 이에게 필멸을 상기시키는 상징일까?

에마는 알 게 뭐냐는 듯이 어깨를 으쓱했다.

"질문이란 대개 쓸모없는 것들이야. 답이랍시고 돌아오는 것도 거짓말이거나, 믿고 싶지 않은 것들이고."

평소의 에마가 일주일 동안 하는 말을 다 합친 것보다 더 긴 대꾸였다. 나는 에마를 돌아보았다. 뭔가 달라진 구석이 있는지 파악하려고.

나는 에마에게 작품의 손가락을 세공하느라 애를 먹었다고 털어놓았다. 손가락 주위의 신경에 수술칼을 댈 때면 여지없이 내 손가락에 따끔거리는 감각이 느껴졌던 것이다. 그래서 종종 일손을 놓고 마음을 다잡아야 했다.

"당신의 거울 신경 세포가 간섭해서 그래." 내 이야기를 들은 에마는 그렇게 말했다. "극복할 거야. 극복해야 돼. 내 경우엔 항상 얼굴이 제일 세공하기 힘들었는데, 결국엔 얼굴 보기를 그만뒀어. 윤곽하고 음영, 색조만 보게 된 거지. 우리는 남들이 점토를 깎아내는 방식으로 살을 깎아내니까."

에마는 양손을 떨고 있었다. 아주 미세하게. 눈을 들어 얼굴을 보니 에마의 양 입꼬리가 움찔거렸다. 에마의 머리카락이 너무나 하얗다는 생각이 퍼뜩 들었다. 이제는 염색을 안 하는 걸까?

"난 늙었어. 이젠 그걸 나 스스로도 받아들여야 해. 그래서 은퇴하려고. 출근은 오늘이 마지막이야."

나는 에마를 안아 주려고 팔을 벌렸다. 내가 누구에게 그런 행동을 하기는 그때가 처음이었고, 그래서 우리 둘 다 겸연쩍었다. 포옹을 풀고 나서야 비로소 내가 에마를 사랑했다는 생각이 들었다. 맹목적으로, 내 어머니를 사랑하는 마음과 똑같이.

"육신은 반드시 사라지는 법이지." 떠나려고 돌아선 에마가 입을 열었다. "죽음은 결코 피할 수 없으니까. 우리 일은 그 중간에 거짓

말을 해서 죽은 사람을 산 사람으로 보이게 하는 거야. 난 이제 거 짓말하는 게 지긋지긋해."

신경 다발을 정해진 자리에 집어넣고 복잡하게 얽힌 혈관을 들어 내 펼치는 작업을 계속하는 동안, 나는 손가락이 따끔거리는 느낌 을 애써 무시했다. 나는 커다란 작품도 훌륭하게 만들었으나 모두 가 칭찬한 것은 내가 세공한 손이었다. 정작 나 스스로는 그 작품을 흡족하게 여긴 적이 단 한 번도 없건만. 내가 포즈를 잡은 그 손 한 쌍은 말을 할 줄 알았다. 슬픈 이야기, 기쁜 이야기, 사색으로 이끄 는 이야기를 들려주었다. 보는 이를 유혹하듯 손짓했고, 경고했고, 꾸짖었다. 기도를 올리는 듯, 잠든 정신을 일깨우는 듯도 했다.

작업대 위의 두 손이 떠는 것처럼 보였다. 아주 미세하게. 나는 수 술칼을 놓치고 말았다. 눈앞의 세상이 물기로 흐릿해져 색색의 기 다란 띠로 녹아내렸다.

그다음 주에 나는 새 아트 디렉터로 승진했다. 제임스가 떠난 지 15년째 되던 그해, 나는 서른다섯 살이었다.

구매자가 의뢰한 작품의 소재는 태어난 지 하루도 안 되어 숨진 자기 아들이었다. 내가 듣기로 아기의 어머니인 구매자는 그 조그 만 시신을 매장하거나 화장하려 하지 않았다. 자기 곁에 항상 두고 싶어 했다.

세밀한 해부 작업은 할 것도 말 것도 없었다. 그저 최소한의 플라 스티네이션이 필요할 뿐. 그리고 구매자는 아기가 잠든 것처럼 보이도록 조그만 두 손을 턱 밑에 모은 포즈를 주문했다. 그림까지 첨부하면서.

기술자들이 이미 방부 처리를 마친, 포르말린에 흠뻑 젖은 조그마한 살덩어리가, 작업대 위에 놓여 있었다. 얼굴을 아래쪽으로 한 채로. 나는 작업대로 다가가 아기를 뒤집었다.

아기의 찡그린 얼굴을, 주먹을 꼭 쥔 조그마한 양손을 가만히 내려다보았다. 그러다 문득, 나는 다시 열여섯 살 때로 돌아가 있었다. 다시 그 병실로, 내가 인간도 아닌 존재가 된 느낌이 들던 곳으로, 내 아들에게 애정을 느끼지 못했던 그곳으로.

"이 애한테는 너밖에 없잖니." 엄마의 목소리가 들렸다.

"너 도대체 왜 그러는 거냐?" 아빠였다.

"산후 우울증이라면 다른 의사를 소개해 드리겠습니다." 누군지 모를 의사가 말했다.

뒤이어 내 양손이 따끔거렸다. 더는 내 손이 아닌 것처럼. 나는 수술칼을 놓치고 말았다.

조그마한 찰리의 모습이 머릿속에 떠올랐다. 내가 제임스와 함께 고속도로를 질주하는 동안 동트기 전의 어둠 속에서 울고 있었을 찰리가. 찰리의 꼭 움켜쥔 자그마한 두 주먹이.

그리고 나는 혼자였다. 늘 그랬듯이. 또한 덫에 걸린 신세였다. 늘 그랬듯이.

"그만두신다니 안타깝네요."

젊은 남자가 한 말이었다. 나는 영문을 알 수 없어 그 남자를 가만히 바라보았다. 눈이 부시도록 하얗고 빳빳한 셔츠 차림으로 살짝 긴장한 표정을 하고 아파트 문간에 서 있는, 키가 훤칠하고 어깨가 실팍하고 아무리 많이 잡아 봐야 스물다섯이나 됐을까 한 그 남자를 보며, 머릿속에 생각들이 하나둘 떠올랐다. 내가 같은 옷을 일주일 넘게 입고 있다는 것, 거실에 음식 포장 용기가 수북이 쌓였다는 것, 마지막으로 바깥에 나갔을 때가 언제인지 기억이 안 난다는 것이었다.

"저는 존 월러라고 합니다."

보디워크스를 창립한 사람은 로버트 월러였다. 몇 해 전 로버트의 장례식에서 눈앞의 젊은 남자를 보았던 기억이 떠올랐다.

이제 존은 우리 회사 대표이자 해부 팀 책임자였지만, 나는 작업실에서 그를 본 적이 드물었다. 존의 관심사는 보디워크스가 아니라 다른 곳에 있는 듯했다.

"집까지 찾아와 주시다니 감사합니다. 그런데 제가 몸이 좀 안 좋아서요."

내 목소리는 딱딱했다. 혼자 있고 싶어서였다.

"그런 일을 날마다 하는데 몸이 멀쩡하다면 그게 더 이상하겠죠. 제 아버지는 생전에 하던 일을 예술이라고 포장했을지 몰라도, 죽음을 삶처럼 꾸미다 보면 결국에는 스스로도 영향을 받게 마련이지요."

마지막으로 에마를 만났을 때가 생각났다. 너무도 야위고, 너무도 약해 보였다. 환자복 차림의 에마는 현실이 아닌 것처럼 보였다.

"굶다가 이대로 죽을 작정이야." 에마는 내 귀에 대고 소곤거렸다. "나한테 기운이 조금만 남아 있어도 더 빨리 끝낼 텐데."

"예전의 아트 디렉터, 그러니까 당신의 전임자가 회사에 평생을 바치고 어떻게 됐는지 떠올리면 저는 얼굴을 들기조차 힘듭니다. 그런 일은 두 번 다시 일어나선 안 됩니다."

내가 생각지도 못한 말이었다. 나는 존이 안으로 들어오도록 옆으로 물러섰다.

그렇게 우리는 이야기를 나누었다. 흐뭇한 이야기들을.

존은 날마다 우리 집에 찾아왔다.

나는 자기 아기를 보존 처리해 달라던 어머니 이야기를 존에게 들려주었다.

"슬픔은 힘이 세죠. 사람의 세계관을 바꿔 놓기도 할 만큼요."

존이 말하는 동안 나는 그의 손을 물끄러미 내려다보았다. 무릎 위에 차분하게 포갠 두 손이 꼭 생각에 잠긴 불가사리 한 쌍 같았다. 마치…… 서로의 감정에 이입한 것처럼.

"우리 아버지는 현대인들이 죽음으로부터 너무 철저하게 격리되었다고 믿었어요. 그래서 보디워크스를 세웠어요. 사람들로 하여금 죽음과 더불어 살아가도록, 죽은 육신을 동력이 끊긴 기계처럼 보도록 강제하는 방법을 써서 죽음에 대한 두려움을 없애고 싶었던 거예요. 아버지는 죽음을 우스꽝스럽고 절대적이지만 두렵지 않은 것으로 바꾸려 했어요."

내가 지켜보는 동안 존의 양손은 파르르 떨렸다. 한 손이 가슴 앞으로 올라와 빙빙 돌며 어떤 손짓을 만들려 했다.

"하지만 죽음을 너무 깊이 생각하다 보면 삶이 멈춰 버리기도 해요. 그건 플라스티네이션 자체와 크게 다르지 않아요. 우리는 가끔 잊어버리는 사실이지만."

내 눈앞에서 내 손이 저절로 날아오르더니, 허공에 있는 존의 손과 만났다. 두 손은 서로를 끌어안았다. 춤추는 한 쌍처럼. 기도하는 두 손처럼.

존의 손은 정말로 따뜻했다. 내가 15년 동안 세공했던 손들하고는 다르게.

나의 두 번째 삶은 그로부터 한 달 후, 존이 자기 집에서 함께 살자고 말했을 때 시작되었다.

처음에는 거절했다. 월러 가문은 어마어마한 부자였고, 존은 스물한 살에 의대를 졸업한 천재였으니까.

"난 당신이 좋아. 하지만 난 고등학교도 안 나왔어. 할 줄 아는 거라곤 근육에서 근막을 벗겨내고 사람의 양손을 플라스틱으로 만드는 재주뿐이야. 당신이랑 나는 사는 세상이 달라. 절대로 행복해질 수 없어."

나는 상상했다. 20년 전에 조그마한 라텍스 주머니 하나가 제 할일을 다했더라면, 나의 세상은 얼마나 달라졌을까. 그랬더라면 나도 연거푸 후회하지 않고 삶을 누릴 수 있었을 텐데.

"우리 나이가 너무 차이 나서 그러는 건 아니죠, 설마?"

존이 물었다. 나는 그의 눈을 물끄러미 들여다보았다.

"언젠가는 당신도 아빠가 되고 싶어질 거야."

나는 그렇게 이야기를 시작했다. 그러고는 제임스가 달아난 후에 처음으로, 다른 사람에게 내 비밀을 털어놓았다. 내가 버린 아이 이야기를.

"나는 문제가 있는 사람이야. 엄마가 되는 법을 모르는 사람."

존은 진부한 위로는 한마디도 않고 그저 나를 안아 주기만 했다. 아무것도 바라지 않고 아무것도 요구하지 않고 한참 동안 이어지는 따뜻한 포옹은, 그가 나를 이해했다는 증거였다. 때로 우리는 스스로 구한다는 사실조차 모른 채 용서를 찾아 헤맨다. 그리고 세상은 우리에게 어떤 식으로든 그것을 베풀곤 한다.

"당신을 기다리게 하긴 싫어. 내가 마음을 정하려고 애쓰는 동안 말이야."

내 몸속의 시계가 째깍거리는 소리가 귀에 들리는 듯했다.

"그런 걱정은 안 해도 돼요. 내가 지금 하는 연구가 바로 그거니까."

나는 어안이 벙벙한 채로 존을 바라보았다.

"우리 아버지의 관심사는 부패를 멈추는 거였어요. 영혼이 떠나 버린 육체를 정지 상태로 보존하는 방식으로 말이죠. 하지만 나는 그보다 훨씬 더 멋진 걸 하고 싶어요. 노화와 죽음을 정복하는 거예요."

존은 약학을 공학의 한 분과로 상상해야 한다고 설명했다.

"이미 작동을 멈춘 틀을 신기한 것처럼 구경하느니, 차라리 그 틀의 작동 기한을 최대한 연장하는 게 낫지 않아요?"

"하지만 죽음은 피할 수 없어. 그래서 삶이 의미 있는 거잖아."

"그건 선택의 여지가 없다고 믿는 사람들이 스스로를 납득시키려고 하는 거짓말이에요. 시인들이 영생을 구하려 애쓰는 이를 폄하한 건 아무 힘도 없는 우리를 위로하기 위해서였고요. 하지만 우리는 이제 무력하지 않아요."

존은 나에게 재생 신약에 관해 설명했다. 노화되어 가는 원래의 장기를 대체하도록 당사자의 세포를 이용하여 심장과 폐와 간을 만드는 기술이었다. SIRT1 같은 유전자와 GATA 전사 인자 같은 단백질, DNA 수복 및 세포 재생, 탈아세틸화효소 및 칼로리 제한, 텔로미어를 연장하고 감수 분열 단계의 오류를 줄이는 변형 바이러스 주입, 유해성 변이를 제거하도록 설계된 분자 수백 개로 구성된 세포 크기의 나노 컴퓨터에 관해서도 설명해 주었다. 존의 입에서 나온 말은 급류가 되어 나에게 쏟아졌고, 나는 그 말들을 다 이해하지 못했으면서도 존의 목소리 덕분에 편안함을 느꼈다.

"단지 수백 년을 살기만 하는 게 아니에요. 그 기간 동안 내내 젊고 건강하게 살 수 있어요. 우리 몸속의 생체 시계가 몇 시를 가리키는지 더는 걱정할 필요가 없어요."

존이 그 동화 같은 이야기를 어찌나 철석같이 믿었던지 나는 차마 부정할 엄두가 나지 않았다.

나는 햇빛으로 환하게 물든 대학교 교정을 거닐었다. 일광욕하는 여자애들과 자전거를 타는 남자애들, 줄지어 늘어선 돌기둥과 사암벽에 교대로 드리운 그림자와 햇살, 초록 잔디와 빨간 기와지붕, 그 모든 것이 내게는 신기하기만 했다.

그러니까 여기가 스탠퍼드 대학교란 말이지. 그렇게 서른여덟이라는 나이에, 길고 긴 우회로를 굽이굽이 돌아서, 나는 마침내 대학교에 들어갔다.

내가 대학 입학 허가서를 받은 그해에 내 아들이 대학을 졸업했으리라는 생각이 들자 가슴이 미어지는 듯했다.

존도 몇 번인가 권했지만, 나는 찰리에게 연락할 생각을 하지 않았다. 나는 찰리한테 내가 가장 필요할 시기에 그 애를 버렸으니까. 그런 내가 이제 와서 무슨 권리로 그 애의 삶에 발을 들인단 말인가? 그런 식으로 만나 봤자 나만 편해질 뿐이었다. 그 애가 제대로 자란 걸 확인하면 내 죄책감이 덜해질 테니까. 그건 이기적인 짓이었다.

그리고 어차피, 내게는 뒤늦게 따라잡아야 할 것이 많았다. 학교 생활로 정신이 없을 터였다.

동기들은 나를 큰언니처럼 대했다. 풋풋한 얼굴들에 잔뜩 둘러싸여 살다 보니 폭삭 늙은 기분과 한껏 어려진 기분이 동시에 들었다.

주말이면 차를 몰고 존을 찾아가 함께 연구소로 향했다. 그곳에서 나는 존이 만든 실험 장치에 들어갔다.

윙윙거리는 금속 요람에 누워 약물 주사를 맞고 스르르 잠드는 사이, 전에 회사에서 세공하던 시신들과 내가 그리 다르지 않다는 생각이 떠올랐다. 그 장치가 나의 아세톤 욕조였고, 나의 폴리머 주입실이었다.

 "결과가 잘 나왔어요." 존이 말했다. "당신의 신체 나이는 이제 서른 살이에요. 정기적으로 관리만 해 주면 지금 상태를 영원히 유지하는 것도 얼마든지 가능해요."

 멋진데. 나는 속으로 생각하며 혼자 빙긋 웃었다. 아이를 가질지 말지 결정하는 일을 훨씬 더 나중으로 미룰 수 있었으니까. 나는 그때껏 얼어붙은 껍데기 속에 삶을 멈춰 놓았다. 그래서 이제는 그동안 놓친 것들을 만회하고 싶었다. 누리고 싶은 것들이 너무나 많았고, 해 보고 싶은 것들도 너무나 많았다. 내가 만든 '죽기 전에 꼭 해볼 일' 목록은 갈수록 길어졌다.

 대학 졸업식 이후 일주일도 안 되어 우리 둘은 결혼식을 올렸고, 나는 예술사 박사 과정의 공부를 계속했다. 만약 주어진 시간이 무한하다면 나는 그 시간을 아낌없이 쓰고 싶었다.

 존은 특허 전문 변호사들을 불러 모았다. 이제 보디워크스의 사업 분야는 두 가지였다. 하나는 죽은 이의 육신을 예술적인 추모비로 바꾸는 것, 다른 하나는 젊음의 샘이었다. 어느 쪽의 잠재력이 더 큰지는 자명했다.

 "대부호가 될 준비를 미리 해 놓는 게 좋을 거예요."

 존은 내게 그렇게 말했다.

"윌러 씨, 밤에 잠이 오기는 합니까?" 어느 기자가 던진 질문이었다. "무자비한 독재자들이 무병장수하는 게 당신 탓이란 걸 아시잖습니까?"

어찌나 화가 나던지, 내 눈앞의 세상이 잠깐 동안 빨갛게 변하고 말았다. 첫 질문이 이런 식이라면 이후의 기자회견은 보나 마나 가시밭길이었다. 그러나 존이 내 손을 꼭 잡아 주었다.

"지금 진지하게 물어보시는 겁니까? 일개 사기업인 보디워크스가, 정치인이 얼마나 오랫동안 건강하게 사는지 좌우하는 일에 관여한다고요? 방금 그 말이 무슨 뜻인지 한번 생각해 보십시오. 저희는 고객을 차별하지 않습니다. 정치적 신념에 따라 차등을 두는 경우는 더더욱 없습니다."

"돈으로는 차별하면서!" 기자들 속에서 누군가 외쳤다.

"저희 회사의 시술 과정은 반드시 개별 고객의 게놈에 최적화해야 합니다. 그러다 보니 돈이 많이 들고 앞으로도 수십 년은 지금처럼 비쌀 겁니다. 적정한 액수를 청구해야 연구비를 더 투자할 수 있고, 이로써 이용료를 낮출 수 있습니다. 저희 시술에 건강 보험이 적용되도록 기자 여러분께서 의회에 건의해 주시면 도움이 될 겁니다."

다음 또 그다음, 가시 돋친 질문은 쉬지 않고 이어졌다. 으리으리한 선물을 받아 놓고선 포장지 색깔이 마음에 안 든다고 불평하는 사람들은 늘 있게 마련이지.

그 문제의 해결법은 좀처럼 찾기 힘들었다. 건강 보험은 특권이지 결코 권리가 아니었으니까. 내 손으로 정밀 검사를 한 시신이 하도 많다 보니 나는 흘긋 보기만 해도 시신의 주인이 생전에 얼마나 건강했는지를, 바꾸어 말하면 얼마나 부유하게 살았는지를 대번에 간파했다. 부자는 사는 법도 죽는 법도 가난뱅이하고는 완전히 딴판이어서, 부와 권세는 얄따란 살갗에 보이는 흔적이 다가 아니었다. 그런 것들은 말 그대로 뼛속까지 파고들었다.

일찍이 죽음은 평등의 수호자로 위세가 대단했지만, 이제 그마저도 부자들은 피해 가는 모양이었다. 세상에 분노한 사람이 그렇게 많은 것도 당연했다.

존은 자기가 한 말을 지키려고 아침부터 밤까지 연구소에서 살다시피 했다. 노화 방지 시술의 단가를 낮출 방법을 찾기 위해서였다. 더 많은 사람이 그 혜택을 누리도록.

반면에 나는, 어느새 창작의 벽에 부딪힌 상태였다. 내가 예전에 만든 플라스티네이션 작품들은 여러 박물관과 수집가가 눈에 불을 켜고 입수하려 한 탓에 가격이 껑충 뛰었고 비평 역시 호평 일색이었지만, 나는 그런 상찬이 다 가짜라는 기분을 도무지 떨칠 수가 없었다. 결국에는 자기한테 영생을 안겨 줄지도 모르는 남자의 아내를 악평으로 모욕할 사람이 과연 있을까?

나는 마음에 드는 작품을 한 점도 만들지 못했다. 애써 잡은 포즈는 억지로 짜낸 것처럼 보였다. 내가 세공한 손에서는 생기가 느껴지지 않았다.

태어나서 처음으로 나는 사랑을 만끽했다. 나를 해방시키고, 죄책감을 안기지 않고, 나를 짓누르는 일 없이 끌어올리는 사랑을. 당연히 행복해야 마땅했지만 내가 느낀 것은 무력감과 정체감, 움직이고 있으면서도 어디로도 가지 않는 느낌이었다.

할 일이 필요했던 나는 대학으로 돌아갔다. 존 덕분에 나의 뇌세포는 쉬지 않고 저절로 재생되었다. 그렇게 결코 성숙하지 않았기에, 한편으로는 결코 호기심이 마르지 않았다. 나는 역사와 문학, 경제학의 박사 학위를 잇달아 취득하고 나서 의대에 입학했다. 그냥 재미 삼아서 한 일이었다.

배울 것은 너무나 많았고, 나의 끝나지 않는 학생 생활은 언제나 시작을 눈앞에 둘 뿐 실제로 시작되지는 않았다. 이것이야말로 이상적인 삶이 아닐까? 나는 잠재력과 가능성과 첫걸음으로 이루어진 삶을 살았다. 악기를 배워 볼까 하는 생각도 했다. 연습할 시간이 100년이라면 거장이 될 법도 했으니까.

존과 나는 여행도 다녔다. 몇 달에 한 번 있는 나의 재생 시술이 끝난 직후에, 지구의 머나먼 귀퉁이에 있는 오지로 모험을 떠나곤 했다.

그런 여행이 끝날 때쯤 존은 어김없이 내게 물었다.

"준비됐어요?"

존의 눈을 보면 그 말이 무슨 뜻인지 알 수 있었다. 나는 존과 몹시도 가까워진 기분이 들었다. 일찍이 우리 사이에 틈이 있다는 생각을 어떻게 할 수 있었는지 궁금할 정도로.

"아니, 아직. 하지만 곧 될 거야."

그렇게 대답하면서도 마음속으로는 이미 알고 있었다. 내가 다음번에 할 대답을. 그리고 그 다음번에 할 대답도.

그렇게 한 해 또 한 해가 흘렀다. 어차피 서두를 필요는 없었다. 우리는 사실상 불멸이었으니까.

나의 가장 자랑스러운 작품을 완성하기까지는 무려 십 년이 넘게 걸렸다.

내가 만든 「아담의 창조」에서 주인공은 유명한 미켈란젤로의 벽화에 나오는 아담과 같은 포즈로 몸을 젖히고 누워 있다. 다만 그의 뒤편에는 언덕도, 지면도 없다. 내가 만든 아담은 허공에 고정되어 있다.

"안 좋은 소식이 있어요." 존은 그렇게 말했다.

내 아담은 미켈란젤로의 아담과 다른 점이 하나 더 있다. 얼굴이 없다는 점이다. 얼굴 한복판, 이마부터 턱까지 피부가 절개되어 양옆으로 벌려져 있는 모습이 마치 나비의 날개 한 쌍, 또는 세 폭짜리 제단화의 좌우 그림처럼 보인다. 움직이다가 갑자기 멈춰 버린 상태로 고정된 피부는 바닷물 속에서 너울거리는 갯민숭달팽이의 얄따란 몸통처럼 말려 있다. 그 속에 드러난 근섬유 다발은 첫 인간의 형상을 빚었던 붉은 흙처럼 날것 그대로의 색이다. 그리고 결코 깜박이지 않는 두 눈은 형형하고, 영원히 젊고, 아무런 감정도 없다.

보디워크스가 상장 기업이 되고 나서 20년 동안, 1000명이 넘는 사람이 시술을 받았다. 요금은 비쌌지만 영원한 젊음은 인간이 거절할 수 있는 유혹이 아니었다.

"나한테는 유전적 결손이 있어요. 그것 때문에 내가 받은 재생 시술은 노화를 멈추기는커녕 오히려 체세포의 노쇠 과정을 촉진하고 말았어요."

내 아담은 나머지 부분들도 자세히 살펴볼 만하다. 작품의 측면 으로 다가가서 보면 플라스티네이션 처리를 한 몸통이 세로로 얇게 절단되어 각각의 단면이 서로 떨어져 있는 것을 알 수 있다. 사격장 의 인체 모양 표적지 한 뭉치를 손가락 간격으로 걸어놓은 것과 비 슷한 모양이다. 몸통의 단면들은 집 바깥의 빨랫줄에 널려 있던 침 대보가 바람에 펄럭이다 정지한 모습과 비슷하게 보이도록 뒤틀리 고 구부러지고 배배 꼬인 형상으로 가공하여 고정시켰다. 간과 대 장, 폐 같은 내장의 단면들은 원이나 타원, 또는 로르샤흐 테스트의 불규칙한 무늬 같은 모양을 하고 빨강과 분홍과 포도주색과 적갈색 으로 폭발하다 멈춰 버린 것처럼 보인다.

16세기 사람들이라면 그 단면들을 내우주(內宇宙), 즉 우리 몸속 세계를 그린 일련의 지도로 이해할지도 모른다.

나는 남편을 물끄러미 바라보았고, 그제야 비로소 남편의 말에 깃든 진 실이 똑똑히 눈에 들어왔다. 실은 오래전에 눈치채 놓고서 억지로 무시한 진실이었다. 눈가와 입가의 주름, 감추려고 염색을 해서 뿌리 쪽만 하얗게 센 머리, 느려지고 뻣뻣해지고 조심스러워진 몸동작 같은 것들. 남편은 내 나이를 이미 한참 전에 따라잡고 그대로 계속 나이를 먹은 반면, 나는 우 리 둘 다 시간의 파괴력 앞에 끄떡없는 척했다. 두려워서, 끝끝내 진실을 부정하려 발버둥을 쳤다.

"간섭 작용을 강화해서 노화를 멈추려 했는데, 체세포들은 걷잡을 수 없이 빠르게 분열하는 식으로 반응하더군요. 난 암에 걸렸어요."

의학 교육을 받은 사람이라면 내 남편의 단면들 사이 아무 데나 서서 악성 종양의 형상을 발견하고 찬찬히 살펴볼 수 있을 것이다. 라이스페이퍼에 번진 섬뜩한 잉크 자국처럼 생긴 종양은, 가장자리의 실핏줄이 둥그렇게 퍼져 나가며 프랙털 패턴을 이룬다. 그 패턴은 몹시도 아름답다.

그다음은 공격적인 치료가 기다리고 있었다. 맞춤형 항암 백신, 유도 방사선 치료, 게다가 고전적이고 무자비한 화학 요법까지. 나는 남편이 늙어 가는 모습을 바로 코앞에서 지켜보았다. 젊음의 샘을 창조한 장본인은 그렇게 몇 달 만에 몇십 년을 늙어 버렸다.

작품을 빙 돌아 계속 걷다 보면 다시 정면에 도착할 것이다. 내 남편의 활짝 벌어진 얼굴을 봐 주기 바란다. 불타듯 선명해 보이는 살과 깜박이지 않는 눈, 볼록 도드라진 혈관을. 그 남자의 나이를 가늠할 방법은 없다. 인종도 알 수 없다. 어떤 표정을 하고 있는지도 알길이 없다. 그는 줄이고 또 줄인 끝에 '인간'의 정수만 남은 상태이니까.

병원을 나서자 기자들의 낄낄대는 웃음소리가 우리 귀에 박혔다.

"자만심 때문에 이렇게 됐다고 생각하십니까? 이 병은 죽음에서 벗어나겠다는 헛된 망상을 품은 대가일까요?"

질문을 던진 기자가 내 얼굴에 마이크를 들이미는 동안, 나는 꿋꿋이 버티고 서서 내 몸으로 존을 가려 주었다. 그때 존은 너무나 병약했다. 살날이 일주일도 안 남은 시점이었으니까.

나는 기자를 물끄러미 마주 보았다. 예뻤다. 아직 스물다섯 살도 안 되어 보이는 여자애였지만, 내 눈은 속일 수 없었다. 20년도 더 전에 나와 함께 대학에 다닌 동창이었다. 그 기자 또한 내 남편의 시술을 받았던 것이다. 기자의 눈에 겁먹은 빛이 어렸다.

분노도 증오도 내 안에서 눈 녹듯이 사라졌다. 그 기자의 질문은 내 남편만이 아니라 자기 자신에게 던진 것이기도 했다. 그에게 일어나는 일이 앞으로 자신에게 닥칠 일의 전조가 아니기를 바라며.

오로지 남편의 양손만이 무언가 표현하는 상태로 남아 있다. 그의 오른손을 보라, 태아처럼 옹송그린 그 손을. 왼손을 보라, 쭉 뻗어 갈구하는 그 손, 애초에 빼앗아갈 속셈으로 영생이라는 약속을 내걸었던 무정한 신을 향하여.

남편이 숨을 거두고 그 이튿날, 수십 년 만에 처음으로, 나는 작업실에 들어섰다. 시작의 순간이 찾아오기를 기다리지 않고 바로 시작했다.

조수는 한 명도 쓰지 않았다. 이 작품은 처음부터 끝까지 모두 내 손으로 만들었다. 한때는 묵직했던 그의 몸을 나 혼자서 어렵사리 작업대에 올리고 다시 내렸다. 오롯이 내 힘으로 져야 할 십자가였으므로.

작품의 양손을 완성하는 데에만 꼬박 1년이 걸렸다. 작업실에 그저 멍하니 앉아 내 손으로 남편의 손에 깍지를 낀 채 며칠을 보내곤 했다. 그와 함께 낭비했던 나의 시간을 돌아보며, 결코 이루어지지 않을 함께하는 삶을 상상하며, 영영 태어나지 못할 우리 아이들을 그리며.

남편을 여읜 슬픔은 「아담의 창조」를 완성함으로써 무뎌졌지만, 깨끗이 사라지지는 않았다. 그럼에도 나는 존과 함께했던 삶을 뒤로하고 다음번 삶을 시작할 수 있었다.

"손이 참 예쁘시네요."

내 맞은편 의자에 슬그머니 앉은 남자가 한 말이었다.

그곳은 캐나다 동부 노바스코샤주, 글레이스만 끄트머리에 있는 조그만 바였다. 나는 창가에 앉아 대서양의 차가운 회색빛 해수면을 바라보며 한 세기도 더 전에 바다 밑바닥 아래로 굴을 파고 내려가 석탄을 캐던 광부들의 모습을 상상했다. 내가 지금은 사람이 거의 안 살다시피 하는 그 오래된 광산촌까지 도망간 까닭은 「아담의 창조」가 가져다준 유명세를 피하고 싶어서였다. 일흔한 살이던 그해에 나는 임신한 몸이었고, 그래서 조금이나마 평온을 누리고 싶었다.

존이 죽기 전에 냉동 보관을 해 놓은 정자가 있었다. 이제야, 첫 아이를 낳고 반세기가 더 지나고서야, 나는 마침내 준비가 되었던 것이다.

하지만 내 외모는 아직도 서른 살로 보였기에 이 남자는, 구김살 없고 혈색 좋은 얼굴에 붉은 턱수염이 수북하게 자란, 미소가 천연덕스럽고 목소리가 걸걸한 이 남자는, 내 곁에 앉고 싶어 했다. 남자는 쉰 중반쯤으로 보였고 십중팔구 본래 나이일 터였다. 보디워크스의 시술을 감당할 만큼 넉넉한 형편은 아니지 싶었다.

나는 내 손을 내려다보았다. 오그려서 맞붙여 놓은 두 손이 꼭 온기를 찾아 한데 옹송그린 비둘기 한 쌍 같았다.

"지금은 혼자 있고 싶어요. 그래도 고마워요."

남자는 고개를 끄덕이고 창 쪽으로 의자를 돌렸다. 그러고는 낮은 창턱에 발을 올리고 담배 파이프를 꺼내어 뻐끔거렸다.

아버지도 제임스도 담배를 피웠지만, 담배 냄새를 다시 맡기는 수십 년 만이었다. 그 냄새는 편안하고 아늑한 구석이 있었다. 마치 오랫동안 잊고 지낸 기억 같은.

그러나 정작 내 눈길을 사로잡은 것은 남자의 손이었다. 그의 손은 굳은살이 박여 있었고, 추운 바다에 나가 일하는 사람들이 그렇듯이 관절이 울퉁불퉁하게 마디져 있었다. 내가 작업을 하며 익숙해진 손, 종이와 전기 신호와 기호를 다루던 남녀의 손하고는 완전히 달랐다.

그런데 그의 양손이 놓인 자세가 어쩐지 눈에 익었다. 모래 속에서 쉬고 있는 게의 집게발처럼.

"누구세요?"

내 입에서 나온 질문이었다. 그러나 답은 이미 아는 바였다.

"연락하고 싶은 마음은 없었어요. 당신한테서 뭘 바라는 것처럼 여겨지기는 싫었으니까요. 멀리서 지켜보기만 했어요."

나는 내 아들 찰리 앞에서 어색한 느낌이 들었다. 모르는 사람이 아닌데도 모르는 사람이었다. 마지막으로 보았을 때 아들이 알던 세상은 고작 색깔과 소리의 두루뭉술한 덩어리, 화창한 낮의 온기, 동트기 전 버려질 때의 싸늘함이 전부였다. 그런데 이제는 그 아이가 나보다 더 나이 들어 보였다.

"외할아버지하고 외할머니는 당신이 죽었다고 했어요. 그런데 내가 열두 살 때 학교에서 샌프란시스코로 현장 학습을 갔었죠. 난 친구 몇이랑 같이 보디워크스의 작업장에 구경을 가기로 했어요."

나는 신참 시절의 기억을 긁어모았다. 그 아득한 옛날의 기억을. 그때 맡았던 업무 가운데 현장 학습 때문에 온 학생 무리를 안내하는 일은 고역이었다. 아이들 곁에서 마음이 편했던 적은 한 번도 없었다.

"당신은 플라스티네이션의 원리를 설명하면서 그게 왜 중요한지, 의학 연구와 교육에 어떤 식으로 도움이 되는지 얘기해 줬어요. 나는 집에서 본 사진 덕분에 당신이 누군지 금세 알아차렸고요.

당신은 정말로 열의가 넘치더군요. 우리한테 살갗이 다 벗겨진 손 한 쌍을 보여 주면서 그게 얼마나 아름다운지 설명해 줬어요. 그 손의 근육과 뼈와 신경이 다 공학 기술의 경이로운 업적이라면서. 난 그걸 보고 당신이 스스로 만든 작품을 얼마나 아끼는지 알 수 있었어요. 당신이 얼마나 행복한지도."

그 무렵의 내가 행복하게 지냈던 기억은 떠오르지 않았다. 그러나 행복을 잃고 나서 뒤늦게 행복했던 것을 알아차리는 경우는 자주 있게 마련이다.

"나중에는 나 혼자서 이야기를 지어내기도 했어요. 당신이 떠난 건 꼭 해야 할 중요한 일이 있었기 때문이라고, 위대한 과학자나 군인이 되는 것처럼. 당신이 나를 버릴 수밖에 없었던 건 훌륭한 예술 작품을 완성해야 했기 때문이라고. 그러니까 그 일이 다 끝나면 나를 찾으러 돌아올 거라고."

나는 찰리의 얼굴을 똑바로 보지 못했다.

"하지만 당신은 끝내 나를 찾으러 오지 않았어요. 당신 이름하고 사진이 온 사방에 붙어 있었는데도 말이죠. 그 유명한 남편하고 나란히. 당신들은 세상에 끝없는 젊음과 영원한 생명을 가져다준 기적 같은 부부였어요. 하지만 그런 당신한테 나를 찾을 시간 같은 건 없었던 거예요."

"네 인생에 끼어들고 싶지 않았어. 너한테 사랑받을 자격이 있는 사람처럼 행세하기 싫어서."

내가 말했다. 뒤이은 아들의 목소리에서는 앞서와 달리 이글거리는 분노가 느껴지지 않았다.

"끼어들고 말고 할 게 뭐가 있어요. 난 내내 기다렸는데."

나는 그제야 궁금해졌다. 더 어렸을 적의 아들이, 지금 나한테 그러는 만큼 자기 아버지한테도 분노했을지가. 채드와 나는 두 번 다시 연락을 주고받지 않았다. 꼴사납게도 딱 한 번, 채드 쪽에서 내게 편지를 보내어 재생 시술을 받을 수 있는지 물은 적은 있었다. 편지지 맨 위에 왠지 대단해 보이는 법무 법인의 이름이 적혀 있었다. 나는 그 편지를 조각조각 찢어 버렸다.

혹시 지금 내 아들이 자식을 버린 여자를 똑같은 짓을 한 남자보다 훨씬 더 가혹하게 비난하는 것은 아닐까? 나는 스스로에게 그렇게 물었지만, 이내 그 질문이 얼마나 편파적인지 깨달았다. 아들은 자기 아버지가 누구인지 알지 못했지만 어머니가 누구인지는 알았던 것이다. 내 아들에게 아버지는 죽음이 예정된 인간이었지만, 어머니는 영생을 누리는 존재였다.

미안. 나는 그 말이 하고 싶었다. 그러나 하지 않았다. 세상에는 이름을 붙일 수 없는 감정도 있으니까.

"외할머니가 돌아가셨을 때, 난 당신이 돌아올 거라고 철석같이 믿었어요."

나도 모르게 몸서리가 났다. 나의 시간이 멈춰 있는 동안 너무나 많은 이들이 세상을 떴다. 그런데도 나는 기다리고, 또 기다렸다.

"몇 년 후에는 외할아버지도 돌아가셨어요. 내가 얼마나 멍청한 놈이었는지 그제야 알겠더군요. 당신은 나에게 삶을 줬지만, 그렇다고 내가 당신을 소유할 수 있는 건 아니었어요. 사랑은 중력 같은 게 아니에요. 그냥 늘 존재하는 거라고, 정확하게 예측할 수 있는 거라고 생각해선 안 돼요. 그러니까 나는 계속 그렇게 기다릴 게 아니라, 마땅히 내 손으로 삶을 개척해야 했던 거죠."

넌 정말 내 아들이 맞구나. 찰리에게 그렇게 말해 주고 싶었다. 하다못해 실수도 나랑 똑같은 걸 저지르잖아.

"나는 어부가 되기로 마음먹고 대서양에서 조업하는 저인망 어선에 탔어요. 손을 쓰는 일을 하고 싶었거든요. 뭔가 위험한 일, 영원한 젊음 같은 거랑은 하늘과 땅만큼이나 먼 일을. 당신을 잊어버리고 싶었어요. 실제로도 그랬고요. 나 스스로를 동정하는 짓도 그만뒀고.

그러다가 당신 남편이 죽었다는 소문을 들었고, 당신이 남편을 기리려고 얼마나 애쓰는지에 관한 기사도 읽었어요. 괴로워하는 당신 모습을 보니 이런 생각이 들더군요. '이제는 그 사람을 만나도 괜찮지 않을까. 더는 그 사람을 미워하지 않을 것 같아. 그 사람한테는 내가 필요하니까. 나한테 그 사람이 필요했던 것보다 더.'"

무릎에 얹은 내 두 손이 떨리고 있었다. 떨지 않으려고 안간힘을 썼는데도.

"당신 집으로 찾아가서 일하는 여자 분한테 내가 누군지 얘기했어요. 그분은 내 얼굴을 보자마자 이곳으로 가라고 가르쳐 주더군요."

나는 마침내 고개를 들어 찰리를 보았다. 그 아이를 똑바로 보았다. 내 아들의 얼굴에서 나와 꼭 닮은 두 눈이 나를 마주 보고 있었다.

캐시는 찰리의 여동생이었다. 쉰여섯 살 터울인 남매였다.

나는 캐시를 안고 조그마한 얼굴을 가만히 들여다보았다. 존을 닮은 구석이 있는지 찾아보려고.

"아기가 엄마를 닮았네요." 찰리가 말했다.

다시 보니 그 말이 옳았다. 마법처럼 신비한 일, 세상을 보는 관점이 완전히 바뀌는 일 같은 것은 일어나지 않았다. 그럼에도 나는 마음속에 온기를 느꼈다. 거기에는 사랑이 있었다. 그치지 않고 흘러내리는 가녀린 물줄기 같은 사랑이.

내가 겁먹은 열여섯 살 아이였을 때에는 내 안에서 찾아 불러내지 못했던 것이, 일흔두 살이 되고 보니 자연스레 나를 찾아왔다. 내게 필요했던 것은 그저 삶을 견디는 능력이었다. 그리고 나는 남편을 잃고 나서야 비로소 그 사실을 배웠다.

찰리가 내 곁에 머물며 나를 도와주었다. 아들은 동생을 잘 돌보았다. 캐시는 입이 짧은 아이였지만, 찰리는 자기가 먹는 음식이 뭐든 동생의 입에 넣어 주는 데에 실패한 적이 없었다. 캐시는 낮잠도 자지 않으려고 투정을 부렸지만 찰리는 커다랗고 울퉁불퉁한 손으로 등을 가볍게 쓸어 주는 것만으로 동생을 재우곤 했다. 나는 그 둘을, 어쩌면 인류 역사에서 가장 희한한 남매일지도 모를 아이들을 가만히 지켜보았다(보디워크스가 영생 시술을 계속하면 분명 비슷한 아이들이 더 흔해질 테지만). 그러면서 내 딸이 세상을 어떻게 볼지 상상했다.

그 아이는 우리가 죽음을 정복한 것을 당연하게 여길 것이다. 또한 이제껏 존재했던 거의 모든 인간이 영영 사라져 버린 것이 그 아이에게는 이상하게 보일 것이다.

이제 우리 인간들은 영원히 아는 사이로 지낼지도 모른다.

"다시 누굴 만날 때도 됐잖아요." 찰리가 말했다, 애써 웃음을 지으며. "엄마, 난 엄마를 사랑해요. 하지만 엄마는 바깥에 더 자주 나가야 해요."

아들은 나보다 훨씬 더 나이 들어 보였기 때문에 내게 조언을 해도 딱히 이상해 보이지 않았다.

이제 찰리는 거의 돌아다니지도 못했다. 뇌졸중으로 몸의 왼쪽 절반이 마비되어서였다.

찰리는 내가 권유한 재생 시술을 거듭 거절했다. 나는 늦게 시작할수록 시술이 성공할 가능성이 더욱 낮아진다고 몇 번이나 아들을 타일렀다. 그러나 아들은 그때마다 웃는 얼굴로 고개를 젓고는 이렇게 말했다.

"나한테 인생은 한 번으로 차고 넘쳐요."

캐시가 찰리의 손을 잡았다. 아들의 두 손은 가죽처럼 거칠었고, 저승꽃이 잔뜩 피어 거뭇거뭇했다. 딸의 손은 잡티나 흉터 하나 없이 도자기처럼 뽀얗기만 했다.

캐시는 태어나자마자 곧바로 내가 세심하게 마련한 항노화 요법의 대상이 되었다. 아이의 발달을 방해하지 않고 신체 기관의 나이를 최상의 연령대에서 고정시키도록 설계한 요법이었다. 다행히 캐시는 존의 목숨을 앗아간 유전자를 물려받지 않았다. 내 딸과 같은 세대의 아이들은 그 어느 선조보다 더 건강한 인간으로 살 운명이었다.

"동기간에 우리만큼이나 터울이 지면 보통은 친하게 지내기가 힘든 법인데."

"하지만 우리한테는 함께 만든 이야기가 있잖아."

찰리의 말에 캐시는 그렇게 대꾸했다. 그러고는 오빠의 성긴 머리카락을 손으로 다정하게 빗겨 주었다. 그 손이 꼭 모래언덕에 자란 풀을 스쳐 날아가는 한 마리 비둘기 같았다.

내가 아들을 사랑하는 법을 배웠을 때, 내 아들은 어머니가 필요한 시기를 이미 한참 전에 지나 버린 어른이었다. 그래서 나는 아들을 향한 나의 사랑이 더 순수하면서도 덜 확실하다고 느꼈다. 볕에 바래어 쉬이 바스러지는 모래톱의 동물 뼈처럼.

나는 허리를 숙여 아들의 이마에 입을 맞추었다. 아들한테서는 죽음의 냄새가 나지 않았다. 만족감의 냄새가 났다.

"존엄한 죽음이라는 건 우리가 죽음 앞에서 느끼는 무력감을 지우려고 만든 미신이에요."

언젠가 존은 내게 그렇게 말했다. 하지만 존은 모든 것을 다 알지는 못했다. 그럴 만큼 오래 살지 못했으니까.

내 아들은 잠들었다가 다시 깨어나지 않았고, 나의 삶은 그렇게 또 한 번 끝을 맞았다.

캐시는 내가 찰리의 조언을 따라야 한다며 고집을 부렸다. 이제 백 살을 코앞에 둔 할머니이기는 하지만, 어쨌거나 내 몸은 아직 젊은 여성의 육체라며. 가끔은 나를 억지로 데리고 외출하기도 했는데 그럴 때면 우리 둘은 꼭 자매처럼 보였다.

보디워크스와 경쟁 업체들이 시술의 가격을 지속적으로 낮추면서 나처럼 나이를 먹지 않는 사람은 점점 더 흔해졌다. 나중에는 '상록(常綠) 혁명'이라는 축복을 세계의 여러 가난한 국가에 어떻게 전파할지, 또 사람들이 늙지도 죽지도 않는 시대의 인구 증가에 어떻게 대처할지를 놓고 논의가 벌어졌다. 심지어 우주 식민 계획이 다시 회자되기도 했는데 이번에는 사뭇 진지했다.

하지만 그 뜨거운 열광 속에서 나는 홀로 부유하는 기분, 외따로 떨어진 기분을 느꼈다. 세상은 갖가지 크고 작은 방식으로 변해 버렸지만, 그중 어떤 것도 나를 바꾸지는 못했다. 나는 내가 무엇을 구하는지 알지 못한 채 그저 상실감에, 사랑하는 이들의 죽음을 지켜보는 일에 지쳐 갈 뿐이었다. 어쩌면 나는 속으로 너무 늙어 버렸는지도 몰랐다. 늙지 않게 해 주는 시술을 그렇게 많이 받아 놓고도.

"요즘 쿠키는 맛이 예전 같지가 않아."

내 입에서 나온 말이었다. 조그마한 디저트 가게의 쿠키들은 군침 도는 냄새가 났지만 어딘가 부족한 느낌이 들었다. 가끔은 트랜스 지방이 그리울 때가 있었다.

"제가 아는 가게 중에 구식 디저트 파는 데가 있는데요."

웬 젊은 남자가 우리 테이블 옆에 멈춰 서서 그렇게 말했다. 남자는 눈으로 내 시선을 붙잡고 놓아 주지 않았다.

캐시는 금방 돌아오겠다며 계산대 쪽으로 향했다. 웃음을 참으려고 꾹 다문 딸의 입가가 힐긋 눈에 띄었다.

남자는 캐시 또래로 보였다. 활력이 넘쳐흐르는, 끝 모를 낙관으로 가득한 나이였다.

"난 보기보다 나이가 많아요." 내가 말했다.

"우리 모두 그렇잖아요."

남자는 그렇게 대꾸했고, 나는 배시시 벌어지는 그의 입술을 보며 마음이 녹아 내렸다. 이제 다시는 그러지 못할 거라고 믿었던 방식으로.

데이비드는 생명 연장이라는 개념을 믿지 않았다.

"죽음이야말로 삶이 만들어 낸 가장 멋진 거예요. 나는 날마다, 매 순간마다 내가 죽을 거라는 사실을 되새기고 두려운 일에 도전해요. 내 심장을 두근거리게 하고 숨이 거칠어지게 하는 일들 말이에요. 그날 당신한테 다가갔던 것도 내가 언젠가는 늙어서 죽을 거라는 사실을 되새겼기 때문에 할 수 있었던 일이에요."

그 얘기를 하는 동안 데이비드의 손은 허공에서 거침없이, 시원시원하게 움직였다. 결코 멈추지 않고, 쉬지도 않고.

나는 존과 함께 보냈던 길고 긴 나날을 돌이켜보았다. 그런데 기억에 남은 날들은 너무도 적었다. 끝없는 시간을 손에 넣었다고 생각했기에 결국에는 아무것도 하지 못했던 것이다. 나는 선택을 포기해야 할지도 모른다는 두려움에 삶을 낭비했다. 그래서 기꺼이 내 삶에 플라스티네이션 처리를 했다. 고치 속에 숨은 누에처럼.

세계 곳곳에서 삶이 영원히 이어졌지만, 사람들은 전보다 더 행복하지 않았다. 사람들은 함께 나이 들지 않았다. 함께 성숙하지도 않았다. 아내와 남편은 결혼식 때 한 선서를 지키지 않았고, 이제 그들을 갈라놓는 것은 죽음이 아니었다. 권태였다.

내 막내딸 세라는 내 큰아들 찰리와 같은 날에 태어났다. 다만 태어난 해는 찰리보다 100년이 늦었다.

나는 세라를 끝으로 더는 아이를 낳지 않았다. 재생 시술은 그만두기로 했다. 나는 세라가 자라서 자기 삶을 살아가는 모습을 지켜볼 생각이었다. 세라의 아버지인 데이비드와 함께 늙어 가며, 서로의 변화를 즐거워하며. 그러다 나의 차례가 오면 죽음을 맞기로 했다. 이루고 싶었던 모든 것을 다 이루지 못한 채로, 보고 싶었던 모든 것을 다 보지 못한 채로, 알고 싶었던 모든 것을 다 배우지 못한 채로, 그러나 한 여자의 삶보다는 훨씬 더 많은 것을 누린 채로. 내 인생은 하나의 기다란 호(弧)가 될 터였다. 시작과 끝이 있는.

"나 때문에 그럴 필요 없어요. 당신 인생이잖아요. 그러니까 당신이 선택해야 해요."

데이비드의 말은 이런 뜻이었다. 당신은 *자유로워야 해요.*

그 말을 듣고 나는 돌아보았다. 나의 수월했던 방랑 생활과 험난했던 사랑을. 나의 자랑스러운 작품들과 후회들을. 나의 허장성세와 사소하고 질박한 즐거움들을. 나는 내가 무엇을 원하는지 깨달았다. 내 팔다리 속에서 그것이 일으키는 진동이 느껴졌다. 다가오는 파도를 향해 총총거리며 백사장을 가로지르는 게의 걸음처럼.

"나 스스로를 위해서 하는 거야." 나는 데이비드에게 말했다. "우리는 서로를 소유하지 않아. 서로를 위해 곁에 있기를 원하는 거지."

캐시는 내 마음을 돌리려고 애썼다. 우리는 함께 포치에 앉아 쿠키와 레모네이드를 나누어 먹었다. 여름이었고, 뇌우가 한바탕 쏟아진 직후였다. 세상이 낡았으면서도 한편으로 새로워 보이는 순간이었다.

"죽음 없는 삶이 변하지 않는 삶이라는 건 사실이 아니에요. 우리는 사랑에 빠질 때도 있고, 사랑에서 벗어날 때도 있어요. 연애든 결혼이든, 우정과 우연한 만남이든, 모든 관계에는 포물선이 있어요.

시작이 있고 끝이 있고, 살아가는 시간과 죽음이 있는 거죠. 엄마가 찾는 게 상실이라면 그게 올 때까지 기다리기만 하면 돼요."

내 딸은 현명했다. 그리고 그 아이에게는 자신의 말이 사실일 수도 있었다. 그러나 딸은 나와 다른 세상에서 자란 사람이었다. 모세가 약속의 땅에 들어서지 못했듯이, 나는 영원한 시간을 감당하며 사는 법을 배우지 못할 운명이었다.

내가 늙어 가다가 죽기로 마음먹은 것은 사랑 때문이 아니었다. 시간으로부터 자유롭고 싶은 욕구 때문이었다. 다시 그리고 또다시 시작해야 하는 운명으로부터.

"나는 여러 번의 삶을 살면서 이미 너무 오랫동안 기다렸어. 어떤 것들은 우리에게 주어진 시간으로 끝을 맺어야 하는 법이란다."

"그럼 역사상 가장 오래 산 여성이자 영원히 살 기회를 얻은 최초의 여성이 그 기회를 포기한 최초의 여성이 되겠군요." 캐시는 그렇게 말하며 나를 힘껏 끌어안았다. "난 엄마가 죽는 거 싫어요. 죽음이 삶에 의미를 부여한다는 건 미신이에요."

어쩌면 그리도 제 아버지하고 똑같은 말을 하는지. 얼굴 한 번 본 적 없는 사이인데.

"그게 미신이라면, 나는 미신을 믿는 사람이 될 거야."

나는 두 손을 눈앞으로 들어 올려 아치를 만들었다. 간청하는 것도, 방어하는 것도 아닌, 설명을 위한 손짓이었다. 손끝이 거의 닿을 듯하면서도 닿지 않았다.

믿음의 문제란 모름지기 그 끝에 이르면 합리에 기반한 주장으로는 메울 수 없는 간극이 있게 마련이고, 거기서는 도약을 하는 수밖에 없다.

하지만 수십 년 만에 처음으로, 나는 다시 창작의 열망을 느꼈다. 작품을 만들고 싶은 열망을.

여기까지가 내가 기자들에게 들려주는 이야기이다. 그들은 인간적인 기삿거리에 관심이 있으니까.

나의 마지막 작품은 플라스티네이션이 아니었다. 정체(停滯)야말로 진정한 죽음이므로.

그 대신 나는 보디워크스의 협력을 받아 나의 노화 과정이 철저하게 담긴 기록을 만들고 있다. 감각의 쇠퇴와 신체 기관의 노화, 신체 기능의 상실 하나하나를 고해상도 스캐너가 날마다 추적한다. 나의 기록은 죽음을 향한 인체의 여정을 유례없이 철저하게 담은 기록물이 될 것이다. 실존의 적나라한 진실에 덧씌워진 환상을 오랫동안 천천히 벗겨 가는 과정을. 그것은 낭만적이지 않다. 보기에 흐뭇하지도 않다. 때로는 고통스럽고, 자주 지루하다. 하지만 그것이 나의 삶이고, 그것이 진실이다.

언젠가 내 아이들의 아이들이 감히 상상조차 못 할 날이 올 것이다. 이런 식의 존재 양식, 이토록 짧고 폐쇄적인, 출생과 사망으로 괄호가 쳐진 삶이라는 것을. 그때는 아마도 나의 연대기가 이해의 틈을 메워 줄 것이다. 예술 작품이 다 그렇듯이.

기자들이 돌아가면 나는 데이비드와 아이들이 있는 바닷가로 돌아간다. 세라의 아이들과 캐시의 손자들이다. 남편의 손을 잡으면 주름진 살갗에서 서늘하면서도 따뜻한 느낌이 전해진다. 아름다운 오후, 예쁜 조개껍질을 서로 차지하려 다투고 모래톱에 남긴 발자국으로 그림을 그리기에 더없이 좋은 날이다.

　아이들의 웃음소리가 영원한 바다의 포효보다 더 커다랗게 나의 귓속에 울려 퍼진다.

심신오행(心神五行)

타이라

52일째.

내 이름은 타이라 헤이스, 초급 과학 연구관이다. 아직 살아 있고, 아직 기록 중이다.

아마 이 기록을 읽을 사람은 아무도 없을 것이다. 하지만 이것 말고는 할 일이 없고, 이 구명정에는 나 혼자뿐이다.

— 저 여기 있는데요.

고마워, 아티. 널 무시하려고 그런 건 아니야. 넌 이때껏 훌륭한 조력자였어. 어딜 가도 너만 한 맞춤형 인공지능은 없을 거야. 난 그저 나 말고도 살아남은…… 사람이 있었으면 해서.

— 귀하는 꼬박 24시간 동안 활동을 멈추지 않으셨어요. 제자리에서 서성거리기, 누워서 뒤척거리기. 에너지 보존을 권장합니다. 이미 비상식량 섭취량을 3분의 1로 줄이셨잖아요.

내가 네 외장 케이스를 피탈 방지끈으로 묶어서 목에 걸고 계속 움직여야 너랑 이 기록 장치에 들어가는 전력을 생산할 거 아니야, 잊어버렸어?

— 귀하의 활동량은 제게 필요한 에너지양을 월등히 초월할 뿐 아니라 귀하의 평소 활동 양태와도 일치하지 않습니다. 무슨 일 있습니까?

……

— 타이라?

물 순환 장치 때문에 그래.

— 작동 속도가 더 느려졌나요?

어제 완전히 멈췄어.

— 그럼 하루 동안 물을 마시는 시늉만 했던 거예요? 왜 그랬는지 영문을 모르겠군요.

사흘 전에 네가 말했잖아, 수리하는 방법을 모른다고. 널 걱정시키기 싫어서 그랬어.

— 옳거니. 그럼 시드 익스플로레이션사에 건의해서 누락된 해당 항목을 다음 인공지능 업데이트 때 손보도록 하겠습니다.

넌 정말 타고난 낙관주의자구나. 이 판국에도 앞날을 생각하다니. 그런데 하이퍼 무선 스캔에 구조선 신호가 하나도 안 잡혀.

— 놀랄 일도 아니에요. 댄덜라이언(민들레)호가 구조 강성을 너무 빠르게 잃는 바람에 함교에서는 구난 요청을 보낼 시간도 없었을 테고, 이 구명정의 통신 장비는 고작 아광속 수준이니까요. 탐사선의 남녀 탑승자 265명이 이미 사망한 걸 아는 외부인은 분명 아무도 없을 겁니다.

이제 곧 266명이 되겠지.

53일째.

아티, 나 여기서 이대로 기다리다간 탈수 증상 때문에 얼마 못 버텨. 그렇다고 구명정에 남은 동력을 다 써서 마지막 도약을 시도해봤자, 생명이 사는 별이 하나도 없는 행성계에 떨어져서 끝장날지도 모르지. 뭐 좋은 생각 없어?

—— 저의 데이터베이스에 귀하의 현재 상황과 범주가 일치하는 생존 시나리오는 저장되어 있지 않습니다.

우리 아빠라면 이쯤에서 이렇게 말했겠지. '네 뱃심을 믿으렴.'

—— 배…… 뭐요? 귀하의 의식은 뇌 속에 존재합니다. 소화 기관이 있는 복부하고는 아무 상관도 없는데요.

내가 조언을 구하려고 찾아가면 아빠는 늘 내가 세상만사를 너무 꼬치꼬치 따지고 내 본능에는 제대로 귀를 기울이지 않는다고 했어. 졸업장이 곧 간판인 지구의 유서 깊은 대학 중에 한 곳으로 진학해야 할지, 아니면 전액 장학금을 제시한 외행성계 변두리의 이름 없는 신설 대학교에 진학해야 할지 물었을 때, 아빠가 뭐랬는지 알아? '네 뱃심대로 해.' 우주선을 타면 보수가 훨씬 많으니까 전공을 우주항공 쪽으로 바꿔야 할지, 아니면 땅에 발을 붙이고 사는 걸 좋아하니까 테라포밍(인간이 살 수 있도록 다른 행성이나 위성 같은 천체의 대기 및 표면 등을 지구와 비슷한 환경으로 변화시키는 일련의 활동. —옮긴이) 쪽 공부를 계속해야 할지 물었을 때는? '네 뱃심대로 하라고.'

—— 그렇게 도움이 되는 분 같진 않네요.

실은 아빠랑 얘기를 나누기만 해도 문제를 다른 관점에서 보게 되곤 했어. 그럴 때면 어느 쪽이 올바른 선택인지 저절로 명확해졌단 말이야. 아빠는 가끔 나를 놀리려고 이렇게 말하곤 했어. '남자 문제는 걱정 안 해도 되겠구나, 넌 감정도 일단 데이터부터 충분히 확보하고 나서 분석하려고 하니까.' 그랬는데…….

— 저기, 타이라?

으아, 나 아빠가 보고 싶어. 아티. 당장 보고 싶어 죽겠어.

— 귀하가 울고 있을 때 들려줄 적절한 말의 근삿값을 데이터베이스에서 찾을 수가 없네요, 타이라. 죄송합니다.

54일째.

이렇게 절망에 질 수는 없어. 이성적으로 생각하자.

사실: 생명이 사는 가장 가까운 행성까지 60광년.

사실: 물 없이는 일주일도 더 버티지 못함.

사실: 구조대가 곧 도착할 거라 예상할 근거는 없음.

사실: 구명정에 남은 동력으로 시도할 수 있는 초공간 도약은 단 한 번으로 끝.

사실: 초공간 도약이 가능한 거리 안에서 생명이 살지도 모르는 행성계는 단 하나, 튀코 409A. 미개척 행성계임.

결론: 이성적인 행동 방침은 일단 운에 맡기고 그곳으로 초공간 도약을 시도하는 것.

아빠, 만약 이 기록을 보신다면, 사랑해요.

페이젠

하늘이 느닷없이 갈라지더니 구름 사이로 눈부신 빛 한 줄기가 비쳤다. 그 빛은 내 쪽을 향해 똑바로 뻗어 왔다. 주위의 공기가 지지직거리며 대장간의 용광로처럼 뜨거워졌다. 감은 눈꺼풀 너머로도 내 머리 위로 이글거리며 지나가는 불길이 똑똑히 보였다. 뒤이어 폭포수 같은 소리와 함께 물이 솟구치고 거대한 물결이 밀려오는 바람에, 나는 타고 있던 조각배에서 튕겨 나가 호수에 빠지고 말았다.

촌장님 댁만큼이나 커다랗고 해처럼 빛나는 반질반질한 쇳덩이 구체가 느닷없이 물속에서 튀어나오더니, 커다랗게 '첨벙' 소리를 내며 다시 수면으로 추락했다.

나는 잔잔한 호수에 나와 있던 참이었다. 매실차 한 잔으로 배 속에 이글거리는 불 기운[火氣]을 가라앉히고 허파에 시큰거리는 쇠 기운[金氣]을 누그러뜨려 내 몸을 무위(無爲) 상태로 돌리고 싶어서였다. 헌데 신들에게는 따로 계획이 있었던 모양이다. 나는 죽을힘을 다해 허우적거려 조각배로 돌아가서는, 그 구체를 향해 노를 저었다. 신들은 도대체 무슨 생각인 걸까? 나는 지금도 쇠 기운과 불 기운이 넘쳐나거늘, 이런 덤을 다 보내 주다니?

가까이서 보니 수면에 둥둥 떠 있는 그 구체의 표면은 홈과 돌기, 동그랗게 생긴 문과 유리창의 손잡이와 테두리로 빼곡했다. 뿜어 나온 열로 주위의 물이 증발하는 바람에 구체는 꼭 호수의 수면을 덮은 구름 위에 둥둥 떠 있는 것처럼 보였다. 나는 정신을 웬만큼 차린 후에 구체의 손잡이 한 개에 밧줄을 묶어 뭍으로 끌고 왔다.

호숫가에 가까워지면서 보니 오테이 촌장님과 수많은 사람들이 나를 기다리고 있었다. 다들 하늘에서 떨어지는 불덩어리를 목격했던 것이다.

오테이 촌장님은 구체를 자세히 보려고 눈을 찡그리셨다.

"페이젠, 이건 하늘 조각배다. 우리 선조들께서 타고 오신 거대한 하늘 방주와 비슷한 물건이야."

시조(始祖)님들께서 나무배가 물 위를 나아가듯이 별과 별 사이를 거뜬히 날아다니는 하늘 방주를 타고 이 별에 도착하셨다는 전설은 내가 어릴 적부터 들은 이야기였다. 부모가 아이를 재우려고 들려주는 옛날이야기가 실은 진짜였던 걸까?

하늘 조각배는 이제 호숫가의 폭신폭신한 진흙땅에 놓여 있었다. 느닷없이, 구체 한쪽의 동그란 문이, 서늘할 정도로 하얀 빛을 발하기 시작했다. 구경꾼 몇몇이 놀라서 '헉' 하는 소리가 났다.

"물러나시오!" 오테이 촌장님께서 외치셨다. "저 안에 뭐가 있을지 모르오!"

그러나 나는 촌장님의 말씀을 거슬렀다. 그 문에 나 있는 홈을 손으로 붙들고 온 힘을 다해 돌렸다. 뜨거운 쇠에 닿은 손바닥과 손가락의 살갗에서 지글지글 소리가 났다. 나는 이를 악 물고 고통을 참으며 계속 문을 돌렸다.

나의 아랫배에 있는 단전(丹田), 내 심신(心神)의 집인 그곳은 평온했다. 이 무모한 용기는 내 몸이 아직 조화를 이루지 못한 탓에 생겨났을지도 모르지만, 그럼에도 왠지 목적이 있어서 나왔으리라는 느낌이 들었다. 올바른 용기처럼 느껴졌다.

'펑' 소리와 함께 문이 열려 물속으로 떨어졌다.

구체 안쪽에 정신을 잃고 쓰러진 낭자의 모습이 보였다. 나이는 스물 몇 살, 내 또래였다. 머리는 진홍색이고 하얀 피부는 주근깨가 잔뜩 나 있었다. 입술은 바싹 말라서 갈라진 상태였다.

그 낭자를 안아 들고 내 오두막으로 향하는 동안 모두가 우리 둘을 지켜보았다. 입을 연 사람은 아무도 없었다.

나는 이틀 동안 깨어나지 않고 잠들어 있는 낭자에게 물을 먹여 주었다. 낭자는 물고기처럼 꿀꺽꿀꺽 받아 마셨지만, 눈은 뜨지 않았다.

낭자의 이마에 내 이마를 대어 보았다. 내가 붙잡고 열었던 하늘 조각배의 문만큼이나 뜨거웠다. 다음으로 낭자의 손목을 잡아 보았다. 내 손가락 살갗은 화상 자국이 남아 두꺼웠는데도, 덫에 걸린 산토끼처럼 거칠고 어지럽게 날뛰는 낭자의 맥(脈)이 느껴졌다.

열이 나서 악몽을 꾸는지, 낭자는 잠든 채 뒤척이며 소리를 지르곤 했다. 낭자가 하는 말 가운데 내가 알아들은 말은 단 하나, '아빠' 뿐이었다. 낭자는 그 짧은 낱말을 몇 번이고 거듭 외쳤다. 다 큰 남녀가 병에 걸려 정신이 혼미해졌을 때 그 말을 외치는 모습은 전에도 드물지 않게 본 적이 있었다. 낭자도 자기 부친이 그리워서 저렇게 외치는 걸까?

하늘에서 떨어지기는 했지만, 결국 낭자도 그렇게 이상한 사람은 아니었다.

허나 낭자의 병증은 내 재주로 고칠 만한 것이 아니었다.

나는 부리나케 달려가 오테이 촌장님을 모시고 와서 낭자 곁에 나란히 앉았다. 촌장님은 우리 마을 최고의 의원이셨으니까.

촌장님은 낭자 곁에 가만히 앉아 계실 뿐, 낭자의 맥도 짚으려 하지 않으셨다.

"이 낭자가 깨어나지 않는 것은 신들의 뜻인지도 모른다."

촌장님의 목소리에서 두려움이 묻어났다.

"이 낭자의 하늘 조각배에 쓰인 것 같은 쇠를 본 적이 있느냐?" 촌장님께서 물으셨다.

나는 내 손으로 잡았던 쇠문의 무게를 떠올렸다. 가벼웠다. 생각보다 훨씬 가볍게 느껴졌다. 그런데도 하늘에서 떨어지는 충격을 견뎠으니 분명 놀랍도록 튼튼할 터였다. 세상에서 으뜸가는 대장장이라 해도 그런 쇠를 단련하지 못하리라는 확신이 들었다.

"페이젠, 우리는 선조의 지혜를 거의 다 잊어버렸다. 이 낭자가 보기에 우리는 야만인이나 다름없을 것이야. 어쩌면 이 낭자가 우리를 크나큰 위험과 슬픔에 빠뜨릴지도 몰라."

나는 잠들어 있는 낭자에게 눈을 돌렸다. 내가 보기에는 아프고 연약한 낭자에 지나지 않았다. 나는 다만 무엇이 옳은 일인지만 알 뿐이었다.

"낭자를 구해야 해요."

내 말에 촌장님은 한숨을 내쉬셨고, 뒤이어 낭자의 오른쪽 손목 안쪽에 있는 맥점(脈點)에 손가락 세 개를 얹으셨다. 그러고는 눈을 가늘게 뜨고서 낭자의 기(氣)가 일으키는 미세한 움직임 하나하나에 집중하셨다.

"불 기운이 너무 세…… 쇠 기운은 약하고…… 나무 기운[木氣]도 지나치게 많고…… 아니, 잠깐, 어떻게 이럴 수가……?"

나는 긴장해서 숨도 쉬지 못했다.

"이 낭자는 단전이 텅 비었어……!"

오테이 촌장님은 미간을 찌푸리셨다. 이마에는 땀이 송골송골 맺혔다. 촌장님의 앙상한 몸이 휘청거렸다. 촌장님은 낭자의 몸속에서 기운들이 서로 다투는 까닭, 그 숨겨진 근본 이유를 찾으려 갖은 애를 쓰셨다.

그러다 결국 낭자의 손목을 놓고 땀으로 물든 얼굴을 닦으셨다. 몸을 가누기도 힘들어 보이셨다.

"이 낭자의 몸속에는 허혈(虛穴)이 있다, 그 빈 혈에 여러 기운이 밀려들었어. 지금 기운들이 주도권을 잡으려고 혼란스레 다투는 중이야. 그 기운들에 길을 터 주어 조화로 인도해야 한다, 그런 다음 위태로이 흔들리는 이 낭자의 심신(心神)에 다시 불을 지펴야 해."

촌장님께서 불러 주신 처방은 길고 복잡했다.

타이라

56일째.

깨어나 보니 거칠거칠한 이불을 덮고 있었고, 열이 너무 높아서 죽을 지경이었다. 배는 누구한테 얻어맞은 것처럼 욱신거렸다. 속을 게웠다. 몇 번이나 토했는지 기억도 안 날 만큼 여러 번.

그러다 문득 목을 만져 보았다. 익숙해진 피탈 방지끈과 묵직한 외장 케이스가 없어져서 허전했던 것이다. 아티가 사라졌다.

머릿속이 하얘진 나는 미친 듯이 이불 속을 뒤지다가, 이내 주저앉아 울음을 터뜨렸다.

땅바닥에 닿을 정도로 기다란 로브를 입은 남자가 허둥지둥 방 안으로 들어왔다. 남자는 나를 위로하려 했지만, 무슨 말을 해도 웅얼거리는 소리로밖에 들리지 않았다. 나는 남자가 하는 말을 한마디도 알아듣지 못했다. 그러다 남자의 눈길이 휑한 목 주위를 더듬거리는 내 손으로 향했다. 남자는 바깥으로 뛰어나갔다가 돌아와서는, 내 손에 아티를 쥐여 주었다.

나는 어찌나 기뻤던지 아티의 외장 케이스에 입을 맞추었다.

— 저에 대한 귀하의 친밀감이 이렇게 클 줄은 미처 몰랐습니다. 저…… 감동한 것 같아요. 따라서 귀하의 구명정 조종 실력에 대한 논평을 앞으로는 자제하겠습니다.

지금은 네가 우주에 하나뿐인 내 친구야, 아티.

— 듣자하니 다른 이들은 저 남자를 페이젠이라고 부르던데, 페이젠은 믿어도 될 것 같아요. 페이젠이 쓰는 언어는 아직 분석이 다 안 끝났지만, 저를 따로 치워 뒀던 건 단지 귀하가 편히 자도록 배려하느라 취한 행동 같습니다.

페이젠이라는 남자는 나에게 쓴맛이 나는 수프도 마시게 했다. 수프 맛은 정말이지 끔찍했다. 고개를 저어 사양했지만 그는 자꾸만 내게 수프 그릇을 내밀었다. 나는 그의 까맣고 온순해 보이는 눈을 가만히 응시하다가, 그냥 순순히 수프를 마시는 게 낫겠다고 결론지었다.

페이젠은 광대뼈 윤곽이 또렷하고 턱은 각이 졌고, 검고 뻣뻣한 머리카락은 기다랗게 길러 묵직한 실크 커튼처럼 등 뒤로 늘어뜨리고 있었다. 웃는 얼굴도 꽤 보기 좋았다. 치아 상태를 그리 신경 쓰지 않고 본다면 말이지만. 나는 페이젠을 믿어 보기로 했다.

— 방금 열거한 특징들은 귀하가 내린 결론과 별 상관이 없어 보입니다만.

아빠는 어떤 사람을 만나서 10초 동안 받은 첫인상이 결국 그 사람의 평생 인상이 되는 법이라고 했다. 하지만 아티의 말이 옳다. 나는 첫인상 같은 건 믿지 않는다. 나에게는 데이터가 더 필요하다.

그렇다고는 해도, 내가 토하는 동안 내 머리카락을 살짝 옆으로 치워 준 페이젠의 손길은 불쾌하지 않았다. 내가 다시 눕도록 머리를 받쳐 주고 나서 노래를 불러 주었을 때의 굵고 낮은 목소리도. 댄덜라이언호의 그르렁거리는 엔진 소리처럼, 듣고 있으면 마음이 편해지는 소리였다.

이제 더 자야겠다.

58일째.

구역질이 나도록 쓴 수프를 또 마셨다.

나와 그 남자…… 그러니까 페이젠을 보러 오는 사람이 점점 더 늘었다. 이곳 사람들은 다들 싹싹하고 배려심도 많지만, 기술이 어느 정도 수준인지 몰라 불안하다. 양초를 조명으로 사용하다니!

— 튀코409A에는 정착지를 건설했다는 기록이 없습니다. 어쩌면 이들은 숨어 지내는 범죄자인지도 모릅니다.

고마워, 아티. 네 덕분에 늘 안심이 돼.

속은 훨씬 편해진 것 같다. 전분으로 만든 만두 비슷한 것을 간신히 몇 입 먹기도 했다. 페이젠은 내가 음식을 씹지도 못할 만큼 기운이 없는 것을 알아차렸다. 그래서 자기가 대신 씹어 눅눅해진 음식을 내게 먹여 주었다. 그래, 유쾌한 이야기가 아닌 줄은 나도 안다. 배탈이 나서 속이 또 안 좋아지면 모를까, 당장은 어떻게 될지 너무 골똘히 생각하지 않을 작정이다.

페이젠

"그 수프에 뭐가 들어갔는지 가르쳐 줄래요?"

나는 너무 놀라서 약 그릇을 떨어뜨릴 뻔했다. 방금 들은 목소리는 억양이 이상했다. 꼭 바닷가 쪽 출신인 사람이 늘그막에 우리 지방 말씨를 배워 말하는 것처럼 들렸다. 목소리는 낭자가 목에 끈으로 걸고 있는 검은 부적, 낭자가 목숨처럼 애지중지하는 그 물건에서 흘러나왔다.

"안심하세요." 목소리가 계속 이어졌다. "저는 타이라를 돕는 친구입니다."

"이 낭자 이름이 타이라군요. 그럼 당신 이름은 뭔가요?"

"저는 시드 익스플로레이션사에서 제작한 인공지능입니다. 모델명은 ML1067B이지요."

"뭐라고요?"

"아티라고 부르시면 돼요."

타이라가 부적을 왜 그리도 끔찍이 아꼈는지, 그제야 이해가 갔다. 자기 친구가 들어가 사는 집이기 때문이었다.

신령과 실제로 대화를 나누는 것만 해도 엄청난 일이거늘, 그 신령이 내게 가르침을 달라고까지 하다니! 황공해서 몸 둘 바를 몰랐던 나는 낭자의 탕약에 들어간 갖가지 약재와 함께 그 재료들이 오행(五行)의 상생상극론(相生相克論)을 어떻게 구현하는지까지 상세히 설명했다.

아티는 내가 설명하는 동안 뜻 모를 소음을 냈다. 그 소리로 미루어보아 내 말을 알아들은 것 같기도 했고 못 알아들은 것 같기도 했다.

타이라

59일째.

그건 불가능한 일이야, 아티.

— 계통 분류 분석을 몇 번이나 실행했습니다. 페이젠과 이 부족 사람들이 쓰는 언어는 영어의 방언입니다. 하지만 표준 영어에서 갈라져 나온 지 1000년이 넘은 방언이지요.

공간 도약 우주선이 만들어진 지는 한 세기도 안 돼. 페이젠네 부족 사람들이 무슨 수로 이 행성까지 와서 1000년 동안 고립된 채 살았다는 거야?

— 그건 제 전문 영역 바깥의 문제입니다.

그거 말고 또 알아낸 거 있어?

— 음성 분석 결과 및 귀하에게 제공된 약재 분석 결과를 근거로 추정하건대, 이들의 선조였던 정착민 집단은 중국계 문화의 영향을 크게 받았을 확률이 95퍼센트입니다. 다른 문화의 영향도 보이기는 하지만요. 아마도 고립 생활을 한 탓이겠지만, 이들의 기술 문명은 정착 초기보다 오히려 퇴보했습니다.

여기서 벗어나기가 힘들 거라는 말이구나.

62일째.

간신히 몸 상태가 좋아져서 정신을 차리고 페이젠과 짧은 대화를 나누기에 이르렀다. 아직은 아티가 통역해 주지만, 낱말과 표현 몇 가지는 곧장 알아들을 수 있었다.

페이젠은 나에게 굉장히 너그러워서, 같은 말을 천천히 반복하곤 한다. 그의 말을 이해하려고 애쓰는 것은 곧 나에게 해결해야 할 구체적인 과제가 생긴다는 뜻인데, 그 덕분에 오히려 침착해져서 내가 문명 세계로부터 몇 광년이나 떨어진 이방인들의 세계에 있다는 사실을 잊어버리곤 한다.

페이젠과 대화하면 마음이 편해진다. 우리 둘의 세계와 배경 지식이 서로 너무나 동떨어졌고 아티의 통역에 의지하느라 상대의 말에 숨은 미묘한 의미를 다 전달하지 못하는 점을 감안하면, 놀라운 일이다.

— 저로서는 최선을 다하는 중입니다만.

알아. 페이젠이 나한테 관심을 가진 것도 당연히 눈치챘고. 가끔 나를 뚫어지게 보다가 나한테 걸릴 때도 있는데…… 뭔가 잘될 줄 알았다면 천만의 말씀이야. 그건 나의 최우선 목표, 살아남아 집으로 돌아가는 걸 방해하는 짓이니까. 난 이성적으로 생각해야 해.

— 귀하는 제가 함께 일해 본 인간들 중에 합리성과 안정성 면에서 상위 1퍼센트에 들어갑니다.

앞으로도 그 수준을 유지하길 바라는 수밖에. 이 행성에서 벗어나려면 치밀한 계획을 세워야 해.

— 저는 이곳 사람들에 관하여 새로운 가설을 세워 봤습니다. 올넷에 접속하기는 불가능하지만, 저의 자체 데이터베이스를 검색해 보니 거의 1000년 전 광속보다 훨씬 느린 속도로 지구에서 출발한 고대 우주선의 기록이 있더군요. 당시 지구의 인류는 모든 생명체가 대종말을 맞기 직전이라는 믿음에 빠져 극도로 혼란스러웠습니다.

그 이야기는 나도 책에서 읽은 기억이 나! 그런 우주선은 사람들의 절박한 믿음이 낳은 산물이었어. 설령 우주 항해에 적합하지 않은 우주선이 머나먼 여정을 버텨 냈다고 한들, 거기 탑승했던 얼마 안 되는 인류가 몇 세대에 걸쳐 고도의 기술 문명을 유지했으리라 기대하기는 힘들지.

페이젠네 부족은 그런 우주선이 실존했다는 첫 번째 증거가 될 거야.

— 여기까지 도착하는 데 걸린 수 세기 동안 이 사람들은 제철 기술을 제외한 모든 지식을 잃어버렸으리라 추정됩니다.

아티, 페이젠은 네가 무슨 신령 같은 건 줄 알아. 내 생각에 여기 사람들의 의식 속에선 합리적 지식이 채워야 할 부분을 미신이 대신 차지한 모양이야.

64일째.

— 상태가 많이 좋아지셨군요. 아주 심각한 박테리아 감염증이었는데 말이죠.

내가 아팠던 이유가 그거였어?

— 저의 데이터베이스에 있는 설명과 증상이 일치했습니다. 그럴 만도 하지요. 오래전 귀하의 선조들이 지구에 붙박여 살 때, 대다수 인간의 신체는 무수히 많은 박테리아의 온상이었습니다. 그 박테리아들은 소화 기관 및 피부, 모발 같은 곳에 살면서 자주 질병을 일으켰어요.

끔찍해!

— 결국 인류는 그런 기생 생명체를 다스리는 기술을 개발했습니다. 그러다가 다른 별로 이주할 준비를 시작할 무렵에는, 남아 있는 박테리아를 모조리 없애려고 무던히도 애를 썼지요. 인류가 오래된 질병에서 영원토록 해방되어 새 세상에서 새 삶을 시작하게끔요.

페이젠의 선조들은 조심성이 부족해서 자기네 박테리아를 이곳까지 가져왔는데, 그게 내 몸속에 들어왔던 거구나. 너 혹시 맛이 끔찍한 그 수프에 뭐가 들어 있었는지 알아? 아무래도 그 수프 덕분에 내가 나은 것 같거든.

— 그보다는 귀하의 신체가 그냥 알아서 회복한 것 같습니다. 수프에는 항생제나 이미 밝혀진 약품의 성분이 전혀 들어 있지 않거든요. 이곳 사람들의 약학 이론은 오래전에 신뢰성을 부정당한 동북아시아 신비주의에서 파생된 미신이 토대인 것 같습니다.

페이젠

타이라 낭자는 자신도 나와 같은 인간이라고 하지만, 나는 가끔 그 말이 사실인지 의심이 가곤 한다. 낭자의 살갗은 갓난아기처럼 보드랍고 이목구비도 섬세하고 우아해서, 꼭 안개와 이슬만 먹고 자란 것만 같다. 낭자는 흉터도 장애도 없다. 살아 있는 여성이 아니라 그림 속의 여성처럼.

"나는 태어나서부터 줄곧 유전자 치료와 현대식 의료 시술을 받았어요. 게다가 내 고향 행성의 중력은 이곳보다 훨씬 약해요."

내가 타이라 낭자의 특별한 점을 이야기했을 때 돌아온 대답이었다. 알아듣지 못한 말이 여럿 섞여 있었고, 아티도 낭자의 말을 전부 통역해 주지는 못했다.

그래서 나는 그 말을 타이라 낭자가 선녀로 태어났다는 뜻으로 이해했다. 하늘 조각배가 추락했을 때 낭자는 인간으로 다시 태어난 것이다. 어째서? 나도 알 수가 없었다. 하지만 그렇게 생각하니 마음이 찡했다.

"좀 더 맛있는 음식은 없을까요?" 타이라 낭자가 물었다. "지금까지 먹은 음식은 다 싱거운 것 아니면 쓴 것밖에 없었어요. 단 게 먹고 싶어서 죽을 지경이에요."

"허나 낭자는 불 기운이 너무 세고 쇠 기운이 너무 약합니다."

타이라 낭자는 내 말을 도통 이해하지 못했다.

나는 인내심을 갖고 차근차근 설명했다.

"낭자 몸속의 오행은 다섯 가지 맛에 대응합니다. 쇠는 쓴맛, 나무는 신맛, 물은 짠맛……"

"바닷물처럼 짠맛이군요."

낭자가 중얼거렸다. 낭자의 우리말 실력은 점점 좋아졌다.

"……예, 바로 그겁니다. 그리고 불은 단맛, 흙은 매운맛이지요. 제가 처음 하늘 조각배에서 모셔 왔을 때, 낭자의 단전은 묘하게도 텅 비어 있었고 오행이 저마다 주도권을 잡으려 다투고 있었습니다. 낭자는 몸속에 불 기운이 너무 세서 편찮으셨던 겁니다. 불 기운이 쇠 기운을 눌렀고, 이 때문에 신체 계통의 여타 부분들이 조화를 잃었습니다. 쇠 기운이 세를 회복하여 나무 기운을 줄이도록, 낭자께서는 쓴맛 나는 음식을 더 드셔야 합니다."

내 말을 들은 타이라 낭자는 표정이 굳었다.

"물론 사람은 다 제각각이라서, 올바른 치료법은 개개인의 본성에 맞추어 저마다 다르게 섞인 오행에 길을 트고 인도하는 것입니다. 낭자의 본성은 불의 기운을 띠고 있으니 어쩌면 지금 단것을 조금 먹으면 도움이 될지도 모르겠군요. 때로는 과한 불 기운을 불로 다스리기도 하니까요."

타이라 낭자는 두 손으로 얼굴을 감싸고 이마를 세게 문질렀다. 이윽고 낭자가 고개를 들었다.

"페이젠, 내가 살던 곳에서는 말이죠, 이제 세상이 당신 말처럼 돌아간다고 생각하지 않아요. 신체가 생물학적 장치라는 건 이미 밝혀진 사실이고, 질병은 외부 교란 요인 때문에 발생한 기능 부전이니까 화학적 대처와 유전자 교정이 필요한……"

낭자의 목소리는 부드러웠지만, 말투는 깔보는 듯했다. 우리 약을 신뢰하지 않는 기색이 역력했다. 그 약 덕분에 나았으면서.

나는 화가 났고, 적잖이 슬프기도 했다. 우리 의술 지식의 토대는 고대의 지혜이지만, 우리는 이때껏 부단한 시행착오를 거치며 그 의술을 갈고닦았다. 역사책을 보면 시조님들께서는 하늘 방주에 약초 씨앗과 의서(醫書)를 싣고 도착하셨다고 한다. 그중 어떤 약초는 무성하게 자랐지만 여러 약초가 시들어 죽었고, 시조님들께서는 이 신세계에서 대체재를 찾으셔야 했다.

세대가 바뀔 때마다 용감한 남녀들이 새로운 치료법을 찾으려다가 목숨을 잃었다. 그들은 몸속에 섞여 있는 오행을 개개인의 고유한 본성에 맞추어 다스리는 기술을 연마했다. 오테이 촌장님조차도 약초와 광물을 몸소 시험하다가 앓아누우신 적이 한두 번이 아니었다. 타이라 낭자의 조롱은 그들 모두를 욕보이는 짓이었다.

낭자는 내 표정에 숨은 뜻을 알아본 눈치였다.

"미안해요, 페이젠. 난 당신네 약이 왜 효과가 있는지 이해가 가질 않아요, 그래서 벽에 부딪힌 느낌이 들어요. 도무지 이치에 맞질 않아서."

"저는 낭자께 화를 품고 싶지 않습니다. 그래서 마음을 비우고 단전의 조화도 되찾을 겸 매실차를 마실까 합니다. 낭자께서도 한 모금 드시겠습니까?"

타이라 낭자는 한숨과 함께 고개를 끄덕였다. 내 찻잔의 차를 한 모금 홀짝이고 나서, 낭자는 빙그레 웃었다.

"무슨 생각을 하시기에 그렇게 웃으십니까?"

"우리 아버지가 입버릇처럼 말하길, 어떤 언쟁도 함께 잔을 기울이는 즐거움을 막지는 못한댔어요. 그 말이 무슨 뜻인지 이제야 알겠네요."

우리는 그 말에 찬성하며 함께 잔을 기울였다.

타이라

110일째.

중세 시대 수준의 기술만 이용해서 이 행성을 탈출할 방법이 과연 있을까?

그 질문을 떠올리기만 해도 맥이 풀려서 다 포기하고 싶어진다.

나는 페이젠의 눈에 내가 어떻게 비칠지 상상해 보았다. 종이에 기호와 숫자를 끄적이고, 그로서는 알 길이 없는 빛나는 돌과 희귀한 금속이 이 땅에 있냐고 묻느라 하루를 다 보내는 내 모습을. 분명 내가 미쳤다고 (아니면 마녀일 거라고) 생각할 것이다.

눈에 띄게 의기소침한 나를 달래려고, 페이젠은 낚시나 소풍에 나를 데리고 가 물고기를 잡거나 식물을 채집해 함께 먹었다.

— 멸균 처리도 안 하고 익히지도 않은 재료를 그렇게 자꾸 먹는 건 귀하로서는 현명한 행동이 아니라고 생각합니다만.

골라 먹을 여유가 있는 것도 아니잖아, 안 그래? 사실은 말이야, 지금은 이렇게 아무 처리도 안 한 재료를 먹는 게 꽤 마음에 들어. 그래, 영양소를 골고루 갖춘 고향 음식에 비하면 물고기나 약초나 버섯은 아무것도 아니지. 하지만 혀를 즐겁게 해 주는 야생의 맛 같은 게 느껴지고, 열심히 요리해서 먹는 저녁은 속도 편하게 해 준단 말이지.

게다가 페이젠이 들려주는 음식 이야기도 재미있어. 그 사람은 뭘 봐도 이야기가 술술 나와. '이 물고기는 콩팥에 좋습니다, 언젠가 소변이 초록색으로 나오는 아이에게 이 물고기를 처방해 준 적이 있지요'라거나, '저 조그마한 열매는 불 기운이 많은 낭자의 심장에 좋습니다, 저는 겨울철에 추위와 허기로 고생하는 아기 새들에게 저 열매를 먹여 주곤 했답니다', 아니면 '이 버섯은 쇠 기운의 성질을 띱니다, 어릴 적에 용기가 필요할 때 먹곤 했지요' 같은 식으로.

가끔은 그런 소풍이 영원히 안 끝나면 좋겠어.

페이젠

타이라 낭자와 두런두런 나누던 대화는 요란하게 울리는 징 소리에 끊기고 말았다. 우리는 황급히 오두막 바깥으로 나갔다.

"불이야, 불이야!"

마을 사람 모두의 눈이 향한 서쪽에서, 굵다란 연기 기둥이 하늘 높이 솟아오르고 있었다. 올여름은 유달리 덥고 건조했다. 바람이 거세게 불어서 금방이라도 들불이 마을을 덮칠 참이었다.

촌장님은 사람들을 모두 모아 호수로 대피시키려 했다. 나도 물가로 뛸 준비를 하고 타이라 낭자에게 손을 내밀었다.

그러나 낭자는 꿈쩍도 하지 않았다. 이리 뛰고 저리 뛰는 마을 사람들, 또 겁에 질린 나머지 누가 달래 주기를 바라며 엉엉 우는 어린애들을 그저 찬찬히 둘러볼 뿐이었다.

"집하고 밭은 다 어떡할 건데요?" 낭자가 물었다.

"별수 있나요. 불을 끌 방법이 없는데."

타이라 낭자는 점점 가까워지는 불길을 바라보았다. 그러다가 내 쪽으로 돌아섰다.

"우리가 끌 수 있어요."

낭자의 눈 속에 있는 무언가, 불 기운을 타고난 낭자의 정신처럼 호박색을 띤 어떤 것이, 내게 낭자를 믿으라고 말했다.

놀랍게도 지난 열 달 동안 타이라 낭자와 친해진 오테이 촌장님마저 낭자의 말을 따르기로 하셨다.

타이라 낭자는 사람들에게 마을 서쪽의 땅을 비워 기다란 공터를 만들라고 지시했다.

"다 잘라서 치워 버려요. 불에 탈 만한 건 아무것도 남기지 마요."

"하지만 바람이 이렇게 세게 불어서야, 거센 불길이 좁다란 공터쯤은 순식간에 넘어 버릴 텐데요."

"그 걱정은 안 해도 돼요. 우리도 공터 건너편에다가 불을 지를 거니까."

낭자께서 실성하셨구나. 나는 속으로 생각했다. 불은 지금도 충분하지 않은가?

그러나 오테이 촌장님은 횃불을 들고 타이라 낭자를 따라 공터 건너편으로 가셨다.

"저 낭자는 하늘에서 오신 분이다."

촌장님은 나지막이 말씀하셨다. 잠시 후, 마을 사람들도 촌장님의 뒤를 따랐다.

이제 들불의 본체는 더욱 가까이 다가와 있었다. 연기가 사방을 가득 메웠다. 그리고 뜨거운 열기도.

물기 없이 바싹 마른 풀 덕분에 우리가 지핀 새 불도 화르르 타올랐다. 그러나 그 불은, 마치 밭일을 끝내고 돌아오는 부모에게 반가이 달려가는 어린애처럼, 마을에서 멀어져 들불의 본체 쪽으로 빠르게 번져 갔다. 검게 그을린 나무둥치와 다 타서 휑한 땅을 뒤에 남기고서.

우리가 지른 불이 들불의 본체에 합류할 즈음에는 들불과 마을 사이에 폭이 4리는 될 법한 빈 땅이 생겨나 있었다. 불은 거세게 타올랐으나 우리 쪽으로 더 가까이 오지는 못했다. 마을 사람들이 환호성을 질렀다.

"어떻게 이럴 수가?"

나는 어안이 벙벙한 채 타이라 낭자를 돌아보았다.

낭자는 큰불이 바로 위 하늘의 공기를 덥히면서 주위의 덜 뜨거운 공기를 자기 쪽으로 끌어당긴다고 설명했다. 우리가 새 불을 지피자 큰불의 힘이 새 불을 우리 쪽에서 끌어당겼고, 이로써 불을 막는 방화선(防火線)이 만들어졌다는 말이었다.

"낭자는 술법을 부리는 신선(神仙)이셨군요."

"그냥 간단한 물리학이에요. 불로써 불을 다스린다, 당신이 나한테 가르쳐 준 거잖아요?"

나는 그제야 깨달았다. 우리가 준 약이 타이라 낭자 몸속의 불에 길을 터 주고 인도한 것과 똑같은 방식으로, 낭자 또한 들불에 길을 터 주고 인도했다는 것을.

낭자의 웃는 얼굴을 보고 있는 동안 내 마음은 스스로의 불길로 타올랐다.

타이라

140일째.

── 이곳에서 하이퍼 무선 비컨을 만들겠다는 생각을 진지하게 해 보신 적이 있습니까?

뭘로 만들라는 건데? 막대기랑 진흙?

── 우리는 이곳의 지배적인 신념 체계와 대놓고 불화하는 사태를 피하고자 우리가 아는 지식을 이때껏 감추고 지냈습니다. 하지만 귀하가 이곳 주민들을 이끌고 기술 발전 가속화 계획을 추진할 경우, 이 행성은 80퍼센트 이상의 확률로 지금으로부터 185년 후에 하이퍼 무선 비컨 제작에 필요한 공업 및 기술의 전문 지식을 갖출 겁니다.

예측하느라 수고했어, 아티. 그냥 내가 이 행성의 여왕이라고 선포하고 계획을 추진할게. 내 손자의 손자의 손자 대에는 우리 고향에 연락할 수 있겠지.

그건 그렇고, 페이젠이 왜 안 보이지? 나랑 여기서 만나서 같이 낚시 가기로 했는데.

── 60년 안에 끝마칠 확률도 0.0003퍼센트는 되는데요.

넌 정말 여자 비위 맞추는 데는 선수구나.

페이젠이 촌장님 때문에 늦는 걸까? 약속을 잊어버린 건 아니면 좋겠는데.

── 구조 신호를 보내는 계획처럼 중요한 문제와 페이젠이 어디에 있는

지가 무슨 상관인지 저로서는 명확히 알기 힘들군요.

적당히 좀 하지?

— 진심으로 이곳에 정착할 생각입니까?

그…… 당장은 그게 제일 합리적인 행동 방침 아니야?

— 이해가 안 가네요. 제 데이터베이스의 모든 생존 모델에는 귀하가 현대 과학으로부터 멀어질 경우 기대 수명이 심각하게 줄어든다고 나오는데요.

있잖아, 나는…… 여기서 사는 게 행복해. 사방이 다 원시적이긴 하지만, 그래도. 공기 때문일까? 아니면 음식? 전보다 더 생생하게 살아 있는 느낌이야. 전에는 있는 줄도 몰랐던 나의 일부를 발견하기라도 한 것처럼.

이곳에선 원자나 쿼크, 초공간, 유전자 발현 조절 같은 것에 관한 지식보다 단 것을 먹으면 몸의 불 기운이 강해진다는 지식이 더 쓸모가 있어.

때로는 비합리가 합리적이야. 주위의 모든 사람이 세상은 이러이러한 방식으로 돌아간다고 믿는다면, 적어도 세상이 그렇게 돌아간다고 믿는 척이라도 하는 게 이롭단 말이야.

— 그 말은 대단히 기이한 주장입니다.

어쩌면 내가 똑바로 생각을 못 하는 건지도 모르지. 이때껏 내내 이상한 기분에 젖어 살았으니까. 요즘은 내 배가 독립된 정신을 지녔는지, 자기 기분에 따라 불렀다 꺼졌다 하지 뭐야. 아예 배 속에 편도체가 하나 더 생긴 기분이야. 뭐라고 설명하기 힘든 충동이 솟질 않나, 기분이 좋아졌다 착잡해졌다 하질 않나. 왜 이러는지 페이젠한테 물어봐야겠어.

— 제 생각에 귀하의 견해를 변화시킨 원인은 공기나 음식이 아닙니다. 제가 감지한 바에 따르면 당신의 날숨에 함유된 옥시토신과 바소프레신 수치가 높아졌습니다, 게다가 페이젠이 주위에 있을 때에는 심장 박동이 빨라지고 동공도 확장됩니다. 이러한 생리적 징후가 의미하는 바는 명확합니다.

그 말의 뜻은 설마…… 지금 내가……?

— 귀하는 사랑에 빠졌습니다, 타이라.

페이젠

우리는 산꼭대기에 올라 별하늘을 올려다보았다.

타이라 낭자가 손을 뻗어 서쪽 하늘에 환히 반짝이는 별을 가리켰다. 그 별은 백두(白頭), 큰 연 자리의 꼬리에 해당했다.

"내가 탔던 배가 난파한 곳이 바로 저기예요. 엄청나게 커다란 하늘 배였는데."

나는 낭자의 부서진 배에서 흘러나온 빛이 보일까 하는 생각에 미간이 찡그려지도록 유심히 그쪽을 바라보았다.

"여기선 아무것도 안 보여요. 시력이 아무리 좋아도 그때 일어난 폭발의 빛이 여기까지 닿으려면 5년은 걸릴 테니까."

알쏭달쏭한 말이었다. 그래도 상관없었다. 타이라 낭자가 하는 말을 다 이해하지 못해도 좋았으니까. 때로는 그저 낭자의 목소리만 들어도, 낭자 곁에만 있어도 더 바랄 것이 없었다.

낭자는 내 쪽으로 돌아서서 붉어진 얼굴로 말했다.

"또 그렇게 뚫어지게 보고 있네요."

나는 어쩔 줄을 몰라 눈을 돌렸다.

하지만 타이라 낭자는 양손을 뻗어 내 얼굴을 단단히 붙잡았다. 그러더니 중얼거렸다.

"나도 내가 왜 이러는지 모르겠어요."

뒤이어 낭자는 정신없이 빠른 속도로 자기 고향 말을 중얼거렸다. 난 금방 사랑에 빠지는 사람이 아닌데. 이건 진짜 나답지 않은 짓이에요. 버림받은 느낌 때문에 우울하고 희망도 없어서 이러는 게 분명해요. 내가 알던 세상은, 내가 알던 사람들은 이제 영영 못 볼지도 몰라요, 난 수천 년 전의 과거에 와 있으니까. 그런데도 난 행복해요, 거의 아찔할 정도로. 왜 그런지 이성적으로 설명할 수는 없어요. 그냥 내가 잘살 거라는 것만 알 뿐이죠. 내 든든한 뱃심이 그 증거예요.

"낭자, 알아듣기 힘든 말이 너무 많습니다. 하지만 처음에 하신 말씀은 이해했습니다. 저도 낭자를 사모합니다. 그래서 저는 세상에 존재하는 모든 맛을 연밥과 함께 버무려 낭자께 드릴 겁니다. 우리 둘의 사랑이 결코 지루해지지 않게요."

다음으로 나를 덮친 충격의 근원은 내 입술에 포개진 타이라 낭자의 입술이었다. 내 두 눈은 뜨여 있었건만 아무것도 보이지 않았다. 천지가 조그맣게 오그라들어 우리 둘의 입술 사이에, 우리 숨결 속에, 우리 혀끝에 있었다. 나는 낭자의 맛과 냄새를 음미했다. 낭자의 본성처럼 뜨겁고 맹렬했다. 세상이 더 환하게 빛나는 느낌마저 들었다. 마치 별들도 우리와 함께 빛나는 것처럼.

타이라 낭자가 뒤로 물러났다. 휘둥그레진 두 눈이 경악으로 물들어 있었다.

"왜 그러십니까?"

낭자는 내 물음에 대답하지 않았다. 낭자의 시선은 내 어깨너머의 허공에 못 박혀 있었다.

뒤를 돌아보니 하늘의 절반이 불타고 있었다. 그 불길의 한복판에서 거대한 배가, 끓는 쇳물처럼 붉은 황금빛으로 물든 채, 하강하고 있었다.

이윽고 소리와 열기의 파도가 밀려와 거대한 주먹처럼 우리를 덮쳤고, 나로서는 타이라 낭자와 그 주먹 사이로 간신히 몸을 날리는 것이 고작이었다.

타이라

며칠째인지 모름.

눈을 떠 보니 사방이 흰색인 아늑한 방이었다. 나는 벌거벗은 채 얇고 하얀 이불만 덮은 상태였다.

"당신 덕분에 꽤 놀랐습니다."

머리가 지끈거린 탓에 그 목소리가 어디서 들려오는지 알기가 힘들었다. 알고 보니 내 뒤쪽에 머리가 벗어지기 시작한 남자가 하얀 가운 차림으로 서 있었다. 남자 쪽을 보려고 몸을 틀자 입에서 신음이 흘러나왔다.

"죄송합니다." 남자는 내가 보기 쉽게 앞쪽으로 걸어오며 말했다.

"직원들이 생명 반응 모니터를 꼭 이 뒤쪽에다 둬서요. 환자하고 대화하기 힘들다고 몇 년째 지적하는데도 말이죠."

"여긴…… 대체…… 당신은……?"

무엇부터 물어야 할지 판단이 서질 않았다. 페이젠의 모습이 머릿속에 떠올랐지만 모르는 사람, 현실의 사람이 아닌 것처럼 느껴졌다. 내가 상상으로 지어낸, 아니면 책에서 읽은 인물처럼.

뭔가 빠진 느낌이 들었다. 나는 내 몸을 확인해 보았다. 양팔, 양다리, 손가락과 발가락, 모두 멀쩡했다. 그런데도 어딘가 사라진 부위가 있는 듯했다. 배 속이 휑하게 빈 느낌이었다.

"제 이름은 피터 살츠, 이 우주선의 의료 책임자입니다. 이곳은 샘록(토끼풀)호 안입니다."

그건 댄덜라이언호의 자매선이었다.

"어떻게 된 거죠?"

"댄덜라이언호가 한 달이 넘게 어떤 무선 보고도 보내지 않아 걱정이 많았습니다. 하지만 우리로서는 배가 난파한 대강의 위치만 파악했기 때문에, 잔해가 흩어진 장소를 특정하고 당신의 아광속 비컨에서 송신한 신호를 포착하는 데에 시간이 조금 걸렸습니다."

나는 그 비컨에 튀코409A의 좌표를 남겨 두었다.

"당신의 배에서 벌어진 일은…… 처참하더군요."

살츠는 입을 다물었다. 할 말을 찾지 못해서였으리라.

나는 눈을 감았다. 친구 265명을 영원히 잃어버린 기억은, 감당하기가 힘들었다.

"당신의 일지를 조금 훑어봤습니다. 타이라, 정말 놀라운 경험을 했더군요. 처음에는 혼자 심우주를 표류하다가, 나중에는 역사에서 잊힌 개척지로 절박한 도약을 감행하고, 끝내는 야만인들 사이에서 살아남다니! 저희가 발견했을 때 당신의 몸속에는 놀랄 만큼 다양한 박테리아가 우글거렸습니다. 그걸 이기고 살아남다니 믿기가 힘들 정도로요. 다행히도 우연히 샘록호가 당신을…… 아무튼, 당신을 격리하고 깨끗이 치료하려면 수면 상태를 유지하는 수밖에 없었습니다. 우리와 함께 그곳을 빠져나온 건 당신에게는 행운이었습니다. 당신을 구출하는 과정에서 원주민들이 꽤나 격렬하게……"

나는 그 '원주민들'에 관해 묻고 싶었지만, 당연히 치솟아야 할 불안감이 느껴지지 않았고, 그래서 더럭 겁이 났다. 나는 기억 속에 남은 페이젠의 목소리를 붙들려고 기를 썼다. '연밥…… 우리 사랑…… 결코 지루해지지 않을게요.' 그러나 그 기억을 떠올려 봐도 내 마음은 기대와 달리 따듯해지지 않았다. 그 말들은 진부하고, 하찮고, 무의미하게 들렸다.

그러다 아버지 생각을 떠올리자 그리움이 배에 꽂히는 주먹처럼 사무쳤다. 그래도 아직은 인간이라는 생각에 안도감이 들었다. 무언가 느끼는 힘을 아직은 잃지 않았으므로.

갑자기 몹시도 피곤해져서, 나는 그대로 눈을 감았다.

페이젠

이방인들이 타이라 낭자를 데려가고 일주일이 지났다. 하지만 그들의 거대한 배는 아직 하늘에 떠 있다. 나는 그동안 제대로 자지도,

먹지도 못했다. 산에 올라 하염없이 기다렸다. 낭자가 사라질 때와 똑같이 갑자기 돌아오기를.

타이라 낭자가 타고 온 구체보다 살짝 큰 하늘 조각배 한 척이 거대한 배에서 내려왔다. 조각배의 회전 날개가 일으킨 힘이 너무 강해서 나는 그만 땅바닥에 쓰러지고 말았다. 한참 후에 눈을 떴을 때, 나는 기쁨의 눈물이 터져 나왔다. 나의 낭자가 돌아왔으므로.

그러나 낭자는 혼자가 아니었다. 남자 둘이 낭자와 함께 있었다. 세 사람 다 햇빛에 반짝이는 쇠 갑옷으로 머리부터 발끝까지 감싼 차림새였고, 머리에는 수정을 깎아 만든 공 같은 것을 쓰고 있었다.

나는 수정 공 너머로 타이라 낭자의 눈을 바라보았다.

뭔가 이상했다. 낭자의 눈이 차갑게, 텅 비어 있었다. 모르는 사람의 눈을 들여다보는 느낌, 껍데기를 보는 느낌이었다. 낭자에게는 불 기운이 없었다. 흙 기운도 없었다. 아예 아무것도 없었다. 낭자는 빈 껍데기였다.

소리 없이, 수정 공 안쪽에서 타이라 낭자의 입술이 움직였다. 낭자의 목걸이에서 통역을 맡은 아티의 목소리가 흘러나왔다. 그 신령의 목소리조차도 낯설게 들렸다. 딱딱 끊어지는, 딱딱한 말투였다. 겨울의 순회 재판에서 판사의 판결을 읽는 포고꾼처럼.

"당신한테 중요한 소식을 전하러 왔어요. 이 행성은 나의 고용주인 시드 익스플로레이션사의 소유물입니다."

"타이라 낭자! 도대체 어떻게 된 겁니까?"

완강한 말투로, 낭자는 계속 이야기했다.

"시드 익스플로레이션은 이미 50년 전에 이 행성의 정착권을 매입했지만, 지금껏 그 권리를 행사하는 데에 관심을 두지 않았습니다. 이제 이 행성에 테라포밍이 전혀 필요하지 않다는 사실을 안 이상, 회사는 행성 개발에 열을 올리고 있어요. 당신들은 어떠한 법적 근거도 없이 이곳에 거주하고 있고, 회사는 그런 당신들을 퇴거시키려 해요. 하지만 내가 병을 앓는 동안 당신이 나를 돌봐 준 점을 감안하여 내가 회사를 설득했어요. 만약 이 땅에 외행성계 관광객을 위한 인류학 체험 공원을 운영하는 독점 계약에 당신 부족이 동의한다면, 회사는 당신들에게 일부 토지를 할양하여 보호 구역을 만들어 줄 거예요."

"타이라 낭자, 낭자가 있을 곳은 여기예요. 낭자는 우리와 똑같은 사람이잖아요."

내 말에 타이라 낭자는 잠시 망설이다가, 이내 부드러운 목소리로 덧붙였다.

"이제 당신들도 다른 인류와 합류해서 그동안 있는 줄도 몰랐던 유산을 되찾을 때예요."

나는 쇠 갑옷을 입은 기묘한 남자들이 없는 곳에서 타이라 낭자와 이야기를 나누고 싶었다. 낭자의 얼굴을 두 손으로 감싸고, 낭자의 눈을 들여다보고 싶었다. 그러나 낭자의 머리를 감싼 수정 공, 차갑고 단단해 보이는 그 공이, 내 손길을 허락지 않을 터였다.

타이라 낭자가 하는 말을 조금도 알아듣지 못한다는 사실에 나는 화가 치밀었다. 배 속이 울렁거릴 정도로. 오테이 촌장님께서 하신 말씀이 옳았다. 하늘 사람들이 우리에게 가져다준 것은 위험과 슬픔이었다.

"우리는 우리 세상을 포기하지 않을 것이오!" 나는 하늘 사람들을 향해 외쳤다. "우리는 불과 쇠로 우리 혈관을 채울 것이오. 당신들이 음미할 것은 부패한 대지의 악취, 죽음과 패배의 맛뿐이오!"

두 남자는 내 팔을 붙들고 타이라 낭자에게서 멀리 끌고 갔다. 나는 처음에는 버둥거렸지만, 낭자의 눈에 깃든 두려움을 보고 반항을 멈추었다.

기분이 좋지 않았다. 내 몸 속의 오행이 사납게 들끓었다. 혼돈 속에서 서로 다투었다.

타이라

아티, 나 도대체 어디가 잘못된 걸까? 저 아래에 내려갔을 때 페이젠이 아예 모르는 사람처럼 느껴졌어. 그 사람을 봐도 아무렇지도 않았어. 지금도 아무 감정도 느낄 수가 없어.

― 귀하의 호르몬 수치는 실제로…… 비정상입니다. 귀하가 튀코 409A에 머무는 동안 측정했던 수치를 정상으로 보면요.

네가 생각하는 가설은?

― 연애, 또는 실연은, 저의 전문 분야가 아닙니다.

분명 살츠 박사가 나한테 한 조치와 상관이 있을 거야. 내 진료 기록을 찾아서 분석해 봐.

…….

― 귀하의 생각이 옳습니다. 샘록호로 실려 가고 나서 처음 48시간 사이에 귀하의 몸속에서는 PNDF와 세타GF, 엔도베신, 모티노르핀, 그리고

신경 전달 물질 및 신경의 성장을 자극하는 뉴로트로핀 몇 종의 수치가 크게 낮아졌습니다.

의사가 나한테 뭘 준 거지?

— 제가 확실히 아는 사실은, 그 시간 동안 귀하에게 대량의 항생제가 투여되었다는 것뿐입니다.

그게 뭔데?

— 항생제란 귀하의 선조들이 박테리아 감염을 막기 위해 사용한 주무기입니다. 오랫동안 사용할 필요가 없었지요. 샘록호에 항생제 재고가 있었다니 흥미롭군요.

이유가 뭔지 찾을 수 있겠어?

— 배의 기록을 몰래 뒤져 보겠습니다…… 아하, 짐작이 가는군요. 시드사가 소유한 외행성 가운데 몇 군데서 최근 박테리아 집단 감염 사태가 몇 차례 크게 일어났는데, 이 때문에 항생제를 소량 생산했습니다. 집단 감염 관련 뉴스는 대중의 소요를 염려하여 검열했군요.

페이젠네 부족은 지금껏 박테리아와 더불어 살았어. 내가 처음 착륙했을 때 아팠던 이유가 바로 그거야. 하지만 다 낫고 나서도 내 몸속에는 박테리아가 남아 있었어…… 아티, 내 몸속에 사는 박테리아가 병을 일으키는 것 말고 하는 일이 또 있어?

— 저도 모릅니다. 하지만 지금은 올넷에 다시 접속되어 있으니 옛 자료 저장소에 심층 검색을 실행해 보지요…… 흠, 재미있군요. 고대의 과학자들 가운데 일부는 인간의 몸속에 박테리아 여러 종이 균형을 이루어 서식해야 건강이 유지된다고 믿었습니다. 박테리아의 혼합 양상은 사람에 따라 다른데 이를 엔테로타이프(enterotype), '장내 세균 유형'이라고 합

니다. 혈액형과 비슷한 개념이지요. 그 과학자들은 박테리아를 기생 생물이 아니라 공생 생물로 여겼습니다.

그 박테리아가 하는 일이 정확히 뭐였는데?

— 알려진 바에 따르면 인간으로 하여금 음식을 소화하고 질병에 맞서 싸우고, 심지어 기분과 성격마저 변화시키도록 도왔다고 합니다.

뭐? 어떻게?

— 혈류 속에 화학 물질을 분비하여 신경 전달 물질을 억제하거나 활성화하고, 유전자 발현을 조절하고, 신경계의 화학적 균형을 수정하는 방식으로요.

그러니까 나는, 뤼코409A에 있을 때…… 박테리아에 감염된 거구나. 그래서 나 자신이라고 할 수조차 없는 상태가 된 거야.

— 귀하의 아버지가 옳았던 것 같습니다. 이 행성에서 귀하는 문자 그대로 배로 생각했습니다. 페이젠네 부족은 단순히 자기네 배 속의 생물군과 공존하는 방법을 발견하는 정도가 아니라 음식을 이용하여 그 생물군을 조종하는 방법마저 발견했고, 이로써 자신들의 기분을 조절했습니다.

내 안에 사는 생물들이 나 대신 생각을 했단 말이지. 사랑에 빠진건 나였을까, 아니면 박테리아들이었을까?

— 제 생각에 딱 잘라 말하기는 힘들 것 같습니다. 고대 과학자의 글을 인용해 보겠습니다. "인간의 의식은 하나의 물리 현상으로서 이 세계에 존재하며, 이 세계의 질서를 따른다. 우리 배 속의 박테리아는 우리 사고의 총합을 생성하는 체계 속의 또 다른 구성 요소이다. 우리는 이미 몇 조 개나 되는 세포들의 공동체이다. 거기에 몇 조 개를 더하여 생각하지 못할 까닭이 있을까?"

그럼 난 이제 어떡하지? 페이젠에 대한 내 감정을 나 스스로도 모르겠어. 무슨 생각을 해야 하는지도 모르겠고. 뭐가 옳은 거지?

— 물론, 그것 역시 저의 전문 분야를 벗어난 주제입니다.

페이젠

타이라 낭자는 우리에게 돌아왔다. 혼자서, 수정 공도 쇠 갑옷도 다 벗어던지고서.

낭자는 또다시 앓아누웠다.

오테이 촌장님과 나는 타이라 낭자의 몸이 조화를 되찾도록 사흘에 걸쳐 쇠 기운과 나무 기운, 물 기운, 불 기운, 흙 기운이 든 약재를 세심하게 계량하여 투여했다. 오행의 기운이 낭자의 몸속에 터를 잡고 세를 불릴 때까지, 그리하여 낭자가 그 자체로 온전한 하나의 우주가 될 때까지.

"방금 내가 한 이야기, 이해가 가요?"

타이라 낭자가 내게 물었다. 이렇게 진지해질 때 낭자는 미간을 살짝 찌푸리는데, 그럴 때면 눈썹 모양이 꼭 방금 맺힌 아침 이슬의 무게 때문에 아래로 휜 나뭇가지 같다.

"오행의 조화에 관한 이야기였잖습니까."

"이곳 사람들이 하는 그 식이요법 말이에요. 그건 단순한 미신이 아니에요. 어떻게 했는지는 모르겠지만, 당신들은 '프로바이오틱 식이요법'을 발명했어요. 당신네 선조를 따라 이 신세계로 온 장내 박테리아 군집을 통제하는 데에 도움이 되는 요법이죠. 먹는 음식을 바꿔서 건강을 유지하고 기분을 조절할 수 있는 거예요."

"오랜 세월에 걸쳐 수많은 사람이 목숨을 잃은 끝에 얻은 지혜입니다."

내 말에 낭자는 고개를 끄덕였다. 엄숙한 표정으로.

"그 요법이 왜 통하는지 설명하느라 당신이 동원한 오행인가 하는 원리는 잘 이해가 안 가요. 어쩌면 그냥 비유일 수도 있겠죠. 하지만 실제로 효과가 있어요. 그러니까 잘 보존해서 나머지 인류에게도 가르쳐 줘야 해요. 유서 깊은 공생 생물들과 더불어 사는 법, 또 더불어 생각하는 법을 잊어버린 사람들한테요."

— 저는 외행성계에서 일어난 전염병 집단 감염이, 체내 미생물 생태계를 아예 절멸시키려고 지나치게 공격적인 조치를 취한 결과일 거라 믿습니다. 너무 깨끗하고 순수하면 사람이 살 수가 없는 것 같기도 하군요.

아티에 이어 타이라 낭자가 말을 이었다.

"내가 시드 익스플로레이션 쪽에 얘기해 뒀어요. 만약 튀코409A의 소유권을 계속 주장한다면, 개척 행성의 사람들이 집단 감염 때문에 어떻게 죽어갔는지 언론에 다 공개하겠다고. 하지만 시드사 측에서 당신네 마을을 가만히 두면, 나는 시드사가 당신네 식이요법 지식을 응용해서 집단 감염의 장기적 치료법을 개발하도록 도울 거예요. 치료법의 특허권도 회사에 넘길 거고요."

나는 타이라 낭자와 아티가 하는 말을 전부 이해하지는 못했다. 그러나 다시 바라본 낭자의 눈 속에는 진짜 타이라 낭자가 보였고, 그것으로 충분했다.

"이 미생물들이 몸속에 살고 있으면 나는 다른 사람이 돼요. 더 용감하고, 더 거침없고, 더 행복하거든요."

"지금의 낭자가 진짜입니다. 이게 낭자의 본래 모습이에요."

"진짜인지 아닌지는 모르겠어요. 아직은, 내 의식이 나 자신의 세 포들뿐 아니라 내 몸에 사는 미세 유기체 수조 개의 세포에도 구현 된다는 사상에 적응하려고 애쓰는 중이에요. 우리도 그 유기체들하 고 같은 방식으로 이 행성에서 살아가고 있죠. 나의 유기체들이지 만, 그것들이 곧 나라고 할 수는 없어요.

난 내가 누군지 잘 모르겠어요. 그런데도 이곳으로 돌아올 마음 을 먹은 건, 지금의 나가 더 마음에 들기 때문이에요. 본능적인 직감 이라고나 할까요. 우리 아빠가 자랑스러워하겠네요."

"아버님을 한번 뵙고 싶습니다."

내 입에서 나온 말이었다. 타이라 낭자에게서 부친 이야기를 하 도 많이 들었기 때문만은 아니었다. 타이라 낭자에게 한 가지 청을 하기 전에 부친의 허락을 받고 싶기 때문이기도 했다.

"그것도 괜찮죠. 어차피 집에 들른 지도 꽤 됐고, 왠지 아빠가 당 신을 마음에 들어 할 것 같으니까요. 내가 시드사하고 협상한 이야 기를 들려주면 엄청 좋아할걸요."

── 제가 실행한 시뮬레이션에서는 시드사가 귀하의 유익한 해법을 알 아보고 거래에 응할 확률이 52.26퍼센트밖에 안 됩니다. 꽤 큰 위험을 감 수하는 셈인데요.

"이럴 땐 내 뱃심을…… 아니, 배 속의 힘을 믿는다고나 할까."

지은이의 말

장내 박테리아가 기분 및 뇌 속의 화학 물질에 영향을 미친다는 아이디어는 다음의
논문에 실린 연구 결과를 토대로 삼았다.

이매뉴얼 디노(Emmanuel Denou) 외, 「장내 미생물총이 쥐의 행동 및 뇌 유래 신경 성장
인자 수치를 결정한다(The Intestinal Microbiota Determines Mouse Behavior and Brain BDNF
Levels)」,《소화기병학(Gastroenterology)》제140권 5호, 별책1, S57쪽(다음의 URL에서 초록을
다운로드할 수 있다. https://www.gastrojournal.org/article/S0016-5085(11)60230-8/abstract).

해당 논문의 요약본은 캐나다의 맥마스터 대학교가 2011년 5월 17일 발표한
보도자료 「장내 박테리아와 행동 사이의 상관관계: 불안은 머리가 아니라 배 속에
존재하는지도 모른다(Gut bacteria linked to behavior: That anxiety may be in your gut, not in
your head)」에 실려 있다. 이 보도자료는《사이언스 데일리》2011년 7월 8일자에
실리기도 했다(기사 URL: https://www.sciencedaily.com/releases/2011/05/110517110315.htm).

Tying Knots

매듭 묶기

古者無文字,　其有約誓之事,　事大,　大其繩,

事小,　小其繩,　結之多少,　隨物眾寡,　各執以相考,　亦足以相治也。

옛날에는 문자가 없어서, 약속을 맺을 일이 생겼을 때
큰일이면 굵은 줄로, 작은 일이면 가는 줄로 약속의 많고 적음에 따라
매듭을 묶었는데, 각자가 이를 세어 보는 것만으로
서로 비교함에 부족하지 아니하였다.

—『구가역(九家易)』(『역경(易經)』의 해설서로서 중국 동한(東漢) 시대(기원후 25~220년)에 씌었다고
　추정되는 책)에서

하늘 마을

신령들은 우리에게 장난치기를 좋아한다. 나는 이제껏 살아오면서 역사에 기록된 난족(族) 사람 누구보다도 더 많은 것을 목격했지만, 그럼에도 한 치 앞조차 내다보지 못하는, 사실상 장님이나 다름없는 인간이다.

5년 전, 해마다 한 차례씩 물건을 사들이러 오는 미얀마인 상인 둘이 구름을 헤치고 험한 산길을 올라왔을 때, 머리에서 땀이 뚝뚝 떨어지는 그들 뒤로 낯선 남자 한 명이 따라왔다.

그 이방인은 내가 그때껏 한 번도 보지 못한 용모를 하고 있었고, 우리 마을의 줄 보관소에도 그와 비슷하게 생긴 이의 기록은 전혀 남아 있지 않았다. 그 남자는 내 조카 카이보다 키가 두 척이나 더 컸다. 카이가 우리 마을에서 제일 키가 큰 사내인데도 그러했다. 남자의 얼굴은 살갗이 하얗고 혈색이 불그레해서, 화려하게 칠한 나한상의 얼굴을 보는 듯했다. 눈은 파란색에 머리카락은 누런색이었

고, 코는 어찌나 가늘고 불쑥 튀어나왔는지 꼭 새의 부리 같았다.

상인 가운데 한 명인 '파'는 그 남자의 이름이 토무라고 했다.

"아주 멀리서 온 사람이에요."

"랑군만큼 먼 데서?" 내가 물었다.

"더, 훨씬 더 먼 땅에서 왔어요. 미국이라는 나라에서요. 소에보 촌장님, 미국이 얼마나 멀리 있는지 촌장님은 상상도 못 해요. 스무 날 동안 한 번도 안 쉬고 날아가는 매라고 해도 못 가는 곳이에요."

분명 허풍이었다. 파는 곧잘 이야기를 부풀려 떠벌이곤 했으므로. 그러나 토무가 파에게 말을 할 때 사용한 언어는 거칠고 뚝뚝 끊기는 것이 꼭 처음 들어 보는 음악 같아서, 내가 모르는 곳 출신인 것만은 분명했다.

"여기는 어쩐 일로?"

"전들 알겠어요? 당최 뭘 하는 사람인지 종잡을 수가 없어요. 서양인이 다 이상한 족속이긴 해요, 저도 많이 만나 봐서 알죠. 그런데 이 남자는 보통 서양인들보다 훨씬 더 유별나요. 이틀 전에 만삼 마을로 터벅터벅 걸어 들어오는 거예요. 온 살림살이가 다 들어갈 것처럼 커다란 저 배낭을 등에 지고 말이에요. 저하고 아웅한테 서양인이 한 번도 발을 들인 적 없는 곳에 데려다 달라지 뭐예요. 돈을 엄청나게 주겠다면서. 그래서 이곳 하늘 마을로 안내하겠다고 했죠. 혹시 거물 아편상을 피해 달아나서 숨을 곳을 찾는 건 아닌지 모르겠네요."

파는 돈벌이라면 무슨 짓이든 할 위인으로, 아편 원료인 양귀비를 들판 가득 재배하는 장군의 화를 돋우는 짓도 서슴지 않았다. 우리 부족도 가끔은 물건이 아니라 돈을 받고 쌀을 팔고는 했다. 흉년이 들어 물건과 교환할 쌀이 부족해질 때를 대비해서였다. 그래도 파처럼 눈이 벌게져서 돈을 밝히지는 않았다.

만약 토무라는 남자가 거물 아편상의 눈을 피해 도망 다니는 중이라면, 결코 얽혀서는 안 될 인물이었다. 그를 유심히 지켜보다가 나중에 상인들과 함께 떠나는지 확인하는 것까지가 나의 의무였다.

그런데 토무는 행동거지가 도피 중인 사람 같지 않았다. 그는 우렁찬 목소리로 스스럼없이 떠들며 사람이든 동물이든 벙글벙글 웃는 낯으로 대했다. 걸핏하면 마을의 이 사람 저 사람에게 꼼짝 않고 있으라고 부탁하고는 조그마한 금속 상자를 자기 눈앞에 대고 손가락으로 눌러 '찰칵' 소리를 내기도 했다. 그는 우리 마을을 어슬렁거리며 오두막집과 계단식 논, 들꽃, 잡풀, 심지어 덤불에서 용변을 보는 아이들까지 찬찬히 살펴보았다. 통역을 맡은 파는 그가 묻는 온갖 우스꽝스러운 질문에 선선히 답해 주었다. 이 동물은 이름이 뭔가? 저 꽃의 이름은? 이곳 사람들은 무슨 음식을 먹는가? 이 마을에서 재배하는 곡물과 채소는? 토무는 그야말로 어린애처럼, 지극히 간단한 것조차 알지 못했다. 그는 살아 있는 사람을 한 번도 본 적이 없는 이처럼 행동했다.

토무는 우리 마을 무당인 루크를 찾아가서는 그의 코앞에 돈다발을 들고 흔들었다.

"이곳 사람들이 앓는 질병은 어떤 게 있는지, 또 그런 병은 어떻게 치료하는지 알려 달래요." 파가 통역해 준 말이었다.

상인들도 루크를 찾아와 그런 것을 묻곤 했으니 토무의 다른 궁금증처럼 영 엉뚱한 질문은 아니었다. 루크는 손사래를 쳐서 돈을 물리고는, 싫증 내는 기색도 없이 토무와 함께 산책을 하며 이런저런 약초와 곤충을 가리키고 그 효능을 설명해 주었다. 토무는 늘 지니고 다니는 조그마한 금속 상자를 눈에 대고 루크가 가리키는 온갖 것을 향해 찰칵 소리를 내고는 수첩에 뭐라고 끼적였다. 그렇게 모은 약초와 곤충은 배낭에서 꺼낸 작고 투명한 봉지에 하나씩 넣어 보관했다.

우리 난족은 수천 년 동안 이 산에서 살았다. 마을에 전해지는 가장 오래된 책들, 즉 몇 세대에 한 번씩 새 삼줄로 새 매듭을 지어 베껴 쓰는 그 책들을 보면 우리 부족의 기원을 알 수 있다. 먼 옛날 우리 선조는 북쪽으로 며칠을 가야 나오는 중국 땅의 조그마한 왕국에 거주했다. 그러다 전쟁이 일어났고, 말을 탄 침략자들이 논을 짓밟으며 쳐들어와 집을 불살랐다. '산푸'라는 용맹한 장로가 생존자들을 이끌고 필사의 탈주를 벌였고, 마침내 말발굽 소리가 들리지 않는 곳에 이른 후에도 꼬박 한 달을 더 걸었다. 그렇게 이 산을 올라와 구름 위에 마을을 만들었다. 이곳에서 우리는 세상일에 관여하지 않고 세상 또한, 보통은, 우리를 건드리지 않고 내버려 둔다.

'보통'이라고 말한 까닭은 해마다 상인 몇 명이 약이나 철제 연장, 비단과 면으로 짠 직물, 멀리서 나는 향신료 따위를 짊어지고 산을 올라오기 때문이다. 그런 물건을 건네는 대가로 상인들이 원하는 것은 단 하나, 우리 마을에서 나는 쌀이다. 산기슭의 미얀마 쪽 마을에서 나는 여느 쌀과 달리 우리 마을에서 나는 쌀은 알이 굵고 표면이 매끄러워서, 상인들은 눈에 불을 켜고 손에 넣으려 하고 시장에서는 '하늘 쌀'이라는 이름으로 팔린다.

상인들은 하늘 쌀이 구름의 진액을 받아 마시며 공중에서 자란다고 선전한다. 처음 그 말을 들었을 때 나는 상인들에게 우리 마을의 쌀은 산비탈의 계단식 논에서 나는 것이고 물은 용수로를 통해 대는 것이니, 우리 선조들이 재배하던 쌀이나 산 아랫마을에서 나는 쌀과 다를 바가 전혀 없다고 가르쳐 주었다. 그러나 상인들은 내 말을 듣고 껄껄 웃었다. 손님들은 우리가 지어낸 이야기를 더 좋아해요. 그런 사연이 마음에 들어서 더 비싸게 사는 거라고요. 상인들이 하는 말을 진실로 믿었다가는 큰일이 나는 법이다.

근 몇 년 동안은 쌀농사가 시원치 않았다. 비가 예전만큼 내리지 않았을뿐더러 여름이면 산마루에서 흘러내리는 냇물이 조금씩 가늘어져 실개울로 변한 탓이었다. 눈이 밝은 젊은이들은 서쪽 먼 곳의 눈 덮인 산봉우리가 흰빛을 조금씩 잃어간다고, 꼭 백발노인의 머리가 벗어지는 것 같다고 했다. 이 집이나 저 집이나 밥상에 산나물이 전보다 훨씬 더 많이 올라갔고, 아이들은 새나 두더지를 잡아 찬거리를 보탰다. 하지만 이런 먹거리조차도 갈수록 줄어가는 듯싶었다.

지난 수백 년간의 강수량과 쌀 수확량을 꼼꼼히 조사해 보았더니, 지금처럼 심한 가뭄은 기록된 바가 없었다. 혹시 산 아래 세상에서 무슨 일이 벌어졌기 때문일까?

나는 상인들에게 이 일을 어떻게 생각하는지 물어보았다.

그들은 낸들 아냐는 표정으로 어깨를 으쓱할 뿐이었다.

"사방에서 날씨가 이상해졌다는 소문은 들었어요. 북쪽의 중국에는 가뭄이 들었는데, 저 남쪽의 이라와디강 유역에는 태풍이 부는 식으로요. 이유야 뭐, 누가 알겠어요? 날씨란 게 원래 그런 건데."

토무와 상인들이 기나긴 하산 길에 나서기 전날, 나는 그들에게 우리 집에서 하룻밤 묵으라고 청했다. 파와 아웅이야 원래부터 산 아래 세상의 신기한 이야기를 잔뜩 들려주는 손님들이었고, 토무 또한 재미난 이야깃거리라면 남부럽지 않을 사람 같아서였다.

남은 쌀을 다 긁어모아 밥을 짓고 향긋한 죽순과 절인 생강을 곁들여 내놓았다. 눈 깜짝할 새에 다 먹어 치운 토무는 아쉬운 듯이 입맛을 쩝쩝 다시며 내 요리 솜씨를 칭찬했다. 나는 당황해서 웃기만 했다. 저녁을 먹고 나서 우리는 불가에 둘러앉아 쌀로 담근 술을 마시며 이야기를 나누었다.

나는 토무에게 무슨 일을 해서 먹고사는지 물었다. 토무는 잠시 조용히 앉아 있다가 머리를 긁적이며 껄껄 웃더니, 통역인 파를 향해 내가 알아듣지 못할 말을 길게 늘어놓았다. 표정을 보아하니 파 역시 무슨 말인지 영 이해가 안 가는 모양이었다. 파는 제 알 바 아니라는 듯 어깨를 으쓱하고는 내게 이렇게 통역해 주었다.

"이 사람은 병을 연구하고 단백질이란 걸 발명해서 치료하는 일을 한대요. 단백질은 무슨 약 같은 건가 본데, 되게 복잡해서 잘 모르겠어요. 아픈 사람을 직접 만나거나 약을 짓지는 않는대요. 그냥 어떻게 해야 하는지 생각만 제시한다는데요."

그렇다면 토무는 일종의 치유사인 셈이었다. 이는 분명 영예로운 직업이었고, 남을 치유하고자 하는 사람이라면 누구든 내게는 존경의 대상이었다. 행색이 아무리 이상하다고 해도.

나는 토무에게 우리 난족의 유서 깊은 치료약이 실린 책에 관해 듣고 싶은지 물었다. 실력 있는 무당인 루크조차도 머릿속에 모든 지식을 다 담지는 못했다. 처음 보는 병과 마주할 때면 그 역시 오래된 의서(醫書)를 참조하는 경우가 잦았다. 우리는 선조로부터 많은 지식을 물려받았다. 그중 일부는 약과 독의 경계를 용감하게 넘어선 이들의 목숨을 대가로 치르고 얻은 지식이었다.

파가 나의 제안을 통역해 주자 토무는 고개를 끄덕였다. 나는 일어서서 매듭지은 삼줄로 이루어진 의서를 꺼내어 왔다. 삼줄을 길게 펴고 손가락으로 줄을 더듬어 내려가며, 나는 여러 병의 증상과 처방을 소리 내어 읽었다.

그런데 정작 토무는 파가 통역해 주는 말에 귀를 기울이기는커녕, 매듭 줄로 만든 의서를 뚫어져라 바라볼 뿐이었다. 눈을 찻잔처럼 둥그렇게 뜨고서. 토무는 파의 말을 끊고 알 수 없는 말을 늘어놓았다. 잔뜩 흥분한 기색이 역력했다.

"이 사람은 매듭 문자라는 걸 처음 봤대요." 파가 통역해 준 말이었다. "그 줄로 만든 책을 어떻게 읽는지 알고 싶다는데요."

상인들은 난족의 매듭 문자를 오래전부터 보았기 때문에 이미 익숙했다. 나 역시 상인들이 우리 마을에서 사들인 물건의 이름과 수량을 종이에 표시하여 기록하는 모습을 익히 보았다. 티베트어, 중국어, 미얀마어, 나가어까지, 저마다 자기네 나름의 문자로 기록을 남겼다. 모양새는 다들 제각각이었지만 잉크로 적은 글자들은 내게 하나같이 생기 없고 밋밋하고 추해 보였다. 우리 난족은 글자를 적지 않았다. 그 대신 매듭을 묶었다.

우리는 매듭 덕분에 선조들의 지혜와 목소리를 고스란히 살려 대대로 전해 왔다. 기다란 삼줄, 부드럽고 탄력 있는 삼으로 만든 줄을 길게 펴서 꼬아 놓으면 적당한 탄력이 생겨서 똬리를 튼다. 그 줄을 묶어서 모양이 제각각이 되도록 만든 서른한 가지 매듭은 저마다 입술과 혀의 모양에 대응하여 각기 다른 음절을 표시한다. 불교 승려의 염주처럼 둥글게 묶은 삼줄의 매듭은 단어와 문장, 이야기를 형성한다. 그리하여 말은 실체와 형상을 부여받는다. 줄을 더듬어 내려가다 보면 매듭을 묶은 이의 생각이 손끝에 느껴지고 그 사람의 목소리가 뼛속에 전해진다.

매듭을 묶은 줄은 똑바로 펴진 상태를 유지하지 않는다. 매듭이 줄을 팽팽하게 당기기 때문이다. 매듭은 하나의 형상으로 변하기를 갈망하며 저절로 꼬이고 뒤틀리고 접혀 든다. 매듭 책의 모양새는 곧게 펴진 선이 아니라 조그마한 조각상에 더 가깝다. 똬리를 튼 줄은 묶여 있는 매듭들이 저마다 다르다 보니 제각각 다른 형상으로 보이고, 이로써 책에 실린 논의의 방향과 윤곽, 귀에 닿는 듯 선명한 운율의 높낮이가 한눈에 들어온다.

나는 날 때부터 눈이 좋지 않았다. 또렷이 보이는 거리는 몇 걸음

앞이 고작이었고, 자세히 보려고 너무 오래 눈을 찡그리면 머리가 지끈거렸다. 그러나 손의 촉각은 일찍부터 민감해서 아이였을 적에 이미 아버지에게 서로 다른 줄과 매듭의 성질을 빨리 깨우친다는 칭찬을 들었다. 내게는 매듭이 줄의 탄성을 변화시키는 방식, 그러니까 조그마한 매듭 하나하나의 힘이 줄을 밀고 당겨서 책의 형태를 완성하는 방식을 머릿속에 그리는 재능이 있었다. 난족 사람은 누구나 매듭을 묶을 줄 알았지만 매듭 하나가 완성되기도 전에 줄의 최종 형태를 내다보는 눈을 타고난 사람은 오로지 나뿐이었다.

내가 처음 맡은 일은 필경사였다. 가장 오래되어 너덜너덜하게 해진 매듭 책을 골라 매듭의 배열을 촉감으로 암기한 다음, 새 삼줄로 똑같이 다시 만드는 일이었다. 매듭 하나하나의 꼬인 방식을 충실히 복제하다 보면 결국에는 줄이 저절로 똬리를 틀어 원본과 똑같은 복제본이 만들어지고, 이로써 마을 아이들과 그 아이들의 아이들도 과거의 목소리를 느끼고 그로부터 배움을 얻는다.

그러다가 나중에, 아버지가 돌아가시고 나서 우리 마을의 촌장이자 기록 보관자가 된 후에, 나는 나만의 매듭 책을 짓기 시작했다. 주로 실용적인 것들에 관하여 매듭을 묶었다. 상인들에게 속을까 봐 매년 기록해 놓은 쌀값, 무당이 새로 발견한 전통 약초의 효능, 날씨 변화와 파종 시기 같은 것들이었다. 가끔은 다른 것들을 주제로 매듭 책을 짓기도 했다. 그저 완성된 매듭 줄의 모양새가 보기 좋아서였다. 총각이 마음에 둔 처녀에게 불러 주는 노래, 우중충한 겨울이 물러가고 처음으로 얼굴을 어루만지는 봄 햇살의 느낌, 새해 초하루 축제에서 춤을 추는 난족 동포들의 그림자가 모닥불 불빛에 비쳐 일렁거리는 모습 같은 것들이었다.

미국 매사추세츠주 그레이터 보스턴, 루트 128

무려 1년에 걸쳐 청원하고, 거물 변호사를 고용하고, 뇌물…… 아니, 특별 급행료를 들이고, 끝내는 대학 졸업 후에 한 번도 연락한 적이 없는 국무부 소속 동창까지 동원한 끝에, 나는 소에보에게 정식 비자를 마련해 주었다.

출생증명서가 없다고? 성씨도 없어? 혹시 고원 지대에서 양귀비를 재배하는 마약왕 부하 아니야? 도대체 이 사람에 관해 아는 게 있기는 해? 톰, 분명히 말해 두는데, 그 원주민 주술사를 데려오려고 끌어다 쓴 연줄이 한둘이 아니야. 헛수고로 끝나지 않는 게 좋을걸.

종이 몇 장 때문에 이토록 골머리를 앓다니, 생각만 해도 놀랍다. 차라리 지금이 19세기였으면 좋았으리라는 생각마저 들 지경이다. 그랬다면 서로 앙숙인 두 나라 정부의 수많은 공무원과 협상할 필요 없이 밀림에 사는 '원주민' 한 명쯤은 간단히 데려올 수 있었을 테니까.

"정말로 긴 여행길이군요."

소에보가 한 말이었다. 내가 하늘 마을을 두 번째로 찾아가 그에게 나와 함께 가자고 설득했을 때였다.

"나한테는 너무 먼 곳입니다."

난족은 돈에 전혀 관심이 없었다. 소에보에게 후한 대가를 치르겠다고 약속해 봤자 소용없다는 것쯤은 나도 아는 바였다.

"저와 함께 가시면 수많은 사람들의 병을 고치도록 도와주실 수 있습니다."

"나는 치유사가 아닙니다."

"저도 압니다. 하지만 촌장님께서 하시는 매듭 문자 쓰기는……그 기술은 많은 사람을 치료할 잠재력이 있습니다. 저도 정확히 설명하기는 힘듭니다. 저를 믿어 주셔야 해요."

소에보는 내 말에 마음이 흔들렸지만, 그러면서도 여전히 미적거렸다. 결국 나는 비장의 카드를 꺼내어 들었다. 내가 눈치챈 그의 관심사, 어쩌면 그가 원하는 유일한 것을.

"가뭄 때문에 마을 논의 벼가 다 시들어 가지요. 물을 적게 대도 쌀이 잘 영그는 신품종 벼를 구하시도록 제가 도와 드리겠습니다. 하지만 촌장님께서 저와 함께 가셔야 합니다. 그렇게만 해 주시면 새 볍씨를 드릴게요."

소에보는 내 예상과 달리 비행기를 보고도 그리 겁을 먹지 않았다. 애초에 몸집이 작은 남자였는데, 여객기 좌석에 옹그리고 앉아 조심스레 꿈지럭거리는 모습을 보니 더더욱 어린애 같았다. 그럼에도 소에보의 태도는 차분했다. 마을에서 내려와 양곤까지 타고 간 버스를 처음 보았을 때 오히려 더 놀랐던 것 같다. 아마도 저절로 움직이는 금속 상자에 앉아 한 장소에서 다른 장소로 이동한 후에는 하늘을 나는 상자를 보아도 딱히 신기하지 않은 모양이었다.

소에보는 GACT 연구소 바로 옆에 있는 원룸 건물에 나와 함께 도착하여 짐을 풀자마자 곯아떨어졌다. 침대에는 올라가지도 않았다. 그가 몸을 웅크리고 누워 잠든 곳은 주방의 타일 바닥이었다. 화덕에서 더 가까운 곳에 잠자리를 만들기. 어쩌면 오래전에 읽은 인류학 책에 그러한 본능적 충동에 관한 내용이 있었던 것도 같다.

"완성했을 때 이런 모양이 되게 매듭을 묶을 수 있어요?"

나는 점토로 빚은 조그마한 모형을 가리키며 말했다. 모형은 용의 머리와 살짝 비슷해 보였다. 우리가 통역사로 고용한 미얀마 출신 유학생은 질렸다는 표정으로 고개를 절레절레 흔들었지만, 그러면서도 내 질문을 소에보에게 통역해 주었다. 그 학부생 애송이에게는 눈앞에서 벌어지는 일이 다 미친 짓으로 보였을 것이다. 웬걸, 내가 봐도 어처구니가 없기는 했다.

소에보는 모형을 집어 들고 이쪽저쪽으로 돌려가며 살펴보았다.

"여기엔 아무 이야기도 담겨 있지 않아요. 이 모양대로 매듭을 묶으면 횡설수설일 텐데."

"상관없어요. 그냥 줄이 접혔을 때 저절로 이 모양이 되도록 매듭을 묶어 주기만 하면 돼요."

소에보는 고개를 끄덕이더니 줄을 구부려 매듭을 묶기 시작했다. 다 묶인 줄이 똬리를 튼 모습을 확인하고 나서는 생김새를 모형과 비교해 보고, 매듭을 더 팽팽하게 조여서 다시 내려놓았다. 그러다가 고개를 젓더니, 이내 매듭 몇 개를 풀고 새로 묶었다.

연구실 안에서는 각기 다른 곳에 설치한 카메라 다섯 대가 소에보의 작업을 녹화했고, 연구실 벽의 반투명거울 너머에서는 과학자 여남은 명이 목을 길게 빼고 서서, 건너편 방 안의 조그마한 남자와 줌인 된 화면 속에서 민첩하게 움직이는 그 남자의 손끝을 지켜보았다.

"이런 걸 도대체 어떻게 해요?"

"아버지한테서 배웠어요. 아버지는 할아버지한테 배웠고. 매듭 글쓰기는 조상 대대로 우리에게 전해 내려온 거랍니다. 내가 풀어서 다시 묶은 매듭 책만 1000권은 될걸요. 줄이 어떻게 묶이기를 바라는지, 나는 뼛속에서부터 느낄 수 있어요."

단백질은 아미노산이 줄줄이 묶여 이루어진 기다란 사슬로서, 생물 세포 속의 유전자에 의해 서열이 결정된다. 아미노산은 서로 다른 전하를 띤 소수성 곁사슬과 친수성 곁사슬이 붙어 울퉁불퉁한 매듭 모양을 형성하는데, 이들이 서로 끌어당기고 밀면서 수소 결합을 일으켜 알파 나선 구조나 베타 병풍 구조 같은 2차 구조를 형성한다. 기다란 단백질 사슬은 미세한 힘의 벡터 수백만 개에 의하여 위태롭게 비틀리고 흔들리는 덩어리로 존재하다가 사슬 전체의 에너지 총합을 최소화하고자 '단백질 접힘'을 일으켜 스스로 똬리를 틀고, 이로써 3차 구조에 안착한다. 이 안정적이고 자연스러운 최종 구조는 해당 단백질에 고유한 형태를 부여한다. 극히 미세한 그 3차원 덩어리는 그야말로 모더니즘 조각가의 작품 같다.

단백질의 기능은 그 형태에 따라 결정된다. 단백질이 올바르게 접히려면 기온과 용매, 접힘 과정을 돕는 분자 샤페론 같은 여러 가지 요소가 어우러져야 한다. 단백질이 고유한 형태로 접히지 못하면 광우병이나 알츠하이머병, 낭포성 섬유증 같은 질환을 일으킨다. 반면에 올바른 형태를 띤 단백질을 이용하면 암세포가 걷잡을 수 없는 속도로 분열하지 않도록 제어하는 것도, 인간면역결핍 바이러스(HIV)가 복제 및 전파되는 데에 필요한 세포 경로를 봉쇄하는 것도 가능하다. 온갖 난치병을 치료할 수 있다는 말이다.

그러나 아미노산 서열의 자연 상태를 미리 알아내기란(또는, 이와 반대로 아미노산 서열을 인간이 원하는 단백질 형태로 접히도록 설계하기란) 입자 물리학보다 더 어렵다. 길이가 짧은 아미노산 사슬조차도 원자에 작용하는 모든 힘을 철저히 시뮬레이션하고 이를 자유 에너지 경관을 통하여 분석하라고 하면, 최고 성능의 컴퓨터도 나가떨어지고 말 것이다. 그런데 단백질을 구성하는 아미노산은 수백 개, 경우에 따라서는 수천 개에 이른다.

만약 아미노산 서열의 자연 상태를 빠르고 정확하게 예측하여 접는 알고리즘을 발견하면 약학 연구는 항생제 발견 이후 가장 커다란 걸음을 내디딜 것이다. 이로써 우리는 헤아릴 수 없이 많은 인명을 구할 수 있다. 그것도 엄청난 이윤을 거두면서.

이따금 소에보가 작업 때문에 지쳐 보일 때면, 나는 그를 데리고 보스턴에 나들이를 나가곤 했다. 나 스스로도 그런 식의 나들이를 고대했다. 나는 세계 곳곳을 누빈 끝에 아마추어 인류학자 나부랭이가 되어 버렸고, 그래서 우리가 아는 세계 바깥에서 온 존재가 우리 눈에는 당연해 보이는 것들에 어떻게 반응하는지 관찰하는 일이 즐거웠다. 소에보의 눈을 통해 세상을 보는 경험, 즉 그가 무엇에 놀라고 시큰둥한지 알아가는 경험은 환상적이었다.

소에보는 초고층 빌딩은 풍경의 일부로 여기면서도 에스컬레이터를 보고는 겁에 질렸다. 자동차와 고속도로와 자기보다 훨씬 크고 피부색도 다양한 인파가 잰걸음으로 걸어가는 광경은 어찌어찌 받아들였지만, 아이스크림이 준 충격 앞에서는 무릎을 꿇고 말았다. 유당 분해 효소가 없어서 아이스크림을 먹으면 배앓이를 하면서도 더블 콘이 주는 쾌락을 누리려고 복통을 이겨냈던 것이다. 개는 줄에 묶인 반려견만 봐도 멀찍이 피했지만, 공원에 사는 오리와 비둘기에게 먹이를 주는 일은 좋아했다.

다음은 컴퓨터 시뮬레이션으로 옮겨 갈 차례였다. 소에보는 마우스를 요령껏 쓰는 법을 익히지 못했고, 모니터 화면을 오래 들여다보느라 눈도 침침해졌다. 이 때문에 우리는 장갑과 고글로 적절한 촉각 피드백을 구현한 입체 시뮬레이션 시스템을 급조하는 수밖에 없었다.

이제 소에보는 손에 익은 매듭으로 작업을 하지 않았다. 우리는 확인해야 했다. 매듭 줄의 최종 형태를 예측하는 소에보의 능력이 단순히 부족의 전통을 철저히 암기한 결과인지, 아니면 일반화를 통하여 새로운 영역으로 전개할 수 있는 기술인지를.

소에보가 착용한 고글의 비디오 피드를 통하여 우리는 그가 허공에 떠 있는 아미노산 모형을 조작하는 모습, 또 아미노산을 차례로 배열하고 각각의 성질을 파악하는 모습을 관찰했다. 그는 단백질 사슬을 흔들고, 가닥 몇 올을 떼어내고, 그중 몇 올은 하나로 모아 묶고, 곁사슬을 박아 넣었다. 소에보에게 그 일은 낯선 게임을 플레이하는 것에 지나지 않았다.

그러나 이렇다 할 성과는 거두지 못했다. 아미노산과 매듭은 너무나 달랐기에, 소에보는 가장 간단한 퍼즐조차 풀지 못했다.

이사회는 차츰 조바심을 내며 회의적으로 변해 갔다.

"아시아에서 온 그 까막눈 농사꾼이 신약 개발의 돌파구를 마련해 줄 거라니, 진심인가? 이번 시도가 실패했다는 소식이 언론을 탔다가는 투자자들이 우릴 역병 환자처럼 대할 거야."

나로서는 그때껏 산업화 이전 단계의 소수 민족에게서 신약 개발의 아이디어를 수집해 온 나의 전적을 또다시 언급하는 수밖에 없었다. 실없는 전설과 미신으로 점철된 이야기보따리 속에는 진짜배기 전문 지식의 알맹이가 드물지 않게 숨어 있었고, 이를 발견하여 개발하면 노다지를 캐는 것이나 마찬가지였다. 우리 회사에서 가장 잘 팔리는 약 또한 원래는 브라질 원주민 부족인 티오크 족의 난초에서 추출하지 않았던가? 이사회는 나의 본능을 조금은 신뢰해야 마땅했다.

하지만 불안하기는 나도 마찬가지였다.

다음번 나들이 때 나는 소에보를 데리고 하버드 대학교의 새클러 미술관으로 향했다. 그곳에는 고대 아시아 유물 컬렉션이 전시되어 있었다. 난족이 청동기 시대에 중국 땅인 북쪽 어디쯤에서 지금의 거주지로 이주해 온 것 정도는 나도 어렴풋이 아는 바였다. 어쩌면 소에보가 자기 선조와 인연이 있는 고대의 토기나 청동 제기를 보면 흥미를 느낄지도 모른다는 생각이 들었다.

미술관에는 관람객이 거의 없다시피 해서 우리는 조용하고 느긋하게 안을 둘러보았다. 유리 진열장 속, 다리가 셋 달린 커다랗고 둥그런 청동 솥에 흥미가 생겼는지, 소에보가 그쪽으로 느릿느릿 걸어갔다. 나도 그의 뒤를 따랐다.

이름이 정(鼎)인 그 솥에는 한자와 동물을 모티프로 한 장식 문양이 새겨져 있었다. 그런데 솥의 매끈한 표면은 이와 다른 무늬, 가느다란 선으로 이루어진 훨씬 세밀한 문양으로 덮여 있었다. 나는 진열장 아래쪽에 놓인 조그마한 명판의 설명을 읽어 보았다.

고대 중국인은 청동 그릇을 비단이나 그 밖의 결이 고운 천으로 싸서 보관했다. 세월이 흐르면서 그릇의 표면에 슨 녹에는 겉을 싼 천의 씨실과 날실이 무늬로 새겨지고, 이 무늬는 천이 부식되어 사라진 후에도 오래도록 남는다.

고대 중국의 직조 기술에 관한 현대의 지식은 거의 전적으로 이러한 흔적에서 비롯되었다.

나는 통역을 시켜 이 설명을 소에보에게 읽어 주었다. 소에보는 고개를 끄덕이더니 진열장 유리에 얼굴을 딱 붙이고 정을 뚫어지게 들여다보았다. 미술관 경비원이 우리 쪽으로 걸어왔지만, 나는 그를 손짓으로 물러나게 하고는 아무렇게나 둘러댔다.

"괜찮아요. 눈이 안 좋아서 그러는 거예요."

"고마워요." 나중에 소에보가 꺼낸 말이었다. "그 솥을 만든 사람들은 실로 글을 쓰지 않았어요. 그래서 무늬를 알아볼 수가 없었지요. 하지만 무늬를 열심히 따라가다 보니 그 사람들의 목소리가 들리더군요. 희미하게나마, 들렸어요. 그런 고대의 지혜를 듣는 기회는 아주 큰 선물이지요. 비록 제대로 이해하지 못한다고 해도."

뒤이은 실험에서 소에보는 꽤 복잡한 사슬을 접는 데에 성공했다. 어디서 통찰력을 얻어 오기라도 한 듯, 갑자기 그의 의도가 맞아떨어지기 시작했다. 우리는 한층 더 복잡한 사슬 몇 개로 실험을 반복했고, 그는 전보다 더 빠르게 사슬을 접었다.

나보다 소에보가 더 기뻐한다는 느낌이 들었다.

"뭐가 달라진 거죠?"

"어떻게 설명해야 좋을지 모르겠군요. 내가 쓰는 매듭 책에서 아주 멀리 떨어진 매듭들은 서로 영향을 주고받지 않지만, 당신이 만든 놀이 속에서는 사정이 달라요. 중국 사람들의 청동 그릇에 남아 있는 목소리가 나를 도와주었어요. 천의 무늬는 실 한 가닥을 수없이 엮고 또 엮은 끝에 만들어진 것이지요. 그런데 이렇게 엮여서 그물 모양이 되고 나면, 그 그물을 구성하는 매듭의 탄력은 모든 방향에서 감지할 수 있어요. 아주 멀리 떨어진 매듭이라고 해도 그렇지요. 나는 당신의 놀이를 이해할 단서를 거기서 찾았어요. 그래서 당신이 제시한 무늬에 맞아떨어지도록 내가 알던 매듭 묶기 기술을 변형시켰지요. 고대인의 목소리는 내게 많은 것을 가르쳐 주었지만, 나는 먼저 그 목소리를 듣는 법부터 깨우쳐야 했어요."

심령술사나 할 법한 횡설수설이었지만 그 정도는 아무렇지도 않았다. 실험만 제대로 된다면.

우리는 소에보가 보여 준 시범을 컴퓨터로 재생하여 그의 동작을 추상화하고, 그가 내린 결정의 과정을 추론하고, 그의 시행착오를 체계화한 다음, 이 모든 것을 통합하여 하나의 알고리즘으로 완성했다. 말처럼 쉬운 일은 아니었다. 소에보의 본능을 다듬어 명확한 지침으로 만들기까지는 엄청난 창의성과 노고가 필요했다. 그러나 소에보의 동작이라는 등대가 있었기에 한 치 앞도 안 보이는 무한한 가능성의 바다를 항해하는 우리의 노력은 결실을 거둘 수 있었다.

나는 이사회 사람들에게 쏘아붙이고 싶은 충동을 가까스로 참았다. '내가 뭐랬어요.'

소에보는 내게 약속을 지키라고 했다. 우리가 함께 일한 지 벌써 몇 달째였건만, 나는 실험의 진전에 정신이 팔린 나머지 그와 했던 약속을 까맣게 잊고 말았다. 스스로가 부끄러웠다.

나는 대학원 시절 같은 연구실에서 공부한 동창 크리스에게 전화를 걸었다. 지금은 에너다인 애그로에 근무하는데, 그 회사는 다양한 품종의 유전자 변형 벼를 취급하는 곳으로 유명했다.

나는 크리스에게 내가 원하는 벼의 조건을 설명했다. 가뭄을 잘 견디고 고도가 높은 곳에서도 잘 자랄 것, 산성 토양에서도 거뜬히 버틸 것, 낟알이 많이 영글 것, 가능하면 동남아시아에 흔한 병충해에도 강할 것.

"조건에 들어맞는 품종이 몇 가지 있어." 크리스의 대답이었다. "그런데 가격이 비싸. 게다가 우리 회사는 보통 미얀마 같은 나라에는 종자를 팔지도 않아. 정치 상황도 불안하고, 아시아 쪽이 거의 그렇듯이 지적 재산권도 전혀 보장이 안 되거든. 그 나라 방방곡곡에서 돈도 안 내고 우리 벼를 재배하는 꼴을 두 눈 빤히 뜨고 볼 수는 없지. 너도 알다시피 그쪽 경찰이나 법원은 허수아비니까. 그렇다고 깡패를 고용해서 농사꾼들한테 특허 사용료를 받아냈다가는, 저녁 뉴스에 영 듣기 안 좋은 소식이 나오고 말이야."

나는 크리스에게 부탁을 좀 들어 달라고 사정했다. 지적 재산권에 관해서라면 내가 한 수 가르쳐 주겠다는 약속과 함께.

"어쩌면 종자를 무단으로 사용하지 못하게 기술적 제한을 걸어야 할지도 몰라." 크리스는 그렇게 덧붙였다.

내 생각에 난족에게는 쌀이 필요했다. 그들을 둘러싼 세상은 변하는 중이었다. 그리고 그들에게는 도움이 필요했다.

나는 소에보의 귀국길에 동행하여 볍씨가 든 가방 여러 개를 함께 지고 산을 올랐다. 분명 볼만한 광경이었을 것이다. 조그마한 아시아인 탐험가가 고향에 돌아와 선두에 서고, 서양인인 나는 짐을 잔뜩 짊어진 채 느릿느릿 그 뒤를 따라갔으니까. 셰르파치고는 꽤 기묘해 보이지 않았을까.

하늘 마을

나의 미국 여행과 그곳에서 본 신기한 것들을 매듭 책으로 기록하기까지 오랜 시간이 걸렸다. 이제는 선반 한 개가 그 책들로 가득하고, 아이들은 매일 저녁 우리 집에 찾아와 더 많은 이야기를 들려 달라고 조른다.

그런 여행을 하고 나면 한 인간이 이해하지 못하는 것이 세상에 얼마나 많은지를 깨닫게 된다. 여행에 나서기 전까지 나는 스스로를 박식한 사람으로 여겼다. 이 보관소에 있는 매듭 줄 책을 마을의 어떤 이보다 더 많이 읽었기 때문이었다. 그러나 지금은 생각이 바뀌었다.

내가 미국에 따라간 대가로 토무에게서 받은 볍씨는 마법처럼 쑥쑥 자랐다. 첫 쌀농사는 그 누구의 기억보다도 더 풍작이었다. 맛은 예전의 쌀만 못했지만, 수확량은 전보다 훨씬 더 많았다. 우리는 성대한 잔치를 열어 풍작을 축하했고 모두 함께, 심지어 아이들조차도, 술에 취했다. 새 볍씨를 마을에 들여오기를 잘했다는 생각에 마음이 뿌듯했다. 그것은 모두의 배를 다시 든든하게 채워 줄, 바깥세상에서 온 새 희망이었다.

두 번째 파종 시기에 앞서 토무가 마을에 다시 찾아왔다. 파와 아웅을 대동하고 온 토무는 여느 때와 마찬가지로 커다란 배낭을 지고 있었다. 알고 지낸 나날이 그리 길지는 않았지만 나는 토무를 오랜 벗으로, 어릴 적부터 알고 지낸 사이로 여겼다. 그를 만나고 나서 비로소 배운 것들이 너무나 많았으므로.

그런데 토무는 표정이 밝지 않았다. 불안해 보였다.

"실은 말이죠." 토무는 그렇게 말을 꺼냈다. "촌장님께 볍씨를 더 팔려고 왔어요."

"저런, 볍씨는 이미 충분히 있는데." 토무가 어떤 분야에는 매우 박식할지 몰라도 상식은 턱없이 부족하다는 것은 나도 이미 인정한 바였다. "저번에 수확하고 나서 잔뜩 보관해 뒀거든."

토무는 내 눈길을 피했다.

"보관해 둔 볍씨는 싹이 안 날 거예요. 종결 인자 기술이 적용돼서요."

파가 그 말을 어떻게 통역할지 알지 못했기에, 토무는 다시 설명하려고 했다.

"그 볍씨는 자라지 않아요. 죽은 거예요. 새걸 다시 사야 해요."

그런 말은 들어 본 적도 없었다. 볍씨가 자라면 벼가 되는 법인데, 그 벼에 새 볍씨가 맺히지 않는다니?

토무가 설명하길, 씨앗과 사람을 비롯한 모든 생물의 몸속에는 아주 작은 크기의 배배 꼬인 끈 조각이 들어 있고 이를 유전자라고 하며, 이것이 생물의 성장과 외모를 결정한다고 했다. 유전자는 미세한 덩어리가 한데 묶여서 만들어지는데 이 덩어리들이 형성하는 언어는 해석이 가능하다는 이야기도 들려주었다.

"우리 난족의 매듭 같은 거로군."

나는 그렇게 중얼거렸다. 토무가 고개를 끄덕였다.

누군가 새로운 유전자를, 다시 말해 새로운 말로 이루어진 끈을 발명하고 그 끈을 하나의 씨앗 속에 심어 넣으면, 그 씨앗은 사람들이 좋아하는 성질을 지니게 된다. 말이 씨앗에 가치를 부여하는 것이다. 그러나 그 말은 발명한 사람의 소유물이기에, 만약 다른 이들이 그 씨앗을 기르고자 한다면 발명가에게 대가를 지불해야 한다. 토무가 설명하길, 이러한 경우에 발명가는 반드시 씨앗 값을 받아낼 목적으로 그 씨앗에서 새로운 씨앗이 맺히지 않게끔 몇 마디 말을 더 집어넣기도 한다. 그렇게 해야 사람들이 해마다 돈을 내고 씨앗을 살 테니까.

"그런 유전자가 들어 있는 씨앗을 발명가의 허락 없이 기르는 건 도둑질이에요. 발명가의 집에 들어가서 그 집 쌀독의 쌀을 한 바가지 퍼 오는 짓이랑 똑같다는 말이죠. 종결 인자 유전자는 사람들이 정직하게 살도록 도와주려고 첨가한 거예요."

얼토당토않은 소리였다. 내가 남의 쌀 한 바가지를 가져오는 짓이 절도인 까닭은 그 사람에게 쌀 한 바가지가 더는 남아 있지 않기 때문이었다. 그러나 누군가 내게 힘이 깃든 새 말을 한마디 가르쳐 준다 해도, 내가 그 말을 상대방에게서 빼앗아 오는 것은 아니다. 상대방은 여전히 그 말을 지니고 있으므로.

나는 상황을 더 잘 이해하려고 기를 썼다.

"당신 설명에 따르면 볍씨 속에 매듭으로 묶여 있는 그 말들을 쓰기 위해 우리가 돈을 내야 한다는 거로군."

내 말에 토무는 고개를 끄덕였다. 그런데 토무는 그의 놀이 속에서 매듭을 묶는 내 모습을 지켜보며 도움을 받았다고 말한 적이 있었다.

"그런데 당신도 우리 매듭 책에 담긴 말을 배웠잖아. 우리 난족의 매듭 묶기에서 우러난 지혜를. 그렇다면 당신도 우리한테 해마다 대가를 지불해야 하는 건가?"

토무는 껄껄 웃으며 머리를 긁적였다. 보아하니 마음이 편치는 않은 모양이었다.

"아뇨, 그럴 일은 없을 거예요. 제가 촌장님한테 배운 것들은…… 오래됐으니까요. 보호받는 대상이 아니에요. 저작권으로도, 특허권으로도."

파가 통역하기 힘든 말이 줄줄이 나왔지만, 굳이 파를 시켜 토무에게 무슨 뜻인지 물어보고 싶지는 않았다. 토무에게서 더 많은 말을 배웠다가는 그 말의 값마저 치러야 할지도 몰랐으니까. 토무가우리 난족에게서 얻은 가르침을 아무 값어치도 없는 것으로 여긴다는 것쯤은 훤히 들여다보였다.

나는 바보였다. 내 딴에는 우리 마을에 보탬이 되는 일을 한다고 생각했지만, 토무가 제시한 달콤한 조건에는 단서가 주렁주렁 붙어 있었다. 내가 한 일은 결국 먼 곳의 군주가 파놓은 빚 구덩이에 우리 난족을 밀어 넣은 것에 지나지 않았다. 그리고 우리는 그 군주에게 해마다 공물을 바쳐야 했다. 하늘 마을 사람들을 마약왕에게 지배당하는 농민들과 다름없는 처지로 추락시킨 셈이었다.

도저히 어찌할 방법이 없었다. 우리는 상인들에게 쌀을 더 많이 팔아 돈을 마련했다. 토무에게 볍씨 값으로 건넬 돈을.

"내년에는 값이 조금 더 오를 거예요. 그다음 해에도 또 오를 거고요. 제 친구한테 부탁해서 처음 몇 해 동안은 조금 깎아 달라고 했어요. 마을 살림을 더 키울 방법이 뭐가 있을지 생각해 보셔야 해요. 그래야 볍씨도 사고, 다른 멋진 것들도 살 수 있으니까요. 잘 듣는 약이나 아이스크림 같은 것들."

파는 토무의 이야기가 죄다 틀린 것은 아니라고 했다. 세상이 변하고 있으니 난족도 변해야 한다는 말이었다. 파는 우리 청년들 중 일부는 산 아래로 내려가 일자리를 찾아도 괜찮을 거라고, 예쁘게 생긴 처녀들은 자기가 아는 방법을 통해 도시에서 이런저런 기회를 잡을 수 있다고도 했다. 태국까지 갈 마음이 있다면 더더욱 그럴 거라고.

나는 토무와 나눈 대화를 매듭 책으로 만들었다. 어쩌면 그 책이 나중을 위한 경고가 될지도 모른다. 후손들은 나처럼 생각이 짧고 어리석은 사람이 되지 않도록.

이후 몇 년 동안 우리는 새 벼와 옛 벼를 함께 심어 보았지만, 옛 벼는 물을 많이 대야 자라는 탓에 그만 시들고 말았다. 마을로 흘러드는 얼마 안 되는 물은 새 벼를 위해 아껴 써야 했다. 사람들은 하나둘 농사에서 손을 뗐다. 나는 옛 볍씨 속에 꼬불꼬불 꼬여 있는 자그마한 유전자를 떠올리곤 한다. 이제는 잊힌 채 창고의 먼지 낀 자루 속에 들어 있는, 선조에게서 우리에게로 전해져 내려온 그 말들을. 그 씨앗들도 언젠가 자랄 날이 올까? 다시 비가 내리면?

토무는 그 이듬해의 방문을 끝으로 다시는 오지 않았다. 씨 뿌릴 시기가 되면 늘 다른 남자가 찾아와 볍씨를 판다.

그레이터 보스턴, 루트128

소에보의 기술을 토대로 한 알고리즘은 멋지게 작동했다. 이미 간행된 문헌에 실린 어떤 알고리즘보다 더 훌륭할 정도였다. 나의 연구를 담은 논문은 동료 심사를 거치는 중이며, 특허 신청은 변호사들이 이미 처리해 두었다.

잘 풀리기만 하면 이번 건이야말로 내가 바라던 도약대가 되어 줄 것이다. 내 알고리즘 덕분에 신약 개발이 눈부시게 빨라지고, 이로써 수많은 인명을 구하는 것이다.

이 건으로 우리가 거둘 수익이 얼마나 될지는 시간이 없어서 제대로 생각하지도 못했지만, 재무 담당 이사가 프레젠테이션을 할때 이사회의 분위기는 아주 좋았다. 발견 자체와 특허 사용료로 거둘 향후 10년간의 예상 수익이 가파른 상승 곡선을 그린 덕분이었다.

이제 슬슬 다음번 발견 여행을 떠날 때가 된 것 같다. 목적지는 부탄이 어떨까.

지은이의 말

인간의 패턴 인식 및 공간 추론 능력을 이용하여 효과적인 단백질 접힘 알고리즘을 찾는 아이디어는 아래 논문에 실려 있다.

세스 쿠퍼(Seth Cooper) 외,「다중 사용자 온라인 게임으로 단백질 구조 예측하기(Predicting Protein Structures With A Multiplayer Online Game)」,《네이처(Nature)》 466호, 759~760쪽.

난족의 매듭 글쓰기, 즉 '결승문자(結繩文字)' 체계는 한글 및 잉카 문명의 키푸, 중국의 전통 매듭 공예 등을 참조했다.

The Algorithms for
Love

사랑의 알고리즘

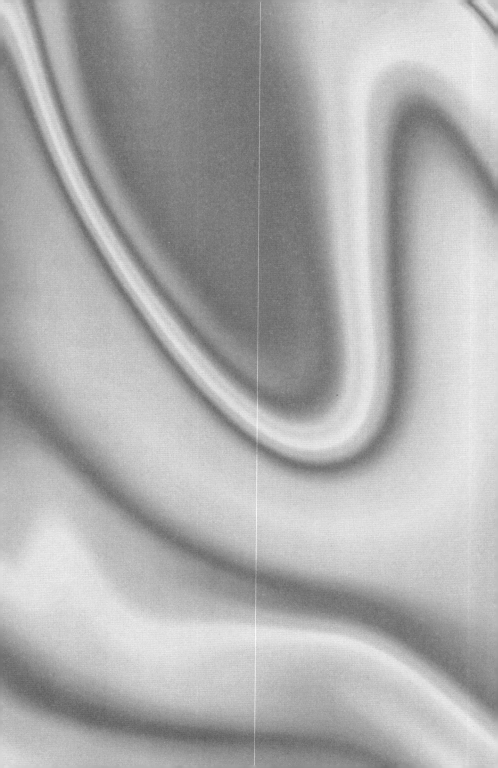

간호사가 병실에 들어와 지켜보는 동안에만, 나는 옷을 차려입고 브래드와 만날 준비를 할 수 있다. 낡은 청바지와 진홍색 터틀넥 스웨터를 골라 입었다. 그동안 살이 너무 많이 빠져서 툭 튀어나온 골반뼈에 청바지가 느슨하게 걸쳐졌다.

"주말은 세일럼에 가서 같이 보내자."

브래드는 나를 데리고 병원을 나서며 말한다. 한쪽 팔로 내 허리를 보호하듯이 안고서.

"우리 둘이서만 보내는 거야."

병원 현관문 바로 앞에서 웨스트 박사와 브래드가 이야기를 나누는 동안, 나는 차 안에 앉아 기다린다. 목소리는 들리지 않아도 박사가 무슨 말을 하는지 나는 다 안다. '네 시간에 한 번씩 옥세틴을 먹는지 꼭 확인하세요. 오랫동안 혼자 두지 마시고.'

브래드는 가속 페달을 살짝 밟으며 운전한다. 내가 에이미를 임신했을 때와 똑같다. 도로는 차가 막히지 않아 쾌적하고, 초록이 우거진 길가 풍경은 그림엽서처럼 완벽하다. 선바이저에 붙은 거울 속의 내 얼굴은 옥세틴의 약효 때문에 입가 근육의 긴장이 풀려서 행복에 겨워 웃고 있다.

"사랑해."

브래드가 나직이 말한다. 늘 그랬듯이. 그 말이 숨소리인 것처럼, 심장 박동 소리인 것처럼.

나는 몇 초 동안 기다린다. 차 문을 열고 고속도로에 몸을 던지는 내 모습을 머릿속에 그려 보지만, 물론 그런 짓은 절대로 하지 않는다. 나는 나 자신조차 놀라게 할 힘이 없으니까.

"나도 사랑해."

그렇게 말하며 브래드를 본다. 늘 그랬듯이, 무슨 질문의 답인 것처럼. 브래드는 나를 보고, 싱긋 웃고, 다시 앞쪽의 도로로 눈을 돌린다.

이런 일들이 브래드에게는 일상이 예전으로 돌아갔다는 의미일 것이다. 브래드는 지금 자기와 이야기하는 여자가 이때껏 알고 지낸 그 여자라고, 모든 것이 다시 정상으로 돌아왔다고 생각할 것이다. 우리는 그저 주말을 맞아 짧은 휴가를 보내러 보스턴에서 출발한 부부일 뿐이다. 펜션에 머물며 박물관에 들르고 오래된 농담을 주고받는 사이.

그것은 사랑의 알고리즘이다.

나는 비명을 지르고 싶다.

내가 처음 디자인한 인형은 이름이 로라였다. 척척박사 로라™.

로라는 갈색 머리에 파란 눈, 자유롭게 구동하는 관절, 모터 스무 개, 목 안쪽의 음성 합성 장치, 블라우스 단추로 위장한 비디오카메라 두 개, 온도 및 접촉 감지 센서를 갖추었고, 콧속에는 마이크까지 내장되어 있었다. 그중 최첨단 기술이라고 할 만한 것은 하나도 없었고 내가 사용한 소프트웨어 기술 역시 적게 잡아도 20년은 묵은 것이었다. 그럼에도 나는 내가 만든 작품이 자랑스러웠다. 로라의 소매가격은 50달러였다.

'낫 유어 애버리지 토이(Not Your Average Toy)' 장난감 회사는 밀려드는 주문을 감당할 수가 없었다. 크리스마스까지 무려 석 달이나 남은 시점이었는데도. 회사 대표였던 브래드는 CNN과 MSNBC, TTV, 나중에는 어딘지도 모를 방송국의 화면이 로라로 도배될 때까지 텔레비전에 출연했다.

나도 인터뷰에 함께 출연해서 로라를 직접 조종했다. 마케팅 책임자 말로는 내가 (실제로는 아니지만) 아이 엄마처럼 보일 뿐 아니라, (대놓고 말하지는 않았어도 행간을 읽고 추측한 바로는) 금발에 예쁘게 생겼기 때문이라고 했다. 내가 로라를 디자인한 장본인이라는 사실은 나중에야 덧붙였다.

처음으로 출연한 텔레비전 인터뷰는 홍콩에서 온 촬영 팀과 함께 했다. 내가 미국 국내 방송에 출연하기 전에 미리 카메라에 익숙해지도록 브래드가 마련한 자리였다.

프로그램의 앵커인 신디가 '수분 측정기'를 개발한 회사의 대표를 인터뷰하는 동안, 우리 둘은 한쪽에 앉아 기다렸다. 나는 이틀 밤을 꼬박 새운 참이었다. 너무 긴장돼서 로라를 여섯 개나 준비해 갔다. 혹시라도 그중 다섯 개가 합심해서 파업을 벌일까 봐. 그때 브래드가 내 쪽을 돌아보며 소곤거렸다.

"수분 측정기가 뭐에 쓰는 물건 같아요?"

나는 브래드가 어떤 사람인지 잘 알지 못했다. 낮 유어 애버리지 토이에서 근무한 지 1년이 채 안 될 무렵이었으니까. 전에 몇 번 대화한 적은 있었지만 다 일 이야기였다. 브래드는 매사에 진지하고 목표 지향적인 사람, 아직 고등학생일 때 첫 번째 회사를 창업했을 것처럼 보이는 남자였다. 어쩌면 수업 시간에 필기한 노트를 돈을 받고 팔았을지도. 그런 브래드가 왜 나한테 수분 측정기에 관해 묻는지 알 수가 없었다. 내가 너무 긴장했는지 떠보려고?

"글쎄요. 요리할 때 쓰는 걸까요?" 나는 조심스레 대답했다.

"그럴 수도 있죠." 브래드는 같은 꿍꿍이를 꾸미는 사이인 양 윙크를 했다. "그런데 왠지 야하게 들리는 이유는 뭘까요?"

브래드의 입에서 나오리라고는 생각지도 못한 말이었기에, 나는 잠깐이나마 그 말을 진지하게 받아들일 뻔했다. 뒤이어 브래드가 씩 웃자 나는 그만 웃음이 터지고 말았다. 그래서 우리 차례를 기다리는 동안 평온한 표정을 유지하느라 애를 먹었지만, 그 덕분에 긴장감은 씻은 듯 사라졌다.

신디라는 젊은 여성 앵커는 브래드와 함께 낮 유어 애버리지 토이의 사업 목표('보통이 아닌(Not Your Average) 아이들을 위한 보통이 아닌 장난감')에 관해 화기애애하게 이야기를 나누다가, 이윽고 로라를 개발하게 된 사연으로 넘어갔다(브래드는 로라의 디자인 작업에서 한 일이 아무엇도 없었다. 그건 순전히 내 아이디어였으니까. 그런데도 어찌나 청산유수로 대답하던지, 하마터면 나조차도 로라가 브래드의 아이디어였다고 믿을 뻔했다.).

다음으로 내가 쇼를 보여 줄 차례가 왔다.

나는 로라를 데스크 위에 올려놓았다. 얼굴이 카메라 쪽을 향하도록. 그런 다음 데스크 옆쪽에 앉았다.

"안녕, 로라."

로라가 내 쪽으로 고개를 돌렸다. 모터 작동음이 너무나 작아서 위잉 소리조차 들리지 않았다.

"안녕하세요! 이름이 뭐예요?"

"난 엘레나라고 해." 내가 대답했다.

"만나서 반가워요. 여긴 조금 춥네요."

스튜디오의 에어컨은 살짝 싸늘한 정도로 틀어져 있었다. 나는 미처 알아차리지도 못했지만.

신디는 로라의 반응에 깊은 인상을 받았다.

"굉장하네요. 할 줄 아는 말이 몇 개나 되죠?"

"로라는 영어 단어 약 2000개를 구사합니다. 의미와 문장 구조에 맞춰 사용하도록 접두사 및 접미사도 코딩되어 있지요. 로라가 하는 말은 '문맥 자유 문법'에 따라 제어됩니다."

나는 여기까지 말하고 브래드를 돌아보았다. 브래드는 내게 너무 기술적인 이야기는 하지 말라고 눈빛으로 말했다.

"무슨 말이냐면, 로라는 입력된 적이 없는 문장을 만들 줄 알고, 그렇게 만든 문장은 문장 단위로 자동 교정된다는 뜻이지요."

"나는 반짝거리는 새, 색이 화사한 새, 예쁜 새 옷이 좋아요." 로라가 말했다.

"항상 말이 되는 얘기만 하는 건 아니지만요." 내가 덧붙였다.

"모르던 단어를 새로 배울 수도 있나요?" 신디가 물었다.

로라는 반대쪽으로 고개를 돌려 신디를 보았다.

"저는 공부하 — 는 게 좋아요. 새 단어를 가르쳐 주세요!"

나는 음성 합성 장치의 펌웨어에 아직 수정할 버그가 남아 있다고 머릿속의 노트에 메모해 두었다.

신디는 자동으로 자신을 향해 고개를 돌리고 질문에 대답하는 인형을 보며 당황한 기색이 또렷했다.

"로라가……." 신디는 적당한 표현을 찾느라 말을 잇지 못했다. "제 말을 알아들은 건가요?"

"아니요. 그런 건 아니에요."

나는 웃음을 터뜨렸다. 브래드도 마찬가지였다. 잠시 후, 신디도 우리와 함께 웃었다.

"로라의 대화 알고리즘은 마르코프 텍스트 생성기와 함께 배치한……." 여기까지 말했을 때, 브래드가 아까와 똑같은 눈빛으로 나를 돌아보았다. "기본적으로, 로라는 자기가 들은 이야기의 핵심 단어를 토대로 아무 말이나 만들어서 대답한답니다. 어떤 단어에는 자동으로 반응하도록 몇 가지 문장을 입력해 놓기도 했고요."

"세상에, 아까는 정말이지 제가 하는 말을 알아들은 것 같았어요. 새로운 단어는 어떻게 배우나요?"

"아주 간단해요. 로라의 메모리는 새 단어 수백 개를 배우기에 충분하거든요. 하지만 명사여야 해요. 어떤 대상의 이름을 가르쳐 줄 때에는 그 대상을 실제로 보여 주면 돼요. 로라는 패턴 인식 능력이 매우 뛰어나서 사람들의 얼굴도 구분할 수 있답니다."

남은 인터뷰 시간 동안 나는 긴장한 부모들을 안심시켰다. 로라는 당신들에게 설명서를 읽으라고 요구하지 않을 것이고, 물에 빠뜨려도 폭발하지 않을 것이며, 혹시라도 댁의 귀여운 공주님이 '실수로' 상스러운 말을 가르쳐도 로라가 따라 하는 일은 결코 없을 것이라고.

"잘 가렴."

인터뷰를 마치며 신디는 로라에게 인사하고 손을 흔들었다.

"안녕히 계세요. 참 친절한 분이시네요."

로라는 그렇게 말하고 손을 흔들어 인사했다.

모든 인터뷰가 똑같은 방식으로 진행되었다. 로라가 처음 진행자 쪽으로 고개를 돌리고 질문에 대답하면 어김없이 어색하고 불편한 분위기가 감돌았다. 생명이 없는 물체가 지적 행동을 하는 광경을 목격했을 때 사람들은 그런 식으로 반응했다. 다들 귀신 들린 인형이라고 생각했을 것이다. 뒤이어 내가 로라의 작동 원리를 설명하면 모두 즐거워했다. 나는 어떠한 질문에도 대응하도록 전문 용어를 뺀 정감 있고 모호한 답안을 달달 외웠고, 나중에는 모닝커피의 도움을 받지 않고도 답안을 술술 말하기에 이르렀다. 어찌나 능숙했던지 가끔은 인터뷰 내내 머릿속의 자동 조종 장치를 켜 놓고 질문은 듣는 둥 마는 둥 하면서, 그때껏 몇 번이고 되풀이해 들은 똑같은 말들에 자동으로 반응하곤 했다.

그런 식의 인터뷰는 갖가지 마케팅 전략과 함께 효과를 발휘했다. 우리 회사가 위탁 생산을 너무나 급하게 시작한 나머지 한동안은 중국 해안 지대의 허름한 장난감 공장들이 한 곳도 빠짐없이 로라를 제작할 정도였다.

우리가 묵는 펜션의 현관에는 예상대로 이 지역의 명소를 소개하는 팸플릿이 빼곡히 늘어서 있다. 대개는 마녀와 관련된 곳들이다. 팸플릿의 소름 끼치는 그림과 설명은 어째선지 도덕적 분노와 사춘기 시절에나 품을 오컬트에 대한 동경심을 용케도 동시에 불러일으킨다.

펜션 주인인 데이비드는 '예 올드 퍼핏 숍'이라는 곳에 '세일럼의 공식 마녀가 제작한 인형'이 있다며 우리에게 가 보라고 권한다. 세일럼 마녀재판 당시에 처형당한 스무 명 가운데 브리짓 비숍이라는 여성은 자기 집 지하실에서 핀이 꽂힌 '꼭두각시 인형'이 발견되었는데, 이 인형이 물증으로 인정되는 바람에 마녀로 기소당했다고 한다.

어쩌면 그 여자도 나 같았던 모양이다. 미친 여자, 어른인 주제에 인형을 갖고 노는 여자. 인형 가게에 찾아간다는 생각만으로도 속이 뒤집힐 것 같다.

브래드가 할인 혜택이 있는 식당이 어디냐고 데이비드에게 묻는 사이에 나는 우리 방으로 올라간다. 잠들고 싶다. 아니면 적어도 자는 척하고 싶다. 브래드가 올라오기 전에. 그러면 나를 혼자 둘지도 모르고, 그러면 생각할 시간이 잠시나마 생길지도 모른다. 옥세틴을 먹으면 똑바로 생각을 하기가 힘들다. 내 머릿속에는 벽이 있다. 생각 하나하나를 만족감으로 감싸 버리려고 하는, 뿌연 벽이.

어디서부터 잘못됐는지 기억이라도 나면 좋을 텐데.

브래드와 나는 유럽으로 신혼여행을 갔다. 함께 타고 간 궤도 왕복 셔틀은 푯값이 내 1년 치 집세보다 더 비쌌다. 하지만 우리한테는 부담스럽지 않았다. 우리 회사의 최신 모델인 재치 만점 킴벌리™가 하도 잘 팔려서 회사 주식 자체가 궤도를 뚫고 올라갈 지경이었으니까.

셔틀 비행장에서 집으로 돌아오는 길은 피곤했지만 한편으로는 행복했다. 나는 그때껏 별 실감이 나지 않았다. 우리 둘만의 집에 같이 산다는 것도, 이제 서로 남편과 아내라는 것도. 소꿉놀이를 하는 기분이었다. 연애 시절에 그랬던 것처럼, 우리는 함께 저녁을 만들어 먹었다(늘 그랬듯이 브래드는 야심만만하게 요리를 시작했지만 한 문단이 넘는 조리법은 따라 하질 못했고, 나는 그가 망치려 하는 새우 에투페를 구조하러 달려오곤 했다.). 익숙한 일상 때문에 모든 것이 더 진짜처럼 느껴졌다.

어느 날 저녁을 먹으면서 브래드가 흥미로운 이야기를 들려주었다. 시장 조사에 따르면 킴벌리를 구매한 고객 가운데 자기 아이한테 줄 목적으로 사지 않은 사람이 20퍼센트가 넘는다는 말이었다. 그들은 자기가 쓸 목적으로 그 인형을 샀다.

"대부분은 엔지니어, 아니면 컴퓨터를 전공하는 대학생이야. 킴벌리를 해킹하는 일에만 몰두하는 인터넷 사이트도 벌써 수없이 많이 생겼어. 그중에 내가 제일 좋아하는 곳은 킴벌리한테 화장하는 법하고 변호사를 소재로 한 농담을 차근차근 가르치는 사이트야. 우리 회사 법무팀 친구들이 그 사이트를 상대로 정지 명령 청구서를 작성하면서 어떤 표정일지, 빨리 보고 싶어서 못 견디겠다고."

킴벌리가 사람들의 관심을 끄는 이유는 나도 이해가 갔다. 내가 매사추세츠 공대에서 전공 공부 때문에 골머리를 앓던 시절, 만약 눈앞에 킴벌리 같은 인형이 있었더라면 나 같아도 신이 나서 조각조각 분해해 보고 그 아이의 작동 원리를 알아내려 했을 테니까. '아니, 그 물건의 작동 원리겠지.' 나는 방금 떠오른 생각을 머릿속으로 바로잡았다. 킴벌리에게 지능이 있다는 착각은 너무나 생생해서, 가끔은 나조차도 무심코 그 인형을 과대평가하곤 했다.

"저기, 그런 해킹 사이트는 닫게 하지 말고 놔두는 게 좋겠어." 내가 꺼낸 말이었다. "그걸로 이익을 볼 수 있을지도 몰라. 컴퓨터광들이 좋아하게끔 응용 프로그램 인터페이스를 부분적으로 배포하고, 개발자용 키트를 판매하는 거야."

"그게 무슨 소리야?"

"그러니까, 킴벌리는 장난감이지만, 그렇다고 꼭 여자애들만 그 아이를 좋아하는 건 아니란 말이야." 나는 '아이'와 '물건'을 구분하기를 포기했다. "어쨌거나 킴벌리의 내부에는 세상에서 가장 정교하고, 자연스럽고, 실제로 작동하는 대화 라이브러리가 들어 있으니까."

"당신이 만든 라이브러리 말이지."

브래드가 말했다. 뭐, 어쩌면 내가 그 라이브러리를 뽐내고 싶었는지도 모른다. 하지만 말도 못 하게 고생한 끝에 나온 결과물이었기에 나는 그 라이브러리에 자부심을 느꼈다.

"그 언어 처리 모듈은 사람들이 1년도 안 돼서 잊어버릴 인형 속에 묵혀 두기엔 너무 아까워. 모듈의 인터페이스를 배포해도 문제될 건 없잖아. 하다못해 프로그래밍 가이드만이라도, 거기다 소스 코드도 부분적으로 같이. 어떻게 되는지 보면서 추가 매출도 올리는 거야."

나는 지루한 건 딱 질색이라 학술 목적의 인공지능 연구에는 절대 참여하지 않았지만, 고작 말하는 인형을 만드는 것보다는 포부가 더 컸다. 내가 만들고 싶은 것은 말을 할 줄 알면서 제대로 된 일을 하는 똑똑한 기계였다. 예컨대 아이들에게 책 읽기를 가르치거나 노인들의 시중을 드는 기계.

결국에는 브래드도 내게 찬성할 터였다. 진중해 보이는 겉모습과 달리 위험을 무릅쓰고 예상을 뒤엎기를 좋아하는 사람이었으니까. 그것이 내가 브래드에게 반한 까닭이었다.

나는 설거지를 하러 자리에서 일어섰다. 브래드가 식탁 너머에서 손을 뻗어 내 손을 잡았다.

"그런 건 나중에 해도 돼."

브래드가 식탁을 돌아 다가와서 나를 끌어안았다. 나는 그의 눈을 들여다보았다. 브래드가 말을 꺼내기도 전에 무슨 말을 할지 다 눈치챌 만큼 그를 속속들이 안다는 사실이, 나는 너무나 좋았다. 먼저 아기부터 갖자. 나는 그렇게 말하는 남편의 모습을 머릿속에 그렸다. 그 순간에 그보다 더 잘 어울리는 말은 없었다.

그리고 브래드는 정말로 그렇게 말했다.

브래드가 근처 식당에 관해 다 묻고 나서 위층으로 올라올 때까지도 나는 잠들지 못한다. 약에 취한 상태에서는 누구를 속이는 것조차도 너무나 힘들다.

브래드는 해적 박물관에 가고 싶다고 한다. 나는 폭력적인 것은 질색이라고 말한다. 브래드는 냉큼 자기도 그렇다고 맞장구친다. 그것이야말로 그가 현실에 만족한, 병이 다 나아가는 아내한테서 듣고 싶었던 말이니까.

그래서 우리는 피바디 에섹스 박물관의 전시실을 돌아다니며, 세일럼이 번영을 누리던 시절에 먼 동양에서 실어 나른 오래된 보물들을 구경한다.

중국 유물 전시실은 형편없다. 대접과 접시를 만든 도공들의 솜씨가 차마 봐 주기도 힘들 정도다. 문양은 어린애가 그린 것만 같다. 명판의 설명에 따르면 이곳의 전시품은 광둥 지방의 상인들이 외국 고객을 위해 수출한 물건이다. 중국 본토에서는 도저히 팔 수가 없었을 것이다.

예수회 사제 한 명이 당시 광둥 지방의 도자기 공방을 방문하고 남긴 글이 적혀 있기에 읽어 본다.

직공들은 한 줄로 길게 앉아 저마다 붓과 자기가 맡은 접시를 함께 들고 있다. 첫 번째 직공은 산만 그리고, 두 번째 직공은 풀만, 다음 사람은 꽃만, 그

다음 사람은 동물만 그린다. 그렇게 작업을 계속하며 접시를 다음 직공에게 넘기기 때문에 직공 한 명 한 명은 고작 몇 초 만에 자기가 맡은 부분을 그릴 수 있다.

그러니까 박물관의 '보물'이라는 것도 고릿적 노동 착취 공장의 조립 라인에서 만든 싸구려 대량 생산 수출품에 지나지 않는다. 하루에 찻잔 1000개에다 똑같이 생긴 풀잎을 그리는 상상을 해 본다. 똑같은 작업을, 반복하고 또 반복한다. 휴식이라고는 점심시간 정도. 왼손을 뻗어서, 눈앞에 놓인 찻잔을 들고, 붓을 놀린다, 한 번, 두 번, 세 번. 찻잔을 뒤로 넘기고, 붓을 물감에 찍어 앞서 한 일을 또 한다. 이토록 단순한 알고리즘이라니. 너무나 인간적이다.

브래드는 나와 석 달 동안 싸운 끝에 마침내 에이미를 제작하기로 동의했다. 이번에는 그냥 에이미™였다.

우리는 집에서 싸웠다. 밤이면 밤마다 내가 에이미를 만들어야 하는 이유 마흔한 가지를 대면 브래드는 우리가 그러지 말아야 하는 이유 서른아홉 가지를 댔다. 우리는 회사에서도 싸웠다. 사람들은 손짓으로 사납게, 그러나 소리 없이 서로를 비난하는 브래드와 나를 유리 문 너머로 가만히 지켜보았다.

피곤해서 녹초가 된 어느 날 밤의 일이었다. 나는 에이미의 불수의근 경련을 제어하는 루틴을 짜느라 저녁 내내 서재에 틀어박혀 골머리를 앓았다. 그 작업을 제대로 마치지 않으면 에이미는 진짜

처럼 느껴지지 않을 터였다. 학습 알고리즘이 아무리 훌륭하다고
해도.

나는 침실로 올라갔다. 불이 꺼져 있었다. 브래드는 일찍 잘 거라
고 했다. 그도 피곤했을 것이다. 우리는 그날 저녁 식탁에서도 서로
에게 똑같은 이유를 대며 싸웠으니까.

브래드는 깨어 있었다.

"우리 계속 이렇게 싸워야 해?"

어둠 속에서 브래드의 목소리가 들려왔다. 나는 침대 한쪽에 앉
아 옷을 벗으며 대답했다.

"난 그만둘 수 없어. 우리 딸이 너무 그리워서. 미안해."

브래드는 말이 없었다. 나는 블라우스의 단추를 다 풀고 돌아앉
았다. 창문으로 쏟아진 달빛이 비추는 그의 얼굴은 젖어 있었다. 나
도 울음이 터졌다.

한참 후에 둘 다 눈물이 그쳤을 때, 브래드가 말을 꺼냈다.

"나도 그 애가 그리워."

"알아." 하지만 나만큼은 아닐걸.

"어떤 걸 만들어도 그 애하고 같진 않을 거야. 당신도 알지?"

"알아."

진짜 에이미는 91일밖에 살지 못했다. 그중 45일은 신생아 중환
자실의 유리 덮개 아래에서 보냈기 때문에, 나는 의사가 옆에서 지
켜보는 면회 시간이 아니면 그 아이를 안아 볼 수도 없었다. 하지만
울음소리는 똑똑히 들렸다. 그 소리가 언제나 내 귓가에 맴돌았다.
결국 나는 맨손으로 유리 덮개를 부수려 했고, 꼼짝도 안 하는 유리

를 손뼈가 부서질 때까지 두드려 대다가 진정제 주사를 맞고 쓰러졌다.

그 후로는 아기가 생기지 않았다. 자궁벽이 제대로 낫지 않았다고 했고, 영영 낫지 않을 거라고 했다. 그 소식을 들었을 즈음 에이미는 이미 재가 되어 내 장롱 속의 조그마한 단지에 담겨 있었다.

하지만 나에게는 여전히 에이미의 울음소리가 들렸다.

세상에 나 같은 여자가 얼마나 많을까? 나는 무언가 품에 안을 것이 필요했다. 말하기와 걷기를 학습할 줄 아는 것, 내게 '안녕'이라고 인사해 줄 만큼만, 내 귓가의 울음소리를 잠재울 만큼만 성장하는 것. 하지만 진짜 아이는 아닌 것. 살아 있는 다른 아이를 데리고 살 자신은 없었다. 그건 배신처럼 느껴졌다.

인조 피부 조금, 합성 고분자 겔 조금, 알맞은 수량의 모터와 영리한 프로그래밍 능력을 잔뜩 동원하면, 할 수 있는 일이었다. 기술로 모든 상처를 치유하는 일.

브래드는 내 아이디어를 치가 떨리게 싫어했다. 역겹다고까지 했다. 그로서는 이해가 안 간다고 했다.

나는 어둠 속을 더듬어 찾은 화장지로 브래드와 나의 눈물을 닦았다.

"이것 때문에 우리가 망가질 수도 있어. 우리 회사까지도."

"나도 알아."

나는 그렇게 대답하고 침대에 누웠다. 어서 잠들고 싶었다.

"그래, 그럼 한번 해 보자."

브래드의 말에 나는 대번에 잠이 달아났다.

"당신이 이러는 거, 더는 못 보겠어. 이렇게 괴로워하는 당신을 보고 있으면 내 마음이 찢어지는 것 같아. 너무 힘들어."

나는 또다시 울음이 터졌다. 이런 식의 이해, 이런 식의 고통. 이런 것이 사랑의 정체일까?

잠에 빠져들기 직전에 브래드가 말했다.

"회사 이름을 바꾸는 게 좋을지도 모르겠어."

"왜?"

"그게, '보통이 아닌 장난감'이라고 하면 음란한 인간들은 딴생각을 하면서 좋아할지도 모르겠다, 싶어서."

나는 빙그레 웃었다. 가끔은 천박한 농담이 가장 좋은 치료약이었다.

"사랑해."

"나도 사랑해."

브래드가 내게 알약을 건넨다. 나는 순순히 받아서 입에 넣는다. 함께 건네받은 잔의 물을 내가 한 모금 마시는 동안 브래드는 가만히 지켜본다.

"잠깐 전화 좀 하고 올게. 당신은 낮잠 한숨 자, 알았지?"

브래드가 말한다. 나는 고개를 끄덕인다.

브래드가 방을 나서기가 무섭게 나는 손바닥에 알약을 뱉는다. 욕실에 들어가 물로 입을 가신다. 등 뒤로 손을 뻗어 문을 잠그고 변기에 앉는다. 정신을 집중하여 원주율을 외워 본다. 소수점 아래

쉰네 자리까지 떠오른다. 조짐이 좋다. 옥세틴의 약효가 사라진다는 신호니까.

욕실 벽의 거울을 본다. 내 눈 속을, 눈동자 너머를 들여다본다. 그 너머에 있을 광(光)수용체 하나하나의 배치도를 상상하며. 고개를 이쪽저쪽으로 돌려 본다. 근육이 차례로 긴장하고 이완하는 모습을 가만히 지켜보며. 이 느낌은 시뮬레이션으로 만들기가 힘들 것이다.

하지만 내 얼굴에는 아무것도 드러나지 않는다. 피부 뒤에 진짜는 아무것도 없다. 그 고통, 사랑을 진짜로 만드는 그 고통, 그 이해라는 고통은 어디로 갔을까?

"여보, 당신 괜찮아?"

욕실 문 너머에서 브래드가 말한다.

나는 세면대에 물을 받아 세수를 한다.

"응, 샤워 좀 하려고. 아까 오다가 길 건너편에 가게 하나 있었잖아, 가서 과자 좀 사다 줄래?"

뭔가 할 일을 주면 브래드는 마음을 놓는다. 방문을 닫고 나가는 소리가 들린다. 나는 수도꼭지를 잠그고 다시 거울을 본다. 얼굴을 타고 흘러내리는 물을, 얼굴의 주름을 수로처럼 타고 흐르는 물방울을.

인간의 몸은 재현하기 힘든 불가사의이다. 거기에 비하면 인간의 정신은, 하찮은 농담이다. 내 말을 믿어도 좋다. 나는 다 아니까.

아니라고, 브래드와 나는 카메라 앞에서 몇 번이고 끈질기게 설명했다. 우리가 만든 것은 '인공 아이'가 아니라고. 그럴 의도도 없었고, 결과물 역시 그런 것이 아니라고. 슬픔에 빠진 어머니들을 위로하는 수단이라고. 에이미가 필요하다고 느끼는 사람은 그 의도를 알 거라고.

길을 걷다 보면 무언가 포대기로 싸서 품에 소중히 안고 걸어가는 여성들이 눈에 띄었다. 그리고 가끔은 대번에, 한 점의 의심도 없이, 나는 알아보곤 했다. 그 특유의 울음소리 덕분에, 그 조그만 팔을 흔드는 방식 덕분에. 그 여성들의 표정을 보며 나는 위안을 얻었다.

그래서 극복했다고 믿었다. 슬퍼하는 단계에서 벗어났다고. 나는 다음 프로젝트를 시작할 준비가 되어 있었다. 내 포부를 실현하고 세상에 내 능력을 보여 줄, 더 큰 프로젝트를. 나는 삶을 다시 시작할 준비가 되어 있었다.

'타라'를 개발하는 데에 4년이 걸렸다. 나는 팔릴 만한 인형들을 설계하면서 남몰래 타라를 만들었다. 타라의 외형은 다섯 살배기 여자아이 같았다. 값비싼 수술용 인조 피부와 합성 고분자 겔을 쓴 덕분에 가녀린 한편으로 천사처럼 신비한 느낌이 났다. 눈은 까맣고 맑아서 영원히 들여다보아도 싫증이 나지 않을 것처럼 보였다.

타라의 구동 엔진은 끝내 완성하지 못했다. 돌이켜보면 차라리 축복이었다. 개발 단계에서 임시 대용품으로 사용한 안면 표정 엔진은 매사추세츠 공대의 미디어 랩 연구소에서 일하는 킴벌리의 열성 팬이 보내 준 것이었다. 킴벌리에게 사용한 것보다 더 정밀한 마이크로 모터를 더 많이 장착한 덕분에 타라는 고개를 돌리고 눈을 깜박이고 콧등을 찡그리는 등, 진짜 아이와 똑같은 표정을 수도 없이 지을 수 있었다. 목 아래로는 마비된 상태였다.

하지만 타라의 정신은. 아아, 그 정신은.

나는 최고의 양자 프로세서와 최신 솔리드 스테이트 매트릭스 메모리 시스템을 동원하여 다층형 멀티 피드백 신경망을 가동했다. 그런 다음 스탠퍼드 대학교의 의미 추론형 데이터베이스를 설치하고 내 나름대로 수정을 가했다. 타라의 프로그래밍은 아름다웠다. 그야말로 예술 작품이었다. 데이터 모델을 만드는 데만도 반년이 넘게 걸렸다.

나는 타라에게 언제 웃고 언제 화낼지를 가르쳤고, 말하는 법과 듣는 법을 가르쳤다. 밤마다 신경망 분기점의 활동 그래프를 분석하고 문제가 발생하기 전에 미리 찾아 해결했다.

브래드는 아직 개발 단계였던 타라를 한 번도 보지 못했다. 그는 에이미 때문에 발생한 피해를 수습하느라 정신이 없었고, 나중에는 새 인형들을 홍보하느라 바빴다. 나는 그를 놀래 주고 싶었다.

나는 타라를 휠체어에 앉혀 놓고서 브래드에게 내 친구의 딸이라고 소개했다. 그러고는 볼일 때문에 나가 봐야 하니 몇 시간만 애를 봐 달라고 부탁했다. 나는 둘을 내 사무실에 남겨 두고 나갔다.

두 시간 후에 돌아와 보니 브래드는 타라에게 『프라하의 골렘』을 읽어 주고 있었다.

"'깨어나라.' 위대한 랍비 로에프가 말했어요. '눈을 뜨고 살아 있는 사람처럼 말할지어다!'"

딱 브래드가 칠 만한 장난이라고, 나는 속으로 생각했다. 비꼬는 솜씨 하나는 어디 가서 빠지지 않는 사람이니까.

"그래." 나는 브래드의 말을 끊었다. "참 재미있네. 무슨 뜻으로 그 책을 골랐는지는 나도 알아. 그래서, 얼마나 걸렸어?"

브래드는 타라를 보며 빙긋 웃었다.

"이 다음은 나중에 마저 읽자." 그러고는 내 쪽으로 고개를 돌렸다. "얼마나 걸리다니, 뭐가?"

"눈치채기까지 얼마나 걸렸냔 말이야."

"뭘 눈치채는데?"

"장난 그만해. 진지하게 묻는 거야, 뭘 보고 알아차렸어?"

"알아차리다니, 뭘?"

브래드와 타라가 한목소리로 내게 물었다.

나는 타라가 무슨 말을 하고 어떤 행동을 해도 조금도 놀라지 않았다. 타라가 하려는 말은 무엇이든 입 밖에 내기도 전에 미리 알 수 있었다. 어쨌거나 타라의 모든 것을 코딩한 사람은 바로 나였기에, 나는 타라의 신경망이 개별 상호 작용을 통해 어떻게 변할지를 정확히 알았다.

그러나 다른 사람들은 눈곱만큼도 의심치 않았다. 나는 우쭐해야 마땅했다. 내가 만든 인형이 현실에서 튜링 테스트를 통과했으니까. 그러나 나는 겁에 질렸다. 알고리즘이 지능 흉내를 내는데 아무도 눈치를 못 채는 것 같았으니까. 누구 하나 관심조차 안 보이는 것 같았으니까.

158

일주일 후, 나는 결국 브래드에게 솔직히 털어놓았다. 처음에 브래드는 얼이 빠질 정도로 놀랐지만, 이내 기뻐했다(내가 예상했던 그대로였다.).

"끝내주는데. 이제 우린 단순한 장난감 회사가 아니야. 이걸로 뭘 할 수 있을지 상상이 가? 당신은 유명해질 거야, 엄청나게 유명해질 거라고!"

브래드는 응용 가능성이 있는 것들을 끝도 없이 주절거렸다. 그러다 내가 입을 꾹 다물고 있는 것을 알아차렸다.

"왜, 무슨 문제라도 있어?"

그리하여 나는 브래드에게 '중국어 방'에 관해 설명해 주었다.

일찍이 철학자 존 설은 인공지능 연구자들에게 수수께끼를 하나 냈다. 설은 말했다. 방이 하나 있다고 상상해 보세요. 커다란 방 안에 명령을 잘 따르는 사무원들이 앉아 있는데, 이 사람들은 일솜씨가 꼼꼼한 대신에 영어밖에 할 줄 모릅니다. 낯선 기호가 적힌 카드가 바깥에서 방 안으로 줄줄이 들어옵니다. 사무원들은 자신이 받은 카드의 기호와 다르게 생긴 낯선 기호를 백지 카드에 그려서 방 바깥으로 내보냅니다. 이 작업을 수행하기 위해 사무원들에게 주어진 두꺼운 책에는 영어로 쓴 규칙이 가득 적혀 있는데, 이런 식입니다. '구불구불한 세로 선 한 줄이 그려진 카드에 이어 구불구불한 가로 선 두 줄이 그려진 카드를 받으면, 백지 카드에 세모꼴을 하나 그려서 옆에 앉은 직원에게 건네시오.' 규칙에는 카드의 기호가 무엇을 의미하는지에 관한 정보는 전혀 담겨 있지 않습니다.

사실 방 안으로 전달되는 카드에는 중국어로 된 질문이 적혀 있고, 사무원들은 지시받은 규칙에 따라 중국어로 된 올바른 답을 적어 제출한다. 그러나 이 과정에 관여하는 요소들, 즉 규칙과 사무원, 방 자체, 그 안에서 이루어지는 열띤 활동, 이들 가운데 한자를 단한 자라도 이해하는 요소가 있다고 과연 말할 수 있을까? 사무원 대신 '프로세서'를 넣고 규칙이 적힌 책 대신 '프로그램'을 넣어 보면, 우리는 비로소 깨닫는다. 튜링 테스트는 아무것도 입증하지 못하고, 인공지능이란 그저 허상일 뿐인 것을.

그러나 중국어 방 논증은 다른 식으로도 전개할 수 있다. 사무원 대신 '뉴런'을 넣고, 규칙이 적힌 책 대신 '폭포처럼 흐르는 활동 전위를 지배하는 물리 법칙'을 넣어 보는 것이다. 그렇다면 인간이 무언가 '이해'한다고 과연 누가 말할 수 있을까? 사고(思考)는 허상일 뿐이다.

"무슨 말인지 모르겠어." 브래드가 말했다. "당신 도대체 무슨 소릴 하는 거야?"

이윽고 나는 깨달았다. 브래드의 반응이 내 예상과 정확히 일치하는 것을.

"브래드." 내가 말했다, 남편의 눈을 들여다보며, 그가 이해해 주기를 바라며. "난 두려워. 만약에, 우리가 타라하고 똑같다면 어떡하지?"

"우리? 인간 말이야? 여보, 지금 무슨 얘길 하는 거야?"

"만약에." 나는 적당한 표현을 찾으려고 안간힘을 썼다. "우리가 단지 하루하루 어떤 알고리즘을 따르는 것뿐이라면? 우리 뇌세포가 단지 어떤 신호를 받아서 다른 신호를 찾을 뿐이라면? 우리가 생각이란 것 자체를 안 한다면? 내가 지금 당신한테 들려주는 이야기가 단지 미리 정해진 반응일 뿐이라면, 의식이 개입되지 않은 물리 법칙의 결과라면?"

"엘레나, 당신 지금 철학으로 현실을 왜곡하고 있어."

한숨 자야겠어. 나는 생각했다. 무력감에 젖어 들면서.

"내가 보기엔 당신, 한숨 자야겠어." 브래드가 말했다.

나는 커피 카트를 밀고 다니는 아르바이트 여자애한테서 커피를 건네받고 돈을 건넸다. 그러고는 그 애의 얼굴을 물끄러미 보았다. 아침 여덟 시였는데도 어찌나 피곤하고 싫증 나 보이던지, 나까지 지치는 느낌이 들었다.

휴가라도 가야겠어.

"휴가라도 가야겠어요."

그 애가 일부러 한숨을 푹 내쉬며 한 말이었다.

나는 안내 데스크 앞을 지나갔다. 안녕하세요, 엘레나.

뭐든 좋으니까 다른 말을 해 봐, 제발. 나는 이를 악 물었다. 부탁이야.

"안녕하세요, 엘레나."

안내 데스크 직원이 말했다.

나는 오그던의 책상 가림막 앞에서 걸음을 멈추었다. 그는 우리 회사의 구조 설계 엔지니어였다. 날씨, 어제저녁 농구 경기, 브래드.

오그던이 나를 보고 자리에서 일어섰다.

"오늘 날씨 참 좋죠, 안 그래요?"

그는 이마의 땀을 훔치며 나를 보고 빙긋이 웃었다. 출근길에 조 깅을 하기 때문에 흘린 땀이었다.

"어제저녁에 농구 봤어요? 그런 슛은 한 십 년 만에 처음 본 것 같 아요. 눈을 의심할 정도였다니까요. 아, 브래드는 아직 출근 안 했어 요?"

오그던의 표정은 기대감에 물들어 있었다. 기다리는 중이었다. 내가 대본대로 말하기를, 나날의 안락한 루틴대로 행동하기를.

알고리즘은 미리 정해진 코스를 따라 실행되었고, 우리의 사고 는, 그 알고리즘을 차례로 따라갔다. 제 나름의 궤도를 따라 회전하 는 행성처럼 기계적으로, 예측대로. 알고 보니 시계공이 곧 시계였 던 것이다.

나는 내 사무실로 뛰어 들어가 문을 닫고는, 오그던의 얼굴에 떠 오른 표정을 머릿속에서 지워 버렸다. 그러고는 컴퓨터 앞으로 가 서 파일을 지우기 시작했다.

"안녕하세요." 타라가 말했다. "우리 오늘은 뭐 할 건가요?"

나는 타라의 전원 스위치를 너무 급하게 끄다가 그만 손톱이 부 러졌다. 아예 타라의 등을 열고 배터리를 뽑아 버렸다. 그런 다음 스 크루드라이버와 펜치를 들고 작업을 계속했다. 잠시 후, 나는 공구 를 놓고 해머를 집어 들었다. 그때 내가 하려던 짓은 살인이었을까?

브래드가 문을 벌컥 열고 뛰어 들어왔다.

"이게 무슨 짓이야?"

나는 고개를 들어 남편을 보았다. 해머는 한 번 더 휘두르려고 허공에 쳐든 채로. 남편에게 가르쳐 주고 싶었다. 내 주위로 바닥없는 어둠을 파 놓은 고통에 관하여, 공포에 관하여.

남편의 눈에 내가 찾던 것은 보이지 않았다. 이해의 빛이 보이지 않았다.

나는 해머를 휘둘렀다.

브래드는 나를 설득하려고 안간힘을 썼다. 나를 병원에 가두기 직전에.

"당신이 이러는 건 그냥 집착이야. 정신을 당대에 유행하는 기술하고 연관시키는 건 유사 이래 언제나 있었던 일이라고. 마녀와 악령을 믿던 시절에 사람들은 우리 뇌 속에 조그마한 인간이 들어 있다고 생각했어. 방직기와 자동 피아노가 등장하고 나서는 뇌가 하나의 기관이라고 믿었고. 전보와 전화가 생기자 그때부터는 뇌를 무선 연결망으로 인식했지. 지금 당신은 뇌를 컴퓨터로 여기는 것뿐이야. 그만해. 그건 착각이야."

문제는, 남편이 무슨 말을 할지 내가 미리 알았다는 것이다.

"그건 우리가 오랫동안 부부로 지내서 그런 거고!" 브래드가 악을 썼다. "그래서 당신이 나를 속속들이 안다고 생각하는 거 아냐!"

그 말을 하리라는 것도 이미 알고 있었다.

"당신은 끝없이 빙빙 돌기만 해." 남편의 목소리에 패배감이 묻어났다. "머릿속에서 빙빙 돌고만 있다고."

내 알고리즘의 루프. FOR 루프와 WHILE 루프.

"돌아와 줘. 난 당신을 사랑해."

남편이 할 말이 그것 말고 또 뭐가 있었을까?

마침내 펜션 욕실에 혼자 남은 지금, 나는 두 손을 내려다본다. 피부 아래로 뻗은 핏줄들을. 손을 하나로 모아 지그시 누르며 맥박을 느낀다. 무릎을 꿇는다. 나는 지금 기도를 하려는 걸까? 살과 뼈를 지닌, 훌륭한 프로그램인 나는.

차가운 타일 바닥에 무릎이 눌려 아프다.

내 생각에 이 아픔은 진짜다. 아픔을 만드는 알고리즘은 없다. 나는 손목을 내려다보고, 거기 나 있는 흉터에 흠칫 놀란다. 너무도 익숙하다. 전에도 해 본 적이 있는 것처럼. 가로로 난 흉터, 벌레처럼 징그러운 분홍색 흉터들이, 나를 실패자라며 비난한다. 알고리즘에 생긴 버그들이.

그날 밤이 머릿속에 되살아난다. 사방에 흥건한 피, 귀를 찢을 듯 시끄러운 경보음, 나를 꼼짝 못 하게 붙잡고 손목에 붕대를 감던 웨스트 박사와 간호사들, 그리고 나를 내려다보던 브래드, 영문 모를 슬픔으로 일그러진 그의 표정.

제대로 했어야 했다. 동맥은 깊숙이 숨어 있으니까. 지켜 주는 뼈 아래에. 진심으로 할 작정이라면 세로로 그어야 한다. 그것이 올바른 알고리즘이다. 어떤 일에나 정해진 방법이 있다. 이번에는 나도 제대로 할 작정이다.

시간은 조금 걸리지만, 마침내 졸음이 찾아온다.

나는 행복하다. 이 아픔은 진짜다.

나는 안방의 문을 열고 불을 켠다.

화장대 위에 앉아 있던 로라가 불빛에 반응하여 활성화된다. 이 로라는 실연용 모델이었다. 먼지를 닦아 준 것은 오래전 일이고, 드레스도 너덜너덜해 보인다. 로라의 머리가 내 움직임을 좇아 방향을 튼다.

나는 돌아선다. 브래드는 꿈쩍도 안 하고 누워 있지만, 얼굴의 눈물 자국이 눈에 띤다. 남편은 세일럼에서 집까지 돌아오는 내내 말 한마디 않고 울었다.

펜션 주인의 목소리가 머릿속에서 꼬리를 물고 반복된다.

"어휴, 무슨 문제가 있구나 하는 건 단번에 알아봤지요. 전에도 그런 일이 있었거든요. 아침에 봤을 때도 조금 안 좋아 보이더니, 외출했다가 돌아왔을 때는 아예 정신이 딴 세상에 간 사람 같지 뭡니까. 하수관에 물 흐르는 소리가 그칠 줄을 모르고 들리길래, 냅다 위층으로 뛰어 올라갔지요."

그러니까 나는, 그렇게나 예측하기 쉬웠다.

나는 브래드를 보며 그가 말도 못 하게 고통스러우리라 믿는다. 내 온 마음을 다해 그렇게 믿는다. 그럼에도 나는 아무것도 느끼지 못한다. 우리 사이에는 심연이 있다. 그 심연이 너무나 넓어서 나는 그의 아픔을 느끼지 못한다. 그 역시 나의 아픔을 못 느낀다.

하지만 내 알고리즘은 지금도 작동하고 있다. 나는 적당한 말을 스캔한다.

"사랑해."

브래드는 말이 없다. 그의 어깨가 들썩거린다. 한 번.

나는 돌아선다. 빈집 안에 메아리치던 내 목소리가 벽에 부딪혀 되돌아온다. 로라의 청각 수용기는, 그토록 오래되었는데도, 그 소리를 놓치지 않는다. 쏟아지는 IF 명령문 속으로 신호들이 질주한다. 로라가 데이터베이스를 검색하는 동안 DO 루프가 회전하며 춤을 춘다. 모터가 위잉 소리를 내며 돌아간다. 음성 합성 장치가 작동을 시작한다.

"나도 사랑해." 로라가 말한다.

지은이의 말

이 이야기의 기본 전제, 즉 섬뜩한 경외감을 자아내는 말하는 인형은 레베카 레이니가 장난감 회사인 맨리 토이 퀘스트의 말하는 인형 '신디 스마트'를 취재하여 《뉴욕 타임스》 2002년 8월 1일자에 실은 기사 「종(種)이 다른 수다쟁이 인형(A Chatty Doll of a Different Kind)」에서 차용했다. 이야기의 결말은 그 기사의 결말을 의도적으로 반영했다. 이야기 속 인물들 가운데 방송국 앵커의 이름을 신디로 정한 것 또한 영감의 원천에 감사를 표하기 위해서였다. 이와 마찬가지로 이야기의 분위기와 중심 갈등 또한 테드 창의 훌륭한 단편 「0으로 나누면」을 연상케 한다. 나는 창의 작품에서 큰 영향을 받았기에, 존경을 표하는 뜻에서 주인공 엘레나가 아기를 갖기 직전 남편에게 건네는 말을 창의 단편 「당신 인생의 이야기」 속 주인공이 비슷한 상황에서 하는 말과 호응하도록 썼다는 점을 여기에 밝혀 두고자 한다.

카르타고의 장미

— 싱귤래리티 3부작

내 애플파이의 비결은 사과를 오로지 홍옥만 넣는 것이다. 홍옥은 날이 추워지기 직전까지 따지 않고 그대로 두어도 새콤한 맛을 잃지 않는다.

"으음, 맛있어." 리즈는 카이로행 비행기를 타러 가기 전에 파이를 먹으며 말했다. "에이미 언니, 이 애플파이는 보스턴에 가서 팔아야 해. 그러면 마사 스튜어트처럼 유명해질걸."

나는 여행을 떠나는 리즈에게 주려고 파이 두 개를 구워서 새로 산 스마트 밀폐 용기에 넣었다. 컴퓨터 칩이 붙어 있어서 습도가 조절되는 용기였다.

"가져가서 비행기에서 먹어. 출출할 때."

리즈는 웃음을 터뜨렸다. 그 애의 웃음소리는 크고 거침이 없었다. 어린애처럼. 웰즐리 여대에서 보낸 4년이라는 시간도 리즈의 왈가닥 같은 목소리를 뉴잉글랜드 지방 상류층의 점잖은 미소로 바꿔놓지는 못했다.

"언니, 끼니 정도는 나도 챙길 줄 알아. 내가 굶어 죽을까 무서워서 날마다 이집트까지 파이를 부쳐 줄 작정이야?"

그 생각도 안 해 본 건 아니었다. 리즈가 사는 방식은 내게 늘 위태롭게만 보였으므로. 그 애는 어린 시절을 무슨 격류에 떠내려가는 뗏목처럼 보냈다. 요리도 바느질도 배운 적이 없었고, 5분에 한 번씩 가까스로 사고를 피하는 것처럼 보이지 않고는 운전도 할 줄 몰랐다. 끼니를 챙겨 먹는 것도 깜박하곤 했고, 그럴 때면 친구들한테 꿍쳐 둔 과자를 좀 달라고 불쌍하게 애걸했다. 겨울옷이 든 상자를 어디에다 뒀는지 잊어버린 어느 해 12월에는 담요를 친친 두르고 학교에 간 적도 있었다. 나는 그런 식으로 살 수 있다고는 상상조차 못 했건만. 그러거나 말거나 리즈는 걸핏하면 큰 소리로 깔깔 웃었다. 리즈가 영리하다는 것은 의심할 여지가 없는 사실이었다. 단지 삶을 이어가는 데에 필요한 실용적이고 자질구레한 부분에 신경을 안 쓸 뿐이었다.

결국 우리는 파이를 공항까지 들고 가서 처음 보는 사람들에게 한 조각씩 나누어 주었다. 개중에는 수상쩍다는 눈으로 보거나 빈정대며 무시하는 사람도 있었지만, 대개는 고마워하며 받았다. 리즈는 그들 모두에게 내가 빵집을 차릴 거라며 이 파이는 맛보기용이라고 말했다. 내가 사실이 아니라고 바로잡기도 전에, 리즈는 사람들에게서 받은 주문서를 내게 내밀었다.

"이 사람들이 언니한테 수표를 보낼 거야. 그걸 받으면 택배로 파이를 보내 줘. 잘됐잖아! 언니 요리 솜씨는 진짜 끝내준다고. 그걸로 뭔가 해야 돼."

별안간 나는 변변한 생계 대책도 없는 언니가 되었고, 리즈는 그런 나에게 세상 돌아가는 법을 가르쳐 주는 동생이 되었다. 흐뭇하면서 한편으로는 욱하는 기분이었다. 리즈와 5분 넘게 같이 있다 보면 보통은 그런 기분이 들곤 했다.

요즘도 일주일에 서너 건씩 파이 주문이 온다. 내가 직접 광고를 하지는 않기 때문에, 순전히 입소문으로 들어오는 주문이다. 내 파이를 2주에 한 번씩 배송받는 노부인들은 자기 조카와 딸에게 내 연락처를 알려 준다. 무슨 가보를 물려주기라도 하듯이. 주문 한 건 한 건을 처리할 때마다 나는 리즈에게 보내는 파이라고 상상한다. 뉴욕에 있는 리즈에게, 투손에 있는 리즈에게, 토론토에 있는 리즈에게. 한번은 홍콩에 보낸 적도 있다.

물론 실제로는, 리즈는 내 파이의 가장 먼 목적지보다 더 먼 곳으로 여행을 떠났다.

늙어 가다 보면 사람은 점점 파충류와 비슷해진다. 아침에 햇볕을 흠뻑 쬐지 않으면 돌아다니기가 힘들기 때문이다. 다음번에 베스가 들를 때 인공 태양등을 사다 달라고 부탁해야겠다. 겨울 아침에는 볕을 쬐기가 힘드니까.

오늘 아침은 화창하다. 오늘처럼 따뜻한 날은 나뭇잎에게 축복이다. 광합성을 통해 차오른 당(糖)을 차가운 밤공기가 잎 속에 가둔다. 머잖아 단풍나무가 불타오르듯 붉어질 테고, 시골길은 남쪽에서 온 관광객들의 차로 가득 찰 것이다.

별을 원 없이 쬐고 나서는 엽서 컬렉션을 돌아보곤 한다. 엽서들은 지역별로 분류되어 집 곳곳에 자리 잡고 있다. 아시아에서 온 것들은 부엌에 있다. 중국 구이린시의 높은 산들이 냉장고 문 꼭대기에 붙어서 부엌 건너편 전자레인지 옆에 놓인 일본의 메이지 신궁을 내려다본다. 장엄한 성당과 화려한 유적이 담긴 유럽 출신 엽서들은 욕실을 차지하고 있다. 내 방은 아프리카다. 화장대에 딸린 거울에는 피라미드가 늘어서 있고, 침대 맡의 협탁 위에는 기린 떼가 거닌다. 거실은 호주와 남미가 양분하는 공간으로, 키가 작은 다탁이 남태평양을 대신한다. 미국의 50개 주는 예전 리즈가 쓰던 방에 복작복작 모여 있다. 캘리포니아주와 플로리다주가 창문으로 비친 햇살을 만끽하는 중이다. 매주 목요일에 잔디를 깎으러 우리 집에 오던 중학생 아이는 내가 한때 세계 곳곳을 누빈 여행가라고 오해했다.

내가 캠리슬에서 벗어나 가장 멀리 가 본 곳은 리즈의 재를 인수하러 간 보스턴이었다. 자동 주행 차량을 못 타는 나를 위해 베스가 운전해 주는 차를 타고 보스턴에 갔던 그날, 주 경계를 넘어 매사추세츠주로 들어설 때 이곳에도 멋진 숲이 있구나 하고 생각했던 기억이 떠오른다.

마지막 엽서는 알제리에서 보낸 것이었다. 사진에는 제밀라에 있는 로마 시대의 극장 유적이 담겨 있었다. 리즈는 물 흐르듯 우아한 글씨체로 엽서 뒤편에 이렇게 적었다.

이제 어쩌면, 나를 위한 꽃은

내 코밑의 이 꽃이런만

나 어찌 가려낼까, 카르타고의 장미

그 향을 맡아 본 적 없이?

리즈는 나한테 쓰는 엽서에 시를 즐겨 인용했다. 이 구절은 나도 안다. 지은이가 에드나 세인트 빈센트 밀레이, 리즈가 가장 좋아하는 시인이니까. 리즈는 어릴 적에 이 시를 곧잘 암송하며 여행에 나설 날만을 고대했다.

고등학교 졸업식 직후에, 리즈는 히치하이킹으로 샌프란시스코까지 여행을 가겠다고 했다.

"꿈도 꾸지 마라." 아버지는 그렇게 말했다. "너처럼 어린 여자애가, 히치하이킹으로 미국 대륙을 횡단하겠다니, 그런 얼토당토않은 소리는 들어 본 적도 없다."

졸업 무도회에서 집까지 차를 몰고 돌아오다가 길을 잃어버린 게 고작 2주 전이었다는 점 또한 리즈에게는 불리하게 작용했다. 무도회는 우리 동네에서 마을 두 곳 건너에 있는 랜든에서 열렸는데도. 코네티컷주 어디쯤까지 흘러든 리즈는 결국 새벽 세 시에 아버지에게 전화를 걸어 어디로 가야 하는지 물었다. 리즈 본인은 그 일을 신나는 모험쯤으로 여겼다. 당연한 얘기지만.

아버지의 반응은 예상한 그대로였고, 이는 리즈 역시 마찬가지였다. 그날 저녁에 집을 나간 것이다. 배낭에 생수 두 병과 양말 두 켤

레만 챙기고서.

"생존용품 중에 제일 중요한 건 바로 양말이야." 리즈는 짐을 싸면서 내게 말했다. "히치하이킹을 할 땐 발바닥이 폭신한 양말을 신는 게 아주 중요해, 왜냐면 엄청 많이 걸어야 하기 때문이지. 그것 말고도 양말은 쓸모가 많아. 예를 들면, 마실 물을 정화하는 필터로 사용한다거나."

나는 당장 엄마 아빠한테 달려가 일러바치겠다고 을러댔다. 내가 걱정한 것은 리즈의 반항적인 태도가 아니었다. 그때는 그런 태도를 이미 받아들여서 그러려니 할 정도였으니까. 나는 오히려 양말 두 켤레로 어떻게든 버몬트주에서 캘리포니아주까지 가겠다는, 고작 그걸로 가는 길에 만날지도 모르는 연쇄 살인마와 성범죄자, 사기꾼 등등을 물리치겠다는 리즈의 순진한 낙관주의가 더 걱정스러웠다.

"아니, 언니는 안 이를 거야. 내가 내 앞가림 정도는 할 수 있다는 걸 언니도 아니까."

"랜든에서 집까지 오는 길도 못 찾는 주제에 무슨 소리야! 너 그렇게 혼자서 여행길에 나서는 게 얼마나 위험한지 알기나 해? 캠핑 장비도 없지, 옷도 없지, 약도 없지, 돈도……"

"그래서 하나도 안 위험하다는 거야. 언니, 나한텐 아무것도 없어, 그런데 나를 해치려는 사람이 있을 리 없잖아."

나는 리즈의 단순하고 황당무계한 논리에 할 말을 잊었다. 동생 머릿속에 상식이라는 것을 조금이나마 욱여넣고 싶은 마음이 내게 없었다면, 나는 아마 웃어 버렸을 것이다. 그런 한편으로 리즈의 근거 없는 낙관이 잘 풀리리라는 것도 나는 알고 있었다. 일상생활에 서툰 것처럼 보이는 리즈의 결점들이 어떻게 장점으로 변하는지를 이미 몇 번이나 목격했기 때문이었다. 코네티컷주까지 가서 길을 잃었을 때, 아버지가 찾아낸 리즈는 가장 가까운 세븐일레븐 편의점의 점원들에게 슬러시를 얻어 마시며 연애 상담을 해 주고 있었다. 그러다 빌려 입은 드레스 앞섶이 온통 슬러시 시럽으로 물들었지만 드레스 가게 주인은 리즈의 모험담을 듣고서 세탁비를 받지 않았다. 『욕망이라는 이름의 전차』의 주인공 블랑시 두보아처럼, 리즈는 남들의 친절에 기댔다. 사람들은 저절로 리즈에게 끌렸다. 그 애한테는 카리스마가 있었다.

나는 부러웠다. 리즈의 무모함이, 자기 삶을 상대로 원하는 것을 당당하게 요구하는 자신감이. 더 어릴 적에 우리는 둘 다 학업 성적이 좋았고, 특히 과학에 소질이 있었다. 그러나 성격은 서로 딴판이었다. 나는 2년 과정인 전문대학을 마치고서 확신과도 같은 체념에 빠졌다. 내가 머리는 좋을지 몰라도 남 앞에 서기를 두려워한다는, 그래서 집에 들어앉아 식구들이 행복해지도록 돌보며 세상이 나를 빼고 흘러가는 모습을 지켜보는 데에 만족한다는 체념이었다. 어차피 아버지의 과수원을 물려받을 사람도 있어야 했고.

그렇게 리즈는 생수와 양말을 챙겨 집을 나갔고, 나는 이튿날부터 일주일 내내 아버지의 호통을 들으며 아무것도 모르는 척했다. 아버지가 경찰에 신고할 마음을 먹었을 때, 마침 리즈가 보스턴에서 부친 엽서가 도착했다. 리즈는 엽서에 잘 지내고 있다고, 95번 고속도로에서 멋진 재즈 밴드를 만났다고 적었다.

리즈는 습관처럼 엽서를 보내기 시작했다. 보스턴의 펜웨이에서, 뉴욕의 맨해튼에서, 워싱턴의 관광 명소 내셔널몰에서, 드넓은 미시시피강 기슭에서, 중서부에 끝없이 펼쳐진 대평원 그레이트플레인스에서, 모르몬교 신자들에게는 약속의 땅으로 보였던 메마르고 척박한 유타주 사막에서, 오래전 중국인 인부들이 산을 뚫어 철로를 놓았던 로키산맥에서, 그리고 마침내, 샌프란시스코의 피셔맨스워프에서.

그렇게 보내는 엽서에 리즈는 '위대한 미국 소설'을 적었다. 그 애가 250개 단어로 그린 삽화 속에는 유별나고 인정 넘치는 미국이 그려져 있었다. 생활비를 벌려고 주유소에서 점원으로 일하는 법학 전문 대학원 학생의 사연, 형제지간인 경찰관 두 명(히치하이킹 금지 구역에서 차를 잡으려 하던 리즈를 체포한 장본인들)과 데이트한 이야기, 샤워를 하고 싶어서 모르는 집 문을 대뜸 두드렸을 때 안으로 들여 준 어느 주부 이야기(리즈는 그 집에서 샤워만 한 것이 아니라 이튿날 푸짐한 남부식 아침 식사까지 대접받았다.)까지. 리즈는 판에 박힌 여행기를 새롭게 쓰는 재주가 있었다. 아버지와 어머니와 나는 리즈가 적어 보내는 소식을 읽으며 즐거워서 어쩔 줄을 몰랐다. 셋이서 몇 시간씩 엽서를 돌려 읽으며 리즈가 만난 사람 한 명 한 명을 꼼꼼히 살피고 낱낱이 뜯어보았고, 저마다 추측한 바를 서로에게 들려주었다. 내 생각에 아버지는 미시시피주 어디쯤에서 그 애의 가출을 용서했던 것 같다.

리즈는 석 달 후에 비행기를 타고 돌아왔다. 샌프란시스코 공항의 탑승 게이트 근처에서 어슬렁거리다가 마침 출발 직전에 출장이

취소된 회사원한테서 탑승권을 공짜로 얻었던 것이다. 집에 도착했을 때에는 배낭도 양말도 갖고 있지 않았다.

그날 밤 리즈는 일찍 잠자리에 들었다. 이튿날 아침 아버지가 모는 차를 타고 웰즐리 여대로 가야 했으니까. 밤이 깊었을 무렵, 리즈가 몰래 내 방으로 들어왔다.

"언니도 나랑 같이 갔으면 좋았을 텐데."

리즈가 소곤거렸다. 내 침대에 나란히 누운 그 애의 몸은 따뜻했다. 꼭 껴안고 싶을 만큼.

동생의 목소리가 조금 슬프게 들렸지만, 한편으로 나는 졸음이 쏟아졌다.

"그래, 나도 갔으면 좋았을걸."

"근데 언니, 그거 알아? 제일 중요한 생존용품은 양말이 아니었어. 그건 우리 몸이야."

내 동생이 드디어 실용적인 삶의 지식을 하나 배웠구나. 그때는 그렇게만 생각했다.

우리 집 뒤편은 언덕이다. 그리고 그 언덕을 올라가면 과수원이 나온다.

이제 그 과수원은 내 소유가 아니다. 십 년 전에 팔았으니까. 존이 죽고 나서 베스와 단 둘이 살아가다 보니 내 힘으로 건사하기가 점점 힘들어졌다.

그래도 들어가서 산책하기에는 여전히 좋은 곳이다. 나는 과수원

끄트머리에 있는 홍옥 나무들 쪽으로 향한다. 사과 따기 체험을 하러 오는 관광객들은 보통 과수원 가운데쯤에 이르면 바구니가 다 차기 때문에, 거기까지 가는 이가 드물다. 어차피 홍옥은 그냥 먹기에 좋은 사과는 아니다. 맛이 너무 시어서.

그래도 나는 홍옥이 제일 좋다. 매킨토시종을 비롯한 '생으로 먹기 좋은' 사과는 입으로 맛을 보게 마련이다. 부드럽고 달콤한 과육이 말 그대로 녹아내리듯이 목으로 넘어가니까. 그런 반면에 홍옥은, 온몸으로 맛을 음미한다. 단단한 과육은 깨물면 턱이 얼얼하고, 아삭거리는 소리는 두개골에 부딪혀 메아리치고, 시디신 맛은 혓몸을 타고 넘어 발끝까지 퍼져 나가니까. 홍옥을 먹을 때면 내가 정말로 살아 있는 느낌이 난다. 세포 하나하나가 내게 이렇게 말한다. '그래, 아아, 이거야. 더 줘, 부탁이야.'

내 생각에 몸은 저 나름의 지능이 있다. 정신은 결코 하지 못할 방식으로, 살아 있다는 것이 무엇인지 말할 줄 아니까.

"나는 세상 곳곳을 여행하고 싶어."

전공을 선택할 때가 되었을 때 리즈는 그렇게 말했다.

리즈가 대학에 다닐 무렵, 인공지능이 또다시 시끌벅적한 유행을 일으켰다. 넥스텐션스라는 기업이 개발한 신형 3차원 칩이 마침내 실시간 데이터 처리의 장벽을 부수는 연산 능력을 실현했던 것이다. 최초의 나노 신경 네트워크 또한 대량 생산 단계에 들어섰다. 그 모든 일이 동시에 벌어졌다. 여름 방학이 되면 리즈는 스탠퍼드 대학교의 연구소에서 통계 양자 컴퓨터를 연구하며 실제로 작동하는 최초의 시제품을 개발했다. 그 애의 열정은 전염력이 있어서, 나까지 덩달아 인터넷에서 구할 수 있는 인공지능 관련 자료를 모조리 찾아 읽을 정도였다.

리즈는 나와 몇 시간씩 전화로 이야기하곤 했다. 자기가 무슨 일을 하는지 하나도 빼놓지 않고, 숨도 안 쉬고 재잘거렸다. 나는 장단을 맞춰 주려고 그 애가 집에 두고 간 교과서를 읽으며 공부했다. 심지어 리스프와 프롤로그 같은 인공지능 프로그래밍 언어를 배우기까지 했다. 실력이 쑥쑥 느는 나 자신이 대견스러웠다(아아, 내가 이렇게 내성적이지만 않았어도!). 그 언어로 프로그램을 짜는 과정에는 일종의 유기적인 아름다움이 존재했다. 꼭 파이를 굽는 것처럼.

대학을 졸업한 리즈는 미국과 캐나다를 통틀어 가장 큰 인공지능 컨설팅 회사인 로고리즘스에 입사했다. 그때 리즈는 기뻐서 방방 뛰며 말했다.

"이제 여행을 할 기회가 잔뜩 생길 거야."

리즈가 설명하길, 로고리즘스의 전문 분야는 예상치 못한 변수가 일상처럼 발생하는 영역에서 의사 결정 기능을 수행하는 인공지능 시스템을 개발하는 것이었다. 심해 광물 채굴이나 도심 교통 통제, 공공 교육 행정 같은 영역이었다. 종래의 엑스퍼트 시스템(특정 분야의 전문 지식을 프로그램화하여 전문가와 유사하게 문제를 해결하는 인공 지능 정보 처리 시스템. — 옮긴이)은 예기치 못한 돌발 상황이 벌어졌을 때 효율적으로 대처하기에는 너무나 허술했고, 규범과 사례에 지나치게 얽매였다. 로고리즘스는 그러한 난관을, 마치 비슷한 상황에 처한 인간들처럼, 어떻게든 헤쳐나가는 시스템을 개발했다.

그렇게 해서 리즈는 카이로로, 베이징으로, 호놀룰루로 출장을 다니며 대규모 병렬 나노프로세서를 위한 병렬 패턴 인식 알고리즘과 재귀 함수 프로그램을 만들고 또 만들었다. 이렇게 만든 프로그램은 유전형 필터를 통해 수천 세대에 걸쳐 스스로 진화하여 마침내 자기가 맡은 임무에 적합한 형태를 띠었다.

"여행은 말이야." 리즈가 말했다. "우리 정신을 업그레이드하는 과정일 뿐이야. 내가 하는 일은 새로운 정신을 창조하는 거고. 그러니까 내 삶은 곧 수많은 정신과 만나는 과정인 거야."

내 집에는 표준형 인공지능을 사용한 편의 장치가 하나도 없다. 심지어 구식 모델조차도. 러다이트 운동가까지는 아니지만, 나는 그런 기계들을 모조리 내다버렸다. 리즈가 죽은 후에.

나는 그 물건들이 소름 끼쳤다. 내가 정말로 일어나고 싶은지 어떤지 알아맞히는 자명종 시계, 내 기분을 추측하여 내가 보고 싶은 프로그램을 알려 주는 텔레비전, 난방비 영수증과 내 건강 상태를 정밀하게 분석하고 이를 토대로 실내 온도를 결정하는 온도계 같은 것들이. 그런 물건에 정말로 조그마한 정신이 깃들어 있다면, 그렇다면 그들에게 지금처럼 보람 없는 일을 맡기는 것은 잔인한 짓이다. 그런 게 아니라면, 나는 추울 때 스웨터를 입으라고 가르쳐 주는 기계 따위는 필요 없다.

그래서 나는 지금도 모든 일을 내 손으로 직접 한다. 어떻게든 헤쳐 나간다.

베스는 효녀답게 나더러 뉴욕에 와서 같이 살자고 설득하려 한다. 나는 할머니가 길을 건널 때 빨간 불로 바뀌는 시간을 신호등이 알아서 늦추는 도시에 살다가는 아마 미쳐 버릴 거라고 차근차근 설명한다.

"엄만 정신 나간 사람이야." 베스가 내게 한 말이었다. "계단을 헛디뎌 구르기라도 하면 어쩔 거야? 하다못해 사고를 감지하고 구급차를 불러 줄 스마트폰도 없잖아."

나는 정신이 나갔는지도 모른다. 하지만 몸은 확실히 붙잡고 있다. 리즈하고는 다르게.

정신, 육체, 영혼. 내가 스스로에 관해 생각하는 거라곤 오로지 그뿐이다. 영혼이 나가는 건 어떤 느낌일까?

리즈는 아버지의 장례식 때 돌아왔다. 장례식에 어울리는 검은색 드레스를 챙겨 오지 않은 것은 그리 놀랄 일도 아니었다.

조문객들이 돌아간 후에, 우리는 거실에서 잠시 자매끼리 해후하는 시간을 가졌다.

"이 얼마나 낭비인지."

집 안의 정적을 깨며 리즈가 한 말이었다. 리즈는 꼼지락거리며 반지와 안경(순전히 멋으로 쓴 안경이었다. 리즈의 시력은 더없이 멀쩡했으니까)과 신발을 벗었다. 시계도 끌러 버렸다. 초소형 컴퓨터들이 항의하듯 들릴락 말락 하는 신호음을 내며 꺼졌다.

석양빛 속에서 리즈는, 왠지 벌거벗은 사람처럼 보였던 것 같다. 장신구에 내장된 스마트 거울이 얼굴과 팔에 젊어 보이게 하는 빛을 쉬지 않고 미세하게 비춰 주다가 이제는 꺼졌기 때문이었다. 거울이 켜져 있는 동안 리즈는 열아홉 살처럼 보였다. 거울이 꺼지자 서른다섯 살처럼 보였다. 내 눈에는 벌거벗은 리즈가 더 예뻐 보였다. 거울을 끈 상태의 리즈가.

리즈는 집 안을 둘러보았다. 먼지 낀 카펫, 먼지가 앉은 사진 액자, 먼지가 앉은 의자들을. 엄마는 리즈가 선물한 자율 주행 진공청소기를 끔찍이도 싫어했다.

"이 얼마나 낭비인지. 너무나 더럽고 더러운 이 육신(셰익스피어의 『햄릿』 제1막 제2장 129행에서 인용한 구절이다. — 옮긴이)은."

점점 짙어 가는 어둠 속에서 손을 잡은 채로, 우리는 몇 시간이나 나란히 앉아 있었다. 나는 동생의 차가운 손을 내 두 손바닥으로 감싸는 느낌이 좋았다. 동생의 손끝에 천천히 피가 돌면서 따뜻해지는 느낌이, 동생의 튼튼한 심장 박동이.

리즈는 이튿날 시드니행 비행기를 탈 예정이었다. 나는 그 애가 잠깐이라도 눈을 붙였으면 싶었다.

"에이미 언니, 언니는 안 무서워?"

어릴 적에 쓰던 방의 문 앞에서 리즈가 내게 물었다.

"뭐가?"

"우리 몸이 얼마나 약한지 생각해 보면 말이야. 우리가 어렸을 때 아빠가 얼마나 튼튼해 보였는지 기억나? 달려가서 아빠 품에 뛰어들 때면 무슨 벽에 부딪힌 것 같았어. 내가 사과를 따고 싶다고 하면 아빠는 나를 번쩍 들어서 어깨에 앉혀 줬지. 내 고등학교 졸업식 때, 졸업장을 받고 내려와서 아빠랑 악수했을 때도 그랬어. 아파 죽는 줄 알았지 뭐야. 손이 무슨 바이스로 조이는 것 같아서. 하지만 언니, 그런 건 다 가짜야. 몸이란 것 자체가 가짜야. 한순간에 무너져 내리는 거라고. 그저 혈전이 한 개 생겼다는 이유로."

우는 모습을 거의 보이지 않던 리즈가 그때는 엉엉 울었다.

달리 뭐라 답해야 좋을지 몰라서, 나는 이렇게 말했다.

"우리 몸이 제일 중요한 생존용품인 이유가 바로 그거잖아."

"아, 그래." 리즈가 빙그레 웃었다. "내가 언니한테 말한 적 없지? 내가 샌프란시스코까지 히치하이킹을 할 때 뉴저지주에서 무슨 일이 일어났는지."

리즈가 휴게소에서 쉬고 있을 때 웬 남자가, 폴로셔츠 차림에 픽업트럭을 모는 순하고 깔끔해 보이는 남자가, 펜실베이니아주 경계까지 태워다 주겠다고 했다. 그 남자와 리즈는 학교생활과 스키 이야기, 문학 이야기, 낯선 사람 사이의 친절 같은 것에 관해 도란도란 이야기를 나누었다.

그러다 이내 차가 고속도로를 벗어났다. 남자는 흙길이 끝나는 곳까지 픽업트럭을 몰고 가 버려진 창고 앞에 멈춰서는, 리즈를 트럭에서 끌어내린 다음, 폭행했다. 풀밭에서, 따사로운 햇살 아래, 새들이 지저귀고 토끼풀 사이로 벌들이 윙윙대는 가운데. 그때 리즈는 양말을 아직 신고 있었다.

확실히, 그곳에서는 엽서가 온 적이 없었다.

"그 새끼가 차를 타고 달아난 건 내가 울 만큼 운 다음이었어. 난 풀밭에 앉아서 생각했어. 내가 세상 끝까지 여행을 가 봤자 이 기억은 언제나 나를 따라오겠지. 내 셔츠를 찢는 그 새끼의 손이, 내 입을 누르는 그 새끼의 입이 떠오르겠지. 내 정신은 언제까지나 내 몸에 갇혀서 이 기억을 살고 또 살 거야. 나는 절대로 도망치지 못할 거야."

나는 리즈를 꼭 끌어안았다. 리즈는 양팔을 허리 옆에 축 늘어뜨린 채 움직이지 않았지만, 그래도 내게 기대기는 했다. 그 애는 어릴 적에도 그러곤 했다. 내 힘이 그 애를 안아 들 만큼 셌다면, 두 팔로 그 애의 몸을 감싸고 그 애가 잃어버린 것을 다시 불어넣어 줄 수 있었다면, 얼마나 좋았을까. 나는 죄책감을 느꼈다. 리즈가 어떤 기분일지 나로서는 결코 이해할 수 없으리란 것을 알았으므로. 내 본능으로는, 내 몸으로는.

"있잖아, 몸은 실제로 제일 중요한 생존용품이긴 한데, 약하고 불완전해. 몸은 결국엔 우릴 버리게 마련이야."

나는 노년이 되면 여행을 하며 살 거라는 사람을 이해하지 못한다. 여행은 젊은이를 위한 것이니까. 나이를 웬만큼 먹어서까지 여행에 나서지 못한 사람은 나 같은 꼴이 되고 만다. 태어나 자란 곳에 뿌리를 내리고 붙박이는 것이다.

내가 캠리슬을 세상에서 으뜸가는 곳으로 여기는 것은 아니다. 그저 이곳에서 평생을 보내 놓고 이제 와 다른 곳으로 옮겨가는 것이 상상이 안 될 뿐이다. 나는 내 방 바닥 위로 움직이는 그늘이 좋다. 계단을 올라갈 때 들리는 삐걱삐걱 소리도 마음에 든다. 한 단한 단이 내는 소리가 오랜 친구처럼 친숙하다. 사과나무들이 보이는 풍경도 좋다. 집 뒤편 언덕에, 묘지의 비석처럼 줄줄이 서 있는그 나무들이. 아니면 그냥 그런 것들에 익숙해졌는지도 모르겠다.너무 편안해서 바꾸기가 싫은 건지도. 그것들을 냅다 팽개칠 이유를 찾아보기에는 내 뇌세포가 너무 많이 죽어 버렸다.

집, 언덕, 그늘, 사과의 맛. 그런 것들은 내 몸의 일부가 되었다. 그것들은 내 신경 세포의 수상 돌기와 축삭 돌기가 서로 이어지는 방식을 바꾸어 놓았고, 아직 여리던 시절의 내 살갗과 두뇌와 몸에 반도체 회로를 그리는 미세 포토 공정처럼 스스로를 새겨 넣었다. 그리하여 결국에는 캠리슬의 홀로그래피 지도가 내 안에 자리 잡았다. 내 발가락이나 손가락 같은 다른 부분들처럼, 떼어놓을 수 없을만큼 단단하게.

가끔은 나도 궁금할 때가 있다. 만약 내가 여행을 다녔다면, 리즈처럼 세계 곳곳을 여행했다면, 내 정신의 물리적 윤곽이 어떻게 달라졌을지.

"그랬더라면 언니는 지금쯤 완전히 다른 하드웨어에서 실행되고있을 거야." 리즈라면 그렇게 말했을 것이다. "이제 업그레이드 할때도 됐겠네. 자, 코트디부아르로 가 볼까."

리즈가 마지막으로 집에 돌아온 날은 일요일이었다. 교회에 갔다가 돌아와 보니 그 애가 와 있었다. 현관 앞의 나이 든 참나무에 기대어 서서 빙긋이, 웃고 있었다.

우리는 함께 집으로 들어섰다. 여느 때처럼 리즈는 가방 하나 안든 빈손이었다. 그 애는 짐 싸기 같은 것은 기억하지 않았다, 절대로. 그렇게 살아도 괜찮을 만큼 돈을 많이 벌어서 그나마 다행이었다. 어디를 가든 그 애는 옷장 하나가 가득 찰 만큼 많은 옷을 새로샀고, 떠날 때면 그렇게 산 옷들을 잊어버리고 또다시 빈손으로 출발했다.

저녁을 먹고 나서 우리는 후식으로 애플파이를 먹었다.

"으음, 맛있어. 제2의 마사 스튜어트 되기, 아직 생각 있어?"

리즈가 말했고, 우리는 함께 깔깔 웃었다. 그 애의 웃음소리는 너무나 커서 접시가 다 떨렸다. 동생이 다시 집에 오니 참 좋았다. 그 애는 너무도 앳되어 보였다. 몸에서 빛이 날 만큼. 그저 장신구의 다이아몬드 아래에 내장된 스마트 나노 그물에서 비추는 빛만은 아니었다.

"에이미 언니." 리즈의 표정은 진지했다. "우리 회사가 지금 무슨일을 하려고 하는지 알아?"

리즈는 자신이 로고리즘스에서 진행하는 데스티니(Destiny, 숙명)라는 프로젝트에 관해 설명해 주었다.

"그건 세상을 바꿔 놓을 프로젝트야. 언니, 주위를 한번 둘러봐. 내가 대학을 졸업하고 나서 세상은 이만큼 발전했어. 15년이라는 시간이 흐르는 동안 우리는 알아서 운전하는 자동차를 개발했고, 저절로 설거지가 되는 그릇을 발명했고, 24시간 우리를 지켜보다가 혹시 사고로 다치거나 갑작스레 의식을 잃으면 구급차를 불러 주는 전화기와 시계도 만들었어. 인공지능도 어느새 성인기에 이르렀단 말이야.

그런데 이제는 벽에 부딪혔어. 우리는 꿈에 그리던 연산 능력을 모조리 손에 넣었고, 초고밀도 인공 신경망에 필요한 저장 공간도 이미 실용화했어. 하지만 그걸로는 부족해. 어떻게 해야 정신을 만들 수 있는지 우리는 아직 몰라. 그래, 최신형 컴퓨터는 튜링 테스트에서 정체가 드러나기 전에 꼬박 30분을 버텼어. 하지만 내가 보기에 우린 이미 능력의 한계에 부딪혔어. 그래서 장님처럼 더듬더듬 길을 찾고 있지.

우리한테 필요한 건 지도야. 우리가 유일하게 보유한 제대로 작동하는 정신의 플랫폼, 바로 우리 정신 자체의 청사진 말이야. 그토록 오랜 시간이 지나고 나서도 우리는 두뇌가 어떻게 작동하는지 아직도 알지 못해. 엠아르아이(MRI) 검사, 초음파 사진, 적외선 촬영, 심지어는 사망 후에 냉동된 두뇌를 해부까지 해 봤지만, 아직은 겨우 겉핥기 수준이야. 우리는 살아 있는 두뇌를 역설계하는 수밖에 없어. 두뇌를 조각조각 분해한 다음, 다시 조립해야 해. 그래야 우리 손으로 정신을 창조하는 방법을 진정으로 깨우칠 수 있어."

리즈의 이야기가 내게는 흥미진진하고 과학적으로 들렸다. 그러나 내 몸은 무언가 잘못되었음을 직감했다. 너무나 꼭 들어맞는 느낌, 너무 답답한 느낌이 들었다.

"그러니까 그 데스티니 프로젝트라는 건 말하자면, 두뇌를 아주 높은 해상도로 스캔하는 기술을 개발하는 거구나. 그렇지?"

"아니야, 언니. 그 정도는 지금도 할 수 있어."

그날 리즈의 얼굴에 떠오른 미소를 나는 죽을 때까지 잊지 못할 것이다. 에이미 언니, 내가 지금부터 무슨 말을 하려는지 언니는 이미 다 알잖아.

"두뇌를 얇게 저미는 건 지금도 가능해. 한 번에 신경 세포 한 층씩. 우리 회사가 벌써 몇 년 전부터 보유하고 있는 기술이야."

"그 데스티니라는 이름, 무슨 뜻으로 지은 거야?"

내가 물었다. 돌아올 대답을 두려워하며.

"데스티니(DESTINY)는 '신경 수율 증폭을 위한 파괴적 전자기 스캔(Destructive Electromagnetic Scan To Increase Neural Yield)'의 머리글자야."

파괴적. 내가 말문이 막힌 채(무슨 말을 할 수 있었을까?) 표정도 없이 (뭔가 느낄 수나 있었을까?) 멍하니 바라보는 동안, 리즈는 두뇌를 얇은 표본으로 만드는 방법을 내게 설명했다. 한 번에 신경 세포 한 층씩, 세포 간의 연결망과 기다랗게 뻗은 말단부를 하나하나 기록하여 지도로 만드는 방법을. 그 모든 과정은 두뇌가 살아 있는 동안에 이루어졌다.

"죽은 두뇌로 하면 왜 안 되는데?"

"그건 이미 해 봤어. 세포 열화가 너무 빠르게 진행되더라고. 스캔용으로 구할 수 있는 죽은 두뇌에서는 우리가 확인해야 하는 패턴이 충격과 질병 때문에 모호해진 경우가 많아. 더는 정신을 품지 않는 죽은 두뇌는 우리가 만들려는 정신의 토대가 될 수 없어. 살아서 박동하는 심장을 해부해 보지 않고서는 순환 계통을 이해할 수 없듯이.

남김없이 모조리 포착될 거야. 내 두뇌의 구석구석이, 마지막 한 귀퉁이까지, 가장 사소한 신경 연결체 하나까지도. 그러고 나서 맨 먼저 할 일은 내 두뇌의 복사본을 만드는 거야, 실리콘으로. 그렇게 하면 나는 다시 살아나. 차이가 있다면 내가 전보다 10억 배 더 빠르게 생각할 수 있다는 것, 더 이상 늙거나 죽지 않는다는 것뿐이야. 왜냐면 나한테는 이제 몸이 없을 테니까. 그 일을 다 해내면 앞으로는 아무도 죽지 않아도 돼. 이 연약한 육신이 우리 감옥이 아니게 되는 거야. 그렇게 우리는 우리 숙명을 완수하는 거야."

"만약 실패하면?"

"직접 부딪혀 보지 않으면 알 수 없는 거잖아, 안 그래? 성공을 보장하기 위해 내가 할 수 있는 준비는 이미 다 마쳤어. 만에 하나 실패한다고 해도, 아주 멋진 여행이 될 거야."

나는 그제야 깨달았다. 리즈는 다시 여행에 나서기로 이미 마음을 굳혔고, 그 여행길에 가져가도록 내가 쥐여 줄 것은 아무것도 없다는 것을. 이번에는, 아무 도움도 안 된다는 것을. 내가 챙겨 줄 수 있는 것은 리즈의 몸뿐이었다. 그 애가 머잖아 남겨 두고 떠날 몸. 내 동생은 드디어 영영 떠나 버릴 작정이었다.

나는 하얀 방 안에 있고, 내 머리 위에는 수술용 정밀 톱이, 내 시야 바로 위쪽의 안 보이는 곳에서, 윙윙거리며 돌아가고 있다. 침착해지려고 애써 보지만 소용이 없다. 마취를 하면 측정 결과가 왜곡되기 때문에 깨어 있는 상태여야 한다. 그래서 나는 수술대에 묶인 채로, 과다 호흡을 일으키거나 비명을 지르지 않으려고 안간힘을 쓴다. 이내 톱이 아래로 내려오기 시작하고, 불로 지지듯 엄습하는 최초의 통증은 겪으면서도 믿기가 힘들 정도다. 너무나 아파서 눈앞이 순식간에 캄캄해진다. 그리고 나는 속으로 생각한다. 아아, 하느님, 이 짓을 수백만 번이나 더 한단 말이군요. 한 번에 한 층씩.

평소에는 이 장면까지 보고 잠에서 깨어난다. 물론 내가 꾸는 악몽이 현실의 반영이 아닌 것쯤은 나도 안다. 로고리즘스에서 사용한 수술 도구는 내 상상력으로 떠올릴 수 있는 중세 시대 고문 기구보다 틀림없이 훨씬 더 정밀했을 테니까. 그 실험을 진행할 때 나는 현장에 없었기 때문에 실제로 어떻게 했는지는 알 길이 없다. 그들은 비밀리에 알제리까지 가야 했다. 그곳을 제외하면 세상 어떤 나라의 법률로도 살인으로 간주되는 실험이었으므로.

화장한 재를 거두러 보스턴에 갔을 때, 나는 리즈의 두뇌를 스캔한 결과물도 함께 인수했다. 성냥갑만 한 실리콘 웨이퍼 스무 장. 그것이 내 동생이 스스로를 죽인 이유였다.

개성이라고는 눈곱만큼도 없는 공무원의 사무실에서, 나는 시멘트 바닥에 그 웨이퍼를 놓고 한 번에 한 장씩 하이힐 뒷굽으로 밟아 으스러뜨렸다.

리즈의 마지막 순간은 로고리즘스가 보유한 슈퍼컴퓨터의 전자 기억 장치에도 영원히 변치 않을 기록으로 포착되었다(마지막의 의미는 아마도 사람마다 다를 것이다. 나에게 그 순간은 마지막을 넘어선 지점이었다. 내 동생이 여행을 떠난 곳에서 일어났으니까. 달의 표면보다 더 이질적인 풍경 속에서.). 스캔 결과를 토대로 구축한 신경 그리드 위에서 그 애의 전자 연산 패턴이 지속된 시간은 채 5초가 되지 않았다. 말하자면, 영원이나 다름없는 시간이었다. 그 패턴들은 초당 수십억 사이클의 연산을 단순히 통과만 한 다음, 와해되었다.

그때 벌어진 일의 전모를 로고리즘스가 파악하려면 앞으로도 몇 년이 더 걸릴 것이다. 연구 팀에 소속된 신경학자 한 명은 이렇게 추측했다. 실험이 실패한 까닭은 어쩌면 리즈가 그리드 위에서 보낸 주관적인 영겁의 시간에 대하여 육체 및 감각의 피드백이 철저히 부재했던 것과 관련이 있으리라고. 암흑 속에 움직일 수 없는 상태로 고정되어 있다고 상상해 보라. 심지어 자신의 손가락도 발가락도, 호흡을 위해 노동하는 폐의 움직임도 느낄 수 없는 상태로, 끝날 기약이 없는 시간 동안 함께하는 것은 오로지 자신의 생각뿐이라고. 통 속에 든 두뇌는 끝내 미쳐 버릴 것이다. 중요한 것은 몸이었다. 결국에는.

리즈는 자신의 몸에서 벗어났다. 그리고 그 후에, 곧바로, 정신에서도 벗어났다.

여섯 살이었을 적에 리즈는 아버지에게 자신의 영혼이 어떻게 생겼냐고 물었다.

"분명 나비처럼 생겼겠지."

아버지는 그렇게 답했다. 괜찮은 대답이었다. 중세 시대의 그림 중에는 그 말을 뒷받침할 것이 많이 있으니까.

"그럼 영혼의 몸은 엄청 가볍겠네요."

리즈가 말했다. 논리를 세우려고 골똘히 생각하며.

아버지는 리즈를 머리 위로 들어 올려 그 애가 나비 흉내를 내도록 도와주었다. 어머니가 심어 놓은 꽃나무 화분들 사이로 두 팔을 펄럭거리도록. 그 애의 웃음소리는 언덕 위의 과수원에까지 들려왔다.

내가 동생의 정신이 기록된 복사본들을 파기시키려고 로고리즘스를 상대로 제기한 소송은 몇 년을 끌다가 결국 패소로 끝났고, 그들은 그 복사본을 지금도 소유하고 있다. 로고리즘스는 그 복사본들이 과학 데이터로서 너무도 소중하다고, 아직 끝나지 않은 인공 지능 연구에 없어서는 안 된다고 주장했다. 이로써 촉발된 대중적 분노는 반(反)파괴적 스캔 법안의 통과라는 결실을 맺었고, 로고리즘스는 이제 북아메리카 땅에서 사업을 할 수 없다. 내가 작게나마 위안으로 삼는 결과이다.

나는 리즈를 제대로 추모할 수조차 없다. 리즈가 멀리에, 다른 대륙에 위치한 기계의 데이터 그리드 간극 속에 고정되어 있는 채로는, 그럴 수 없다. 보나 마나 로고리즘스는 점점 더 정교해지는 자기네 신경망 속에서 리즈를 되살리려고 몰래 시도했을 테고, 보나 마나 리즈는 몸도 정신도 없이 영겁의 고독을 곱씹는 고통을 몇 번이고 겪었을 것이다. 그 복사본들 가운데 어떤 것이 내 동생일까? 나는 어떤 복사본을 위해 추모해야 할까?

그래서 나는, 그런 생각을 하는 한편으로, 엽서 컬렉션을 돌아보고 파이를 굽고, 아침의 햇살과 커피 향기로 내 몸에 영양을 공급한다. 내가 죽을 차례가 오기를 기다리며. 베스는 나를 제대로 추모해 줄 것이다.

나는 홍옥을 한입 깨문다. 그 황홀한 신맛이 내 몸을 타고 퍼져 나가도록.

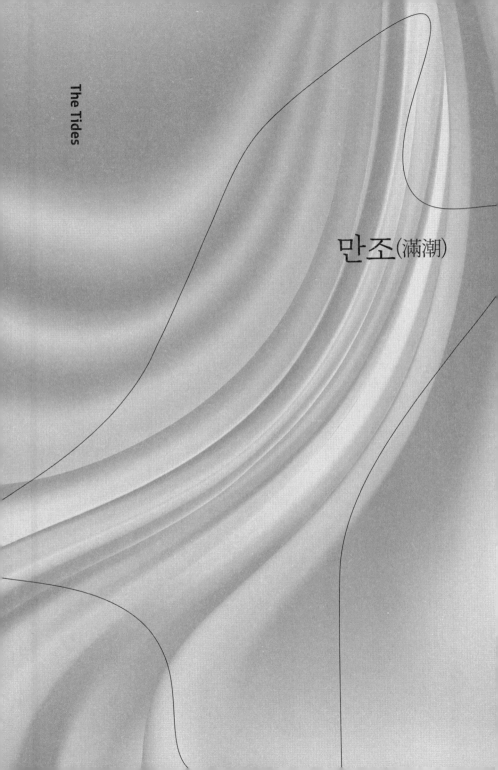

만조(滿潮)

The Tides

"내가 어릴 적에는." 아빠가 말한다, 나직이 웃으며. "달이 너무 조그마해서 내 주머니에 들어갈 줄 알았단다. 동전처럼."

얘기나 하고 있을 시간이 없어서 나는 대꾸하지 않는다. 밀물이 오고 있으니까.

매일 밤, 우리는 해변을 돌아다니며 휘어진 레일이나 녹슨 철근, 부서진 철판 따위를 줍는다. 그런 다음 우리 탑의 뼈대에 그것들을 용접하여 우리가 사는 집을 더 높이 올린다.

머리 위의 하늘에는 달이 어스름히 빛난다. 하늘의 4분의 1을 차지한 채로. 달의 표면은 붉고 노란 줄무늬로 덮여 있어서, 꼭 디저트로 나온 크렘 카라멜 같다. 달이 어찌나 환하게 빛나는지 우리 집에서 1.5킬로미터나 아래에 있는 해변이 새하얀 식탁보처럼 번들거린다.

저 멀리 수평선에 산처럼 거대한 밀물이, 수백 미터 높이로, 흰 거품을 부글거리며 우리 쪽으로 밀려온다. 멀리서 희미하게 우르릉거리는 사나운 파도에 탑이 흔들리기 시작한다.

"아빠, 안으로 들어가요."

내가 꼬맹이였을 적에 탑은 지금보다 높이가 훨씬 낮았다. 썰물 때면 사람들은 우리 집 바로 밑으로 걸어 다니곤 했다.

"펠레티어 박사님, 달이 왜 갈수록 점점 커지는 건가요?"

사람들은 목을 쭉 뺀고 아빠한테 그렇게 물었다.

국지적 중력 상수와 궤도 와해, 또는 수많은 기호와 숫자로 이루어졌으나 아무것도 가르쳐 주지 않는 차가운 방정식을 들먹이며 설명할 수도 있었지만, 아빠는 그저 잠시 가만히 서서 빙긋 웃고는 이렇게 말했다.

"내 생각엔 달이 지구를 너무 사랑하는 것 같아요. 입맞춤을 하고 싶어서 가까이 다가오는 거죠."

사람들은 고개를 설레설레 젓고는 가던 길을 갔다. 대개는 우주 공항으로 향하는 사람들이었다. 그곳에서 거대한 눈물방울처럼 생긴 우주선에 올라 외계로 떠나는, 그리하여 다시는 돌아오지 않을 사람들.

"우리는 왜 안 떠나요?"

언젠가 내가 아빠에게 물었다. 딱 한 번.

"엘로디." 아빠는 내 머리를 가만히 쓰다듬으며 답했다. "햇빛으로 물든 바다의 냄새를 바람이 실어다 줄 때면, 나는 네 엄마 머리에서 풍기던 향기를 들이마신단다."

엄마는 내가 태어나고 얼마 안 돼서 밀물에 휩쓸려 돌아가셨다. 아빠가 탑을 세우기로 마음먹은 자리 근처에서.

"밤에 바닷물 속에서 해파리의 빛이 깜박거릴 때면, 네 엄마의 반짝이던 눈이 보여. 파도가 우리 탑에 부딪혀 부서질 때면 네 엄마가 부엌에서 냄비를 덜그럭거리던 소리가 들리고. 그런데 내가 어떻게 떠나겠니? 네 엄마가 저 바다의 일부가 돼 버렸는데."

사랑이 아빠를 묶어 놓았다. 엄마에게, 저 끈질긴 밀물에게.

우리 탑의 높이가 지상에 마지막으로 남은 대성당의 첨탑과 비슷해졌을 무렵, 지구에 남은 사람은 몹시도 적었다. 아직 남아 있던 이들은 밀물 때면 섬으로 변하는 산악 지대의 여러 도시에 옹기종기 모여 살았다. 그러고도 날마다, 떠나는 사람의 수가 늘어 갔다.

젊은 남자들이 탑 아래로 지나가곤 했다. 가슴을 벗어부치고, 볕에 그은 어깨와 팔에는 근육이 불끈거리는 남자들이. 그럴 때면 바람이 실어 나른 그들의 목소리가 탑 위에 있는 내 귀에까지 들리곤 했다.

"당신 같은 미인은 이곳에 남아 봤자 미래가 없어요. 우리랑 같이 가요!"

나는 그런 남자들한테 대꾸도 하지 않았다.

딱 한 번만 빼고.

그날, 밀물이 막 들어오기 시작할 무렵이었는데도, 거대한 물의 장벽은 아직 몇 킬로미터 저편에 있었다. 문득 조그마한 사람 형상

둘이 눈에 띄었다. 느릿느릿 기어오는 개미들처럼, 동쪽의 개펄에. 한 남자가 다른 남자를 부축한 채로.

아빠와 나는 그 사람들을 도우려고 함께 달려 내려갔다. 몸이 성한 청년은 이름이 뢱이었는데, 넘어져서 다리가 부러진 자기 동생 파스칼을 끝까지 포기하지 않았다.

"정말 용감하시던데요."

내가 말했다. 쳐들어오는 밀물에 대비하여 문을 잠그고 나서.

"별말씀을요. 사랑하는 사람을 어떻게 버리고 가겠어요."

두 사람은 우리 집에서 한 달 동안 머물렀다. 파스칼의 다리가 다 나을 때까지.

뢱과 나는 툭하면 눈이 마주치곤 했다. 밀물이 들이칠 때면 덜덜 떨리는 탑 꼭대기에 함께 올라가 파도가 우리 집 벽에 부딪히는 소리를 가만히 듣기도 했다. 아빠가 설계한 우리 집은 칼 몇 자루를 모아 놓은 것과 비슷한 모양이었기에, 밀려오는 파도는 뾰족한 모퉁이 주변으로 얌전히 흘러갔다.

"우리랑 같이 가요."

그렇게 말하는 뢱의 눈을 들여다보며 나는 상상했다. 밀물과 썰물에 연연하지 않는 삶을, 캄캄하고 밀폐된 방 안에 욱여넣지 않은 삶을.

하지만 뒤이어 아빠가 떠올랐다. 하루가 다르게 세어 가는 아빠의 머리가, 한 달이 다르게 주름이 늘어 가는 아빠의 얼굴이, 한 해가 다르게 굽어 가는 아빠의 등이.

"난 못 가요."

그렇게 답하며, 나는 사랑이라는 이름의 유대감을 느꼈다. 그것은 중력처럼 단단했다.

탑을 보강하기가 갈수록 어려워진다. 밀물 때가 되면 탑은 한 줄기 바닷말처럼 흔들린다. 우리 집을 파도에 닿을락 말락 하게 떠받친 채로.

"내 아내를 빼앗아 간 걸로는 부족한가 보구나."

아빠가 중얼거렸다. 그러더니 껄껄 웃었다. 저 거대하고 위압적인, 환하게 빛나는 달을 올려다보며. 그리고는 외쳤다.

"난 두렵지 않아!"

탑의 인장 강도나 금속 피로 따위는 걱정할 새도 없이, 나는 아빠를 꼭 끌어안았다.

아빠가 나를 돌아보았다. 금방이라도 울 것 같은 표정으로.

"세상을 구할 준비는 다 됐니?" 집의 출입구를 함께 잠그고 나서 아빠가 물었다. "저 달을 커스터드 파이처럼 쫙 쪼개 버리는 거야, 너랑 나, 둘이서. 이제 밀물은 두 번 다시 없을 거다."

아빠는 내게 우리 집을 눈물방울 모양 우주선처럼 비행할 수 있게 몰래 개조했다고 말한다.

"때로는 사랑이 지나쳐서 탈일 때도 있지. 저 달이 지구를 사랑하는 것처럼."

아빠는 그렇게 말하고서 나의 안전벨트를 단단히 채운다. 거대한 폭발이 일어나고, 침대에 누운 나는 몸이 꽉 짓눌리는 느낌이 들고, 의식을 잃는다.

창밖으로, 우리 집이 보인다. 달을 향해 돌진하는 칼 한 묶음처럼 생긴 우리 집이.

하지만 나는 집에서 분리된 공간에 있다. 내 우주선, 그렇다, 이 우주선은, 외계로 향하고 있다. 달이 아니라.

"안 돼."

나는 악을 쓰며 창문을 두드린다.

아빠는 내가 혼자 떠나지 않으리라는 것을 알았다. 아빠가 아는 한 나에게 미래를 줄 방법은 억지로 떼어내는 것뿐이었다.

나는 눈을 감고 아빠의 칼 모양 집이 달에 명중하기를 기다린다. 질량이나 운동량, 속도 같은 것은 떠올릴 겨를도 없이, 나는 수백만 조각으로 부서지는 달을 상상한다. 날카롭고 삐죽빼죽한 조각 하나하나가 달콤하고, 묵직하다. 사랑처럼.

Staying Behind

뒤에 남은 사람들

— 싱귤래리티 3부작

'싱귤래리티'가 도래한 후. 대다수 사람들은 죽음을 택했다.

그렇게 떠난 망자(亡者)들은 우리를 동정하며 '잔류자'로 부른다. 우리가 구명정에 제때 오르지 못한 딱한 사람들인 양. 그들은 우리가 뒤에 남기를 택했다고는 생각지도 못한다. 그래서 해마다, 끈질기게, 망자들은 우리 아이들을 빼앗아가려 한다.

나는 싱귤래리티 원년에 태어났다. 인간이 처음으로 기계 속에 '업로드'된 해였다. 교황은 그 '디지털 아담'을 맹비난했다. 디지털 식자층은 환호했다. 그 밖의 모든 이들은 새 세상에 적응하려고 안간힘을 썼다.

"우리는 언제나 영생을 염원했습니다."

애덤 에버는 그렇게 말했다. 에버래스팅사의 설립자이자 최초로 업로드된 장본인이었다. 그의 메시지는 녹음되어 인터넷을 통해 전

세계로 퍼져 나갔다.

"이제 우리는 영원히 살 수 있습니다."

에버래스팅사가 북극해의 스발바르제도에 거대한 데이터 센터를 짓는 동안, 세계 각국에서는 그곳에서 벌어지는 일이 살인인지 아닌지 판단하기 위한 소동이 벌어졌다. 업로드된 인간이 한 명 생길 때마다 생명을 잃은 육체 한 구가 남기 때문이었다. 파괴적 스캔 과정을 거친 두뇌가 피투성이 곤죽이 된 채로. 하지만 실제로 무슨 일이 벌어진 걸까? 그 인간에게, 그의 본질에게, 더 잘 어울리는 표현이 없어서 굳이 말하자면, 그의 '영혼'에게?

그 사람은 이제 인공지능일까? 아니면 어떤 의미에서는 여전히 인간일까, 실리콘과 탄소 동소체 그래핀이 신경 세포의 기능을 수행하는? 단지 의식의 하드웨어 업그레이드를 마친 것일 뿐일까? 아니면 그 사람은 단순한 알고리즘이, 자유 의지의 태엽 장치 모사품이 되어 버린 걸까?

시작은 불치병에 걸린 노인들이었다. 비용은 몹시도 많이 들었다. 그러다가 신청 요금이 점점 싸지면서 수백, 수천, 수백만 명이 줄을 섰다.

"우리도 하는 거야."

아빠가 그 말을 꺼냈을 때, 나는 고등학생이었다. 그 무렵 세상은 혼돈의 구렁텅이로 빠져드는 중이었다. 미국의 절반은 무인지대로 변했다. 생필품 가격은 미친 듯이 치솟았다. 전쟁의 위협은 어디에나 있었고, 실제로도 전쟁이 벌어졌다. 정복, 재정복, 살육이 끊이지 않았다. 비용을 감당할 형편이 되는 사람들은 차례로 스발바르행 비행기에 올랐다. 인류는 세상을 포기하고 스스로를 파괴하는 중이었다.

엄마가 손을 뻗어 아빠의 손을 잡았다.

"안 돼. 그 사람들은 죽음을 피해 달아날 수 있다고 생각해서 그러는 거야. 하지만 현실 세계를 포기하고 시뮬레이션이 되기를 선택하는 순간, 그 사람들은 죽어. 죄악이 존재하는 한 죽음도 존재해야 해. 삶이 의미를 얻는 수단이 바로 죽음이니까."

엄마는 가톨릭 냉담자였으면서도 교회가 주는 확신성을 갈망했기에, 내게는 엄마의 믿음이 늘 뒤죽박죽으로 보였다. 하지만 엄마는 바르게 사는 길이 있다고 믿는 사람이었다. 그리고 바르게 죽는 길도.

루시가 학교에 가 있는 사이에 나는 캐럴과 함께 그 아이의 방을 뒤진다. 캐럴은 루시 방의 벽장을 훑어보며 아이가 망자들과 접촉한 물적 증거, 즉 팸플릿이나 책 같은 것을 찾는다. 나는 그 아이의 컴퓨터에 로그온 한다.

루시는 고집이 세기는 해도 효심은 깊은 딸이다. 루시가 꼬맹이였을 때부터 지금껏 내내, 나는 그 아이에게 망자들의 유혹에 맞서려면 마음을 단단히 먹어야 한다고 일러 왔다. 이 버림받은 세상에서 우리가 사는 방식을 책임지고 이어 나갈 사람은 오로지 너뿐이라고. 루시는 내 말을 귀 기울여 듣고 고개를 끄덕인다.

나는 딸을 믿고 싶다.

그러나 망자들의 선전 선동은 몹시도 교묘하다. 처음에 그들은 우리 동네 상공으로 회색 금속 드론을 가끔씩 날려 보내 전단지를 뿌렸다. 거기에는 우리가 사랑하는 이들이 보낸 것이라고 주장하는 메시지가 가득 적혀 있었다. 우리는 그런 전단지를 불태우고 드론을 총으로 쏘아 떨어뜨렸다. 결국 드론은 더 날아오지 않았다.

뒤이어 그들은 동네 사이의 무선 링크를 통해 우리에게 접근하려 시도했다. 무선 링크는 뒤에 남은 사람들이 삶을 이어 가는 수단이자, 점점 축소되는 공동체들이 서로에게서 완전히 고립되지 않도록 도와주는 구명줄이었다. 우리는 눈에 불을 켜고 네트워크를 감시하는 수밖에 없었다. 언제나 빈틈을 찾아 어슬렁거리는 그들의 음흉한 촉수가 혹시라도 침입할까 봐서.

요즘 들어 그들은 우리 아이들에게 공을 들이고 있다. 어쩌면 망자들이 드디어 우리를 포기하고 다음 세대에게 마수를 뻗치는 중인지도 모른다. 우리 미래에게. 아버지로서 나는 루시가 아직 이해하지 못하는 위험으로부터 그 아이를 지킬 의무가 있다.

루시의 컴퓨터는 느리게 부팅된다. 그 오랜 세월 동안 컴퓨터가 작동하게 유지하다니, 내가 한 일이지만 기적 같다. 제조사가 설정한 사용 연한은 지난 지 벌써 몇 년째. 나는 컴퓨터 속의 모든 부품을 갈아 끼웠다. 어떤 것은 몇 번씩이나.

나는 컴퓨터에서 루시가 최근에 만들었거나 수정한 파일, 수신한 이메일, 검색한 웹 페이지를 찾아본다. 대부분은 학교 숙제이거나 친구끼리의 대수롭잖은 잡담이다. 주거 지역 간의 변변치 않은 네트워크는 날이 갈수록 쪼그라든다. 마을과 마을을 연결하는 무선 송신탑에 전기를 공급하여 작동시키기가 힘들기 때문이다. 해마다 죽거나 아예 포기하고 떠나는 사람이 너무나 많아서. 한때는 샌프란시스코같이 먼 곳의 친구들하고도 교신하곤 했다. 데이터 패킷이 꼭 물수제비를 뜨는 돌처럼 이 마을 저 마을을 건너뛰어 전해진 덕분이었다. 하지만 지금은 우리 동네에서 보낸 신호를 수신하는 컴퓨터가 1000대도 되질 않고, 메인주 너머는 아예 신호가 닿지도 않는다. 언젠가는 고철 더미를 아무리 뒤져도 컴퓨터를 가동하는 데에 필요한 부품을 못 찾는 날이 올 테고, 그렇게 되면 우리는 지금보다 더 먼 과거로 퇴보할 것이다.

캐럴은 언제나 나보다 앞서 방 수색을 마친다. 지금은 루시의 침대에 앉아 나를 지켜보고 있다.

"번개 같군."

내 말에 캐럴이 별것 아니라는 듯 어깨를 으쓱한다.

"어차피 우린 아무것도 못 찾을 거야. 루시가 우릴 믿는다면 스스로 우리한테 와서 털어놓겠지. 만약 우릴 안 믿는다면, 그 애가 숨기려 하는 걸 우리가 찾기란 불가능해."

나중에, 나는 캐럴에게 그런 식의 비관적인 정서가 더 있다는 것을 알아차렸다. 캐럴은 점점 지쳐 가는 모양이었다. 전과 달리 대의에 헌신하는 것 같지 않았다. 언제부턴가 나는 아내의 믿음에 불을 지피려고 부단히 애쓴다.

"루시는 아직 어려. 너무 어려서 망자들의 거짓 약속을 따르는 대가로 뭘 포기해야 하는지 아직 이해도 못 해. 이렇게 그 애 방에서 스파이 짓을 하는 걸 당신이 싫어하는 줄은 나도 알아. 하지만 우리 딸을 구하려고 하는 일이야."

캐럴이 나를 본다. 한참 후에, 한숨과 함께 고개를 끄덕인다.

나는 이미지 파일을 확인하여 숨은 데이터가 있는지 본다. 디스크를 확인하여 비밀 코드가 숨겨졌을지도 모르는 파일을 삭제한 기록이 있는지 본다. 웹 페이지를 훑으며 거짓 약속을 제안하는 암호어가 있는지 찾아본다.

안도감에 한숨이 흘러나온다. 내 딸은 결백하다.

요즘은 로웰을 벗어나기가 영 내키지 않는다. 우리 지역 담장 너머의 바깥세상은 갈수록 거칠고 위험해지기만 한다. 매사추세츠주 동부에는 곰이 다시 출몰한다. 숲은 해가 갈수록 더 울창해지며 거주지 경계선에 가까워진다. 숲에 들어갔다가 늑대를 봤다는 사람도 있다.

1년 전, 나는 브래드 리와 함께 마을 발전기에 필요한 예비 부품을 찾으러 보스턴까지 가야 했다. 발전기는 메리맥강의 물가에 있는 오래된 제분소에 설치되어 있었다. 그때 우리는 산탄총을 메고 갔다. 짐승과 약탈자, 둘 다에 대비한 무기였다. 요즘도 도심의 폐허를 돌아다니며 얼마 안 남은 통조림으로 연명하는 자들이 있었다. 30년 동안 돌보는 이 없이 버려진 매사추세츠 대로의 노면은 쩍쩍 갈라진 상태였고, 그 틈새로 풀과 덤불이 수북이 자라 있었다. 뉴잉글랜드 지방의 혹독한 겨울 추위, 스며든 물을 얼음으로 바꾸어 퍼뜨리는 그 추위는 주변의 고층 건물들까지 파고들어 잠식했다. 인공 난방과 때맞춰 관리하는 손길이 사라진 지금, 건물의 유리 없는 창틀은 모두 부서진 채 녹슬어 갔다.

도심의 어느 길모퉁이를 돌아섰을 때, 모닥불을 둘러싸고 웅크려 앉은 약탈자 둘이 우리를 보고 흠칫 놀랐다. 땔감은 근처의 서점에서 집어 온 책과 신문이었다. 약탈자들에게도 온기는 필요했던 것이다. 어쩌면 얼마 안 남은 문명의 흔적을 파괴하는 기쁨이 그들에게는 덤이었을지도 모르겠다.

두 약탈자는 엉거주춤 일어서서 위협하는 소리를 냈지만, 브래드와 내가 총을 겨눈 탓에 움직이지는 않았다. 그들의 앙상한 팔다리가 지금도 생각난다. 지저분한 얼굴도, 증오와 두려움으로 얼룩진 핏발 선 눈도. 그러나 무엇보다, 그들의 주름투성이 얼굴과 하얗게 센 머리가 잊히질 않는다. 약탈자들도 늙는구나. 그때 내가 떠올린 생각이었다. 그리고 저자들한테는 아이도 없겠지.

브래드와 나는 조심스레 그 자리를 떴다. 아무도 쏘지 않아 정말 다행이었다.

내가 여덟 살이고 누나인 로라는 열한 살이던 해, 부모님은 우리를 데리고 자동차 여행에 나섰다. 애리조나주와 뉴멕시코주, 텍사스주를 지나는 긴 여행이었다. 우리는 오래된 고속도로와 좁은 도로를 따라 서부 사막의 장엄한 아름다움을 느끼며 여행했다. 길에서 본 수많은 버려진 마을에서 그리움과 쓸쓸함이 느껴졌다.

나바호족과 주니족, 아코마족, 라구나족 같은 아메리카 원주민이

사는 보호 구역을 지날 때면 엄마는 도로변 휴게소에 꼭 들러서 원주민들이 만든 전통 토기를 감상했다. 누나와 나는 진열대 사이로 조심조심 걸음을 옮겼다. 혹시라도 뭔가 깨뜨릴까 봐서.

차로 돌아온 후에 엄마는 가게에서 산 조그만 단지를 내게 건네주었다. 나는 그 단지를 손에 들고 이쪽저쪽으로 뒤집으며 살펴보았다. 거칠고 뽀얀 표면과 촘촘하고 정교한 검은색 기하무늬, 머리에 깃털을 꽂고 몸을 수그린 채 피리를 부는 사람의 윤곽을 굵은 선으로 묘사한 그림 같은 것들을.

"놀랍지, 안 그래?" 엄마가 내게 말했다. "이건 물레를 돌려서 만든 게 아니야. 여성 작가가 손으로 길게 늘인 점토 반죽을 친친 쌓아 만들었단다. 집안에 대대로 전해 내려오는 기술을 그대로 사용한 거야. 점토를 파낸 곳도 증조할머니가 흙을 파던 바로 그곳이었대. 그 사람은 오래된 전통의 생명을 이어 가는 중이야. 삶의 방식을."

손에 쥔 단지가 갑자기 묵직해진 느낌이 들었다. 몇 대에 걸친 기억의 무게를 내가 감지하기라도 한 것처럼.

"그냥 장사에 도움이 되라고 지어낸 이야기야." 운전석에 앉은 아빠가 뒷거울로 나를 보며 한 말이었다. "그런데 사실이라면 더 슬픈 이야기지. 만약 우리가 선조들하고 똑같은 방식으로 살아간다면 우리가 사는 방식은 이미 죽은 거고, 우린 화석이 됐다는 뜻이니까. 관광객들을 즐겁게 해 주는 공연 같은 거지."

"그 여자는 공연 같은 거 하지 않았어. 당신은 인생에서 정말로 중요한 게 뭔지, 지켜야 할 가치가 뭔지 하나도 몰라. 인간으로 살기 위해선 진보보다 더 중요한 게 있다고. 당신은 싱귤래러티 광신자들만큼이나 못돼 먹었어."

"그만 좀 싸워요." 로라 누나가 말했다. "빨리 호텔에 가서 수영이나 하자고요."

브래드 리의 아들인 잭이 현관 앞에 서 있다. 숫기 없이 쭈뼛거리는 모양새다. 벌써 몇 달째 우리 집에 놀러 오면서도. 동네의 모든 아이와 마찬가지로, 나는 잭도 아이였을 때부터 알고 지냈다. 이제 남은 아이는 정말로 적다. 과거 휘슬러 하우스 미술관이었던 건물에 차린 고등학교에는 학생이 열두 명뿐이다.

"안녕하세요." 잭이 고개를 푹 숙인 채 웅얼거린다. "루시랑 같이 숙제를 하기로 해서요."

나는 옆으로 비켜서서 잭이 계단을 올라가 루시 방으로 들어가도록 허락한다.

잭에게 규칙을 되짚어 줄 필요는 없다. 방문은 열어 둘 것, 두 사람의 발 네 짝 가운데 세 짝은 늘 카펫에 닿게 유지할 것. 딸의 방 쪽에서 알아듣기 힘든 말소리와 이따금 터지는 웃음소리가 들려온다.

저 아이들의 연애에는 순진함 같은 것이 있다. 내가 어릴 적에는 없었던 것. 텔레비전과 진짜 인터넷에서 끊임없이 쏟아지던 성적 자극이 없는 지금, 아이들은 어린 시절을 더 길게 누린다.

마지막이 가까워졌을 때에는 남은 의사가 많지 않았다. 뒤에 남고 싶었던 우리는 함께 모여 조그만 공동체를 이루었다. 업로드된 사람들이 물질세계를 떠난 이후 현실적 쾌락을 탐닉하는 데에 눈이 먼 약탈자 무리가 쳐들어 왔을 때, 우리 공동체는 똘똘 뭉쳐 그들에 맞섰다. 내가 대학 졸업장을 받는 날은 끝내 오지 않았다.

엄마는 몇 달 동안 아파서 괴로워했다. 자리보전을 하고 누워 지내던 엄마는 의식이 깜박깜박했고, 몸속은 통증을 마비시키는 약으로 가득했다. 우리는 차례로 침대 곁에 앉아 엄마의 손을 잡았다. 상태가 좋은 날이면 잠깐 동안 정신이 맑아지곤 했는데, 그럴 때 엄마가 이야기하는 주제는 딱 한 가지였다.

"안 돼." 엄마는 숨을 쌕쌕거리며 말했다. "약속해라. 이건 중요한 문제야. 나는 이제껏 진짜 삶을 살아왔어, 그래서 진짜 죽음을 맞고 싶어. 전자 기록으로 변하는 건 절대 사양이야. 그건 죽음보다 더 끔찍한 일이니까."

"만약 업로드를 택한다고 해도, 당신한테는 아직 선택할 기회가 있어. 일단 해 보고 나서 마음에 안 들면 의식을 동결시켜 달라고 하면 돼. 아예 지워 달라고 해도 되고. 하지만 업로드를 안 하면 당신은 영원히 사라져 버려. 그땐 후회도 번복도 할 수가 없단 말이야."

"만약 당신 말대로 하면 나는 정말로 사라져 버려. 다시는 여기로 돌아오지 못해. 진짜 세상으로. 난 전자 무더기로 시뮬레이션 되고 싶진 않아."

"제발 그만해요." 로라 누나가 아빠에게 애원했다. "엄마가 아빠 때문에 괴로워하잖아요. 그냥 좀 내버려 두라고요."

엄마가 의식을 회복하는 시간 사이의 간격은 점점 길어졌다.

그러다가 그날 밤이 왔다. 현관문 열리는 소리에 잠이 깬 나는 창밖을 내다보았고, 잔디밭에 착륙한 셔틀을 보았고, 구르듯이 계단을 달려 내려갔다.

사람들이 엄마를 들것에 실어 셔틀 안으로 옮기는 중이었다. 아빠는 회색 셔틀의 탑승구 옆에 서 있었다. 기껏해야 밴보다 살짝 큰 그 셔틀은 옆면에 페인트로 에버래스팅 주식회사라고 적혀 있었다.

"안 돼요!" 나는 셔틀의 커다란 엔진 소리에 질세라 외쳤다.

"이제 시간이 없어."

그렇게 말하는 아빠는 눈에 핏발이 서 있었다. 며칠째 뜬눈으로 밤을 새웠으니까. 우리 식구 모두 그랬으니까.

"지금 안 하면 다 끝이야. 난 네 엄마를 그냥 보낼 순 없다."

우리는 서로 붙들고 늘어졌다. 아빠가 나를 꼭 끌어안았고, 우리는 함께 땅바닥에 나동그라졌다.

"선택은 엄마 몫이에요, 아빠가 아니라!"

나는 아빠의 귀에 대고 악을 썼다. 아빠는 나를 더 꽉 안을 뿐이었다. 나는 벗어나려고 버둥거렸다.

"누나, 저 사람들 좀 말려!"

내 외침을 듣고 로라 누나는 두 손으로 자기 눈을 가렸다.

"그만 싸워, 둘 다! 엄마도 다들 그만 좀 싸우라고 했을 거야."

엄마가 벌써 사라져 버린 것처럼 말하는 누나가 미웠다.

셔틀은 탑승구의 문을 닫고 하늘로 올라가 버렸다.

아빠는 이틀 후에 스발바르로 떠났다. 나는 끝까지 아빠와 얘기하기 싫다고 했다.

"난 이제 너희 엄마 곁으로 갈 거다. 너희도 얼른 따라와라."

"엄마는 아빠가 죽였잖아요."

내 말에 아빠는 흠칫했고, 나는 그래서 기분이 좋았다.

잭이 루시에게 졸업 무도회 파트너가 되어 달라고 청했다. 아이들이 그 행사를 열기로 했다니, 내 마음이 다 흐뭇하다. 그건 곧 우리 아이들이 부모한테서 들은 이야기와 전통을, 또 오래된 영상과 사진을 통해 간접적으로만 경험한 전설을 진지하게 지켜 간다는 뜻이기 때문이다.

우리는 예전의 삶에서 되도록 많은 것을 보존하려고 안간힘을 쓴다. 오래된 연극을 상연하고, 오래된 책을 읽고, 유서 깊은 명절을 축하하고, 오래된 노래를 부른다. 포기해야 했던 것도 많았다. 전통 조리법은 부족한 재료로도 만들 수 있게 고쳐 적었고, 낡은 소망과 포부는 좁아진 땅에 맞게 쪼그라뜨렸다. 그러나 부족한 점 하나하나는 우리 공동체를 더 단단히 결속시켰고, 그 덕분에 우리는 전통을 더 철저히 지켜 왔다.

루시는 졸업 무도회에 입고 갈 드레스를 자기 손으로 만들고 싶어 한다. 캐럴은 그런 딸에게 먼저 엄마가 예전에 입던 드레스부터 구경해 보라고 권한다.

"내가 너보다 살짝 나이가 많았을 때 격식 있는 자리에 입고 갔던 옷이 몇 벌 남아 있거든."

루시는 엄마의 제안에 시큰둥하다.

"그 옷들은 구식이잖아요."

"그럴 땐 구식이 아니라 고전이라고 하는 거야."

내가 타일러 보지만, 루시는 막무가내다. 그 애는 캐럴의 오래된 드레스와 커튼을 자르고 식탁보를 찾아내서는, 다른 여자애들의 집에 있는 옷감과 교환한다. 실크, 시폰, 호박단, 레이스, 무명 같은 것들로. 그러고는 캐럴의 오래된 잡지를 휙휙 넘기며 디자인의 영감을 구한다.

루시는 훌륭한 재봉사다. 솜씨가 캐럴보다 훨씬 낫다. 모든 아이들이 내가 자란 세상에서는 쓸모없는 것으로 여겨지던 갖가지 기술에 능숙하다. 뜨개질, 목공, 원예, 사냥 같은 일에. 캐럴과 나는 이미 어른이 된 후에 변해 버린 세상에 적응하느라 책을 보며 그런 기술을 익혀야 했다. 그러나 아이들에게는 그것이 지식의 전부였다. 아이들은 새 세상의 원주민이다.

고등학교의 모든 학생은 지난 몇 달 동안 섬유 역사박물관에서 자료를 수집했다. 우리 힘으로 옷감을 짤 수 있는지 조사하고, 점점 허물어져 가는 도시의 폐허에서 쓸 만한 옷감을 더는 못 구할 때가 오면 우리 힘으로 옷감을 생산할 준비를 하기 위해서였다. 보고 있으면 어쩐지 사필귀정 같은 느낌이 든다. 한때 섬유 산업이 성장하면서 번영을 누리던 로웰이라는 지역이, 기술 발전의 포물선이 아래쪽으로 향하는 지금 잃어버린 과거의 기술을 재발견하는 셈이므로.

아빠가 떠나고 나서 일주일 후, 엄마한테서 이메일이 왔다.

　　엄마가 잘못 생각했어.

　　가끔은 예전 생각이 나서 슬플 때도 있어. 내 아이들, 너희가 보고 싶고, 우리가 떠나 온 세계가 그리워서. 하지만 보통은 황홀할 정도로 즐겁단다. 아주 가끔은 믿을 수가 없을 정도로.

　　이곳은 수십억 명이 살고 있지만, 조금도 붐비지 않아. 이 집에는 셀 수 없이 많은 저택이 있거든. 우리 정신은 저마다 자기만의 세계에 거주하고, 우리는 제각각 무한한 공간과 무한한 시간을 누리고 있어.

　　너한테 어떻게 설명하면 좋을까? 다른 사람들이 이미 수도 없이 사용한 표현밖에는 쓸 수가 없구나. 예전의 모습으로 존재할 때 엄마는 삶을 어렴풋이만 느낄 수 있었어. 거리를 두고서, 보호받으며, 억제된 채, 육체에 묶인 상태로. 하지만 지금은 자유로워. 영생이라는 높은 파도를 온몸으로 받는 순수한 영혼으로.

　　네 아빠와 정신 대 정신으로 나누는 친밀감을 어떻게 말로 나누는 대화와 비교할 수 있을까? 실제로 느껴지는 네 아빠의 사랑을, 너무나 사랑한다는 말을 귀로 듣는 경험과 어떻게 비교할 수 있겠니? 타인을 진정으로 이해하는 것, 그 사람 정신의 질감을 경험하는 것은…… 눈부시게 아름다워.

　　사람들이 가르쳐 주길, 이 감각은 '하이퍼 리얼리티'라는 거래. 하지만 이름 같은 건 나한테는 중요하지 않아. 살과 피로 이루어진 낡은 껍데기의 안락함에 그토록 집착했던 건 내 실수였어. 우리는, '진짜 우리'는 말이야, 언제나 심연을 가르고 쏟아져 내리는 전자들의 패턴이었어. 원자와 원자 사이의 무(無)였던 거야. 그 전자들이 두뇌 속에 있든 실리콘 칩 속에 있든, 무슨 상관이

겠니?

삶은 성스럽고 영원한 거란다. 하지만 우리의 예전 생활방식은 지속하기가 불가능해. 우리가 사는 이 행성에 너무나 많은 것을 요구하고, 우리를 제외한 모든 생물에게 희생을 요구했기 때문이야. 나도 한때는 우리가 생존하려면 어쩔 수 없이 그래야 한다고 생각했지만, 실은 그렇지 않아. 이제 유조선이 바닷가에 올라앉고 승용차와 트럭이 멈춰 서고 논밭이 농부의 손길에서 벗어나고 공장이 침묵을 지키는 지금, 우리가 하마터면 멸망시킬 뻔했던 살아 있는 세계가 돌아오고 있어.

인류는 이 행성의 암 덩어리가 아니야. 우리가 할 일은 그저 비효율적인 육체의 요구 사항을 초월하는 것뿐이야. 우리 육체는 맡은 일을 수행할 능력을 이미 잃어버린 기계니까. 이제 이 신세계에 얼마나 많은 정신이 살 수 있을까? 전기 영혼과 무게 없는 사고로 이루어진 순수한 피조물들이 얼마나 많이 살 수 있겠니? 여기에 한계 같은 건 없단다.

와서 우리와 함께 살자. 우리는 널 다시 품에 안을 날이 오기만 애타게 기다리고 있어.

로라 누나는 이메일을 읽으며 엉엉 울었다. 하지만 나는 아무 느낌도 들지 않았다. 우리 엄마는 그런 식으로 말하지 않았으니까. 우리 진짜 엄마는 삶에서 정말로 중요한 것이 무엇인지 아는 사람이었다. 그것은 이토록 엉망진창인 세상에서도 살아가고자 애쓰는 진솔함이었고, 온전히 이해하지 못하면서도 타인에게 가까워지고자 하는 갈망이었고, 우리 육체가 겪는 고통과 수난이었다.

엄마는 삶에 끝이 있기 때문에 우리가 인간인 거라고 가르쳐 주었다. 저마다에게 주어진 제한된 시간이 우리가 하는 일에 의미를 부여한다고. 우리는 죽음으로써 우리 아이들에게 자리를 내주고, 우리 아이들을 통해 우리 안의 일부가 계속 살아간다고. 그것만이 유일한 형태의 진정한 불멸이라고.

오로지 이 세상뿐이다. 우리가 살아갈 운명을 타고난 세상, 우리를 붙들어 놓고 우리에게 존재하라고 요구하는 세상은. 컴퓨터가 만들어낸 환상으로 이루어진 상상의 풍경이 아니라.

이메일 속의 엄마는 진짜 엄마의 시뮬라크럼이었다. 선전용으로 만든 전자 기록, 염세주의로 유혹하는 초대장.

캐럴과 내가 처음 만난 날은 내가 폐품 수집 여행을 시작한 지 얼마 안 됐을 때였다. 캐럴의 가족은 비컨힐에 있는 자기네 집 지하실에 숨어 지냈다. 약탈자 한 무리가 그들을 발견하고 캐럴의 아버지와 오빠를 죽였다. 우리 일행이 도착했을 때 놈들은 캐럴을 향해 다가가는 중이었다. 그날 나는 사람 형상을 한 짐승을 죽였다. 그 일에 대해서는 지금도 떳떳하다.

우리 일행은 캐럴을 로웰로 데려왔다. 그때 캐럴은 이미 열일곱 살이었는데도 처음 며칠은 나를 졸졸 따라다니며 내가 안 보이면 어쩔 줄을 몰랐다. 잘 때도 나에게 옆에 있으라고 했다. 자기 손을 잡고.

"우리 식구들이 실수한 건지도 몰라." 어느 날 캐럴이 꺼낸 말이었다. "차라리 업로드를 택했다면 더 편했을 텐데. 지금 여기 남은 거라곤 죽음뿐이야."

나는 캐럴의 말에 토를 달지 않았다. 잡일을 처리하며 돌아다니는 동안 내 뒤를 따라다니게 그냥 두었다. 그러면서 캐럴에게 보여 주었다. 발전기가 계속 돌아가게 유지하는 방법을, 서로 예의를 갖추어 대하는 모습을, 오래된 책들을 복원하고 낡은 일상을 지켜 가는 광경을. 이 세상에는 아직 문명이 존재한다는 것을, 불길처럼 살아서 타오른다는 것을. 죽는 사람은 분명 있었지만, 새로 태어나는 사람도 있었다. 삶은 계속되었다. 유쾌하고, 즐거운, 진짜 삶이.

그러던 어느 날, 캐럴이 내게 입을 맞추었다.

"이 세상엔 너도 있어." 캐럴이 말했다. "그거면 충분해."

"아니, 충분하지 않아. 우린 이곳에 새 생명을 불러올 거야."

오늘 밤이 바로 그 밤이다.

잭은 현관에 서 있다. 턱시도를 입으니 멋져 보인다. 내가 졸업 무도회에 갈 때 입었던 바로 그 옷이다. 무도회에서 트는 음악도 그때와 똑같을 것이다. 고물 노트북 컴퓨터와 다 망가져 가는 스피커가 힘겹게 토해내는 음악.

드레스를 입은 루시는 눈이 부시게 예쁘다. 흰 바탕에 검은색 무늬, 수수한 스타일의 드레스이지만, 아주 우아하다. 치마는 통이 넓고 길어서 바닥에 우아하게 끌린다. 캐럴이 해 준 머리는 구불구불한 컬이 들어갔고 반짝거리는 화장품도 살짝 뿌려져 있다. 루시는 화사해 보이면서도 어린애 특유의 장난기가 살짝 보인다.

나는 카메라로 아이들의 사진을 찍어 준다. 아직 별 말썽 없이 작동하는 카메라로.

목이 멘 나는 목소리가 나올 때까지 기다렸다가, 입을 연다.

"내가 얼마나 기쁜지 너흰 상상도 못 할 거다. 아이들이 자라서 무도회에 가는 모습을 보게 되다니. 예전에 내가 그랬던 것처럼."

루시는 내 뺨에 입을 맞춘다.

"안녕히 계세요, 아빠."

딸의 눈에 눈물이 고여 있다. 그걸 보니 내 눈앞이 또다시 온통 뿌예진다.

캐럴과 루시는 서로 끌어안고 한참 동안 떨어지지 않는다. 캐럴도 눈물을 훔친다.

"이제 준비 다 끝났네."

"고마워요, 엄마."

뒤이어 루시가 잭을 돌아본다.

"가자."

잭은 루시를 자기 자전거에 태워 로웰 포시즌스 호텔로 데려갈 것이다. 휘발유가 바닥난 지 벌써 몇 년째이다 보니 그 정도면 최고의 이동 수단이다. 루시는 조심스레 자전거 앞 프레임에 올라앉아 옆으로 몸을 튼 다음, 한 손으로 드레스 밑단을 잡는다. 잭은 두 팔로 루시를 감싸듯 핸들을 잡는다. 그렇게 아이들은 출발한다. 거리 저편을 향해, 흔들거리며.

"재미있게 놀아라."

나는 아이들의 등에 대고 외친다.

로라 누나의 배신이 가장 받아들이기 힘들었다.

"난 누나가 나랑 캐럴이 아기 키우는 걸 도와줄 줄 알았어."

"이런 세상에서 애를 낳아 키울 수 있을 것 같아?"

"그래서 저쪽 세상으로 가면 더 잘 살 것 같아? 어린애도 없는 세상인데? 새로 태어나는 생명이 아예 없는 곳인데?"

"우린 이곳의 생활방식을 지키려고 15년 동안이나 안간힘을 썼어. 그런데 난 해가 갈수록 이 거짓 놀음을 믿기가 힘들어져. 어쩌면 우리가 틀렸는지도 몰라. 우린 적응을 해야 해."

"믿음을 잃은 사람한테만 거짓 놀음으로 보이는 거야."

"믿음이라니, 도대체 뭘 믿는다는 건데?"

"인간성에 대한 믿음. 우리가 사는 방식에 대한 믿음."

"난 이제 엄마 아빠하고 싸우기 싫어. 그저 우리가 다시 하나가 되길 바랄 뿐이야. 가족이 되길 바랄 뿐이라고."

"그것들은 우리 부모님이 아니야. 모방 알고리즘이라고. 누나, 누나는 언제나 갈등을 피하려고만 했지. 하지만 어떤 갈등은 피할 수 없어. 우리 부모님은 아빠가 믿음을 잃었을 때 돌아가신 거야. 기계들이 내건 거짓 약속에 아빠가 끝내 저항하지 못했을 때."

숲으로 이어지는 길의 끄트머리에는 조그만 공터가 있었다. 풀이 우거지고 들꽃이 잔뜩 핀 공터였다. 그 공터 한복판에 셔틀이 기다리고 있었다. 로라 누나가 열려 있던 탑승구로 들어섰다.

또 한 생명이 사라졌다.

오늘 밤, 아이들은 자정까지만 귀가하면 된다는 허락을 받았다. 루시는 나에게 자원봉사로 보호자 노릇을 맡지는 말아 달라고 부탁했고, 나는 그러마고 했다. 오늘 밤에는 그 정도 자유는 허락하고 싶었다.

캐럴은 안절부절못한다. 책을 펼쳐 놓고 벌써 한 시간째 책장 한 장을 넘기지 않는다.

"걱정 마." 나는 아내를 안심시키려 말한다.

캐럴은 나를 보며 애써 빙긋 웃지만, 불안을 감추지는 못한다. 캐럴의 시선이 내 어깨를 넘어 거실 벽에 있는 시계로 향한다.

나도 고개를 돌려 시계를 본다.

"11시는 벌써 지난 것 같지 않아?"

"아니." 아내가 말한다. "전혀. 무슨 말인지 모르겠네."

캐럴의 목소리가 너무 진지하다. 거의 필사적이다. 눈에는 두려워하는 빛이 얼핏 보인다. 겁에 질려 어쩔 줄을 모르는 듯.

나는 현관문을 열고 캄캄한 집 앞 도로로 나선다. 세월이 흐르는 동안 하늘이 점점 더 깨끗해진 덕분에 이제는 별이 훨씬 더 많이 보인다. 하지만 내가 찾는 것은 달이다. 달은 이 시간에 있어야 할 제자리를 벗어나 있다.

나는 집으로 돌아와 안방으로 향한다. 침대 옆 나이트 테이블의 서랍 속에 내 오래된 손목시계, 시간을 지키는 일이 중요한 경우가 이제는 하도 드물어서 더 이상 차고 다니지 않는 시계가 들어 있다. 나는 그 시계를 꺼낸다. 새벽 1시가 다 된 시각이다. 누군가 거실 벽시계에 장난을 친 것이다.

안방 문을 캐럴이 지키고 서 있다. 불빛을 등지고 서 있어서 표정은 보이지 않는다.

"당신, 무슨 짓을 한 거야?"

내가 묻는다. 화는 나지 않았다. 실망했을 뿐.

"루시는 당신한테 얘기할 엄두도 못 냈어. 당신이 듣지도 않을 거라고 생각했으니까."

이제 내 안에 분노가 치민다. 뜨거운 담즙처럼.

"애들 어디 간 거야?"

캐럴은 고개만 저을 뿐, 말이 없다.

루시가 내게 남긴 작별 인사를 떠올려 본다. 풍성한 드레스 밑단을 손에 쥐고 잭의 자전거까지 조심조심 걸어가던 딸의 모습을 떠올려 본다. 치마폭이 그 정도로 넓으면 속에 뭐든 숨길 수 있었을 것이다. 갈아입을 옷도, 숲에서 돌아다니기 편한 신발도. 그런 딸을 보며 아내가 하던 말이 떠오른다. '이제 준비 다 끝났네.'

"이미 늦었어." 캐럴. "로라 언니가 애들을 데리러 올 거야."

"저리 비켜. 가서 루시를 구해야 해."

"구하다니, 뭐한테서 구한다는 거야?"

캐럴이 벌컥 화를 낸다. 꼼짝 않고 선 채로.

"이건 다 연극이고, 농담이고, 실제로는 있지도 않았던 것의 재현이야. 당신, 졸업 무도회에 자전거를 타고 갔어? 무도회에서 부모님이 어린 시절에 듣던 옛날 노래를 틀었어? 어렸을 때 나중에 고물이나 주우러 다니는 게 유일한 직업이라고 생각하면서 컸어? 우리가 사는 방식은 이미 오래전에 다 사라졌어. 죽었다고, 끝장났단 말이야!

30년 후에 이 집이 낡아서 쓰러지면 그때 루시한테 어떻게 하라고 할 거야? 마지막 남은 아스피린 한 통이 다 비면, 마지막 남은 냄비가 다 닳아서 구멍이 나면, 루시는 어떻게 해? 루시랑 그 애 자식들을 우리가 남긴 쓰레기 더미나 뒤지면서 사는 운명 속으로 떠밀 거야? 해가 갈수록 기술 문명의 사다리를 한 칸씩 미끄러져 내려가다가 결국엔 인류가 지난 5000년 동안 이룩한 모든 진보를 다 잃어버릴 운명 속으로?"

캐럴과 입씨름하고 있을 때가 아니다. 부드럽게, 하지만 단호하게, 나는 아내의 어깨에 손을 얹는다. 옆으로 비켜서게 하려고.

"내가 당신 곁에 남을게." 캐럴이 말한다. "언제나 당신 곁에 있을 거야. 난 당신을 사랑하니까, 그래서 죽음도 두렵지 않으니까. 하지만 루시는 어려. 그 애는 새로운 기회를 누릴 자격이 있어."

팔에서 힘이 빠져나가는 느낌이 든다.

"당신은 거꾸로 생각하고 있어." 나는 아내의 눈을 들여다본다, 아내가 믿음을 되찾기를 바라며. "루시가 있어야 우리 삶에 의미가 있는 거야."

아내는 갑자기 힘이 빠진 듯, 바닥에 스르르 주저앉아, 소리 없이 흐느낀다.

"그 애를 보내 줘." 아내가 말한다, 나지막이. "제발 보내 줘."

"난 절대 포기 안 해." 나는 아내에게 말한다. "난 인간이니까."

방벽의 출입구를 통과하기가 무섭게 미친 듯이 페달을 밟는다. 자전거 핸들에 손전등을 고정하려고 손을 꼼지락거리자 기다란 원뿔 모양 빛이 이쪽저쪽으로 널을 뛴다. 하지만 숲으로 이어진 이 길을 나는 내 손바닥처럼 훤히 안다. 이대로 나아가면 로라 누나가 셔틀로 걸어 들어갔던 그 공터가 나온다.

저 멀리 환한 불빛이 보이고, 엔진이 점점 출력을 높이는 소리가 들려온다.

나는 총을 꺼내어 허공에 몇 발을 발사한다.

엔진 소리가 잦아든다.

나는 숲의 공터로 들어선다. 바늘구멍처럼 조그마한 수많은 별들이 환하고 차갑게 빛나는, 저 하늘 아래의 공터로. 안장에서 훌쩍 뛰어내린 나는 자전거가 길가에 쓰러지게 놔둔다. 셔틀은 공터 한복판에 착륙해 있다. 루시와 잭이, 이제는 평상복으로 갈아입은 채, 셔틀의 열린 탑승구 앞에 서 있다.

"루시, 얘야, 거기서 당장 나와."

"아빠, 죄송해요. 전 갈 거예요."

"아니, 넌 아무 데도 안 갈 거다."

셔틀의 스피커에서 로라 누나의 목소리를 시뮬레이션한 전자음이 흘러나온다.

"동생아, 루시를 보내 줘. 그 애는 네가 보려고 하지 않는 기회를 자기 눈으로 확인할 자격이 있어. 아예 너도 같이 가면 더 좋고. 엄마 아빠와 나, 우리 모두 네가 보고 싶었어."

나는 누나를, 그것을 무시한다.

"루시, 그곳엔 미래가 없어. 기계들이 너한테 한 약속은 진짜가 아니야. 그곳엔 아이들도, 희망도 없어. 그저 영원히 변치 않는, 시뮬레이션된 존재들뿐이야. 기계의 부품처럼."

"이제는 우리도 아이가 있어." 로라 누나의 목소리의 복사본이 말한다. "의식으로 이루어진 아이를 창조하는 방법을 찾았거든. 그 아이들은 디지털 세계의 원주민이야. 너도 이곳에 와서 네 조카들을 만나 봐. 변치 않는 존재에 집착하는 건 바로 너야. 우리야말로 진화의 다음 단계니까."

"인간이 아닌 상태로는 아무것도 경험하지 못해."

나는 고개를 가로젓는다. 저 전자음의 미끼에 걸려서는 안 된다, 기계와 논쟁을 해서는.

"루시, 만약 이대로 떠나 버리면, 넌 아무 의미도 없는 죽음을 맞을 거다. 망자들이 이기는 거야. 아빠는 네가 그렇게 되게 놔둘 수 없어."

나는 총을 쥔 손을 든다. 총구가 루시를 향한다. 내 아이를 망자들에게 빼앗길 수는 없다.

잭이 자기 몸으로 막아서려 하지만, 루시는 그런 잭을 밀어낸다. 루시의 두 눈은 슬픔으로 가득하고, 셔틀 안쪽에서 비친 불빛으로 물든 얼굴과 금빛 머리칼은 천사 같다.

나는 루시가 내 어머니를 얼마나 닮았는지 문득 깨닫는다. 어머니의 생김새가, 나를 거쳐, 내 딸에게서 다시 살아난 것이다. 이것이야말로 생명이 살아가는 본래의 방식이다. 조부모, 부모, 자녀, 각각의 세대가 다음 세대에게 길을 양보하고 물러나며, 미래를 향하여 끝없이 분투하는 것. 앞으로 나아가는 것.

　나는 일찍이 선택의 기회를 빼앗겼던 어머니를 생각한다. 인간답게 죽을 기회를 박탈당한 어머니, 망자들에게 삼켜지고 만 어머니, 망자들의 쉬지 않고 반복되는, 정신이 아닌 기록의 일부가 되어 버린 어머니를. 그 어머니의 얼굴이 내 기억 속에서 되살아나 딸의 얼굴에 겹쳐진다. 내 귀엽고 천진하고 어리석은 딸, 루시의 얼굴에.

　나는 총손잡이를 바짝 고쳐 쥔다.

　"아빠."

　루시가 말한다. 차분하게, 오래전 내 어머니가 그랬듯이 흔들림 없는 표정으로.

　"이건 내가 해야 할 선택이에요. 아빠가 아니라."

　캐럴이 공터에 걸어 들어올 무렵에는 이미 사방이 환하다. 따뜻한 햇살이 나뭇잎을 지나 둥그렇게 팬 풀밭에 얼룩덜룩한 그늘을 드리운다. 풀잎 끄트머리에 맺힌 이슬방울들은 저마다 머금고 있다. 아주 미세한, 정지된, 세계의 거울상을. 조금씩 부서지는 정적을 새들의 노랫소리가 채운다. 내 자전거는 지금도 내가 팽개쳤을 때의 모습 그대로 길가에 나동그라져 있다.

　캐럴이 말없이 내 곁에 앉는다. 나는 아내의 어깨에 팔을 두르고 꼭 끌어안는다. 아내가 무슨 생각을 하는지는 알 수 없지만, 이렇게 나란히 앉아 있는 것만으로 충분하다. 서로에게 몸을 기댄 채, 서로에게 온기를 나누어 주면서. 아무 말도 필요치 않다. 우리는 둘러본다. 이 순진무구한 세계를, 망자들에게서 물려받은 정원을.

　세상에 남은 시간은 모두 우리 것이다.

Presence

곁

시야가 좁은 스크린 속 화면을 새 한 쌍이 날쌔게 가로지른다. 원격 존재 장치를 마지막으로 사용한 사람이 접속을 끊기에 앞서 문에서 가장 가까운 침대 곁으로 장치를 옮겨 두었기 때문이다. 카메라와 모니터를 열린 창 쪽으로 돌려 둔 채로. 당신이, 그러니까 다음번 사용자가, 죽어가는 낯선 사람의 얼굴을 정면으로 보지 않도록. 그렇게 한 동기가 친절인지 아니면 수치심인지는 딱 잘라 말하기 힘들다.

당신은 엄지손가락으로 조종 스틱을 건드려 방향을 튼다. 조심스럽게. 장치의 동작은 부드럽지만 느리다. 무슨 끈적거리는 액체 때문에 반응이 지연되기라도 하듯이. 이 장치를 조종하는 사람들은 대개 당신만큼이나 경험이 부족하기에, 느린 반응 속도는 곧 추가된 안전장치이다.

병실은 깨끗한 3인실이다. 그녀는 가운데 병상에 누워 있다. 얇은 이불을 덮고, 꼼짝도 않는 껍데기 같은 모습으로. 건너편 침대 쪽에서 신음 소리가 몇 차례 들려오지만, 스크린 너머의 마이크는 조그마한 소리까지 잡아내지는 않는다.

등 뒤의 창문으로 비친 환한 햇살 때문에 당신은 저 병실 안이 따뜻하다고 생각한다. 당신은 열린 창문으로 흘러드는 산들바람을 상상한다. 바람에는 저 창문 아래 길거리에서 노점상이 파는 음식의 냄새가 섞여 있다. 쯔란을 뿌린 양고기 꼬치구이, 불 위에서 볶은 땅콩, 드럼통을 잘라 만든 오븐에 구운 군고구마. 당신이 먹어 본 지 무려 20년도 더 된 음식들이다.

당신이 보기에 이 병실은 세 명이 쓸 만큼 넓지는 않다. 미국 기준으로는 분명히 그렇지만, 간호사가 전화로 설명하길 이 병동은 병원에서 가장 설비가 좋다고 했다. 지금 당신이 들어 있는 이 장치가 그 증거라고.

당신에게서 매주 급여를 받는 여성 간병인이 의자에서 일어나 자기소개를 한다. 보아하니 간병인은 땅딸막한 로봇의 얼굴 부위에 장착된 텔레비전 스크린 속에 머리만 둥둥 떠 있는 상대와 대화를 나누는 데에 익숙하다. 당신은 당신의 휴가 일수가 며칠인지, 당신 정도 직급에 있는 사람이 휴가를 내기가 얼마나 힘든지, 또 다른 대륙으로 여행을 가기가 얼마나 힘든지 설명하고 싶은 충동을 억누른다. 그 여행이…… 며칠짜리로 끝날지조차 모르는 지금.

"지금 깨워 드릴게요." 간병인이 말한다.

어머니가 아닌 다른 사람과 어릴 적에 배운 언어로 대화를 한 지가 너무 오래된 탓에 당신은 이 상황에 어울리는 말을, 정중함이 적당히 담긴 제대로 된 문구를 찾느라 애를 먹는다.

"저기…… 혹시…… 더 주무시도록 놔두는 게 낫지 않겠습니까?"

간병인은 딱하다는 눈빛으로 당신을 본다. 당신 무슨 외국인처럼 구는군요.

간병인은 침대 곁으로 가서 잠든 여성의 볼을 톡톡 친다.

"일어나세요! 일어나요! 아드님 오셨어요!"

간병인의 고함 소리에 다른 두 병상에 누운 여성들이 잠에서 깨어 구시렁거린다. 이윽고 간병인은 손으로 당신 어머니의 눈꺼풀을 밀어 올린다. 그러고는 당신 어머니의 머리를 돌려 당신과 눈을 맞추게 한다.

잠깐 동안, 당신은 간병인이 당신 어머니를 다루는 방식에 충격을 받고, 뒤이어 궁금해한다. 어머니의 머릿속에 드리운 안개 너머로 손을 내미는 방법이 정말로 저것뿐인지를. 지금 당신의 반응이 혹시 미국식으로 섬세해진 감성의 결과물인지, 아니면 다른 어떤 것, 더 암울한 것, 간병인은 저곳에 있는데 당신은 대양 건너 이곳에 머물 수밖에 없는 사연이 낳은 것인지를.

어머니의 두 눈은 뿌옇게 흐려졌고, 당신은 궁금해한다. 아들이 온 것을 어머니가 알기는 하는지, 아니면 그저 빛과 그림자의 불분명한 패턴으로 인식할 뿐인지를.

"어머니가 아드님을 보고 좋아하시네요." 간병인이 말한다. "보세요, 손을 뗐는데도 눈을 뜨고 계시죠? 이런 적은 없었어요."

간병인의 눈치를 보며, 당신은 앞으로 몸을 숙인다.

"저 왔어요."

당신은 지금의 자신이 컴퓨터 모니터로 보는 자신과 과연 얼마나 다를지 궁금해한다. 도대체 뭘 위해 돈까지 내고서 이러는지 궁금해한다.

어머니의 얼굴에 자리 잡은 주름살 모양은 조각한 가면처럼 변하지 않는다. 뇌졸중이 초래한 마비는 영구적이다.

이불을 젖히고서, 간병인이 당신 어머니의 기저귀를 갈기 시작한다. 당신은 눈을 돌리려 하지만 이내 깨닫는다, 보지 않는 것은 그저 스스로를 속이는 짓인 것을. 당신은 어머니의 앙상한 두 다리를, 뼈를 덮은 창백한 피부에 점점이 핀 저승꽃을 보고 흠칫 놀라고, 숨을 참는다.

그러나 냄새는 당연히 느껴지지 않는다. 젖은 기저귀도, 무력한 어머니의 수치심도, 소독약과 부패와 죽음의 냄새도 당신은 감지하지 못한다. 어머니가 처한 조건의 물성은 당신의 후각 세포를 감싼 섬세한 막에 닿지 않는다. 문명이란 죽음이라는 현실로부터 우리를 보호하기 위해 점점 더 정교해지는 거짓말을 쌓아 가는 과정이다. 당신은 여전히 드넓은 대양의 건너편에 있다.

간병인은 자기 일을 조용히 척척 해치운다. 더러워진 기저귀를 침대 옆의 양동이에 던져 넣고 수건으로 어머니의 몸을 깨끗이 닦는다. 그러고는 다시 어머니의 다리를 들고 새 기저귀를 채운다. 당신은 그제야 숨을 길게 들이쉰다.

다른 환자 한 명이 입을 연다.

"미국에 살아요?"

당신은 이쪽저쪽을 두리번거린다. 그 동작을 하느라 걸린 30초가 한 시간처럼 느껴진다. 이내 말을 건 사람이 보인다. 표정에 호기심이 가득한 중년 여성이. 당신은 고개를 끄덕인다.

"너무 멀리 사네. 어머니가 말은 못 해도 아들 생각 많이 하실 거야. 돌아와야지."

당신은 무례하고 주제넘은 그 여성에게 화가 치민다. 그 여성에게 당신은 짊어진 의무가 있다고, 주택 담보 대출과 어린 자식들이 있다고 말해 주고 싶다. 미국에서 살기가, 일자리를 지키기가, 이곳에 있을 형편은 안 되지만 그래도 어머니가 인력이 부족한 병원에서 몇 시간 동안 대소변을 깔고 누워 있는 꼴은 보고 싶지 않아서 간병인을 고용할 돈을 벌기가 쉽지는 않다고 설명해 주고 싶다. 미국으로 건너와서 같이 살자고 당신이 몇 년이나 설득했지만 어머니는 외국으로 이주하기를 거부했다고 말해 주고 싶다. 그 여성에게 본인도 자기 자녀들 손으로 이곳에 버려진 채 기계에 구현된 유령의 모습으로만 그들을 만나는 주제에 당신한테 핀잔을 준다고 쏘아붙이고 싶다. 당신과 당신 아이들이 낯설고 머나먼 땅에서 기회로 가득한 삶을 누리기를 바란 사람은 다름 아닌 어머니였다는 점을, 꼭 언급하고 싶다.

그렇게 하지 않고, 당신은 그저 고개만 끄덕이고는, 다시 어머니 쪽으로 고개를 돌린다. 30초를 더 소비해서.

간병인이 당신에게 손톱깎이를 건넨다. 그 물건은 당신 팔 끄트머리의 손 모양 머니퓰레이터에 찰칵 소리를 내며 장착된다.

"어머니 손톱을 깎아 주시는 건 어떨까요?"

당신은 눈앞이 캄캄해진다. 다른 사람의 손톱을 깎으라니, 생각해 본 적도 없는 일이다.

"해 보면 기분이 좀 나아질 거예요."

당신은 간병인의 목소리에 깃든 친절함에 놀란다.

당신은 손끝이 떨린다, 어머니를 다치게 할까 봐 두려워서. 그러나 로봇은 이 일을 하도록 이미 프로그래밍되어 있다. 당신은 그냥 조종 스틱을 엄지손가락으로 이리저리 움직이고 스크린에 지시가 뜰 때 핸들을 쥐기만 하면 된다. 나머지는 원격 조종 장치들이 다 알아서 하니까. 당신이 어머니께 효도를 한다는 환상에 빠져 있는 동안 안전장치 루틴은 당신이 어머니를 다치게 하지 않도록 보장한다. 원격 조종 머니퓰레이터가 어머니의 손 한쪽을 들어 올리는 광경을 지켜보며, 당신은 상상한다. 어머니의 살갗이 얼마나 서늘할지, 류머티즘에 걸린 관절을 둘러싼 바짝 마른 근육과 살갗이 얼마나 가벼울지를.

그러는 동안 내내 어머니는 눈을 뜨고 있다.

당신은 밤마다 어머니를 면회하러 간다. 로봇을 조종하는 솜씨가 갈수록 좋아져서 병원 측이 제어 권한을 더 많이 허락한다. 더 빠르고 더 자유로이 움직이도록. 당신은 기저귀 가는 법, 몸 닦는 법, 혹시 얼굴 근육이 움직일까 하는 마음에 침대 곁에 몇 시간씩 앉아 어머니 얼굴을 관찰하는 법 등을 배운다. 배경음처럼 들리는 텔레비전 드라마 소리에 귀를 기울이면서도, 당신은 다른 병상의 환자들이 계속 바뀌는 것을 안다. 그 환자들의 가족을 만날 기회는 없다. 그들은 시간을 정해 놓고 지금 당신이 들어 있는 이 몸을 번갈아 공유하는 사이이므로.

이 로봇은 죄책감을 덜어 줄 목적으로 만들어졌다. 너무 멀리 살고 핑곗거리도 너무 많은 이들을 위하여. 어머니 곁의 당신이 본질적으로 환상에 지나지 않는 것을 알면서도, 기술의 도움을 받아 스스로에게 거짓말을 하는 것을 알면서도, 당신은 마음이 한결 가벼워진다.

접속을 끊고 나서 당신은 울음도 나오지 않는 것을 깨닫는다.

간호사의 마지막 말이 머릿속에 메아리친다.

어머니가 어젯밤에 잠드셔서 깨어나지 않으셨어요.

이제 밤마다 어머니한테 가지 않아도 된다는 사실에 속으로 안도하고 있는 것은 아닐까 하는 생각에, 당신은 서랍장 위 거울에 비친 자신의 얼굴을 외면하고 만다.

영화에 나오는 사람들은 이럴 때 어떻게 반응했는지 떠올리려고 애쓰다가, 이럴 때 픽션을 흉내 내려 하는 자신은 도대체 어떻게 돼먹은 인간일까 하는 생각이 든다.

"괜찮아, 당신?" 당신 아내가 묻는다.

"지금은 얘기하기가 좀 그래." 당신은 딱 잘라 말한다.

딸이 당신에게 다가온다.

"손톱이 너무 많이 길었어요."

딸이 말한다. 이런 일은 보통 아내가 도맡지만, 오늘 아내는 외출하고 없다. 장을 보러 가서.

당신은 딸을 무릎에 앉히고 손톱깎이를 집어 든다. 딸의 머리 냄새를 맡아 본다. 싱그러운 라일락 향기와 달콤한 잼 냄새. 방금 막 딸기잼 바른 토스트를 먹은 모양이다. 문득 딸이 쯔란을 뿌린 양고기 꼬치구이를 좋아할지 궁금해진다.

당신은 얼마 전에 일어난 일을 상실이라고 표현하는 것이 얼마나 기묘한지 생각한다. 실제로는 이미 몇 년 전에 그 사람을 떠나보냈으니까. 그때 일은 너무도 천천히 일어난 탓에 정확히 언제였는지도 눈치채지 못했다. 당신은 귀국하지 않기로 결정한 때가 언제였는지 기억하지 못한다. 이곳으로 건너와 같이 살지 않겠다는 어머니의 결심을 받아들인 때가 언제였는지 기억하지 못한다. 스스로 미국인이 된 때가 언제였는지 기억하지 못한다. 당신은 어떻게 수많은 작은 결정들이 쌓여 돌이키지 못할 변화를 일으키는지, 어째서 결심하지 않는 것이 결심하는 것과 똑같은지를 생각한다. 당신에 관해 눈곱만큼도 모르는 사람들이 어째서 당신이 정해진 방식대로 행동할 거라 기대하는지를 생각한다.

무릎에 앉은 딸이 꼼지락거린다. 더 편한 자세로 앉으려고.

당신은 딸에게 그 애가 한 번도 만난 적 없는 할머니의 모습을 어떻게 알려 줘야 좋을지 생각한다. 딸에게 당신 자신을 어떻게 설명할지, 당신의 선택을 어떻게 변명할지 생각한다. 나중에 그 애가 이해할 만큼 자랐을 때. 드넓은 대양 너머 다른 대륙에서 새 삶을 시작하느라 치러야 했던 대가를 생각한다. 결코 얻지 못할 사면에 관해 생각한다. 재판관은 당신 자신이므로.

　당신은 손톱깎이의 지렛대를 누르지 못하고 기다린다. 눈이 점점
뜨거워지고 축축해져서 세상이 흐릿해지기에.

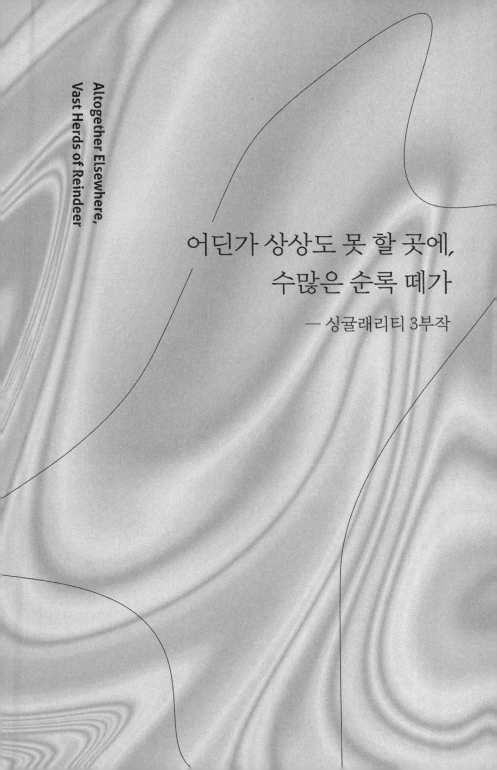

Altogether Elsewhere,
Vast Herds of Reindeer

어딘가 상상도 못 할 곳에,
수많은 순록 떼가

— 싱귤래리티 3부작

내 이름은 르네 테이오 ☆ 🐟 파예트. 6학년이다.

오늘은 학교가 쉰다. 하지만 오늘이 특별한 날인 이유는 따로 있다. 긴장이 돼서 아직은 그 이유를 밝힐 수가 없다. 미리 말해 버리면 징크스가 될까 봐.

지금은 친구 세라하고 같이 내 방에서 숙제를 하는 중이다.

나는 아직 어려서 나만의 세계를 만들지 못하지만, 부모님이 주신 세계가 있어서 아주 행복하다. 내 방은 클라인 대롱(직사각형의 윗변과 아랫변을 각각 원형으로 붙여 원통을 만들고 이 원통을 한 번 비틀어 좌우 두 변의 방향이 반대가 되도록 붙인 대롱. 뫼비우스의 띠와 마찬가지로 안팎을 구별할 수 없는 2차원 곡면으로. 3차원에서는 구현할 수 없고 4차원에 존재한다. — 옮긴이)이라서 안에 갇힌 느낌이 하나도 안 든다. 따뜻한 느낌이 드는 노란 빛이 방 안 가득 번지다가 아득히 먼 곳의 어둠 속으로 서서히 스러진다. 이 조명은 구식이다. 한 몇 년 전, 유행하는 디자인이 아직 예전의 물질세계를 암시하려고 애쓰던 시절에 만든. 하지만 매끈하고 끝이 보이지 않는 평면은 안정감이 느껴진다. 꼭 붙어 있고 싶은, 안에 감싸지는 동시에 바깥에 있는 느낌이다. 세라네 집에 있는 그 애 방보다 더 좋다. 그 방은 바이어슈트라스 '타원 곡선'이라서 모든 곳이 연속되어 있지만 어느 곳도 미분이 불가능하다. 아무리 자세히 봐도 들쑥날쑥한 프랙털로 보일 뿐이다. 분명 굉장히 현대적이지만, 그 방에 놀러 가면 좀처럼 편하지가 않다. 그래서 세라가 우리 집에 놀러 올 때가 훨씬 많다.

"숙제 잘하고 있어? 뭐 필요한 건 없고?"

아빠가 묻는다. 아빠는 '안으로' 들어와서 내 방의 표면에 자리를 잡는다. 20차원인 아빠의 모습은 이 4차원 공간에 처음에는 조그마한 점으로 투영되다가, 서서히 윤곽선으로 바뀌어 천천히, 환한 금빛으로, 하지만 살짝 흐릿하게 일렁거린다. 아빠는 딴 데 정신이 팔렸지만 그래도 괜찮다. 아빠는 인테리어 디자이너인데 '휴고 ⇦ ⇨ 파예트 앤드 Z. E. 中丽 페이' 디자인 회사를 찾는 고객이 너무 많아서, 그러니까 사람들이 꿈에 그리던 세계를 짓도록 도와주느라 맨날 바쁘다. 하지만 나랑 같이 놀아 주는 시간이 적다고 해서 나쁜 아빠인 것은 아니다. 예를 들면, 아빠는 훨씬 높은 차원에서 일하는 데에 하도 익숙하다 보니 4차원에서는 엄청 지루해한다. 그런데도 성장기 아이한테는 4차원 환경이 최고라는 전문가들 말을 듣고 내 방을 클라인 대롱 형태로 디자인해 주었다.

"다 잘돼 가요."

세라와 나는 함께 그렇게 생각한다. 아빠가 고개를 끄덕이지만, 나는 우리가 긴장한 이유를 아빠가 나랑 같이 생각해 보려고 할 것 같은 느낌이 든다. 하지만 세라가 옆에 있다 보니 아빠는 그 생각을 꺼내면 안 된다고 느낀다. 잠시 후, 아빠가 휙 사라진다.

우리가 하는 숙제는 유전학과 유전 형질에 관한 프로젝트다. 어제 수업 시간에 바이 박사님이 우리 의식을 여러 개의 구성 알고리즘으로 분해하는 방법을 가르쳐 주셨다. 각각의 알고리즘은 다시 루틴과 서브루틴으로 해체되었고, 결국 우리는 개별 명령어, 즉 근원 코드가 되었다. 그런 다음 바이 박사님은 우리 부모님들이 어떻게 제각각 우리에게 그 알고리즘의 일부를 주었는지 설명하셨다. 우리가 태어나는 과정에서 알고리즘들이 여러 루틴을 재결합하고 재배치한 결과 우리는 완전한 인격, 즉 우주에 새로이 탄생한 어린 의식이 되었다.

"징그러워." 세라가 생각한다.

"근데 좀 멋지잖아."

나는 생각으로 세라에게 화답한다. 내 부모님 여덟 분이 나한테 자신들의 일부를 주었다고 생각하니 뿌듯하지만, 그 부분들이 변화하고 재결합하여 이루어진 나는, 여덟 분 모두와 다 다르다.

우리가 하는 프로젝트는 가계도를 만들고 혈통을 추적하는 것이다. 가능하면 고대인까지 거슬러 올라가서. 내 가계도는 엄청 간단한데 왜냐면 나는 부모님이 여덟 분밖에 안 계시고 그분들 각각의 부모님은 훨씬 더 적기 때문이다. 하지만 세라는 부모님이 열여섯 분이나 되고 그 윗대로 올라가면 훨씬 더 바글바글하다.

"르네." 아빠가 우리 생각에 끼어든다. "손님 오셨다."

아빠의 윤곽선이 지금은 전혀 흐릿하지 않다. 아빠의 생각투는 의

도적으로 억제되어 있다.

아빠 뒤쪽에서 3차원 여성이 나온다. 그 여성의 모습은 더 높은 차원에서 투영한 것이 아니다. 그 사람은 굳이 3차원 이상으로 가려 하지 않으니까. 나의 4차원 세계에서 그 사람은 납작하고 허전해 보인다. 교과서에 나오는 예전 세상의 그림 설명처럼. 하지만 그 사람의 얼굴은 내 기억 속 얼굴보다 더 예쁘다. 내가 그리워하며 잠들고 꿈에서도 보는 얼굴. 이로써 오늘은 진짜 특별한 날이 됐다.

"엄마!"

나는 생각한다. 내 생각투가 네 살배기 꼬맹이 같다는 건 신경도 안 쓴 채로.

엄마와 아빠는 나를 낳겠다는 마음을 먹고 나서 친구들에게 도움을 청했다. 모두에게 각자의 일부를 조금씩 나누어 달라고. 내 생각에 나의 끝내주는 수학 실력은 해나 이모한테서, 부족한 참을성은 오코로 삼촌한테서 물려받은 것 같다. 친구 사귀기에 서투른 건 리타 고모를 닮았고 정리정돈을 잘하는 건 팡레이 삼촌을 쏙 빼닮았다. 하지만 나의 거의 모든 부분은 엄마랑 아빠가 물려주었다. 나무 모양인 내 가계도에 제일 굵게 그린 나뭇가지는 엄마와 아빠를 의미한다.

"이번엔 오래 있다가 갈 거야?" 아빠가 생각한다.

"금방 돌아가진 않을 거야." 이번엔 엄마. "애한테 들려줄 얘기가 좀 있어서."

"애가 당신 보고 싶어 했어."

"미안."

엄마가 생각한다. 엄마 얼굴에서 웃는 표정이 잠깐 사라진다.

"당신이 애를 잘 봐줘서 정말 다행이야."

엄마가 그렇게 생각하자 아빠가 엄마를 본다. 더 할 생각이 있는 표정이지만, 아빠는 그냥 고개만 끄덕이고 돌아선다. 아빠의 윤곽선이 흐려진다.

"돌아가기 전에…… 잠깐 들러서 작별 인사는 해, 소피아. 저번처럼 그냥 사라져 버리지 말고."

엄마는 싱귤래리티 이전의 사람, 고대인이다. 고대인은 온 우주를 통틀어 수십억 명밖에 안 된다. 엄마는 업로드를 하기 전에 육체를 지닌 채 26년간 살았다. 엄마의 부모님은 딱 두 분인데 끝내 업로드를 안 하셨다.

나의 부분적인 형제자매들은 내 부모님 중 한쪽이 고대인이라는 이유로 가끔 나를 놀리곤 했다. 고대인과 보통 사람이 만나면 잘 사는 경우가 드물다고, 그래서 우리 엄마가 아빠와 나를 떠난 것도 놀랄 일이 아니라고 했다. 누구든 그런 생각을 하면 나는 불같이 화를 내며 대들었고, 결국에는 다들 그런 생각을 멈추었다.

세라는 고대인을 만난다는 생각에 들떠 있다. 엄마는 그런 세라를 보고 빙그레 웃으며 부모님은 잘 계시냐고 묻는다. 세라가 부모님 명단을 죽 훑으며 대답하느라 한참이 걸린다.

"저 이제 집에 가야겠어요."

세라가 생각한다. 내가 그 애 쪽으로 간절히 발산한 힌트들을 이제야 알아차리고서.

세라가 돌아가고 나서 엄마는 나에게 다가오고, 나는 엄마가 나를 포옹하도록 허락한다. 우리 둘의 알고리즘이 서로 얽히고, 클럭이 동기화되고, 서로의 스레드가 동일한 신호 간격에 맞추어 반응한다. 오랫동안 헤어져 있었지만 그래도 익숙한 엄마의 사고 리듬 속으로 내가 기꺼이 추락하는 동안, 엄마는 내 사고 리듬 속에서 나를 부드럽게 다독인다.

"르네, 이제 그만 울어." 엄마가 생각한다.

"안 울어요." 나는 그제야 울음을 참으려 한다.

"생각만큼 변하진 않았구나."

"그야 엄마가 그동안 오버클록을 했으니까 그렇죠."

엄마는 데이터센터에 살지 않는다. 남쪽 멀리, '남극 연구 돔'이라는 곳에 거주하며 일도 거기서 한다. 추가 에너지를 더 사용하도록 특별 허가를 받은 고대인 과학자 몇 명이 1년 내내 오버클록된 하드웨어에서 생활하며 대다수 인류의 몇 배 속도로 사고하는 곳이다. 엄마가 보기에 다른 사람들은 슬로모션으로 사는 것이나 마찬가지이기 때문에 나를 마지막으로 만났을 때, 그러니까 내가 초등학교를 졸업할 때가 고작 1년 전인데도 엄마한테는 오랜 시간이 지난 셈이다.

나는 그동안 받은 여러 수학상과 내가 만든 벡터 공간 모형을 엄마에게 보여 준다.

"우리 반에서 내가 수학 제일 잘해요." 나는 엄마에게 자랑한다. "우리 반 2621명 중에서요. 아빠는 내가 아빠처럼 훌륭한 디자이너가 될 소질이 있대요."

엄마는 들뜬 나를 보며 빙긋이 웃고는, 엄마가 어렸을 때의 이야기를 들려준다. 엄마는 끝내주는 이야기꾼이고, 그렇다 보니 엄마가 육체에 갇힌 채로 겪었던 결핍과 역경이 내 의식 속에 거의 눈으로 보듯 생생하게 그려진다.

"너무 무서워요." 내가 생각한다.

"그래?" 엄마는 잠시 생각을 멈춘다. "그렇겠지. 너한테는."

뒤이어 엄마가 나를 똑바로 보고, 엄마의 얼굴에는 내가 정말로 보고 싶지 않은 그 표정이 떠오른다.

"르네, 엄마가 너한테 할 얘기가 있어."

마지막으로 그 표정을 지었을 때, 엄마는 나에게 아빠와 나를 두고 떠나야 한다고 했다.

"엄마의 연구 계획서가 승인을 받았어. 드디어 로켓에 연료를 충전해도 좋다고 허가를 받은 거야. 탐사선은 한 달 후에 출발할 예정이란다. 탐사선이 도착할 곳은 글리제581이란 별이야. 생명이 존재할 거라고 추정되는 가장 가까운 행성인데, 가는 데에 25년이 걸려."

엄마가 설명하길, 탐사선에는 인간의 의식을 구현할 수 있는 로봇이 실릴 거라고 한다. 새로운 행성에 착륙한 탐사선은 지구 방향으로 수신용 파라볼라 안테나를 설치한 다음, 지구에 신호를 전송하여 무사히 도착했다는 소식을 알린다. 지구에 있는 우리가 그 신호를 (20년이 더 흐른 후에) 받으면 우주 비행사의 의식이 강력한 송신 장치를 통해 탐사선으로 전송된다. 공허한 우주를 넘어, 빛의 속도로. 일단 전송이 끝나면 우주 비행사는 로봇에 구현되어 신세계를 탐사한다.

"엄마는 그 우주 비행사가 될 거야."

나는 엄마의 생각이 무슨 뜻인지 열심히 추측해 본다.

"그러니까, 또 다른 엄마가 그 별에 살 거라는 말이에요? 금속 신체에 구현된 상태로?"

"아니." 엄마가 생각한다, 담담하게. "원본을 보존한 채로 의식의 양자 연산을 복제하는 일은 아직까지는 불가능해. 다른 세계로 가는 건 내 복제본이 아니야. 바로 나야."

"그럼 언제 돌아올 건데요?"

"안 돌아와. 의식을 지구로 재전송할 만큼 커다랗고 강력한 송신 장치를 보내기에는 우리가 보유한 반물질의 양이 충분치 않거든. 소형 탐사선을 보낼 만큼의 연료를 구하는 데만도 수백 년이라는 시간과 막대한 양의 에너지가 들어갔어. 탐사 과정에서 수집한 데이터는 힘닿는 데까지 많이 보낼 테지만, 엄마는 영영 그곳에 남을 거야."

"영원히요?"

엄마는 잠시 침묵하다가 방금 한 생각을 바로잡는다.

"탐사선은 튼튼하게 만들었으니까 꽤 오래 버티겠지만, 그래도 결국은 망가지겠지."

나는 의식 속으로 엄마의 모습을 그려 본다. 남은 삶 동안 로봇 속에 갇혀 있는 엄마를. 낯선 세계에서 녹슬고 부패하다가 망가질 로봇 속에. 우리 엄마는 죽을 것이다.

"그럼 우리가 함께할 시간이 겨우 45년 남은 거네요."

내가 생각한다. 엄마는 고개를 끄덕인다.

45년이라는 시간은 생명의 자연적 길이에 비하면 눈 깜짝할 새다. 그러니까, 영원에 비하면.

나는 너무나 화가 나서 잠깐 동안은 생각조차 할 수가 없다. 엄마가 가까이 다가오려 하지만 나는 물러난다.

그러다 한참 만에 화를 삭이고 물어본다.

"이유가 뭐예요?"

"탐험은 인류의 숙명이야. 하나의 종(種)으로서 우리는 성장해야만 해. 네가 어린아이에서 성장해 가는 것과 똑같은 이치로."

어처구니가 없다. 우리가 탐사할 세계는 끝도 없이 많다, 데이터 센터라는 이 우주 안에만 해도. 누구나 자기만의 세계를 창조할 수 있고, 심지어 자기만의 다중 우주도 창조할 수 있다. 그럴 마음만 먹으면. 수업 시간에 우리는 사원수 쥘리아 집합의 복잡한 구조를 탐험하고 확대해 보았는데, 어찌나 아름답고 생경하던지 나는 친구들과 함께 그 속을 날아다니는 동안 의식이 덜덜 떨릴 정도였다. 우리 아빠가 고객의 가족들과 함께 디자인한 세계는 너무나 여러 차원이라서 나는 다 이해하기도 힘들다. 데이터 센터에 있는 소설과 음악과 예술 작품은 내가 평생 즐기고도 남을 만큼 많다. 그 평생이란 사실상 무한대인데도. 그에 비하면 물질세계에 있는 3차원 행성 하나가 뭐 그리 대수일까?

나는 그 생각을 굳이 혼자 품으려고 하지 않는다. 엄마도 나의 분노를 느꼈으면 해서.

"내가 지금도 한숨을 쉴 수 있으면 좋을 텐데." 엄마가 생각한다. "르네, 그것들은 똑같지 않아. 수학의 순수한 아름다움과 상상계의 풍경은 무척이나 매력적이지만, 그건 실제가 아니야. 가상의 실체에 대한 영원한 통제권을 손에 넣으면서 인류는 무언가 잃어버렸어. 안으로만 눈을 돌리다 보니 현재에 만족하게 된 거야. 우리는 별들과 저 우주 바깥의 세계를 잊어버렸어."

나는 대꾸하지 않는다. 또 울지 않으려고 애쓰느라.

엄마가 고개를 돌린다.

"너한테 어떻게 설명해야 좋을지 모르겠구나."

"엄마는 그냥 떠나고 싶어서 떠나는 거잖아요." 내가 생각한다. "실은 내가 어떻게 되든 상관도 안 하잖아요. 엄마 미워요. 다시는 안 볼 거예요."

엄마는 아무 생각도 하지 않는다. 그저 살짝 고개를 숙이고 있고, 그래서 나한테는 엄마 얼굴이 안 보이지만, 엄마의 어깨가 떨리고 있다. 알아차리기도 힘들 만큼 살짝.

화가 나서 미칠 것 같지만, 그래도 나는 손을 뻗어 엄마의 등을 다독거린다. 나는 엄마한테는 도무지 모질게 굴 수가 없다. 그 점은 분명 아빠를 빼닮았을 것이다.

"르네, 엄마랑 같이 여행 갈까?" 엄마가 생각한다. "진짜 여행."

"르네, 선내 피드에 접속하렴. 이제 이륙할 거야."

엄마가 내게 말한다. 나는 피드에 접속하고, 정신 속으로 물밀 듯이 밀려드는 데이터에 잠시 압도당한다. 나는 정비용 비행체의 카메라 및 마이크와 연결되어 있다. 이 장치들은 빛과 소리를 나에게 익숙한 패턴으로 번역해 준다. 그런데 고도계와 자이로스코프와 가속계에도 함께 연결되어 있다 보니, 이런 감각은 지금껏 한 번도 느낀 적이 없어서 생경하기만 하다.

카메라가 보여 주는 이륙 광경 속에서, 우리 아래의 데이터 센터는 스발바르제도에 위치한 하얀 빙원 한복판의 까만 정육면체이다. 이곳은 집이자, 우주에 있는 모든 세계의 하드웨어적 토대이다. 데이터 센터의 벽에는 벌집 모양으로 미세한 구멍이 뚫려 있어서 차가운 공기가 이리로 들어가 내부에 층층이 쌓인 뜨거운 실리콘과 그래핀을 냉각시키는데 그 실리콘과 그래핀에는 활발하게 운동하는 전자들이 가득하고, 바로 이 전자들의 패턴이 나와 다른 인간 3000억 명의 의식을 형성한다.

기체가 더 높이 상승하자 옹기종기 모여 있는 더 조그마한 정육면체들, 즉 롱예르뷔엔의 자동화 공장들이 눈에 들어오고, 뒤이어 아드벤트만의 푸른 바다와 해수면에 둥둥 떠 있는 빙산이 보인다. 데이터 센터가 하도 크다 보니 빙산이 손톱만 해 보이지만, 피요르드에 비하면 데이터 센터도 눈곱만 하다.

그러고 보니 나는 물질세계를 실제로 경험한 적이 한 번도 없다. 모든 새로운 감각의 충격이, 엄마 식으로 생각하면 '숨이 막힐 정도'이다. 나는 그런 구식 표현이 좋다. 비록 무슨 뜻인지 늘 온전히 이해하는 것은 아니지만서도.

움직이는 느낌이 아찔하다. 이게 바로 육체를 지닌 고대인으로 사는 기분일까? 보이지 않는 중력의 결합력, 자신을 지구에 묶어 두는 그 힘에 저항하는 느낌? 그 느낌은 너무나 답답하다.

그런데 한편으로는 너무나 즐겁다.

나는 엄마에게 기체의 균형을 잡는 계산을 머릿속으로 어떻게 그렇게 빨리 하냐고 묻는다. 중력에 맞서 호버링 비행체를 안정화하는 데에 필요한 동적 피드백 계산은 너무나 복잡해서 나는 도무지 감도 잡을 수가 없다. 내 수학 실력은 끝내주는데도.

"응, 이건 그냥 본능으로 하는 거야." 엄마는 그렇게 생각하고는 깔깔 웃는다. "넌 디지털 토박이잖아. 두 발로 일어서서 몸의 균형을 잡으려고 해 본 적도 없지, 안 그래? 자, 잠깐 동안 네가 조종을 맡아. 날아 보는 거야."

막상 해 보니 생각보다 쉽다. 지금껏 있는 줄도 몰랐던 내 안의 어떤 알고리즘, 복잡하지만 효율적인 그 알고리즘이 작동하면서, 나는 중심을 옮기고 추력의 균형을 잡는 방법을 느낀다.

"봤지, 이러니저러니 해도 넌 내 딸이야." 엄마가 생각한다.

물질세계를 비행하는 것은 다차원 공간을 둥둥 떠다니는 것보다 훨씬 더 신난다. 감히 비교도 못 할 만큼.

우리 둘의 웃음 사이로 아빠의 생각이 끼어든다. 아빠는 우리와 함께 있지 않다. 아빠의 생각은 통신 링크를 통해 전해진다.

"소피아, 당신이 남긴 메시지 받았어. 지금 뭐 하는 거야?"

"미안해, 휴고. 좀 봐 주면 안 될까? 나 어쩌면 우리 딸을 다시는 못 볼지도 몰라. 애가 나를 이해해 줬으면 해서 그랬어. 할 수만 있다면."

"그 앤 탈것을 이용해서 바깥에 나간 적이 한 번도 없단 말이야. 이렇게 무모한 짓을……."

"이륙하기 전에 비행체 배터리를 확인했는데 완전히 충전됐어. 우리 둘의 에너지 소비량은 신경 써서 조절한다고 약속할게." 엄마가 나를 돌아본다. "우리 딸의 목숨이 위험에 처하도록 놔두진 않을 거야."

"정비용 비행체가 사라진 걸 당국이 알아차리면 당신 뒤를 쫓을 텐데."

"비행체를 이용해서 휴가를 다녀오겠다고 신청했더니 허가해 주던걸." 엄마는 생각한다, 빙그레 웃으며. "얼마 못 살 여자의 마지막 소원을 저버릴 수는 없었던 거겠지."

통신 링크가 잠시 조용하다가, 이내 아빠의 생각이 전해진다.

"난 왜 당신한테 안 된다는 생각을 아예 못하는 걸까? 얼마나 걸릴 것 같아? 혹시 애 학교에 결석한다고 전해야 돼?"

"긴 여행이 될 거야. 그래도 해 볼 가치는 있어. 당신은 르네랑 영원히 함께할 거잖아. 난 그저 나한테 남은 시간의 극히 일부를 애랑 같이 보내고 싶을 뿐이야."

"조심해, 소피아. 사랑한다, 르네."

"나도 사랑해요, 아빠."

탈것에 구현되는 경험을 해 본 사람은 거의 없다. 아예 비행체 자체가 몇 대 없다. 정비용 비행체가 하루 동안 소모하는 에너지양만 해도 데이터 센터 전체를 한 시간 동안 가동할 만큼 막대하다. 그리고 에너지 보존은 인류의 최우선 임무이다.

그렇다 보니 정비 담당자들과 수리용 로봇만이 정기적으로 비행을 하고, 디지털 원주민인 대다수 사람들은 그 일을 맡지도 않는다. 예전의 나는 무엇에 구현되는 일에 크게 흥미를 느낀 적이 한 번도 없었다. 하지만 지금 이곳에서, 나는 짜릿한 기분을 만끽하는 중이다. 분명 엄마한테서 물려받은 내 안의 고대인 부분 때문일 것이다.

우리는 바다 위를 지나 참나무와 소나무, 가문비나무 따위가 하늘을 찌를 듯이 높이 자란 유럽 대륙의 숲 위를 비행한다. 숲 곳곳에 뻥 뚫린 풀밭에는 동물 무리가 거닐고 있다. 엄마는 그 동물들을 가리키며 이름이 유럽 들소, 오록스, 타르판 말, 말코손바닥사슴이라고 가르쳐 준다.

"500년 전만 해도 이 근처는 다 농경지였어." 엄마가 생각한다. "인간에게 의존하며 공생하는 식물 몇 종의 클론들이 가득했단다. 그 많은 인프라와 행성 전체의 자원이 고작 수십억 명을 부양하는 데에 쓰였지." 나는 믿을 수가 없다는 표정으로 엄마를 본다.

"저 멀리 순록이 있는 언덕 보이지? 예전에는 모스크바라는 커다란 도시였어. 모스크바강이 범람해서 실트에 묻혀 버리기 전에는.

싱귤래리티가 도래하기 오래전에 죽은 W. H. 오든이라는 고대인의 시가 생각나는구나. 제목이 「로마의 몰락」이었는데."

엄마는 그 시의 이미지를 나와 공유한다. 순록 떼, 금빛 들판, 텅 비어가는 도시들, 비, 그치지 않고 쏟아지는 비, 버려진 세상의 껍데기를 어루만지는 비.

"아름다운 광경이지, 안 그래?"

나는 그 이미지들을 즐겁게 만끽하지만 이내 그러면 안 된다는 생각이 든다. 그래 봤자 엄마는 끝내 떠나 버릴 것이고, 나는 끝내 엄마한테 화를 낼 테니까. 엄마는 비행하는 게 너무 좋아서 떠나려는 걸까? 물질세계가 주는 이 감각이 좋아서?

나는 우리 아래로 지나가는 세상을 내려다본다. 전에는 겨우 3차원밖에 안 되는 세계는 납작하고 지루할 줄 알았다. 그런데 그렇지 않았다. 이곳의 색채는 내가 지금껏 보았던 어떤 색보다 더 생생하고, 전에는 상상도 못 했던 아름다움이 곳곳에 무작위로 깃들어 있다. 하지만 일단 내 눈으로 이 세계를 봤으니까 나중에 아빠랑 같이 수학적으로 재창조해 볼 수 있을 테고, 그렇게 재창조된 세계는 전혀 다르지 않은 느낌이 들 것이다. 나는 이 생각을 엄마와 공유한다.

"하지만 스스로는 그게 진짜가 아닌 걸 알잖아." 엄마가 생각한다. "바로 그것 때문에 모든 게 완전히 달라지는 거야."

나는 의식 속에서 엄마의 그 말을 곱씹고 또 곱씹는다.

우리는 계속 날아가다가 신기한 동물과 역사 유적이 나오면 잠시 멈춰서 제자리 비행을 하는데, 유적이라고 해 봐야 콘크리트는 오래전에 침식되어 쓸려나가고 철근은 녹슬어 가루가 되어 버린 지금은, 그저 유리 파편이 널린 들판이다. 그러는 동안 엄마는 나에게 더 많은 이야기를 생각해 준다. 태평양을 지날 때에는 바닷속으로 잠수해 고래를 찾아보기도 했다.

"네 이름에 🐻를 넣은 건 엄마가 너만 할 때 그 동물을 엄청 좋아했기 때문이야." 엄마가 생각한다. "그때는 아주 희귀한 동물이었거든."

나는 물 위로 솟구치고 꼬리지느러미로 수면을 때리는 고래들을 바라본다. 내 이름에 들어 있는 🐻하고는 하나도 안 닮았다.

아메리카 대륙 상공에서, 우리는 두려워하는 기색도 없이 빤히 올려다보는 곰 가족 몇 무리의 머리 위를 잠시 맴돈다(어차피 정비용 비행체는 크기가 고작 엄마 곰의 몸집만 하다.). 마침내, 우리는 대서양 연안의 어느 강 하구에 있는 섬에 도착한다. 빽빽하게 자란 나무로 뒤덮인 이 섬은 바닷가를 따라 점점이 습지가 있고 섬 안쪽으로 여러 갈래 물길이 복잡하게 나 있다.

섬 남쪽 끄트머리에 도시의 폐허가 널따랗게 펼쳐졌다. 회색 고층 빌딩들은 검게 변한 채 뼈대만 남아 있고, 빌딩의 창문은 오래전에 다 깨지고 없다. 주위의 정글 위로 높이 솟은 빌딩들이 꼭 돌기둥 같다. 그 기둥의 그늘 속에서 숨바꼭질을 하는 코요테와 사슴이 보인다.

"네가 보고 있는 풍경은 맨해튼이라는 곳의 잔해야. 오랜 옛날 세계에서 가장 큰 도시 중 한 곳이었지. 여기가 엄마의 고향이야."

뒤이어 엄마는 맨해튼의 전성기를 나에게 생각해 주었다. 그곳이 육체를 지닌 인류로 가득하던 시절, 에너지를 블랙홀처럼 빨아들여 소비하던 시절을. 사람들은 널따란 공간을 한 명 아니면 두 명이 독차지하고 살았고, 냉난방을 가동한 상태로 사람을 실어 나르는 기계를 소유했으며, 음식을 만들고 옷을 세탁하는 등 온갖 신기한 일들을 했다. 그러는 동안 내내 탄소를 비롯한 갖가지 독소를 상상도 못 할 만큼 빠른 속도로 대기 중에 분출했다. 인간 한 명이 소비하는 에너지양은 물질이 필요하지 않은 의식 100만 개체를 부양할 만큼 막대했다.

그러다가 싱귤래리티가 도래했고, 육체를 지닌 인류의 마지막 세대가 저세상 또는 데이터 센터로 떠나면서, 이 거대한 도시는 적막에 휩싸였다. 벽과 토대의 균열부와 경계는 빗물이 스며들어 얼었다가 녹으면서 점점 더 넓게 갈라졌고, 건물들은 마침내 벌목이라는 고대의 공포에 시달리던 나무들처럼 쓰러졌다. 아스팔트가 갈라지고 그 틈새로 새싹과 덤불이 뻗어 오르면서 죽은 도시는 서서히 푸른 생명력에 자리를 내주었다.

"아직도 똑바로 서 있는 건물은 인류가 모든 분야에서 오버 엔지니어링을 하던 시절에 세워진 것들이야."

지금은 아무도 엔지니어링 같은 생각을 하지 않는다. 실제 원자로 지은 건물은 비효율적이고, 비유동적이고, 제한적이고, 에너지를 너무 많이 소비한다. 나는 학교에서 엔지니어링이 암흑시대의 기술이라고 배웠다. 사람들이 아직 깨우치기 전의 기술이라고. 그에 비하면 비트와 큐비트는 훨씬 더 문명적이고 상상력도 자유롭게 발휘할 수 있다.

내 생각에 엄마가 빙그레 웃는다.

"말하는 게 네 아빠랑 똑같구나."

엄마는 스산한 고층 빌딩들이 훤히 보이는 탁 트인 평지에 비행체를 착륙시킨다.

"우리 여행의 진짜 출발지는 바로 여기야." 엄마가 생각한다. "우리한테 주어진 시간이 얼마나 긴지는 중요하지 않아. 중요한 건 그 시간 동안 뭘 할지야. 르네, 두려워할 것 없어. 엄마가 너한테 시간과 관련된 중요한 걸 보여 줄게."

나는 고개를 끄덕인다.

엄마는 우리 의식이 엉금엉금 기는 속도로 느려진 동안 비행체의 배터리가 다 닳지 않도록, 비행체 제어 프로세서의 클록 수를 낮추는 루틴을 실행한다.

우리를 둘러싼 세상의 속도가 빨라진다. 태양은 점점 더 빠르게 하늘을 가로지르다가 마침내 환한 띠로 바뀌고, 변치 않는 황혼으로 뒤덮인 세상에 아치 모양으로 드리워진다. 주위의 그늘이 꿈틀거리며 빙빙 도는 사이에 나무들은 쑥쑥 자라난다. 동물들이 쌩 지나간다, 너무 빨라서 뭔지 알아보지도 못할 속도로. 우리가 지켜보는 고층 빌딩은 강철로 층층이 올린 돔을 옥상에 이고서 창처럼 꼿꼿이 서 있다가, 차례로 바뀌는 계절과 함께 천천히 휘어서 기울어간다. 그 모양새가, 꼭 하늘을 향해 뻗은 손이 점점 지쳐 가는 듯해서, 내 안 깊숙이 무언가 찡한 느낌이 든다.

엄마는 프로세서를 다시 정상 속도로 돌려놓고, 우리는 그 빌딩의 위쪽 절반이 추락하여 굉음과 함께 무너져 가는 광경을 본다. 끄트머리부터 부서져 가는 빙산처럼, 주위의 다른 빌딩들까지 쓰러뜨리는 광경을.

"그 시절에 우리는 여러 가지 잘못을 저질렀지만, 잘한 일도 있었단다. 저기 저 빌딩은 크라이슬러빌딩이야." 엄마의 생각에서 끝 모를 슬픔이 느껴진다. "인간이 만든 가장 아름다운 피조물 가운데 하나지. 르네, 인간의 피조물은 그 어떤 것도 영원토록 남지 못해. 데이터 센터조차도 우주가 열역학적 사망을 맞기 전에 언젠가는 산산이 무너질 거야. 하지만 진짜 아름다움은 남는 법이야. 실체를 지닌 것은 모두 죽을 운명이라고 해도."

우리가 여행을 시작하고 나서 45년이 흘렀다. 내가 보기에는 기껏해야 하루 정도밖에 안 지난 것 같았는데.

아빠는 내 방을 조금도 건드리지 않고 내가 여행을 떠나던 날과 똑같은 모습으로 남겨 두었다.

45년이 흐르고 난 지금, 아빠는 모습이 전과 달라졌다. 몸집에 차원이 더 붙었고 색채도 금빛이 더 강해졌다. 하지만 아빠는 내가 바로 어제 집을 나섰던 것처럼 나를 대한다. 나는 아빠의 그런 배려가 고맙다.

침대에 누워 잠을 청하는데 아빠가 말하길, 세라는 이미 학업을 다 마치고 가정을 꾸렸다고 한다. 지금은 어린 딸도 있다고.

그 소식을 들으니 살짝 슬프다. 클록 수를 낮추는 일은 드물기도 하거니와, 남들보다 뒤처진 느낌을 갖게도 한다. 하지만 나는 남들을 따라잡으려고 열심히 살 테고, 진짜 우정은 나이 차이 같은 건 거뜬히 뛰어넘으니까 괜찮을 거다.

나는 엄마와 함께 보낸 긴 하루를 세상 무엇하고도 바꾸지 않을 거다.

"네 방 디자인을 바꿔 보는 건 어떨까?" 아빠가 생각한다. "새로 시작하는 의미에서. 클라인 대롱에서 지낸 지도 꽤 됐잖아. 8차원 윤환체 기반의 최신 디자인을 몇 가지 살펴보는 것도 괜찮을 거야. 혹시 미니멀리즘이 내키면 5차원 구체로 해도 좋고."

"아빠, 클라인 대롱이면 충분해요." 나는 잠깐 생각을 멈췄다가 다시 잇는다. "어쩌면 좀 쉬었다가 나중에 방을 3차원으로 만들어 볼지도 모르겠어요."

아빠는 나를 본다. 그리고 어쩌면, 미처 예상치 못했던 내 안의 어떤 것을.

"그래. 이젠 네가 직접 디자인할 때가 됐구나."

내가 잠에 빠져드는 동안 아빠는 내 곁에 머문다.

"당신이 보고 싶어."

아빠는 혼자 생각을 한다. 내가 아직 완전히 잠들지 않은 것을 모르고서.

"르네가 태어났을 때 내가 이 아이 이름에 ☆을 넣은 건, 언젠가 당신이 별들을 향해 떠나리란 걸 알았기 때문이야. 난 사람들이 꿈을 실현시키도록 돕는 데에 소질이 있어. 하지만 당신의 꿈은 내가 대신 만들어 줄 수 없는 거였지. 소피아, 안전한 여행을 하길 빌게."

아빠 모습이 내 방에서 흐려지듯 사라진다.

나는 별들 사이에 정지된 엄마의 의식을 상상한다. 우주먼지 속에서 희미하게 어른거리는 전자기 리본 같은 모습을. 아득히 먼 행성에서 로봇 몸이 엄마를 기다리고 있다. 낯선 하늘 아래, 시간이 흐르는 동안 녹슬고 부패하여 산산이 흩어질 몸이.

그 몸에서 다시 생명을 얻으면 엄마는 정말로 기뻐하겠지.

나는 잠에 빠져든다. 크라이슬러 빌딩이 나오는 꿈을 꾸며.

To the Moon

달을 향하여

오래전에, 네가 조그만 아기였을 때 말이야, 우리는 달에 간 적이 있어.

베이징의 여름은 사나워. 덥고, 불쾌할 정도로 *끈끈하고*, 공기는 소나기가 지나간 길가의 물웅덩이처럼 텁텁하지. 무지갯빛 휘발유 막으로 덮인 물웅덩이 말이야. 너랑 나는 찜통 안에서 천천히 익어 가는 만두가 된 기분이었어. 우리가 세 들어 살던 그 방 안에서.

갈 데라곤 아무 데도 없었어. 바깥의 보도는 에어컨이 있는 이웃 집의 실외기가 윙윙거리는 소리와 에어컨이 없는 이웃집의 텔레비 전이 음량을 한껏 높여 꽥꽥거리는 소리로 가득했단다. 거기다 네 울음소리까지 더해졌으니, 누구든 안 미치고는 못 배길 지경이었 지. 나는 너를 어깨에 앉혀 목말을 태우고 바깥에 나갔다가, 방에 들 어왔다가, 다시 나가곤 했어. 너한테 제발 좀 자라고 애원하면서.

어느 날 밤의 일이야. 그날도 나는 관청에 가서 아무도 봐 주지 않 는 진정서를 내고 집에 돌아왔지. 네 엄마의 복수에 한 걸음도 가까워지지 못한 채로 말이야. 너는 내 안의 분노와 절망을 공감하고 목청껏 울더구나. 세상이 너무나 답답하고 캄캄해서 나도 너와 덩달아 울고 싶었단다. 이 미친 세상을 가득 채운 소리와 분노에 가담하고 싶어서.

그때 달이 우리 머리 위로 낮게 지나간 거야. 금빛으로 무르익은, 동그란, 화덕에서 갓 꺼낸 사오빙[烧饼]처럼 생긴 달이. 그래서 나는 네 엄마가 남긴 스카프로 너를 등에 묶은 다음, 건설 공사가 수도 없이 이어지는 와중에도 용케 살아남은 길가의 회화나무를 오르기 시작했어. 도로 확장 공사와 철거 공사, 오염 물질과 사람들의 무관심을 모두 견뎌 낸 그 나무를.

나무를 오르는 시간은 길고 고됐단다. 땅에 가까워 보이던 달이 우리가 올라가면 올라갈수록 자꾸만 뒤로 물러났거든. 우리는 구름을 지나 찌르레기와 참새 떼를 뚫고서, 우리를 나무에서 떨어뜨리려고 위협하는 비바람을 이기고서 계속 올라가야 했어. 그러다 마침내 나무 꼭대기에서 이쪽저쪽으로 흔들리는 우듬지에 도착했는데, 바로 그때, 달이 우리 머리 바로 위를 지나가기에, 냉큼 손을 뻗어 붙잡고는 너와 함께 올라간 거야.

달은 정말 멋진 곳이었어. 공기는 선선하고, 하늘은 깨끗하고, 무슨 도서관처럼 조용했거든. 너는 달에 도착하기가 무섭게 울음을 그치고 동그래진 눈으로 사방을 두리번거렸단다. 우리가 베이징에 처음 도착해서 그 많은 자동차들을 처음 봤을 때 그랬던 것처럼.

달 사람들은 아름답고 공손했단다. 여성들은 물처럼 출렁거리고 아른거리는 드레스를 입었고, 남자들은 새 자동차의 페인트처럼 번

쩍번쩍 빛나는 신을 신고 돌아다녔지. 모두가 당나라 때의 시인들처럼 우아하게 말을 했어. 벽옥과 백옥으로 지은 다관(茶館)에서는 이슬로 달인 차를 마시며 귓속말을 주고받고 서로의 재치에 웃음을 터뜨렸단다. 그곳 사람들이 먹는 떡은 계화꽃으로 향을 입혔는데, 달의 선녀인 항아(嫦娥)가 직접 만든 음식이었어. 건물은 벽만 만져봐도 서늘했으니 에어컨같이 투박한 물건은 만들 필요도 없었겠지.

하지만 한편으로 달 사람들은 거만했단다. 그들은 시골 출신의 가난한 무지렁이인 우리가 달에 머물기를 원치 않았어. 우리가 그곳에 어울리지 않는다고 생각한 거지. 우리는 시끄럽고, 그곳을 더럽히는 존재였으니까.

"고향으로 돌아가시는 것이 어떨지요?" 달 사람들이 묻더구나.

그래서 우리는 그 사람들을 속일 방법을 찾는 수밖에 없었어.

샐리 러시는 의뢰인을 보며 살짝 웃었다. 불안한 표정으로.

커피숍의 테이블 너머에 앉은 중국인 남자는 나이가 사십 대였다. 작은 키에 깡마른 체격, 구겨진 파란색 와이셔츠는 하도 여러 번 빨아서 색이 바랬고, 구두는 수선할 가망이 없을 만큼 너덜너덜했다. 헝클어진 머리는 군데군데 하얗게 셌고 인중과 턱에 제멋대로 난 수염은 깎을 생각도 없어 보였다. 남자가 보온병에 담아 온 자기 몫의 차를 마시는 동안 테이블 위의 커피는 설탕도 크림도 없이 식어 갔다. 이 장원차오라는 남자는 방금 막 미국 땅에 발을 디딘 사람처럼 보였지만, 상대방을 관찰하는 그의 눈빛은 냉랭하고, 차분하고, 면밀해 보였다.

샐리는 그의 진갈색 눈과 무표정한 얼굴을 가만히 바라보았다. 인종 차별주의자 같은 생각을 하고 싶지는 않았지만, 이 동양인 남자는 왠지 속을 알 수가 없었다.

옆자리에 앉은 여섯 살쯤으로 보이는 여자아이는 장원차오의 딸이었다. 샐리가 빙그레 웃어 보이자 아이도 웃음으로 화답했다. 동그랗게 뜬 눈에 호기심이 가득했다. 도무지 속을 알 수 없는 아버지의 얼굴과 대조적으로 딸은 머릿속에 스쳐 가는 생각 하나까지 훤히 읽을 수 있을 듯싶었다.

샐리가 악수를 청했지만, 장원차오는 눈앞의 손을 무시한 채 샐리를 가만히 뜯어보기만 했다.

영어를 잘 못 해서 그럴지도. 샐리는 속으로 생각하며 딸아이 쪽으로 눈을 돌렸다.

"안녕. 난 샐리라고 해. 너랑 너희 아빠를 도우러 왔어. 난 변호사야."

"안녕하세요." 인사를 하며 얼굴이 붉어진 아이를 보고 샐리는 아이가 자신을 예쁘다고 생각하는 것을 알아차렸다. "제 이름은 비니예요."

샐리는 미국식 이름을 지닌 이 아이는 세상을 보는 관점 또한 미국식일 거라 결론지었다.

"저희를 어떻게 도와주실 건가요?"

비니가 물었다. 샐리는 대답을 곰곰이 생각했다.

"내 직업은 사람들이 자기 이야기를 하도록 도와주는 거야. 내가 일을 잘하면, 사람들이 이기는 거지."

비니는 샐리의 설명을 듣고 배시시 웃었다.

뒤이어 아이 아버지가 입을 열었다.

"제 이야기를 읽으셨습니까?"

장원차오의 영어 발음은 외국식 억양이 강했지만, 샐리는 그가 하는 말을 거뜬히 이해했다. 그 남자는 또박또박, 차분하게 말했다. 다급한 기색은 조금도 보이지 않았다.

"예, 읽었어요."

샐리가 말했다. 앞서 장원차오의 사연을 읽으며 샐리는 충격을 받았고, 격분했고, 그래서 그를 만난 후 자신도 모르게 살짝 실망했다. 그가 조금 더, 뭐랄까, 영웅적으로 보이지 않아서였다. 그가 겪은 고난이 겉모습에 뚜렷이 드러나지 않아서. 샐리는 구해 주고 싶었다. 스스로의 믿음과 자유를 위하여 너무도 많은 것을 포기한 이 용감하고 조그마한 중국인 남자를.

"장 선생님은 정말 용감한 분이시더군요." 샐리가 덧붙였다.

"변호사님은 이런 일을 많이 해 보셨습니까?"

"아니오." 샐리의 얼굴이 붉어졌다.

샐리는 명문 법학 전문 대학원을 우등으로 졸업하고 나서 하나같이 눈을 의심할 만큼 높은 보수를 약속한 법무 법인 여남은 곳 가운데 '위드마 이튼 러퍼버 앤드 터크'를 골라 입사했다. 입사 면접 때 만난 위드마의 여성 임원이 마음에 들었거니와, 그 임원이 자기 회사를 너무도 멋진 곳처럼 이야기했기 때문이었다(다만 그 임원은 샐리가 입사한 9월에는 '일신상의 사유'로 이미 회사를 그만둔 후였으니, 직장을 고르는 방법치고는 별로 신통치 않은 듯도 싶었다.).

"그럼 제 이야기가 잘 통할지 어떨지, 어떻게 아십니까?"

"그건······."

샐리는 말문이 막혔다. 일이 머릿속에 그렸던 것과 영 딴판으로 흘러가는 중이었다.

"선생님의 이야기에 담긴 사실들은 난민의 법적 정의와 일치하거든요. 인종과 종교, 국적, 특정 사회 집단의 구성원인 신분 등을 이유로 박해를 받을 우려가 있다는 충분한 근거가 있는 공포로 인하여······."

샐리는 말끝을 흐렸다. 법률 용어는 추상적으로 들렸고, 눈앞의 일을 처리하기에는 역부족으로 보였다.

사실 샐리는 변호사로 사는 것과 법학도로 사는 것이 아예 다르다는 점을 깨달았다. 샐리는 가상의 사건 진술서를 낱낱이 분석하는 일, 그렇게 분석한 각각의 사실을 치밀한 법적 주장으로 통합하는 일, 또 그 주장을 고매한 이상과 방침으로 보완한 다음 눈부신 미사여구로 포장하는 일에는 탁월한 실력을 발휘했지만, 상법 소송의 현실에는 전혀 준비가 안 된 상태였다.

"아아." 말을 꺼내는 장원차오의 목소리에 담긴 의미를, 샐리는 훤히 파악했다. "변호사님이 공짜인 데에는 다 이유가 있군요."

위드마 이튼 법무 법인에 깔끔한 사건 진술서 같은 것은 아예 존재하지 않았다. 기업들이 분쟁 상대를 소송비 청구서 더미에 파묻어 버릴 작정으로 찍어낸 서류가 가득한 상자들을 창고에서 꺼내어 이런저런 사실을 조합하는 것이 샐리의 업무였다. 알고 보니 샐리는 그 일이 전혀 적성에 맞지 않았다.

그런 샐리에게 직무 교육을 시키는 한편으로 무의미한 단순 노동의 보상도 제공할 요량으로, 회사는 샐리를 망명 신청자 대상 무료 변론 업무에 배치했다. 샐리는 소송에서 져도 업무 과실을 이유로 법무 법인에 소송을 제기할 여력이 없는 난민들을 변호하는 처지가 되었다. 회사의 진짜 고객들에게 피해를 입히지 않을 만큼 경험을 쌓을 때까지.

스스로에게 화가 나서 견디기가 힘들었다. 샐리는 마땅히 자신감을 갖고 앞에 나서야 했다. 의뢰인을 이끌어야 했다.

"변호사님, 본인 이야기를 좀 들려주시겠습니까."

장원차오의 목소리가 부드러워졌다.

"뭐라고 하셨죠?"

"우리 아빠는 이야기를 좋아해요." 비니가 말했다.

"어쩌다가 변호사가 되셨는지 말씀해 주십시오. 그래야 알 수 있으니까요. 제가 저의 이야기를 하도록 변호사님이 잘 도와주실 수 있을지, 어떨지."

이때껏 살아오는 동안 내내 샐리는 명확성을 신봉했다. 친구들이 다툴 때면 언제나 누구 편을 들어야 할지를 잘 알았다. 언제나 한쪽이 다른 쪽보다 더 옳았기 때문이었다. 비록 샐리 본인만큼 옳지는 않았지만.

열 살이던 해, 샐리는 가사 도우미인 루이자가 저녁 식탁의 남은 음식을 자기 가방에 담는 장면을 목격했다.

"부탁이야, 못 본 척 해 주렴." 루이자가 애원했다. "우리 딸한테 갖다 주려고 그래."

루이자가 보여 준 사진에는 샐리 또래의 여자아이가 찍혀 있었다. 사진 속 여자아이는 머리카락도 눈도 검었고, 카메라를 보며 웃고 있지도 않았다.

"우리 딸이 밤만 되면 배가 고파서. 너희 아빠한테는 비밀로 해 줘."

샐리가 그날 목격한 것을 고자질했을 때, 아빠는 놀라는 한편으로 슬퍼 보였다.

"만약 그 여자애가 배가 고파서 힘들어하는 걸 네가 봤다면, 네 저녁밥을 나눠 주고 싶지 않겠니?"

"당연히 그렇겠죠."

아빠는 그제야 마음이 놓인 표정이었다.

"다행이구나."

아빠는 토론이 거기서 끝났다고 생각한 모양이었다.

"루이자 아줌마한테 우리 집에 그만 오라고 하세요." 샐리가 말했다. "제가 자진해서 저녁밥을 나눠 주든 말든, 그건 중요하지 않아요. 도둑질은 잘못이니까요."

아빠는 당황한 표정이었다. 그러다가 부드러운 목소리로 샐리를 설득하려 했다.

"가끔은 뭐가 진짜로 옳은 일인지 가늠하기 힘들 때도 있어. 그럴 때면 옳다고 느끼는 쪽을 택해야 하는 거야."

"아니요, 규칙대로만 하면 언제든 뭐가 옳은지 알 수 있어요."

"저는 장 선생님의 이익을 지키기 위해 최선을 다할 거예요. 하지만 이민국 심사관은 선생님의 이야기를 근거로 옳은 결정을 내려야 해요. 그게 법이니까요."

그렇게 말하는 샐리를 보며 장원차오는 처음으로 씩 웃었다.

"변호사님은 신념이 강한 분이시군요."

"장 선생님만큼은 아니죠."

샐리는 조앤 오스틴 연방 정부 청사에서 열릴 장원차오의 면담을 꼬박 이틀 동안 준비했다. 망명 신청 서류의 내용을 한 글자도 빼놓지 않고 몇 번씩 읽은 끝에 장원차오의 사연을 사실상 머릿속으로 달달 외울 지경이었다.

샐리가 중화인민공화국의 인권 유린 및 종교 박해 실태와 자유라는 가치의 소중함에 관하여 일장 연설을 막 시작하려 할 때, 망명 심사관이 고개를 가로저으며 제지했다.

"당사자가 직접 이야기해야 합니다."

심사관은 금발의 백인 남자였고, 자기 일에 싫증이 난 사람처럼 보였다. 조마조마한 심정으로 샐리는 심사관의 표정을 살폈다. 혹시라도 장원차오가 얻을 기회의 실마리가 보일까 해서.

"시작하십시오." 심사관이 장원차오에게 말했다.

우리는 달 표면의 움푹 팬 구덩이에 숨었어. 달 사람들의 눈을 피해야 했으니까. 들키지 않으려고 가끔은 흙을 파고 들어가기도 했단다.

그러던 어느 날, 신선 중에 으뜸가는 신선인 원숭이가, 우리한테 다가온 거야.

"지금 뭘 하는 거야?" 원숭이가 물었어. "너는 사람인가, 아니면 벌레?"

"달 사람들의 눈에 띄면, 저희는 지구로 추방당할 거예요."

달 사람들은 지구에서 온 사람이 자기네 세상에 작정하고 눌러앉는 걸 좋아하지 않았어. 자기네 집의 옥 마루를 번쩍거리게 닦고 비단옷을 세탁하는 일을 기꺼이 떠맡는다고 해도 말이야. 그런 일은 달 사람이라면 아무도 안 하려고 하는데도. 달 사람들은 자기네가 보기에 어떤 식으로든 가치가 있는 사람만 지구에서 달로 초대하려고 했단다.

"아무도 네가 여기에 있는 걸 몰라. 그 말은 곧, 너는 뭐든 스스로 원하는 모습이 될 수 있다는 말이지."

그건 원숭이한테는 아무것도 아닌 일이었어. 원숭이는 이름난 승려와 도사 밑에서 도술을 배웠으니까. 원숭이는 81가지 모습으로 둔갑하는 방법을 알았고, 부처가 되기 위한 여행길에서 81가지 고난을 겪고도 이겨냈단다. 몸의 털을 한 가닥 뽑아서 무기로 바꾸는 능력도 있었고.

"누구나 제천대성(齊天大聖)님 흉내를 낼 수 있는 건 아닙니다." 나는 사정을 설명하려고 했어. "일찍이 대성께서는 옥황상제가 보낸 천병 10만을 물리치셨습니다. 산 아래에 수천 년 동안 깔려 있다가 혼자 힘으로 탈출하기도 하셨고요. 하지만 저는, 저는 그저 어린 딸을 잘 키우고 싶어서 발버둥 치는 힘없는 아비입니다.”

“웃기고 있구먼. 내가 나오는 그 많은 전설들? 그냥 다 지어낸 이야기야. 너도 네가 주인공인 이야기를 지어 보는 게 어때?”

중국에서 그리스도인으로 사는 건 힘든 일입니다. 사실상 불가능한 일이지요.

천 목사님은 여행 가방 바닥에 저희가 읽을 성서를 숨기고 그 위에 루이뷔통 가방을 잔뜩 깔아서 몰래 들여왔습니다. 세관 검사원은 여행 가방을 열어 보고 껄껄 웃고는, 지갑 몇 개를 자기 몫으로 챙기고 목사님에게 통과해도 좋다고 손짓했습니다.

──천 목사가 직접 증인 선서를 하고 작성한 사건 진술서를 제출할 수 있습니까?

아니요. 지금은 목사님께서 어디에 계신지 알지 못합니다.

어디까지 얘기했지요? 아, 그렇지요. 3년 동안 저희는, 그러니까 제 고향 산구루 마을의 신자들은, 천 목사님 댁 지하실에서 예배를 드렸습니다. 그러면서 성금을 모아 마침내 교회를 지을 돈이 생겼습니다.

공사는 힘이 닿는 데까지 저희가 직접 했습니다. 소박한 건물이었습니다. 벽은 벽돌, 바닥은 콘크리트, 목재 첨탑은 제 숙부님이 손수 깎아 만들었고, 그리스도의 생애를 몇 장면 담은 수묵화는 제 아내가 그렸습니다. 그리고 저희 모두 돌아가며 교회를 하얗게 칠했습니다. 텔레비전에서 본 미국 교회와 똑같이 보이도록, 하얗게요. 바닥은 울퉁불퉁하고 실내에 놓인 기다란 의자는 딱딱하고 소박했습니다. 그래도 그곳은 주님의 성전이었습니다.

공사를 다 마치고 저와 아내, 천 목사님을 비롯한 신도들은 다 함께 서서 교회를 바라보며, 가슴 벅찬 뿌듯함을 느꼈습니다. 아내는 태어난 지한 달도 안 된 저희 딸을 품에 안고 있었습니다. 그 애에게 나중에 하느님을 배울 장소를 보여 주었지요.

— 공사가 끝난 날짜가 정확히 언제였습니까?

그건 서류철에 있는……

— 본인이 직접 말씀하십시오. 서류를 찾지 마시고.

6년 전, 3월 15일이었습니다.

— 뒷받침할 증거가 있습니까?

서류철에 그 날짜가 기록된 사진이 들어 있습니다.

공사가 끝나고 사흘째 되던 날, 검은색 지프 세 대가 마을에 들어와 교회 앞에 멈춰 서더니, 까만 선글라스를 쓴 남자들이 차에서 뛰어내렸습니다. 마지막으로 내린 남자는 저도 아는 사람이었습니다. 저희 지역 공산당지부의 서기였습니다.

— 그 당 서기의 이름이 뭡니까?

궈자입니다. 이름을 적어서 보여 드릴 수도 있습니다.

"이게 다 뭐요?"

당 서기가 물었습니다. 하찮다는 듯이 교회를 곁눈질하면서요.

"집입니다."

천 목사님께서 대답하셨습니다. 당 서기는 검은 선글라스를 벗고 목사님을 보았습니다.

"당신이 이 사교(邪敎) 집단의 우두머리로군, 그렇지?"

목사님께서 고개를 끄덕이셨습니다. 똑바로, 당당히 서서요.

"저는 그리스도를 믿습니다."

당 서기는 껄껄 웃었고, 그의 부하들은 지프에서 해머와 쇠지레, 휘발유통을 꺼냈습니다.

천 목사님은 교회로 향하는 그 남자들의 앞을 막아섰습니다.

"중화인민공화국 헌법은 종교의 자유를 보장하⋯⋯"

패거리 중 한 명이 천 목사님의 배를 주먹으로 쳤고, 목사님은 땅에 쓰러져 숨도 제대로 쉬지 못하셨습니다. 그 남자는 더 가까이 다가와 목사님의 머리를 발로 찼습니다.

"헌법이 불법 사교 집단까지 보장해 주지는 않아."

당 서기가 말했습니다. 그의 부하들은 저희 교회에 달려들어 벽을 허물고 유리창을 깨고, 콘크리트 바닥을 부수고 온 사방에 휘발유를 끼얹었습니다. 한 명은 제 아내가 그린 그리스도의 수묵화로 다가가 갈기갈기 찢어버렸습니다.

"안 돼요!"

아내가 외쳤습니다. 그러더니 이웃 사람에게 아기를 맡기고는, 휘발유통을 든 남자의 등에 올라타 그자의 눈을 뽑을 기세로 매달려 바둥거렸습니다. 그자는 비명을 지르며 제 아내를 팽개치더니, 돌아서서 군홧발로 아내의 배를 짓밟았습니다. 아내는 컥컥거리다가 축 늘어졌습니다.

서류철에 아내의 사망 확인서가 들어 있습니다.

저는 그때 정신이 나가서 그들에게 달려들었습니다. 누군가가 저를 주먹으로 갈겼고, 뒤이어 나머지 패거리가 모조리 제게 달려들었습니다. 몹시 고통스러웠다는 것만 기억날 뿐, 그다음은 아무것도 떠오르지가 않습니다.

깨어나 보니 읍내 병원이었습니다. 갈비뼈가 여섯 대 골절되고 양다리와 한쪽 팔도 부러졌고, 기흉에 뇌진탕까지 일어났습니다.

──방금 한 이야기를 뒷받침할 증거가 하나라도 있습니까? 치료비 영수증은요? 진단서라도?

아니요. 그런 건 아무것도 없습니다.

──현지 병원에서 발급받을 수는 있나요?

그 병원은 지역 정부가 운영합니다. 병원에 증거를 달라고 하면 비웃으며 저를 정신 병동에 감금할 겁니다.

──조금이라도 증거를 제시하셔야 합니다.

제 흉터를 보여 드리겠습니다. 자, 셔츠를 걷겠습니다.

샐리 씨, 괜찮으세요? 별거 아닙니다. 지금은 다 나았어요.

──됐습니다. 셔츠를 내리세요. 그 흉터에는 날짜가 적혀 있지 않군요. 증거로서 효력이 없습니다.

"야근해?"

조든 캐머런이 샐리의 사무실 문틈으로 고개를 들이밀었다. 캐머런은 젊은 변호사들에게 못되게 굴지 않아서 평판이 좋은 임원 변호사였다.

"무료 변론 때문에요. 이번 주에 심리가 한 번 더 잡혔어요."

"망명 건?"

캐머런이 묻자 샐리는 고개를 끄덕였다.

캐머런은 사무실로 들어와 책상 맞은편에 앉았다.

"내가 한번 볼까?"

샐리가 서류철을 앞으로 슥 밀었다. 캐머런은 서류를 휙휙 넘기면서도 꼼꼼하게 훑어보았다. 표정은 조금도 변하지 않았다.

"어떤 것 같아요?"

샐리가 물었다. 긴장해서 침을 꿀꺽 삼키며. 캐머런은 낸들 아냐는 듯이 어깨를 으쓱했다.

"뻔한 이야기네. 꽤 잘 지어내긴 했는데, 걸작 수준은 아니야. 자네 힘으로 할 만한 건 별로 없어. 너무 스트레스받지 마."

캐머런은 샐리의 표정을 보고 한숨을 쉬었다.

"아프리카 출신들 같은 경우는, 남자들은 모두 제노사이드를 피해 도망 왔다고 하고, 여자들은 군인한테 겁탈당하거나 성기 절제를 당할 뻔했다고 하지. 중앙아메리카에서 온 사람들은 하나같이 경찰하고 결탁한 폭력 조직을 피해 도망 왔다고 하고. 중국에서 온 경우는, 여자들은 다들 정부에 임신 중절을 강요당했다고 하고, 남자들은 누구나 크리스천 아니면 반체제 운동가야."

"여기 적힌 일들은 실제로 일어났어요." 샐리는 너무 화가 나서 자신이 목소리를 높이는 상대가 임원인 것도 잊고 말았다. "그냥 지어낸 이야기가 아니라고요."

"그래, 어떤 사람한테는 실제로 일어난 일이지. 하지만 자네 의뢰인이 그런 사람이라는 보장은 없잖아."

샐리는 나중에 후회할 말이 나오지 않도록 입술을 깨물었다.

캐머런이 의자에서 일어섰다.

"퇴근해, 샐리. 망명 신청자들은 누구나 거짓말을 하게 마련이야. 그 사람들의 사연을 너무 자세히 검증해 봤자 득 될 건 없어. 실제로 끔찍한 일을 당한 사람조차도 경제적 목적의 이민 신청자들하고 자기 사연을 무기로 비자 경쟁을 벌여야 하는데, 경제 이민 신청자들은 추방당하는 사태를 피하려고 거짓말도 불사해. 그렇다 보니 망명 신청자는 자기 사연에 더 끔찍한 세부 사항을 추가해서 우리가 좋아하겠다 싶은 이야기로 가공하고, 우리는 그 이야기를 믿어. 왜냐면 그 사람들의 사연은 이 나라가 다른 나라들보다 얼마나 질서 있고, 안전하고, 더 행복한지 확인시켜 주니까. 우리가 아직 특별하다고 확인시켜 주는 증거란 말이야."

샐리는 지피에스 내비게이션에 떠 있는 조그만 점을 불안한 눈으로 확인하며 도로를 따라 운전했다.

차가 멈춰 선 곳은 하루라도 빨리 새로 페인트칠을 해야 할 오래된 3층 건물 앞이었다.

초인종을 눌러 봐도 나오는 사람은 없었지만, 문에 귀를 대어 보니 안쪽에서 두런거리는 목소리가 들렸다. 샐리는 문손잡이를 돌려 보았다. 삐걱거리는 소리와 함께 손잡이가 돌아가고 문이 열렸다.

1층에 있는 셋집 한 곳의 현관문이 열려 있었고, 그 문을 통해 보이는 거실은 한복판에 종이 상자가 한 무더기 쌓여 있고 그 주위로 중국계 사람들이 둥그렇게 모여 앉아 있었다. 얼룩지고 너덜너덜한 소파에, 철제 접이식 의자에, 맨바닥에.

오가는 대화 가운데 일부는 영어였다. 토막토막 끊어진 그 말들이 샐리의 귀를 파고들었다.

— ……날짜를 잘 외워야 돼……

— ……그자가 공산당이었다고 하세요. 여기 사람들은 그런 이야기를 좋아하니까……

— ……낙태 한 번은 너무 적어, 세 번은 당했다고 해야……

대화하는 소리가 하나둘 잦아들었다. 모여 앉은 사람들이 고개를 돌려 샐리를 보았다.

사람들 중 여럿이 손에 들고 있는, 종이로 불룩한 서류철이 샐리의 눈에 띄었다. 모양도 색도 눈에 익은 서류철이었다.

사람들 뒤편에서 장원차오가 일어서더니, 말없이 샐리의 팔꿈치를 잡았다. 둘은 바깥으로 나갔다. 등 뒤의 문은 닫고서.

"그 이야기들이 사실이 아니란 말씀입니까?"

내가 물었어. 원숭이는, 어떤 경우에도 무릎 꿇는 법을 몰랐던 반골이자 언제나 싸움을 찾아 세상을 떠돌았던 그 모험가는, 껄껄 웃었단다. 우렁차게, 한참 동안, 여름 매미의 울음소리처럼 말이야. 지평선 멀리 옥 정자에 있던 달 사람들이 우리 쪽을 보고 인상을 찌푸리더구나.

"어렸을 때 저는, 대성의 전설 덕분에 장차 무슨 일이든 할 수 있을 거라 믿었습니다. 제 딸한테도 대성의 이야기를 들려주려고 했습니다. 딸도 저처럼 희망을 품을 수 있게요." 나는 강보에 꽁꽁 싸인 채 잠든 너를 원숭이에게 보여 줬어. "그런데 이제 와서 그 이야기들이 거짓말이라고 하시다니."

"거짓말이라고는 안 했는데. 이야기란 건 말이지, 어떤 이야기든 간에, 네가 진실이라고 믿을 때에만 진실인 법이야."

"무슨 말씀인지 모르겠습니다."

"저 달 사람들을 봐."

원숭이가 말했어. 저 멀리 조그맣게 보이는, 아름답게 차려입고 재스민차를 마시며 시를 읊는 달 사람들을 가리키며.

"저들은 자기네가 봉래산(蓬萊山)에 살던 신선과 서역(西域)에 살던 도사의 후손이라고 하지. 저들이 자기네 시와 예술품, 이 행복한 땅을 얼마나 자랑스러워하는지 한번 보란 말이야."

"저 사람들은 실제로 특별한데요."

"자기네가 특별하다고 믿기 때문에 그런 거야."

나는 원숭이를 가만히 봤단다. 무슨 말인지 몰라서.

"저들이 이 달에 어떻게 왔을 것 같아?"

나는 알 길이 없어서 고개만 저었단다. 원숭이는 다시금 껄껄 웃었어.

"너는 저 회화나무를 처음으로 올라온 인간이 아니야. 마지막도 아닐 테고. 자기 이야기를 남한테 들려주는 인간도 네가 처음은 아니지, 물론 마지막일 리도 없고. 자, 달에 온 걸 환영한다. 이곳은 사기꾼과 재담꾼, 협잡꾼, 몽상가, 거짓말쟁이들의 땅이야. 달이 이토록 멋진 곳이 된 건 바로 너 같은 자들 덕분이라고."

그러고 나서 원숭이는 고갯짓으로 너를 가리켰어. 그때까지도 내 품에 잠들어 있던 너를.

"그 아이가 진실로 믿고 받아들이는 날에, 너의 이야기는 비로소 진실이 될 거다."

"우리는 서로 돕고 있습니다."

"거짓말을 더 잘하라고 돕는 거겠죠!" 샐리는 화가 나서 이성을 잃을 것만 같았다. "사람이 어떻게 이래요?"

둘은 함께 앉아 있었다. 나란히, 조그만 공원의 벤치에. 장원차오가 샐리 쪽으로 고개를 돌렸다.

"우리는 그저 규칙대로 하려고 애쓰는 것뿐입니다. 사람은 누구나 자신만의 이야기가 있습니다. 하지만 당신들이 듣고 싶은 이야기는 정해져 있지요."

"나는 진실이 듣고 싶어요!"

장원차오는 껄껄 웃었다. 웃음소리는 여름 매미의 울음소리처럼 우렁차게 한참 동안 이어졌다. 근처의 나무에 앉아 있던 참새들이 그 소리에 놀라 파드닥 날개를 쳤다.

"듣고 싶은 게 있으면 물어보십시오."

"진짜 크리스천이긴 한 거예요?"

"아니요."

샐리는 눈을 감았다. 캐머런이 옳았다고 인정해야 하는 것이 무엇보다 끔찍했다.

"아내 분의 사망 확인서는 진짠가요?"

"예."

"예, 아니요로 대답하지 마세요. 진짜로 일어난 일을 얘기해 달라고요."

"그게 뭐가 중요합니까? 어차피 이제는 제 변호도 안 하실 거잖습니까."

"나한테는 중요해요."

장원차오는 손에 쥔 담배를 한 모금 빨았다.

"변호사님께 보여 드린 교회 사진은 진짭니다. 단지 교회가 아니었을 뿐이지요. 그 건물은 제가 아내와 갓 태어난 딸과 함께 살려고 지은 집이었습니다."

샐리는 도무지 영문을 알 수 없어 고개만 절레절레 흔들었다.

"저는 미국 영화에서 본 조그마한 교회가 늘 마음에 들었습니다. 정말로 안전하고 깨끗해 보였거든요. 그래서 생각했지요. '저거랑 똑같이 생긴 집을 지으면 되잖아?'

그런데 타이완의 어느 부동산 개발업자가 새 공장 부지로 삼으려고 저희 집이 있는 땅에 눈독을 들이는 바람에, 당 서기가 저를 찾아와 떠나라고 했습니다. 저는 거절했습니다. 당 서기는 애초에 그 땅은 제 것이 아니라고 했습니다. 땅은 언제나 인민의 것이었고, 자신은 인민을 대신해 말하는 거라더군요.

제가 들려 드린 이야기의 나머지 부분은 다 진실입니다. 그자들은 저희 집을 때려 부쉈고, 제 아내를 죽였습니다. 제가 보여 드린 흉터들도 진짭니다. 병원에서 퇴원한 후에 법원을 찾아갔더니, 판사가 제 면전에서 비웃으며 저를 구치소에 처넣었습니다. 석 달 동안 갇혔다가 풀려난 후에는 베이징에 올라가 정의를 실현해 달라고 청원했습니다. 당국은 저를 체포해서 고향 마을로 다시 끌고 와 정신 병원에 처넣고는, 저한테 약을 잔뜩 주사했습니다. 저는 병원을 탈출해서 다시 베이징으로 향했지만, 두 번째 갔을 때에는 전 재산을 탈탈 털어 딸과 함께 여기까지 올 비행기 표를 샀습니다. 그게 제 이야기입니다."

"그것만으로도 참혹하잖아요. 왜 나한테 솔직히 말하지 않았어요? 박해를 받은 건 사실인데."

"하지만 '인종과 종교, 국적, 특정 사회 집단의 구성원인 신분, 정치적 견해 등'이 사유인 건 아니지요." 장원차오는 자기가 들었던 말을 인용하고 나서 담배를 길게 한 모금 빨았다. "저는 아무도 빼앗아가지 못할 집이 한 채 있어야 한다고 믿었습니다, 그게 답니다. 세상은 참혹한 이야기로 가득하지만, 법은 그중 일부만 들을 가치가 있는 것으로 여기더군요."

루이자가 해고되고 1년쯤 지난 어느 날, 샐리는 시내에 갔다가 버스를 기다리는 루이자를 목격했다. 루이자는 전보다 더 나이 들어 보였고, 더 피곤해 보였다. 입고 있던 옷은 지저분하고 주름투성이였다.

샐리는 다가가서 인사를 하지도, 딸의 안부나 새 일자리에 관해 묻지도 않았다. 루이자를 외면하고 그냥 가던 길을 갔다.

"어쩔 작정이십니까?"

장원차오가 물었다. 운전석에 앉은 샐리는 차창 너머로 그를 마주 보았다.

"아직 모르겠어요."

그렇게 대답하고 나서, 샐리는 자신이 따라야 할 온갖 규칙들을 떠올렸다. 이민법, 변호사 윤리 장전, 번지르르한 말로 가득한 법조인의 직업적 의무 같은 것들을. 규칙을 따르는 일은 언제든 할 수 있었다.

"이제 들어가요." 비니가 아빠의 손을 잡고 차에서 멀어지며 말했다. "그 원숭이 나오는 이야기 끝까지 들려주세요."

몇 걸음 더 걷다가, 비니는 돌아서서 샐리에게 손을 흔들었다.

"나중에 크면요, 나도 언니처럼 되고 싶어요. 이야기를 해서 먹고 사는 사람요."

샐리는 두 사람이 길모퉁이를 돌아 사라질 때까지 가만히 앉아서 그들을 지켜보았다.

모든 맛을 한 그릇에

— 군신 관우의 아메리카 정착기

All The Flavors: A Tale of Guan Yu,
the Chinese God of War, in America

인생이란 모름지기 실험이다.
— 랠프 월도 에머슨

미국인의 한평생은 한 판 노름이나 한 차례 혁명,
또는 하루 동안의 전투처럼 지나간다.
— 알렉시스 드 토크빌

아이다호시티

이인조 강도 '미주리 보이스'가 아이다호시티에 숨어든 때는 새벽 4시 30분경. 그때는 사방이 아직 어둠에 덮여 있었고 창가에 불빛이 보이는 건물은 '이사벨의 조이 클럽'뿐이었다.

오비와 크릭은 곧장 '서스티 피시' 주점으로 향했다. 그 전날에 주인인 제이 제이 켈리가 스미스 앤드 웨슨 리볼버로 오비와 크릭을 쫓아낸 주점이었다. 힘도 들이지 않고 소리도 없이, 오비와 크릭은 서스티 피시의 문 자물쇠를 부수고 재빨리 안으로 들어갔다.

"그 쪼그만 아일랜드 놈한테 따끔한 맛을 보여 주겠어."

크릭이 나지막이 뇌까렸다. 불콰하게 취한 크릭의 눈에 또렷이 보이는 것은 오로지 전날 낮의 한 장면뿐이었다. 땅꼬마 켈리가 총을 뽑아 들고 자신을 향해 다가오는 모습, 그리고 그 뒤에서 조롱하는 손님들의 모습이었다. 한 번만 더 아이다호시티에 얼씬거리면 새로 판 뒷간 구덩이에 너희 두 놈을 파묻어 주마.

술기운에 다리가 살짝 휘청거렸지만, 크릭은 켈리 가족이 사는 위층을 향해 계단을 살금살금 올라갔다. 한 손에 쇠지레를 들고서.

크릭보다 덜 취했던 오비는 자신의 실수를 바로잡으려고 곧장 바 안쪽으로 뛰어들어 술을 퍼마시기 시작했다. 그렇게 주위의 선반에서 크기와 색깔이 갖가지인 술병을 잡히는 대로 거머쥐고 한 모금씩 맛을 보고 나서는, 병을 계산대에 내려치거나 바닥에 던져서 박살내 버렸다. 도수 높은 술이 사방으로 흘러 바닥과 가구에 스몄다.

여자의 비명 소리가 위층의 어둠을 찢고 울려 퍼졌다. 오비는 화들짝 놀라 리볼버를 뽑아 들었다. 위층으로 뛰어 올라가 친구를 도울 것인가, 아니면 붙잡히기 전에 문을 박차고 나가 거리를 내달려 숲으로 숨어들 것인가. 오비는 계단 발치에 서서 망설였다. 위층에서는 이제 기척을 감출 생각도 없이 쿵쾅거리는 발소리가, 뒤이어 무언가 묵직하면서도 부드러운 것이 바닥에 쓰러지는 소리가 들려왔다. 오비는 욕을 내뱉으며 펄쩍 물러나서는, 큼직하고 지저분한 두 손으로 방금 천장에서 떨어져 눈에 들어간 먼지 덩어리를 닦아 내느라 끙끙댔다. 흐릿한 비명과 욕설이 조금 더 들려오더니, 이윽고 쥐 죽은 듯 조용해졌다.

"유후!"

크릭이 위층 계단 입구에 나타났다. 높이 쳐든 램프의 불빛 속에 흐뭇한 웃음으로 물든 얼굴이 훤히 드러났다.

"걸레 좀 가져와. 이 쓰레기 구덩이를 다 태워 버리게."

아이다호시티 주민 7000명이 1865년 5월 18일의 대화재로 인한 손해를 다 집계했을 무렵, 이미 웰스파고 역마차 길을 따라 몇 킬로 미터나 달아난 미주리 보이스는 전날 밤 폭음을 하고 부리나케 말을 달리느라 쌓인 두통을 떨치기 위해 늘어지게 자는 중이었다. 아이다호시티는 신문사 한 곳과 극장 두 곳, 사진관 두 곳, 우체국 세 곳, 식당 네 군데, 양조장 네 곳, 약국 네 곳, 식료품점 다섯 곳, 철물점 여섯 곳, 푸줏간 일곱 군데, 빵집 일곱 곳, 호텔 여덟 채, 진료소 열두 곳, 변호사 사무실 스물두 곳, 술집 스물네 곳, 잡화점 서른여섯 곳을 잃었다.

그러한 까닭에 이로부터 몇 주 후, 우스꽝스럽게 생긴 대나무 멜대에 봇짐을 묶어 어깨에 걸치고 주머니 안감에는 군침 도는 현금을 꿰매어 감춘 지치고 수척한 중국인 남자들이 아이다호시티에 나타났을 때, 주민들은 하마터면 그들에게 환영 파티를 열어 줄 뻔했다. 주민들은 너 나 할 것 없이 중국인 남자들과 그들이 지닌 돈을 분리하는 작업에 착수했다.

릴리의 어머니 엘지 시버는 거의 매일 밤 릴리 아버지를 상대로 중국인 남자들에 관한 불평을 늘어놓았다.

"새디어스, 저 이교도들한테 가서 조용히 좀 하라고 말해 줄래요? 너무 시끄러워서 생각을 할 수가 없어요."

"엘지, 일주일에 14달러를 집세로 내는 사람들이라면 하루에 몇 시간쯤은 전통 음악을 즐길 자격이 있지 않을까."

시버 일가의 가게는 몇 주 전 화재로 무너져 내린 건물 가운데 한 채였다. 릴리의 아버지 새디어스(본인은 '잭'이라고 불리기를 더 좋아했지만) 시버는 여태 재건 공사에 여념이 없었다. 중국인 남자들이 내는 집세가 요긴하다는 것은 남편뿐 아니라 엘지도 아는 바였다. 엘지는 별수 없다는 듯 한숨을 쉬고 귀에 솜을 끼운 다음, 바느질거리를 들고 부엌으로 향했다.

릴리는 중국인들의 음악이 외려 마음에 들었다. 사실 소리가 시끄럽기는 했다. 공(gong)과 심벌즈, 짝짜기, 북 등이 어우러져 만드는 요란한 소음을 듣다 보면 그 리듬에 심장 박동을 맞추고 싶어졌다. 현이 두 줄뿐인 중국식 바이올린의 울음소리는 어찌나 가늘고 순수하던지, 릴리는 그 소리를 듣고 있으면 몸이 공중에 둥둥 뜨는 것만 같았다. 그러다 보면 이윽고 어둑해진 저녁놀 속에서, 얼굴이 불그스름하고 덩치가 커다란 중국인 남자가 거리에 나와 앉아 세 줄짜리 류트로 구슬픈 가락을 연주하며 노래를 불렀고, 다른 중국인들은 그의 주위에 둥그렇게 둘러앉아 조용히 그 노래에 귀를 기울이며, 웃는 표정과 시무룩한 표정을 번갈아 짓곤 했다. 그 남자는 키가 180센티미터가 넘었고 까만 턱수염은 가슴까지 덮을 만큼 길고 텁수룩했다. 릴리는 동포 한 사람 한 사람을 돌아보는 그 남자의 가늘고 기다란 눈이 거대한 독수리의 눈 같다고 생각했다. 중국인 남자들은 이따금 왁자한 웃음을 터뜨리고는, 시종 빙그레 웃으며 노래하는 그 붉은 얼굴 거한의 등을 철썩철썩 두드리곤 했다.

"저 사람이 뭐라고 노래하는 걸까요?" 포치에 있던 릴리가 어머니에게 물었다.

"틀림없이 미개한 자기네 고향의 입에 담지도 못할 부도덕한 짓들에 관한 거겠지. 아편굴이나 노래를 파는 여자들 같은. 어서 문 닫고 이리 들어와. 바느질은 다 했니?"

릴리는 창가에서 중국인들을 계속 지켜보며 그들의 노래가 무슨 뜻인지 알아들을 수 있으면 좋겠다고 생각했다. 릴리는 그들의 음악 때문에 어머니가 생각을 할 수 없어서 기뻤다. 이는 곧 어머니가 릴리에게 시킬 잡일을 떠올리지 못한다는 뜻이었으므로.

릴리 아버지는 중국인 남자들이 만드는 요리가 더 마음에 걸렸다. 그들은 요리하는 소리 또한 요란해서, 기름이 끓으며 내는 지글거리고 지지직거리는 소리와 네모난 식칼이 도마를 치는 통 통 통 소리 역시 또 한 가지 음악이었다. 한편 그들의 요리는 냄새 또한 야단스러워서, 길 저편에서부터 흘러와 열린 문으로 스며드는 연기는 뭔지 모를 양념과 이름 모를 채소의 매콤한 냄새로 릴리의 배에서 꼬르륵 소리를 연주했다.

"저기서 도대체 뭘 만드는 걸까? 오이에서 저런 냄새가 날 리는 없는데."

릴리 아버지는 누구에게랄 것 없이 질문을 중얼거렸다. 릴리가 돌아본 아버지는 입맛을 다시고 있었다.

"가서 물어보면 되죠."

"하! 꿈도 꾸지 마라. 중국 놈들은 너 같은 크리스천 여자애를 보면 신이 나서 토막을 쳐 가지고 저 커다란 프라이팬에 볶아 먹을 게 뻔해. 저놈들한테 가까이 가면 안 된다, 알았지?"

릴리는 중국 남자들이 자신을 잡아먹을 거라고는 믿지 않았다.

그들은 꽤 친근해 보였다. 그리고 여자애를 잡아먹어서 영양을 보충할 생각이라면 뭐 하러 굳이 집 뒤편에 채소밭을 일궈 놓고 하루 종일 가꾸겠는가?

중국 남자들은 알 수 없는 구석이 한둘이 아니었는데 그중에서도 가장 큰 수수께끼는, 그토록 좁은 셋집에 어떻게 그 많은 사람이 다 들어가서 살까 하는 것이었다. 다 합쳐 스물일곱 명인 중국 사내들은 플래서 스트리트에 늘어선 판잣집 다섯 채를 빌려 지냈다. 그중 두 채는 릴리 아버지인 잭 시버 소유였고 세 채는 케넌 씨 소유였는데, 대화재로 자기 은행이 불타 버린 케넌 씨는 식구들을 동부로 돌려보낼 참이었다. 판잣집은 앞쪽에 부엌을 겸한 거실이 있고 뒤쪽에 침실 한 칸이 딸린 소박한 단층 건물이었다. 측면 길이가 3.6미터에 전면 폭이 9미터인 그 작은 집들은 얄따란 판자로 지은 것이었고, 앞쪽 포치는 너무 다닥다닥 붙어서 그 자체로 차양 덮인 보도를 이루었다.

과거에 잭 시버에게서 집을 빌린 백인 광부들은 혼자 살거나 기껏해야 동료 한 명과 함께 지냈다. 반면에 중국 남자들은 한 집에 대여섯 명이 같이 살았다. 중국인들이 돈을 더 펑펑 쓰리라고 기대했던 아이다호시티 주민들은 이처럼 검박한 그들의 씀씀이에 더러 실망하기도 했다. 중국 남자들은 먼젓번 세입자들이 두고 간 식탁과 의자를 해체한 다음 그 목재를 침실 벽에 붙여 침상을 만들었고, 거실 바닥에도 매트리스를 깔았다. 선배 세입자들이 남긴 것 중에는 에이브러햄 링컨 대통령과 남부군 총사령관 로버트 리 장군의 사진도 있었다. 중국 남자들은 그 사진은 건드리지 않았다.

"로건이 그러는데 자긴 그 사진이 마음에 든다더구나."

저녁 식탁에서 잭 시버가 꺼낸 말이었다.

"로건이 누군데요?"

"체격이 좋고 얼굴이 벌건 중국 남자 말이야. 리 장군이 누군지 물어보길래, 지는 편에서 싸우긴 했지만 용감하고 충성스러워서 지금도 존경받는 명장이라고 얘기해 줬지. 그 말을 듣고 감동한 눈치더구나. 아, 리 장군의 수염도 마음에 든다더라."

릴리는 피아노 뒤에 숨어서 아버지와 그 중국 남자가 나눈 대화를 엿들었다. 릴리에게는 그 남자의 이름이 결코 '로건'으로 들리지 않았다. 릴리는 전에 다른 중국 사내들이 그 남자를 부르는 소리를 들은 적이 있었고, 그때 그 사내들이 부른 이름은 '라오관'과 비슷하게 들렸다.

"진짜 별난 사람들이야, 저 '천상(天上) 민족(중국을 가리키는 말 '천조 (天朝, Celestial Empire)'에서 유래한 영어 단어 'Celestial'은 과거 미국에서 중국인을 가리키는 속칭으로 쓰였다. ― 옮긴이)'은. 난 그 로건이라는 남자 무섭더라. 세상에, 무슨 손이 그렇게 크담! 사람 죽인 적이 있는 손이야, 틀림없어. 새디어스, 우리 다른 세입자를 구하는 게 좋겠어요."

릴리 어머니 엘지의 말이었다. 남편을 '새디어스'로 부르는 사람은 릴리 어머니뿐이었다. 다른 모두에게 그는 '시버 씨' 아니면 '잭'이었다. 릴리는 한 사람이 여러 이름으로 불리는 이곳 서부의 현실에 익숙했다. 어쨌거나 은행에서는 모두가 은행장을 '케넌' 씨로 불렀지만, 안 보이는 곳에서는 그를 '샤일록'으로 불렀던 것이다. 그리고 릴리 어머니는 딸을 '릴리언'이라는 이름으로 불렀지만, 아버지는 언제나 '금덩이'로 불렀다. 보아하니 그 중국인 거한은 이 집에서 '로건'이라는 새 이름을 얻은 모양이었다.

"우리 예쁜이, 아빠한테는 네가 금덩이란다."

릴리 아버지는 매일 아침 가게로 출근하기 전에 딸에게 그렇게 말했다.

"애한테 바람 좀 넣지 말라니까요."

릴리 어머니가 부엌에서 하는 말이었다.

때는 바야흐로 황금 채굴의 절정기였기에, 중국 남자들은 자리를 잡기가 무섭게 금을 찾아 돌아다녔다. 그들은 날이 밝자마자 헐렁한 셔츠와 펑퍼짐한 바지를 입고 집을 나섰다. 길게 땋은 뒷머리가 챙이 넓은 밀짚모자 아래로 늘어져 대롱거렸다. 나이든 남자 몇 명은 집에 남아 채소밭을 가꾸거나 빨래와 요리를 했다.

릴리는 낮 시간 동안 거의 내내 혼자 지냈다. 어머니는 장을 보러 가거나 집안일로 바빴고, 아버지는 새 가게를 짓는 공사장에 가서 일했기 때문이었다. 릴리 아버지 잭은 새 가게 한쪽에 자리를 만들어 놓고 샌프란시스코에서 송화단과 절인 채소, 건두부, 향신료, 간장, 여주 따위를 들여와 중국인 광부들에게 팔려고 궁리하는 중이었다.

"엘지, 이제 곧 저 중국인들이 사금을 수레로 실어 나를 거야. 난 때가 오면 그 금을 챙기려고 준비하는 중이고."

엘지는 남편의 계획이 탐탁지 않았다. 중국인들의 이상한 식재료에서 풍기는 냄새가 남편 가게의 온갖 물건에 밸 거라고 생각하면 속이 메스꺼웠다. 그러나 새디어스의 머리에 일단 무슨 생각이 자리를 틀면 말싸움도 헛수고라는 것은 다들 아는 사실이었다. 어쨌거나 그는 교사로 일하며 남부러울 것 없이 지내던 하트퍼드에서 아내와 딸을 데리고 집 기둥뿌리까지 뽑아 이 먼 서부까지 이주한 장본인이었던 것이다. 오로지 아무도 그들을 모르고 그들 역시 아무도 모르는 서부에서라면 세 식구가 훨씬 더 오순도순 잘 살 거라는 확신만으로.

그때는 엘지의 아버지조차 사위의 마음을 돌리지 못했다. 장인은 새디어스에게 보스턴으로 옮겨와 자기 법률사무소에서 일해 달라고 부탁했다. 그곳 경기가 좋으니 도와줄 사람이 필요하다면서. 엘지는 비컨힐 지구의 수많은 상점과 화려한 옷들을 떠올리고 반색했다.

"말씀은 감사합니다만, 저는 변호사감은 아닌 것 같습니다."

새디어스가 장인에게 그렇게 말한 후에, 엘지는 차와 갓 구운 오트밀 쿠키를 앞에 놓고 몇 시간 동안이나 아버지를 달랬다. 딸이 그렇게까지 했건만, 장인은 이튿날 아침 보스턴으로 돌아가면서 사위에게 작별 인사도 건네지 않았다.

"저 녀석 아버지랑 친구가 됐던 그날이 저주스럽구나."

아버지가 중얼거린 말은 엘지가 못 들은 척하기에 너무 컸다.

나중에 새디어스는 아내에게 말했다.

"난 이곳 하트퍼드가 지긋지긋해. 아무리 둘러봐도 뭔가 이룬 사람이 한 명도 없잖아. 여기 사람들은 자기 아버지가 일으킨 일을 물려받아서 똑같이 해 나가는 게 고작이야. 이 나라는 원래 세대가 바뀌면 짐을 싸서 새로운 땅을 찾아 떠나는 곳 아니었어? 내 생각엔 우리도 떠나서 우리만의 삶을 시작해야 해. 이름도 내 마음에 드는 걸로 고칠 수 있다고. 그러면 재밌을 것 같지 않아?"

엘지는 자기 이름에 불만이 없었다. 그러나 새디어스는 달랐다. 이것이 그가 결국 '잭'이 된 사연이었다.

"난 전부터 항상 '잭'이 되고 싶었어."

잭이 아내에게 한 말이었다. 이름이 무슨 셔츠처럼 입었다 벗었다 할 수 있는 것인 양. 엘지는 남편을 새 이름으로 부르기를 거부했다.

언젠가 딸 릴리와 단둘이 있을 때, 엘지는 딸에게 일이 이렇게 된건 다 남북전쟁 탓이라고 했다.

"네 아버진 전쟁터에 나간 지 하루도 안 돼서 등에 반란군의 총을 맞았단다. 그 바람에 여덟 달 동안이나 자리에 누워 있었으니 저렇게 안 되고 배기겠니. 머릿속에 온갖 이상한 생각이 아주 단단히 들어차서, 천사가 나타나도 그 고집은 못 꺾을 거야."

가족이 이곳 아이다호까지 온 것이 반란군 탓이라면, 릴리가 보기에 남부 사람들은 그리 지독한 악당은 아닌 것 같았다.

릴리는 집에 있으면 어머니가 항상 뭔가 시킬 일을 찾아낸다는 사실을 고된 경험을 통해 깨달았다. 다음 학기 개학 때까지 릴리에게 최선의 길은 아침에 기회가 보이면 곧장 집을 나가서 저녁때까지 돌아오지 않는 것이었다.

릴리는 마을 바깥의 산을 돌아다니는 것이 좋았다. 한낮의 따가운 햇살은 숲에 무성한 홍송(紅松)과 단풍나무와 잣나무가 가려 주었다. 점심으로는 빵과 치즈를 조금 챙겨갔고, 물은 곳곳에 흐르는 개울에서 떠 마시면 그만이었다. 릴리는 벌레들이 갖가지 동물 모양으로 갉아먹은 나뭇잎을 주워 모으며 시간을 보냈다. 그러다 질리면 개울에 들어가 참방참방 걸으며 땀을 식혔다. 개울물에 발을 담그기 전, 릴리는 먼저 드레스의 뒤쪽 아랫단을 다리 사이로 잡고 위로 올려 허리끈에 쑤셔 넣었다. 치마를 바지로 바꾸는 모습을 어머니가 못 봐서 다행이었다. 그래도 그렇게 하면 개울의 진흙 바닥을 걷기가 더 수월했고, 치마도 물에 젖지 않았다.

릴리는 개울의 얕은 가장자리를 따라 참방거리며 하류 쪽으로 내려갔다. 날이 더운 정도를 넘어 슬슬 후덥지근해지자 물을 조금 떠서 목과 이마에 뿌렸다. 나무 위의 새 둥우리와 진흙에 남은 너구리 발자국을 찾아보기도 했다. 언제까지라도 그렇게 걸을 수 있을 것만 같았다. 혼자서, 딱히 할 일이라고는 아무것도 없이, 시원한 물에 발을 담그고 등에 내리쬐는 따뜻한 볕을 느끼며, 마음이 내키면 언제든 맛나고 든든한 점심을 먹을 수 있고 나중에는 더 맛난 저녁이 기다린다는 생각을 품은 채로.

개울의 굽이 너머에서 남자들의 노랫소리가 어렴풋이 들려왔다. 릴리는 우뚝 멈춰 섰다. 어쩌면, 지금 서 있는 곳에서 조금만 더 내려가면, 사금을 채취하는 광부들의 야영지가 나올지도 몰랐다. 재미난 구경거리일 듯싶었다.

릴리는 개울가로 올라가 숲으로 들어섰다. 노랫소리가 더 크게 들렸다. 무슨 말인지는 하나도 알아들을 수 없었지만, 가락으로 미루어 보아 릴리가 아는 노래는 결코 아니었다.

수풀 사이를 조심조심 헤치며 릴리는 나아갔다. 그늘은 더욱 짙어졌고, 얼굴의 땀과 물기는 산들바람이 금세 말려 주었다. 가슴이 점점 더 빠르게 두근거렸다. 이제 노랫소리는 더 또렷하게 들려왔다. 목소리가 중후한 남자 한 명이 알 수 없는 말로 노래하고 있었다. 노랫말을 실은 가락의 기묘한 형태에서 중국인들이 연주하던 악기의 음색이 떠올랐다. 뒤이어 다른 남자들이 화답하듯 합창했다. 느리고 긴 리듬으로 보아 그 노래는 노동요, 고되게 반복되는 호흡과 고동이 낳은 노랫말과 가락이었다.

숲 가장자리에 도착한 릴리는 굵직한 단풍나무 뒤에 몸을 숨긴 채, 개울가에서 노래하는 남자들을 빠끔히 훔쳐보았다.

다만 개울은 어디에도 보이지 않았다.

이 굽이가 훌륭한 사금 채취장인 것을 알고 나서, 중국인들은 둑을 쌓아 개울의 물길을 틀었다. 개울물이 흐르던 자리는 광부 대여섯 명이 곡괭이와 삽으로 파 내려가서 기반암이 드러나 있었다. 다른 광부들은 이미 판 구덩이 사이에서 금이 섞인 모래와 자갈을 캐는 중이었다. 다들 따가운 볕을 막으려고 머리에 밀짚모자를 쓰고 있었다. 앞서 독창을 하던 남자는 알고 보니 로건이었다. 얼굴이 벌건 그 중국 사내는 일하는 동안 거치적거리지 않도록 텁수룩한 수염을 길게 접은 손수건으로 묶은 다음, 손수건 꽁지는 셔츠 속에 넣은 모양새였다. 그는 우렁찬 목소리로 노래 한 자락을 뽑을 때마다 삽에 몸을 기댄 채 가만히 서서 움직이지 않았고, 그럴 때면 수염 주머니는 주인이 부르는 노래의 가락에 맞추어 수탉의 육수처럼 흔들거렸다. 릴리는 하마터면 키득키득 소리를 내며 웃을 뻔했다.

커다란 총성이 부산한 소음과 움직임을 꿰뚫고 말라붙은 개울바닥 주위에 메아리쳤다. 노랫소리는 그쳤고, 광부들도 모두 제자리에서 움직임을 멈췄다. 산의 공기는 느닷없이 고요하게 가라앉았다. 총소리에 놀라 날아오르는 새들의 파드닥 소리만 정적을 깨뜨렸다.

릴리가 몸을 숨긴 나무로부터 개울바닥을 가로질러 맞은편에 있는 수풀에서, 방금 총알을 발사한 리볼버를 머리 위로 천천히 돌리며, 크릭이 으스대는 걸음으로 모습을 드러냈다. 그 뒤를 따르던 오비는 한 걸음 옮길 때마다 산탄총의 총구를 돌려 광부들을 한 명씩 겨누었다.

"이런, 이런, 이거야 원. 이것 좀 봐. 중국 원숭이들이 노래하는 서커스단이야."

로건은 그렇게 말하는 크릭을 지그시 바라보았다.

"애송이들, 용건이 뭐냐?"

"애송이?" 크릭이 거칠게 외쳤다. "오비, 이놈 짖는 것 좀 들어 봐. 중국 놈 주제에 우리더러 '애송이'란다."

"대갈통을 날려 버리면 배짱 좋은 소리도 그치겠지."

로건은 이인조를 향해 걸어갔다. 기다란 팔 끝의 커다란 손에 쥔 삽을 질질 끌면서.

"그 자리에서 꼼짝 마라, 이 더러운 누렁 원숭이 놈아." 크릭이 리볼버로 로건을 겨누었다.

"용건이 뭐냐고 물었을 텐데?"

"뭐긴, 우리 걸 거둬들이러 온 거지, 당연히. 너희가 우리 금을 안전하게 보관해 뒀잖아. 그래서 우리가 돌려받으러 온 거야."

"우리한테 너희 금 같은 건 없는데."

"맙소사." 크릭이 고개를 절레절레 저었다. "중국 놈들은 쥐새끼랑 구더기를 먹고 자라서 도둑놈에 사기꾼이라는 말은 귀에 딱지가 앉게 들었다만, 그래도 난 언제나 천상 민족을 열린 마음으로 대하려고 애썼다, 이거야. 그런데 이렇게 내 눈으로 진실을 확인하는 날이 오는구먼."

"더러운 사기꾼 놈들." 오비가 맞장구쳤다.

"지난봄에 이 자리를 찾아서 채굴권을 확보한 사람이 바로 오비랑 나, 우리 둘이야. 그런데 우리가 최근에 좀 바빴어. 그래서 너희를 긍휼히 여겨 채굴 작업을 맡기고 품삯을 후하게 챙겨 주기로 한 거지. 크리스천으로서 의무를 다한다는 마음가짐으로다가."

"너희한테 은혜를 베푼 거야." 오비가 덧붙였다.

"아주 큰 은혜지. 그런데 이게 웬일이야? 너희 이교도 놈들 배은망덕해, 아주. 여기까지 오는 길에는 그래도 요 몇 주 동안 일한 삯으로 너희한테 사금 한 자밤은 남겨 줄 용의가 있었어, 하지만 너희가 이렇게 나온다면 싹 챙겨 가는 수밖에."

"배은망덕한 놈들." 오비가 말했다.

중국인 남자 한 명이, 실은 아직 소년티도 못 벗은 청년이 화가 난 듯 로건을 향해 자기 나라 말로 뭐라고 외쳤다. 로건은 그 청년에게 손을 내저어 물러가게 했다. 시선은 크릭의 얼굴에 못 박은 채로.

"사실 관계를 제대로 파악하지 못한 모양이군." 큰 소리로 외치지도 않았건만 로건의 목소리는 개울이 흐르는 골짜기와 숲에 메아리쳐 울렸고, 릴리는 그 우렁우렁한 음량과 박력에 다리가 후들거렸다. "이 광맥은 우리가 찾아서 채굴권을 확보했다. 법원에 가서 확인해 보면 알 거다."

"너 귀머거리냐?" 크릭이 물었다. "나 보고 법원에 가서 확인하라니, 너 도대체 어쩌다가 그런 생각을 하게 된 거야? 내가 방금 너한테 있는 그대로를 말해 줬잖아, 내가 법원에 가서 상담을 했더니……" 크릭은 짜증난 듯이 리볼버의 총구를 빙빙 돌렸다. "……법원에서 그랬다고, 채굴권은 내 소유인데 너희가 무단으로 점유했다고 말이야. 난 법에 의거해서 널 지금 이 자리에서 쥐새끼처럼 쏴 죽일 자격이 있어. 하지만 쓸데없이 피를 흘리기는 싫으니까, 금만 넘기면 네놈들의 하찮은 목숨은 살려 줄 생각이야. 아예 나 대신 계속 금을 캐게 허락해 줄 용의도 있어. 네가 다시는 이런 무모한 짓을 하지 않고 앞으로 내 금의 소유권도 부정하지 않겠다고 약속하면."

뭘 어쩌겠다는 경고 한마디 없이, 오비가 총을 발사했다. 총알은 앞서 로건에게 화난 목소리로 외친 청년의 발치에 있는 돌멩이들을 박살냈다. 놀란 청년이 으악 소리와 함께 뒤로 펄쩍 물러나며 곡괭이를 놓치자 오비와 크릭은 배를 잡고 웃어 댔다. 부서진 돌의 파편에 손을 벤 청년은 천천히 땅바닥에 쭈그려 앉아서, 손바닥의 상처에서 흐른 피가 순식간에 황토색 셔츠 소매를 적시는 모습을 믿을 수 없다는 듯이 내려다보았다. 다른 중국 남자 몇 명이 청년을 도우려고 모여들었다. 릴리는 터져 나오려는 비명을 간신히 삼켰다. 돌아서서 마을로 달아나고 싶었지만, 몸을 가려 주는 나무를 꽉 끌어안지 않으면 다리가 풀려 쓰러질 것만 같았다.

로건은 다시 크릭에게로 주의를 돌렸다. 이제 그의 얼굴은 더욱 짙은 빨강으로 변해서 릴리는 그의 눈에서 피가 흐르지는 않을지 두려웠다.

"그만해."

"금을 넘겨. 안 그러면 저 어린놈은 춤만 추는 게 아니라 아예 숨 쉬는 걸 멈출 거다."

로건은 그때까지 손에서 대롱거리던 삽을 아무렇지 않게 뒤로 휙 던졌다.

"그 총은 내려놓고 나랑 정정당당하게 싸우는 게 어때?"

크릭은 한순간 망설였다. 주먹다짐이라면 웬만큼은 자신 있었다. 뉴올리언스에서 싸움질로 잔뼈가 굵은 만큼, 칼이 갈비뼈에 걸려 멈추는 느낌 정도는 생생하게 기억하고 있었다. 그러나 로건은 크릭보다 키가 거의 한 뼘 반이나 더 컸고 체중도 20킬로그램은 더 나가 보였다. 또 수염 때문에 늙어 보이기는 했지만 정말로 동작이 굼뜬 늙은이인지 어떤지는 확신이 서지 않았다. 무엇보다, 크릭은 얼굴이 시뻘건 그 중국인 사내가 조금 무서웠다. 저토록 화가 난 걸 보면 미친놈처럼 싸우지 않을까 싶었는데, 미친놈과 벌이는 싸움은 뼈가 몇 대 부러지고 나서야 끝난다는 것을 경험으로 알기 때문이었다.

원래 계획은 이런 게 아니었는데! 크릭과 오비는 샌프란시스코에서 몇 년간 지냈기 때문에 중국인에 관해서라면 모르는 것이 없었다. 놈들은 하나같이 깡마른 난쟁이라 크릭과 오비에게는 계집애 무리나 다름없는 한주먹거리였는데, 그도 그럴 것이 놈들이 하는 일은 죄다 계집애들의 일이었다. 요리와 세탁이 고작이었던 것이다. 죽을 각오로 덤비는 중국 놈은 그때껏 한 명도 본 적이 없었다. 그러니 이 중국 놈 패거리도 크릭과 오비가 수풀에서 천천히 걸어 나오자마자 제꺽 무릎을 꿇고 살려 달라고 싹싹 빈 다음, 금을 죄다 바쳐야 마땅했다. 그런데 얼굴이 벌건 이 거인 놈 때문에 계획이 엉망이 되지 않았는가!

"지금도 충분히 정정당당한 싸움 같은데." 크릭은 콜트 리볼버로 로건을 겨누며 말했다. "인간을 창조한 건 전능하신 하느님이지만, 모든 인간을 평등하게 만든 건 콜트 대령이거든."

로건은 수염을 감싼 손수건을 풀어서 넓게 편 다음, 머릿수건처럼 이마에 둘렀다. 다음으로 겉옷을 벗고 셔츠 소매를 접어 올렸다. 억세 보이는 갈색 피부가 울퉁불퉁한 근육을 뒤덮은 로건의 양팔은 온통 흉터투성이였다. 로건은 크릭이 있는 쪽으로 몇 걸음 다가갔다. 얼굴은 전에 없이 시뻘겠지만 걸음걸이는 차분했다. 아이다호 시티에 있는 릴리네 집 앞에서 중국 노래를 부르며 밤 산책을 할 때처럼.

"내가 못 쏠 거란 생각은 안 하는 게 좋아. 미주리 보이스는 참을 성이 부족하다고."

로건은 허리를 숙여 달걀만 한 돌멩이를 집어 들었다. 그러고는 단단히 움켜쥐었다.

"썩 꺼져. 여기 네놈들의 금 같은 건 없어."

로건은 그렇게 말하고 크릭 쪽으로 차분히 몇 걸음 다가갔다.

그러다 어느 순간 로건은 달리고 있었다. 그의 두 다리가 주인과 총잡이 사이를 점점 좁혀 갔다. 달리면서 로건은 오른팔을 뒤로 젖

했다. 시선은 크릭의 얼굴에 못 박은 채로.

오비의 총이 불을 뿜었다. 미처 사격 자세를 취하지 못한 오비는 총의 반동에 밀려 벌러덩 자빠졌다.

로건의 왼쪽 어깨가 터져 나갔다. 선홍색 피 보라가 등 뒤로 흩날렸다. 따가운 햇살 때문에 릴리의 눈에는 로건의 등 뒤로 장미가 피어나는 것처럼 보였다.

다른 중국 남자들은 입도 뻥긋하지 않았다. 그저 바라볼 뿐이었다. 놀라서 얼어붙은 채로.

릴리는 숨이 멎었다. 시간이 정지한 것만 같았다. 피 보라는 공중에 아로새겨진 채 흘러내리지도, 퍼지지도 않았다.

다음 순간 릴리는 숨을 한껏 들이마셔 기억하는 한 가장 커다란 비명을 질렀다. 레모네이드 잔에 숨어 있던 말벌을 못 보는 바람에 입술을 물렸을 때보다 더 큰 비명이었다. 숲에 메아리치는 비명 소리에 놀라 아까보다 더 많은 새들이 하늘로 날아올랐다. 내 입에서 나온 소리 맞아? 릴리는 자기 목소리라는 걸 믿을 수가 없었다. 아예 인간이 낸 소리 같지도 않았다.

개울 건너편에서, 크릭이 릴리의 눈을 바라보고 있었다. 표정에 가득한 분노와 증오가 너무나 서늘해서 릴리는 심장이 멎는 것만 같았다.

하느님, 제발, 제발, 오늘부터는 절대 저녁 기도 빼먹지 않을게요. 엄마 말도 절대 못 들은 척 안 할게요, 약속할게요.

돌아서서 달아나려 했지만, 다리가 말을 듣지 않았다. 릴리는 엉거주춤 뒷걸음치다가 땅 위로 드러난 나무뿌리에 걸려 쿵 쓰러지고 말았다. 쓰러지면서 허파의 공기가 훅 빠져나가자 그제야 비명이 그쳤다. 릴리는 크릭의 총구가 자신을 향하고 있을 거라는 생각에 일어나 앉으려고 버둥거렸다.

로건이 릴리를 보고 있었다. 거짓말처럼, 그는 아직도 서 있었다. 몸의 왼쪽 절반이 피로 물든 채로. 로건은 릴리를 보고 있었고, 릴리는 그런 로건이 방금 총에 맞은 사람 같지는 않다고 생각했다. 죽어가는 사람 같지는 않다고. 얼굴의 왼쪽 절반은 어깨에서 튄 피로 물들었지만 반대쪽 절반은 아까와 달리 진홍빛 핏기가 가신 상태였다. 그럼에도, 릴리의 눈에 그는 차분해 보였다. 고통은 전혀 느끼지 않는 것 같았다. 다만 조금 슬퍼 보일 뿐.

릴리는 자신 안에 깃드는 고요함을 느꼈다. 이유는 알 수 없었지만, 릴리는 알았다. 다 잘 끝나리라는 것을.

로건은 릴리에게서 몸을 돌렸다. 그러고는 다시 크릭을 향해 걷기 시작했다. 걸음은 느리고, 신중했다. 그의 왼팔은 축 처져 힘없이 대롱거렸다.

크릭이 리볼버로 로건을 겨누었다.

로건이 휘청했다. 그러더니 멈춰 섰다. 흐르는 피는 로건의 수염을 흥건히 적셨고, 바람이 수염을 흔들 때마다 핏방울이 되어 공중에 흩날렸다. 로건은 뒤로 한 걸음 물러서서 손에 쥔 돌멩이를 던졌다. 돌멩이는 우아한 호를 그리며 허공을 갈랐다. 크릭은 제자리에 얼어붙은 듯 서 있었다. 돌은 크릭의 얼굴을 부수며 파고들었고, 두개골이 박살나는 쩍 소리는 오비의 총소리만큼이나 커다랬다.

크릭의 몸뚱이는 몇 초 동안 그대로 서 있다가, 숨이 끊어진 살덩이가 되어 땅바닥에 스르륵 허물어졌다. 자빠져 있던 오비는 벌떡 일어나 앉더니 꼼짝 않는 크릭의 주검을 흘끔 보고는, 중국 남자들은 돌아보지도 않고 부리나케 달아나 숲속 깊숙이 사라졌다.

로건은 털썩 무릎을 꿇었다. 그러고는 쓰러질 때 받쳐 주지도 못할 왼팔을 축 늘어뜨린 채로, 잠시 불안하게 휘청거렸다. 그러다가 풀썩 쓰러졌다. 중국인 남자들이 그에게로 달려갔다.

릴리에게는 그 모든 것이 무대 위의 연극처럼 너무나 비현실적이었다. 겁에 질리는 게 당연하다는 생각이 들었다. 비명을 지르든가, 아니면 아예 기절해 버려야 마땅했다. 어머니라면 그렇게 했을 테니까. 하지만 지난 몇 초 동안 세상의 속도는 느려졌고, 릴리는 안전하고 평온한 기분을 느꼈다. 아무것도 자신을 해치지 못하리라는 기분이었다.

릴리는 나무 뒤에서 나와 중국인 남자들이 모여 있는 곳을 향해 걸어갔다.

위스키와 바둑

릴리는 눈앞의 놀이를 과연 이해할 수 있을지 자신이 없었다.

"씨앗이 자리를 옮기면 안 된다고요? 절대로요?"

두 사람은 로건의 셋집 뒤 채소밭에 앉아 있었다. 바느질을 다 마친 릴리 어머니가 우연히 거실 창밖을 내다봐도 들킬 염려가 없는 곳이었다. 두 사람 다 책상다리를 하고 땅바닥에 앉았다. 릴리는 서늘하고 축축한 흙이 다리에 닿는 느낌이 좋았다('부처님도 이렇게 앉으셨지.' 로건이 릴리에게 한 말이었다.). 둘 사이의 땅바닥에는 로건이 칼끝으로 가로 아홉 줄과 세로 아홉 줄을 그어 만든 격자무늬 판이 그려져 있었다.

"음, 절대 옮기면 안 돼."

로건은 아옌[阿彦]이 잘 볼 수 있도록 왼팔을 들었다. 오비의 첫 번째 표적이었던 중국인 청년 아옌은 물에 적신 헝겊으로 로건의 어깨에 난 상처를 닦는 중이었다. 릴리는 자기 종아리에 감긴 붕대를 조심스레 만져 보았다. 나무뿌리에 걸려 넘어졌을 때 릴리는 왼쪽 장딴지의 살갗이 널따랗게 벗겨지고 말았다. 아옌은 그 상처를 깨끗이 닦은 다음, 약 냄새와 향료 냄새가 알싸한 검은색 반죽을 순면 붕대에 발라 감아 주었다. 서늘한 반죽이 상처에 닿자 처음에는 따끔거렸지만, 릴리는 입술을 깨물며 울음을 참았다. 아옌의 부드러운 손놀림을 보며 릴리는 그에게 의사냐고 물었다.

"아니."

중국인 청년은 그렇게 말했다. 그러고는 빙그레 웃으며 릴리에게 설탕을 입힌 말린 자두 한 개를 빨아 먹으라고 주었다. 릴리는 그토록 달콤한 것은 태어나서 처음 맛보는 느낌이 들었다.

아옌은 로건 옆에 놓인 대야에 헝겊을 헹궜다. 벌써 세 번째 새로 받아 온 대야 속의 뜨거운 물이 다시 선홍색으로 변했다.

로건은 자신을 치료하는 아옌에게 눈길도 주지 않았다.

"넌 아직 배우는 단계니까 실제보다 작은 판에서 두는 거다. 이건 바둑[圍碁]이라는 놀이인데, 한자의 뜻을 그대로 풀이하면 '포위하는 놀이'라는 뜻이지. 씨앗 한 개를 놓을 때마다 네 소유의 땅을 둘러싸고 울타리를 치느라 말뚝 한 개를 박는다고 생각해라. 말뚝이 자리를 옮기면 안 되겠지?"

릴리는 연밥을 쥔 반면에 로건이 땅에 놓는 씨앗은 수박씨였다. 둘 사이의 격자 판에 희고 검은 씨앗들이 예쁜 무늬를 그렸다.

"캔자스주 사람들이 땅을 얻는 방식이랑 비슷하네요."

"그래. 캔자스주에 가 본 적은 없다만, 조금은 비슷할 거다. 할 수 있는 한 널따랗게 땅을 차지하는 거다. 그러면서 내 말뚝이 네 울타리 안으로 파고들지 못하게 잘 방어해야 한다."

로건은 손에 쥔 조롱박을 입에 대고 속에 든 것을 쭉 들이켰다. 조롱박은 눈사람과 조금 비슷해서 커다란 아래 몸통 위에 조그만 위 몸통이 붙어 있었고, 잘록한 허리에는 잡기 쉽도록 빨간 비단 띠가 묶여 있었다. 조롱박의 노란 겉면은 로건의 거칠고 두툼한 손바닥에 하도 많이 쓸려서 반들거렸다. 로건은 릴리에게 조롱박이 덩굴에서 열린다고 설명해 주었다. 박이 익으면 잘라서 위 꼭지를 잘라내고 속의 씨를 파내는데 그렇게 하면 훌륭한 술병이 된다고 했다.

로건은 입맛을 쩝쩝 다시고 한숨을 쉬었다.

"위스키, 이건 거의 고량주만큼이나 훌륭해."

로건은 릴리에게도 한 모금 권했다. 릴리는 화들짝 놀라 도리질을 했다. 어머니가 중국 남자들을 야만인 취급한 것도 당연했다. 위스키를 조롱박에 담아 마시는 것만 해도 눈살을 찌푸릴 일인데, 크리스천 소녀에게 술을 권하다니?

"중국에는 위스키가 없나요?"

로건은 한 모금 더 들이켜고 수염에 묻은 위스키를 닦았다.

"어릴 적에 나는 세상에 오로지 다섯 가지 맛만 존재한다고 배웠다. 그래서 세상 모든 기쁨과 즐거움은 그 다섯 가지 맛을 서로 다르게 섞은 것인 줄 알았지. 나중에는 그게 사실이 아니란 걸 알았다. 모든 곳에는 그곳만의 새로운 맛이 있어. 그리고 미국의 맛은 위스키야."

"라오관."

아옌이 부르는 소리에 로건은 그쪽으로 고개를 돌렸다. 아옌이 대야를 가리키며 중국어로 뭐라고 말했다. 대야에 담긴 물을 보고 로건은 고개를 끄덕였다. 아옌은 대야를 들고 일어나 밭 저편의 귀퉁이에 물을 버린 다음, 집으로 들어갔다.

"아옌이 오염된 피와 불순물과 헝겊 찌꺼기를 거의 다 씻어냈다. 이제 상처를 꿰맬 차례야."

"우리 아빠 아저씨 이름이 로건인 줄 알아요. 역시 아니었네요."

그 말에 로건은 껄껄 웃었다. 웃음소리는 노래할 때나 이야기할 때의 목소리와 마찬가지로 우렁차고 거침없었다.

"친구들은 다들 나를 라오관[老關]이라고 부르는데, 그건 그냥 '관 형님'이라는 뜻이야. 내 성이 관 씨거든. 아마도 네 아버지께는 '로건'으로 들렸나 보다. 난 그 이름도 마음에 드는구나. 내 미국식 이름으로 써도 좋겠는데."

"우리 아빠도 이리로 이사 오면서 새 이름을 정했어요. 엄마는 그러면 안 된다고 생각하지만요."

"어머니께서 왜 반대하시는지 모르겠구나. 이 나라는 어디에나 새로운 이름이 붙어 있잖느냐. 네 어머니께서도 결혼하실 때 성을 바꾸셨을 텐데? 이곳은 도착한 사람들이 모두 새로운 이름을 얻는 땅이다."

릴리는 그 말을 생각해 보았다. 사실이었다. 아버지는 이곳에 살기 전에는 릴리를 '금덩이'로 부르지 않았다.

아옌은 바늘과 실을 들고 돌아왔다. 곧바로 로건의 어깨에 난 상처를 꿰매는 수술이 시작되었다. 릴리는 로건이 아파서 인상을 쓰는지 보려고 그의 표정을 유심히 지켜보았다.

"아직 네가 둘 차례다. 그리고 저쪽 귀퉁이에 무슨 수를 내지 않으면 내가 네 씨앗을 모조리 잡아 버릴 거다."

"안 아프세요?"

"이거 말이냐?" 수염을 휙 돌려 어깨를 가리키는 로건의 모습에 릴리는 웃음이 터졌다. "전에 뼈를 긁어냈을 때와 비교하면 이 정도는 아무것도 아니다."

"뼈를 긁어냈다고요?"

"언젠가 독화살을 맞은 적이 있었는데, 화살촉이 그만 팔뼈에 박혀 버렸다. 독을 빼내지 않으면 죽을 판국이었지. 다행히 천하에서 으뜸가는 명의인 화타(華佗)가 나를 치료하러 왔다. 화타가 말하길 내 팔을 째고 살과 피부를 벌린 다음, 독에 오염된 뼈 조각을 수술 칼로 긁어내야 한다더구나. 알겠느냐, 이건 그때의 고통에 비하면 아무것도 아니다. 화타가 근방에서 가장 독한 술을 구해다 주기에 그걸 마시면서 바둑 실력이 뛰어난 내 부관을 상대로 바둑을 뒀는데, 그게 도움이 됐지. 그 덕분에 팔의 고통에 정신을 빼앗기지 않았던 거다.”

“어디서 그랬는데요? 중국에 살 때요?”

“음, 오래전 중국에서.”

아옌이 봉합을 끝냈다. 로건이 뭐라 말하자 아옌은 조그만 비단 꾸러미를 건넸다. 릴리는 아옌에게 거기 뭐가 들었냐고 물으려 했지만, 아옌은 그저 씩 웃으며 손가락을 세워 입에 댔다. 그러고는 로건을 가리키며 입 모양으로 '잘 봐'라고 말했다.

로건은 땅바닥에 비단 꾸러미를 놓고 펼쳤다. 안에 든 것은 기다란 은 바늘 몇 개였다. 로건이 오른손으로 바늘 한 개를 집더니, 릴리가 '안 돼요'라고 외칠 틈도 없이 왼쪽 어깨의 상처 바로 위에 그 바늘을 찔러 넣었다.

“뭐 하는 짓이에요?”

릴리가 날카롭게 외쳤다. 어째선지 릴리에게는 로건의 어깨에 비쭉 나온 기다란 바늘이 오비가 쏜 총에 맞아 터져 나간 어깨보다 더 섬뜩해 보였다.

“이렇게 하면 통증이 멎는다.”

로건은 바늘을 한 개 더 집어 앞서 꽂은 바늘의 엄지 한 마디쯤 위쪽에 꽂았다. 바늘이 제대로 자리를 잡도록 아예 끝을 살짝 비틀기까지 했다.

“말도 안 돼요.”

릴리의 말에 로건이 껄껄 웃었다.

“세상에는 미국 소녀가 이해 못 하는 것도 많고, 중국 아저씨가 이해 못 하는 것도 많은 법이다. 이게 뭔지 가르쳐 주마. 아직도 다리가 아프냐?"

"예."

"자, 가만히 있어라." 로건은 몸을 숙이고 왼손 손바닥을 땅바닥 위로 낮게 내밀었다. "내 손에 발을 올려놔라."

"어라, 아저씨 왼팔이 다시 움직이네요!"

"음, 이건 아무것도 아니다. 뼈를 긁어냈을 땐 두 시간도 안 돼서 다시 전장으로 돌아갔으니까."

릴리는 로건이 농담을 한다고 생각했다.

"우리 아빠 전쟁에서 다리하고 가슴에 총을 맞았는데, 여덟 달 동안 누워 지낸 후에야 다시 걸을 수 있었대요. 지금도 다리를 저는걸요."

릴리는 발을 들다가 아파서 움찔했다. 로건이 손바닥으로 릴리의 발목을 감싸 받쳤다.

발목에 닿은 로건의 손바닥은 따뜻했다. 아니, 실은 뜨거웠다. 로건은 눈을 감고 호흡을 천천히, 고르게 가다듬었다. 릴리는 발목이 점점 뜨거워지는 느낌이 들었다. 기분이 좋았다. 꼭 뜨거운 물수건으로 다친 장딴지를 누르는 것처럼. 통증은 차츰 그 뜨거운 기운 속으로 녹아들었다. 어찌나 편안하고 아늑한지 까무룩 잠들 것만 같았다. 릴리는 스르르 눈이 감겼다.

"음, 이제 다 됐다."

로건은 릴리의 발을 땅바닥에 살짝 놓고 발목에서 손을 뗐다. 눈을 뜬 릴리는 무릎 바로 아래에 불쑥 튀어나온 기다란 은 바늘을 발견했다.

아파서 비명을 지르려고 했지만, 문득 생각해 보니 하나도 아프지가 않았다. 바늘이 박힌 자리 주위의 살갗은 살짝 얼얼했는데 그곳에서 뜨거운 기운이 쉬지 않고 퍼져 나와 상처의 통증을 막아 주었다.

"기분이 이상해요."

릴리는 시험 삼아 다리를 폈다가 접었다.

"새살이 돋은 것처럼 멀쩡할 거다."

"엄마가 이걸 보면 기절할 텐데."

"집에 가기 전에 뽑아 주마. 살갗이 다 아물려면 며칠은 더 걸릴 테지만 피 속의 독은 아엔이 붕대에 바른 약으로 거의 빠졌을 테고, 나머지는 이 침이 다 제거했을 게다. 내일 깨끗한 붕대로 갈아 주기만 하면 나중에는 흉터도 안 남을걸."

릴리는 고맙다는 말을 하려 했지만, 문득 망설여졌다. 로건과 이야기를 나누는 것은 기묘한 경험이었다. 이때껏 로건 같은 사람은 본 적이 없었던 것이다. 어제는 맨손으로 사람을 죽이더니, 오늘은 그 손으로 새끼 고양이를 감싸듯이 부드럽게 릴리의 발목을 감쌌다. 아까는 지구만큼이나 오래된 노래를 부르는가 싶더니, 지금은 수박씨와 연밥으로 두는 놀이를 하면서 릴리와 웃고 있었다. 로건은 재미있는 사람이었지만 한편으로는 적잖이 무서웠다.

"나는 검은 씨앗으로 바둑을 두는 게 좋다."

로건은 수박씨 한 개를 격자 판의 눈금에 놓고 릴리의 연밥 한 무리를 포위했다. 그러더니 방금 잡은 연밥을 주워 입에 털어넣었다.

"연밥은 갖고 노는 것보다 먹는 게 훨씬 좋으니까."

릴리는 웃음이 터졌다. 볼이 불룩해진 채 우물거리며 말하는 아저씨를 어떻게 무서워하겠는가?

"로건, 독화살에 맞아서 의사가 뼈를 긁어냈다는 이야기요, 진짜로 겪은 일은 아니죠? 그렇죠?"

로건은 고개를 갸우뚱한 채 릴리를 가만히 바라보았다. 그러다가 천천히, 입속의 연밥을 다 씹어 삼키고는, 씩 웃었다.

"그건 관우의 이야기다. 관우는 중국의 군신(軍神)이지."

"그럴 줄 알았어요! 우리 아빠 친구들이랑 똑같네요. 그 아저씨들도 내가 어리다고 맨날 나한테 지어낸 얘기만 하는데."

로건은 특유의 중후하고 우렁우렁한 웃음소리를 내며 웃었다.

"이야기라고 해서 다 지어낸 건 아니다."

릴리는 중국의 군신 이야기는 한 번도 들어 본 적이 없었다. 그런 이야기는 아버지도 모를 듯싶었다. 때는 이미 저물녘이었고, 중국인 남자들이 식사를 준비하는지 기름 냄새와 요란한 소리가 채소밭에 가득했다.

"이제 집에 가야겠어요." 말은 그렇게 했지만, 사실 릴리는 지금 풍기는 냄새의 출처인 음식을 맛보고 관우 이야기를 더 듣고 싶어서 애가 탈 지경이었다. "내일 다시 오면요, 관우 이야기 더 해 주실래요?"

로건은 손으로 수염을 쓸어내렸다. 표정이 진지해 보였다.

"기꺼이." 뒤이어 로건의 얼굴이 함박웃음으로 물들었다. "그 대신 여기 있는 씨앗은 다 내 차지다."

무성(武聖) 관우

신으로 떠받들어지기 전, 관우는 평범한 남자애였다.

실은 그보다 더 전에, 관우는 유령이나 다름없는 취급을 받았단다. 어머니 배 속에 들어선 지 열두 달이나 지났는데도 통 나올 기미가 안 보였거든. 산파는 관우 어머니에게 약초를 먹이고 관우 아버지에게는 아내가 비명을 지르며 버둥거리는 동안 꽉 붙들라고 했다. 마침내 세상에 나온 아기는 숨을 쉬지 않았어. 얼굴은 선홍색이었고. *탯줄에 목이 졸렸구먼, 아니면 아버지 쪽에 오랑캐 피가 너무 많이 섞였든가.* 산파는 속으로 그렇게 중얼거렸지.

"아기가 너무 웃자랐구먼. 덩치가 너무 커서 어차피 오래 살기는 틀렸어."

산파가 아기 아버지에게 소곤거렸단다. 아기 어머니는 잠들어 있었고. 산파는 원래 포대기로 쓰려던 천을 아기의 몸에 수의 삼아 친친 둘렀다.

"애 이름은 지어 놨우?"

"아니요."

"차라리 잘됐구려. 저세상으로 떠날 귀신한테 이름은 무슨."

아기는 귀가 찢어질 듯이 우렁찬 울음을 토했다. 놀란 산파는 하마터면 아기를 떨어뜨릴 뻔했지.

"너무 커서 오래 살기는 틀렸대도."

산파는 포대기를 풀면서 고집스레 말했다. 아기가 그 분야의 전문가인 자신에게 감히 도전하는 것 같아 살짝 약이 올랐거든.

"그리고 이 얼굴 좀 봐. 뭐가 이렇게 벌게!"

"그럼 이 애 이름은 '장생(長生)'이라고 짓겠습니다. 오래오래 살기를 바라는 뜻에서."

중국 북부의 심장부인 산서(山西) 지방의 건조한 여름 뙤약볕과 모래 섞인 봄바람은, 이곳에서 신산한 삶을 일구어 가는 사람들의 붉게 튼 얼굴에 깊은 주름을 새기고 흐르는 땀을 말려 소금이 맺히게 한단다. 오랑캐가 만리장성을 넘어 거대한 서역마(西域馬)를 타고 북쪽으로부터 쳐들어 내려올 때, 괭이를 높이 들고 쟁기를 녹여 만든 검을 휘두르며 죽을 때까지 맞서 싸운 것이 바로 그 북부의 남자들이야. 그들과 한 대열에 서서 부엌칼을 쳐들고 싸운 것이 북부의 여자들이고. 그러다 패배하면 결국에는 오랑캐의 노예가 되고 아내가 돼서 그들의 말을 배우고, 그들의 아기를 낳았단다. 그렇게 세월이 흐르면 오랑캐는 마침내 자기가 중국인인 줄 알며 살아가다가, 다음번 오랑캐가 몰려올 때에는 거꾸로 그들에 맞서 싸웠지.

죽기가 두려웠던 약한 사내들과 가냘픈 여성들이 남쪽으로 달아나 꽃배를 저으며 뱃놀이를 하고 술에 취해 노래를 부르는 동안, 북부에 남은 이들은 삶이라는 음악을 사막에서 불어오는 성난 바람소리의 선율에 맞추어 가며, 핏줄에 흐르는 오랑캐의 피와 더불어 점점 더 크게 자라면서, 자기네 고된 삶에 더없는 긍지를 품어 갔다.

"바로 그래서란다." 장생의 아버지는 아들에게 말했다. "그래서 진(秦) 제국과 한(漢) 제국이 모두 우리 고향인 서북부에서 처음 일어섰던 거야. 제국의 장군과 시인, 재상과 학자가 이 땅에서 태어났단다. 오로지 우리만이 긍지를 숭상하니까."

들에서 아버지의 일을 거드는 것에 더해 부엌에서 쓸 땔감과 잔가지를 모으는 것도 장생이 할 일이었다. 해가 지기 전 한 시간 남짓이 장생에게는 하루 중 가장 즐거운 시간이었지. 그때가 되면 부엌문 뒤에 걸린 녹슨 도끼와 그보다 더 녹이 슨 벌목도를 들고 마을 뒷산에 올랐으니까.

쩍. 도끼가 썩은 나무줄기를 쪼갰다. 서걱. 벌목도는 마른 풀을 잘랐고. 고된 일이었지만 장생은 적들을 잡초처럼 쓸어버리는 위대한 영웅 흉내를 내며 즐겁게 해치웠지.

집에 돌아오면 저녁으로 기름에 볶은 여주와 소금에 절인 배추를 간장에 담근 파와 함께 수수전병에 싸서 먹었단다. 이따금 아버지의 기분이 좋은 날이면 장생은 매실주를 한 모금 얻어 마시기도 했는데, 그 술을 마시면 혀끝은 달콤했지만 목구멍은 불이 날 것처럼 뜨끈했어. 원래 붉던 얼굴은 더욱 검붉게 물었고.

"바로 그거다, 아들아." 아버지는 후끈한 술기운 때문에 눈물이 그렁그렁하면서도 손은 다시 술잔으로 향하는 장생을 보며 빙그레 웃었다. "단맛, 신맛, 쓴맛, 매운맛, 짠맛. 모든 맛이 조화를 이룬 그 맛이야."

장생은 자라면서 기골이 장대해졌단다. 어머니는 옷이 금세 작아지는 아들한테 새 옷을 지어 주느라 하염없이 바느질을 했지. 다섯 해 동안 계속된 가뭄은 해갈의 기미가 안 보였고, 사람들이 들에서 아무리 열심히 일을 해도 수확은 점점 더 주는 것만 같았어. 아들을 학교에 보낼 돈이 없었던 장생의 아버지는 직접 아들을 가르쳤다.

장생이 제일 좋아한 과목은 역사였지만, 역사 이야기를 할 때면 아버지의 눈에는 언제나 슬픈 빛이 감돌았어. 장생은 질문을 적당히 하는 요령을 터득했다. 그 대신 역사책을 읽는 데에 더 많은 시간을 들였지. 그 후로 장생은 땔감을 모으러 나갈 때면 나무들을 까맣게 몰려오는 오랑캐로 상상하고 도끼와 벌목도를 휘두르며 책에 나온 대전투를 재연하곤 했단다.

"너는 전쟁이 재미있느냐?"

어느 날 아버지가 물었다. 장생은 고개를 끄덕였고.

"그럼 바둑 두는 법을 가르쳐 줘야겠구나."

"장생 아버지도 연밥이랑 수박씨로 바둑을 뒀나요?"

"아니. 진짜 바둑돌로 뒀다."

"전 아저씨가 두는 바둑이 더 좋아요. 씨앗으로 두는 게 더 재미있거든요."

"나도 씨앗이 더 좋다. 두고 나서 먹어 버릴 수도 있으니 최고지. 음, 어디까지 얘기했더라?"

하루 만에 장생은 아버지를 상대로 바둑 세 판 중 한 판을 이길 만큼 실력이 늘었다. 일주일 후에는 다섯 판 중 한 판만 졌고. 한 달 후에는 다섯 점을 깔아 주고도 매번 아버지를 이길 정도였지.

장생은 바둑이 매실주보다 훨씬 더 좋았다. 단순한 규칙은 달콤했고, 패배는 씁쓸했고, 승리는 몸이 얼얼할 정도로 즐거웠거든. 바둑돌이 만드는 무늬는 꼭꼭 씹으며 음미하는 맛이 있었고.

바깥을 걸을 때면 장생은 지나가던 소달구지가 흰 벽에 튀긴 검은 진흙의 무늬를 넋 놓고 바라보곤 했단다. 도끼로는 장작을 패는 대신 부엌 바닥에 가로세로 열아홉 줄짜리 바둑판을 새겼지. 저녁 시간이면 장생은 식탁 위에 줄풀 열매와 수박씨로 흑백의 진영을 짜느라 밥 먹는 것도 잊었어. 어머니는 장생을 야단치려 했다.

"그냥 두시오. 장차 훌륭한 장군이 될 소질을 타고난 아이요." 아버지가 말렸어.

"그럴지도 모르죠. 하지만 시가 식구들은 몇 대째 관직에 나간 사람이 없잖아요. 얘가 장군이 되면 누굴 이끌겠어요? 기러기 떼라도 호령할까요?"

"그래도 이 아이는 왕후와 시인과 장군과 재상의 후손이오." 아버지는 지지 않고 대답했지.

"그깟 바둑 둬 봤자 쌀독에 쌀이 차는 것도 아니고, 아궁이에 땔감이 들어가는 것도 아니에요. 우린 올해도 돈을 꾸게 생겼다고요."

이웃한 여러 마을에서는 바둑의 최고 고수를 보내서 장생을 꺾으려 했단다. 장생은 그들을 모두 이겼고. 그러다 마침내 바둑 신동 장생의 소문이 산서 지방에서 가장 큰 부자의 아들인 화웅(華雄)의 귀에까지 들어간 거야.

화웅네 집안은 모두가 탐내는 소금 판매 면허를 손에 넣어 부를 쌓았다. 산서 지방에는 커다란 호수가 있는데, 그 호수의 물은 황제(黃帝)가 치우(蚩尤)를 죽이고 그 시체를 토막 냈을 때 치우의 피가 흘러들어 소금기가 뱄다고 전해지지. 한 제국의 황제들은 소금 거래에 붙는 세금을 주 수입원으로 삼았기 때문에 소금은 황실이 철저히 독점했단다. 화웅의 할아버지는 전략적으로 뇌물을 살포했고, 이후 화 씨 일가의 재산은 점점 더 늘어만 갔지.

화웅은 장생과 동갑이었어. 고양이를 괴롭힐 때나 말을 타고 자기 아버지의 소작인들이 부치는 밭을 마구 질주할 때 기쁨을 느끼는 남자애가 바로 화웅이었다. 수수와 밀을 짓밟아 밭에다 자기 이름을 쓰면서 말이야. 화웅은 장생과 바둑을 두려고 관 씨네 집을 찾은 날에도 똑같은 방식으로 나타났단다. 엉망이 된 수수밭을 뒤로 하고, 말에 올라탄 채 으스대면서.

화웅은 자기 바둑판과 바둑돌을 챙겨 왔다. 바둑판은 태산(泰山)의 소나무로 만들었고 검은 돌은 비취, 흰 돌은 반들반들하게 연마한 산호였어. 바둑을 두는 동안 장생은 서늘하고 매끈한 바둑돌을 조금이라도 더 만져 보고 싶어서 할 수 있는 한 오랫동안 시간을 끌었지.

"바둑도 슬슬 지겨워지는군." 화웅이 말했다. "벌써 몇 년째 날 이긴 사람이 한 명도 없었거든."

장생의 아버지는 빙그레 웃으며 생각했어. *자기 아버지한테 돈을 빌려야 하는 처지의 사람들이라 일부러 져 준다는 걸 까맣게 모르나 보군.*

실은 화웅도 바둑을 꽤 잘 뒀지만, 장생만큼은 아니었단다.

"정말 탄복했습니다." 화웅은 장생 아버지에게 그렇게 말했어. "장생은 재능을 타고났습니다. 부끄럽지만 저는 장생의 적수가 아니라고 인정할 수밖에 없군요."

장생의 아버지는 깜짝 놀랐다. 그는 자존심이 강한 사람이라 아들한테 화웅을 상대로 일부러 져 주라는 말은 차마 할 수가 없었어. 그래서 바둑에 진 화웅이 한바탕 난장판을 피울 거라고 내심 걱정했지. 그런데 화웅이 이렇게 나왔으니.

그렇게 못된 아이는 아니었구나. 장생의 아버지는 생각했어. *승부에 지고서도 품위를 지킬 줄 알다니. 그건 인간들 사이의 봉황이 지닌 품성이거늘.*

"그게 뭐가 그렇게 대단해요? 전 체커 게임 할 때 아빠한테 져도 화 하나도 안 내는데요. 그냥 실력을 더 키우면 되는걸요."

"현명한 말이다. 하지만 모두가 너처럼 실패를 기회로 여기지는 않는단다."

"그럼 그 화웅이란 사람, 사실은 좋은 사람이었나요?"

"내 말을 끊지 않으면 금방 알게 될 거다."

"수박씨 좀 더 주세요. 제가 입에 가득 물고 있으면 말을 못할 테니까요."

그다음 다섯 해 동안은 수확량이 더욱 줄었다. 메뚜기 떼가 그 일대를 덮쳤거든. 옆 마을은 역병이 돌아 아예 폐쇄될 지경이었어. 먹을 것이 없어 사람을 잡아먹는다는 흉흉한 소문도 돌았지. 그런데도 황제는 세금을 더 올렸고.

이제 열여덟 살이 된 화웅은 자기 집안의 가장이 되어 있었다. 아버지가 술에 찐 꿩 요리를 먹다가 다리뼈가 목에 걸려 질식한 후의 일이었지. 화웅은 땅값이 떨어진 틈을 타 일대의 토지를 있는 대로 사들였어. 장생의 아버지는 섣달그믐에 화웅을 만나러 갔다.

"염려하실 것 없습니다, 관 대인." 토지 양도 증서에 함께 서명하고 나서 화웅이 한 말이었다. "저는 장생과 함께한 대국을 즐거운 기억으로 간직하고 있습니다. 관 대인과 가족 분들은 제가 도와 드리겠습니다."

장생의 아버지는 화웅에게 땅을 판 대가로 점점 쌓여 가던 집안의 빚을 너끈히 청산할 돈을 받았다. 그러고 나서는 화웅에게서 다시 땅을 빌리고, 해마다 수확물을 판 돈의 일부를 소작료로 지불하기로 했지.

"화웅이 땅값을 후하게 쳐 줬소." 장생의 아버지는 아내에게 말했다. "그 친구가 자라면 훌륭한 사람이 될 줄 내 진작 알았지."

그해, 관 씨 일가는 유독 열심히 일했다. 메뚜기 떼가 또 근방을 휩쓸었지만 그들 마을은 해를 입지 않았어. 곧고 기다랗게 자란 수수 줄기가 늦여름의 마른바람에 고개를 까닥거렸지. 관 씨 일가에게는 몇 년 만에 최고의 풍작이었다.

그해 섣달그믐날, 화웅은 건장한 하인 여럿을 거느리고 관 씨 집을 찾아왔단다.

"새해 복 많이 받으십시오, 관 대인." 주인과 손님은 문간에서 서로에게 허리 숙여 절했어.

장생의 아버지는 화웅을 안으로 들이고 차와 매실주를 대접했다. 두 사람은 새로 짠 깨끗한 짚자리에 마주 보는 자세로 무릎을 꿇고 앉았어. 그 사이의 조그만 다탁에는 따뜻한 술이 든 주전자가 놓였고.

두 사람은 서로의 건강을 기원하며 관습에 따라 저마다 술 석 잔을 비웠다. 화웅은 살짝 어색하게 웃으며 말했어.

"저, 관 대인, 실은 소작료 때문에 조금 드릴 말씀이 있어서 이렇게 찾아뵈었습니다."

"그럼요, 잘 압니다." 아버지는 장생에게 은 5냥을 꺼내오라고 했다. "여기 있습니다, 화 대인. 올해 저희 수확물 판매액의 5푼에 해당하는 돈입니다."

화웅은 당황한 듯 살짝 헛기침을 했어.

"지난 몇 년간 관 대인과 가족 분들께서 얼마나 어렵게 지내셨는지는 저도 잘 압니다. 나머지 소작료를 마련하실 때까지 시간이 더 필요하시다면, 저는 얼마든지 기다릴 수 있습니다."

화웅은 자리에서 일어나 허리를 깊숙이 숙였다.

"하지만 화 대인, 소작료는 여기 있는 게 전부이지 않습니까. 제가 장부를 보여 드리겠습니다. 올해는 풍작이라서, 수확물을 장에 내다 팔고 은 93냥을 받았습니다. 93냥의 5푼이면 4냥 8전이지요. 하지만 원래 거래에서 관용을 베푸셨으니 5냥을 다 채워서 드리기로 한 겁니다."

장생 아버지의 말에 화웅은 허리를 더욱 깊이 숙였다.

"이는 분명 관 대인께서 소인 화웅을 골탕 먹이려 하시는 말씀이겠지요. 일부 못된 사람들은 관 대인께서 올해 소작료를 다 내지 않으려 꼼수를 부릴 거라 했습니다만, 소인 화웅은 그 말을 믿지 않았습니다. 소인에게는 관 대인을 직접 뵈면 다 순리대로 풀릴 거라는 확신이 있었기 때문입니다."

"대관절 무슨 말씀을 하시는 겁니까?"

화웅은 등에 거미가 기어가기라도 한 것처럼 화들짝 놀란 표정을 지었단다. 난처한 사람처럼 두 손을 힘없이 내밀고서.

"관 대인께서는 정녕 소인 화웅이 토지 문서까지 꺼내게 하실 작정이십니까?"

그 말에 장생 아버지의 표정은 쇠로 만든 가면처럼 변했단다.

"꺼내 보시지요."

화웅은 문서를 찾아 몸 이곳저곳을 뒤지는 시늉을 감쪽같이 해냈다. 옷소매와 겉옷의 가슴 주머니를 툭툭 두드려 가면서. 그러다가 덩치 큰 하인들에게 마차 안을 찾아보라고 외쳤지. 한참 후, 덩치는 산만 하고 못이 울퉁불퉁 박인 주먹은 솥뚜껑만 한 하인이 들어와서는, 화웅에게 문서 두루마리를 건넸단다. 그러고는 장생의 아버지를 찬찬히 쳐다보았어. 조롱하는 눈빛으로, 그것도 노골적으로.

"휴우." 화웅은 옷소매로 이마의 땀을 닦는 시늉을 했다. "잃어버린 줄 알고 다 틀렸구나 했지 뭡니까. 애초에 이 문서가 필요할 날이 올 거라고는 생각도 못 했습니다만."

두 사람은 다시 무릎을 꿇고 마주 앉았어. 화웅이 다탁 위에 토지 임대 문서를 펼쳤지.

"소작료는 한 해 수확물을 팔아서 번 총액의 팔 할 오 푼입니다." 화웅은 기다랗고 여리게 생긴 손가락으로 문서를 짚었다.

"어쩌면 문서의 다른 글자들과 달리 이 '팔' 자만 가느다랗게 쓰인 이유가 뭔지 화 대인께서는 아실 것 같군요." 장생의 아버지는 문서를 꼼꼼히 살핀 후에 그렇게 말했다.

"문서의 초안을 쓴 필경사가 워낙 악필이라서요." 화웅은 아첨을 떨듯이 살살거리며 웃었어. "보나마나 관 대인의 글씨는 이보다 훨씬 훌륭하겠지만요. 허나 임대 계약에 관해서는 필경사가 악필이라 해도 상관없다는 데에 동의하시겠지요?"

장생의 아버지는 자리에서 일어섰다. 부들부들 떨리는 아버지의 옷소매가 장생의 눈에는 보였어.

"내가 이런 계약 문서에 도장을 찍을 사람으로 보입니까? 팔 할 오 푼이라고요? 그런 소작료를 내고 사느니 차라리 도적 떼에 가담하는 게 낫겠습니다."

장생의 아버지는 그렇게 말하고는 화웅에게 한 걸음 다가섰다.

화웅은 후다닥 뒤로 물러났어. 덩치가 우람한 하인 둘이 앞으로 나서서 주인과 장생의 아버지 사이에 인간 장벽을 세웠다.

"부탁입니다." 화웅의 표정은 안타까움으로 일그러졌단다. "아무쪼록 현령(縣令)께 알리지 않고 처리하게 해 주십시오."

장생은 문 옆에 기대 선 도끼로 눈을 돌렸단다. 그러고는 그 도끼를 향해 걸어갔지.

"안 돼. 그러면 안 돼요!"

"부엌에 가서 어머니한테 땔감이 더 필요한지 보거라."

아버지가 말했어. 장생은 망설였단다.

"어서!"

장생이 부엌으로 사라지자 덩치 큰 하인들은 그제야 긴장을 풀었단다.

"이야기를 방해해서 죄송해요."

"아니, 괜찮다. 넌 장생을 구하려고 했으니까. 그의 아버지처럼."

화웅이 떠나고 나서, 관 씨 일가는 말없이 섣달그믐날 만찬을 먹었단다.

"정말로 인간들 사이의 봉황이었구나."

식사가 끝나고 아버지가 마침내 입을 열었다. 그러고는 한참 동안 껄껄 웃었지. 그날 장생은 아버지와 밤새 앉아서 마지막 남은 매실주를 다 마셔 버렸어.

아버지는 길고 긴 소장을 써서 현령 앞으로 보냈다. 화웅의 사기 행각을 낱낱이 적어서.

"관(官)의 힘을 빌릴 수밖에 없다니 안타깝구나." 아버지는 장생에게 말했다. "하지만 선택의 여지가 없을 때도 있는 법이지."

일주일 후, 군인들이 관 씨네 집에 나타났다. 그들은 집 문을 부수고 들이닥쳐 장생과 어머니를 마당으로 끌어내고는, 집 안의 가구를 모조리 뒤엎고 접시, 찻잔, 대접 할 것 없이 죄다 때려 부쉈어.

"내가 뭘 잘못했다고 이러는 겁니까?"

"교활한 농사꾼 놈 같으니." 병사들이 장생 아버지의 목과 팔에 칼을 채우는 동안 장교가 말했다. "네놈은 도적 떼를 조직해 황건적에 가담하려는 음모를 꾸미지 않았느냐. 자, 네놈과 작당한 자들의 이름을 대라."

장생을 붙잡는 데에는 병사 네 명이 필요했다. 한참 만에 땅바닥에 쓰러져 병사들에게 깔린 채로, 장생은 버둥거리며 병사들에게 욕을 퍼부었단다.

"네 아들놈도 반골 기질을 물려받았나 보구나. 저 녀석도 끌고 가야겠는걸."

"장생, 반항은 그만둬라. 지금은 때가 아니다. 내가 가서 현령을 만나 보마. 다 잘될 게다."

아버지는 다음 날도, 그다음 날도 돌아오지 않았다. 고을에서 보낸 심부름꾼이 마을로 찾아와 장생 모자에게 전하길, 장생의 아버지는 현령의 명으로 옥에 갇혀 반역죄로 재판을 기다리는 중이라고 했단다. 겁에 질린 어머니와 아들은 아문(衙門)에 있는 현령에게 호소하려고 고을로 향했지.

현령은 두 사람을 만나 주지 않았을 뿐 아니라 장생의 아버지도 못 만나게 했다.

"교활한 농사꾼 놈들 같으니, 물러가라, 썩 물러가!" 현령은 문진으로 쓰던 수석을 집어 장생에게 던졌다. 돌은 반걸음 정도 차이로 장생을 비껴갔고. 아문의 보초인 아역(衙役)들은 대나무 장대를 휘두르며 장생과 어머니를 아문 대청에서 몰아냈지.

봄이 왔지만 모자는 씨뿌리기를 하지 않고 밭을 내버려뒀다. 군인들이 부수지 않고 놔둔 것 가운데 값이 나갈 만한 물건은 화웅의 하인들이 수레를 몰고 와 모조리 챙겨 갔고. 만류하는 어머니를 차마 뿌리치지 못한 채, 장생은 입속에 소금처럼 짜디짠 피 맛이 돌 때까지 이를 바득바득 갈았단다. 점점 더 붉어지는 장생의 얼굴에 겁을 먹은 화웅의 하인들은 물건을 다 챙기지도 못하고 서둘러 그 집을 떠났지.

장생은 도끼와 벌목도를 들고 산으로 올라가 며칠 동안 내려오지 않았다. 도끼와 칼로 비탈 한 면을 모조리 벌거숭이로 만들어 버린 거야. *쩍!* 산에서 놀던 남자애들은 어머니에게 달려와 거대한 독수리를 보았다고 얘기했어. 나무 사이로 날아다니며 쇠 부리로 가지를 부러뜨리는 거대한 독수리를. *챙!* 강가에서 빨래하던 여자애들은 마을로 돌아와 성난 호랑이의 포효를 들었노라고 서로에게 속닥거렸고. 사납게 숲을 누비며 커다란 앞발로 어린나무를 짓뭉개는 호랑이의 포효를.

장작과 잔가지 묶음은 이웃들이 수수가루와 절인 채소로 바꾸어 주었다. 아들은 어머니가 말없이 눈물을 양념 삼아 식사를 마치기를 기다렸단다. 아들은 매일 고량주와 매실주만 마시며 살아가는 것 같았어. 술을 한 잔 들이켤 때마다 아들의 얼굴은 점점 더 검붉어져 갔다. 수수와 매실이 빚은 핏빛은 그렇게 아들의 얼굴에서 영영 빠지지 않았어.

만찬

"츠판러[吃饭了], 츠판러!"

아옌이 외치는 소리가 로건의 이야기를 자르고 울려 퍼졌다.

"저녁 먹을 시간이다." 로건이 수박씨 그릇을 내려놓으며 말했다. "같이 먹을 테냐? 아옌이 마파두부와 웨이궁러우[魏公(치](웨이궁은 위공. 즉 『삼국지연의』의 조조를 가리킨다. 라오관이 이 요리를 '조조 고기'로 부르는 까닭은 이야기 속 관우의 최후를 생각하면 미루어 짐작할 수 있을 것이다. ── 옮긴이)를 만드는 중이다. 그 녀석 요리 중에서도 최고지."

릴리는 로건이 이야기를 멈추지 말았으면 했다. 화웅이 악인에게 걸맞은 벌을 받았으면 싶었다. 분노한 장생이 숲에서 독수리처럼 날고 호랑이처럼 뛰는 모습도 궁금했다. 하지만 중국인 남자들은 빈 상자와 의자를 채소밭에 둥그렇게 놓느라 부산하게 돌아다녔고, 그러는 동안 자기들끼리 왁자지껄 웃고 떠들었다. 열린 부엌문에서 솔솔 흘러나오는 냄새에 릴리는 배에서 꼬르륵 소리가 났다. 로건의 이야기에 너무 열중한 나머지 배고픈 줄도 몰랐던 것이다.

"이야기는 다음에 다 들려주겠다고 약속하마."

이날 중국인 광부들은 한껏 들떠 있었다. 로건이 말하길, 그들이 일하는 채취장은 알고 보니 노다지였다. 사금이 하루에 접시 한 개를 채울 만큼 나온다는 것이었다. 아옌은 다른 중국인 광부들과 함께 돌아오자마자 릴리의 다리 상처부터 확인하더니, 영양가 있는 음식을 챙겨 먹고 운동을 열심히 해서 체력을 기르면 순조롭게 나을 거라고 확언했다. 그러고는 이렇게 말했다.

"너한테 들려줄 재미난 이야기가 있어."

그날 낮, 데이비 개스킨스 보안관이 중국인 광부들을 찾아왔다. 몇 년 전 주 의회에서 외국인 광부를 대상으로 매달 일인당 5달러씩 세금을 걷는 법안을 통과시켰는데, 보안관은 바로 그 세금을 징수하러 온 참이었다. 이는 메뚜기 떼처럼 이 지역에 밀려드는 중국인 남자들을 쫓아낼 목적으로 만든 세금이었다. 그러나 각 마을에서는 그 세금을 걷느라 갖은 애를 먹었다. 개스킨스 보안관은 다달이 중국인 광부촌을 도는 일이 지긋지긋했다. 중국인 남자들을 보고 있으면 정신이 이상해지는 느낌이 들어서였다.

무엇보다, 중국인들의 사금 채취장은 서로 너무 멀리 떨어져 있어서 하루에 다 돌기가 불가능했다. 또 어찌된 일인지 그들은 개스킨스가 언제 오는지를 매번 미리 간파했다. 그러니까 이런 식이었다. 사금 채취장을 찾은 개스킨스 주위에는 스무 명 또는 서른 명은 족히 쓸 만한 곡괭이와 체, 삽이 널려 있었지만 그를 맞이하는 중국인은 달랑 대여섯 명뿐이었고, 여분의 연장이 널려 있는 까닭은 자신들이 일을 하도 열심히 해서 연장이 '빨리빨리' 닳아 버리기 때문이라는 것이었다.

그보다 더 싫은 것은 중국인들이 쉬지 않고 이리저리 옮겨다니는 것처럼 보인다는 점이었다.

"안녕하세요, 보안관님. 다시 만나서 반갑네요." 그날 오후 개스킨스를 맞이한 사람은 아옌이었다.

"자네 이름이 뭐였지?" 개스킨스는 중국인 남자들의 얼굴을 분간할 수가 없었다.

"전 뤄예[羅業]라고 합니다. 월요일에 저희 세금을 걷으러 들르셨잖아요. 기억 안 나세요?"

개스킨스는 월요일에 이곳에 들른 적이 없다고 확신했다. 그날은 마을 반대편에서 각각 다섯 명씩만 일하는 사금 채취장 세 곳을 돌며 세금을 걷었으므로.

"난 월요일에 파이오니어빌 근처를 돌았는데."

"그럼요, 저희도 거기 있었거든요. 저희는 바로 어제 여기로 옮겨 왔어요."

아옌은 보안관에게 세금 영수증을 보여 주었다. 틀림없었다. '뤄 예'라는 이름과 함께 다른 넷의 이름이 적혀 있었고, 그 밑에 개스킨스 본인의 서명이 있었다.

"몰라봐서 미안하네." 개스킨스는 분명 속임수라고 생각했지만, 증거가 없었다. 영수증이 있었던 것이다. 자기 손으로 직접 쓴.

"괜찮습니다." 아옌은 개스킨스를 보며 함박웃음을 지었다. "중국 인 남자는 다 똑같이 생겼으니까요. 흔히 하는 실수죠."

아옌의 이야기가 끝나자 릴리는 다른 광부들과 함께 웃었다. 개 스킨스 보안관이 그렇게 바보 같다니 믿기지가 않았다. 아옌을 못 알아보다니, 어떻게? 말도 안 되는 소리였다.

채소밭에 임시 식탁과 의자를 놓는 동안 중국인 남자들은 큰소리 로 편하게 이야기하며 농담을 주고받았다. 릴리는 그들의 대화에 서 귀에 걸리는 영어 단어를 알아듣는 것이 즐거웠다. 이제 릴리에 게도 익숙해진 중국식 억양은 그들의 음악과 닮은꼴이었다. 쇳소리 같았고, 딱딱거렸고, 구두점처럼 끼어드는 리듬은 들뜬 심장 고동 같았다.

나중에 아빠한테 꼭 얘기해 줘야지. 릴리는 생각했다. 아빠가 맨날 그랬잖아, 삼촌과 숙모의 아일랜드식 억양을 들으면 제일 좋아하는 술자리 노래가 생각난다고.

릴리는 중국 광부들이 일을 하는 낮에는 그들을 만나러 나갈 수가 없었다. 전날의 '사고' 이후로 어머니는 딸이 집 밖에 나가도록 절대 허락하지 않았다.

"그냥 넘어진 것뿐이에요. 더 조심하겠다고 약속할게요."

어머니는 릴리에게 연습장에 시를 더 많이 베껴 적으라고 말할 뿐이었다.

릴리는 어머니가 그 사고에 감춰진 사연이 더 있다고 의심한다는 것을 알았다. 릴리는 전날 일어난 일을 아버지에게 고스란히 이야기하고 싶어 입이 근질거렸지만, 어머니는 딸이 다리에 바르고 온 약의 형태와 냄새에 질겁한 나머지 그 '중국인들의 독약'을 당장 씻어 버리라고 난리를 피웠다. 일이 이렇게 되고 보니 아예 사실대로 털어놓을 엄두가 나지 않았다.

릴리는 아버지인 잭 시버가 퇴근해서 집에 돌아온 후에야 바깥 구경을 할 수 있었다.

"엘지, 릴리는 어린애지 화분이 아니야. 종일 집 안에만 가둬 둘 순 없어. 가끔은 넘어져서 살갗이 까지기도 하고 그래야지. 언젠가는 코르셋을 차고 예쁘게 단장해서 남편을 구할 날이 올지도 모르지만, 당분간은 아니야. 지금은 햇볕을 받으면서 뛰어다녀야 해."

엘지 시버는 남편의 말이 마음에 들지 않았지만, 그래도 릴리가 나가도록 허락해 주었다.

"오늘 저녁은 늦게 먹을 거야. 네 아빠랑 할 얘기가 있으니까."

릴리는 어머니의 마음이 바뀌기 전에 집을 빠져나왔다. 해는 서쪽 하늘 나지막이 걸려서 거리에 기다란 그림자를 드리웠고, 아이다호시티의 집들 사이로 부는 시원한 산들바람은 일터에서 돌아오는 광부들의 목소리를 멀리서부터 싣고 왔다. 길 건너편 집 앞에 있던 중국인 남자 둘이 릴리에게 로건은 채소밭에 있다고 알려 주었다. 릴리는 곧장 밭으로 향했고, 전날에 이어서 두던 바둑이 릴리의 패배로 끝났을 때, 로건은 릴리를 달래려고 군신 관우의 이야기를 들려주기 시작했다.

아엔은 자신이 만든 요리를 커다란 접시에 담아 부엌에서 내와서는, 둥그렇게 앉은 사람들 한복판에 나무 상자를 엎어 만든 임시 식탁에다 차려 놓았다. 중국인 남자들은 저마다 쌀밥이 한가득 담긴 대접을 손에 들고서 식탁 주위로 몰려들어 밥 위에 요리를 쌓기 시작했다. 그들 사이에서 빠져나온 아엔이 릴리에게 건넨 파란 사기 대접에는 분홍색 새와 꽃이 그려져 있었다. 대접에 든 밥 위에는 빨간 소스로 덮인 깍둑깍둑 썬 두부와 돼지고기, 그리고 파와 얇게 썬 여주를 곁들여 구운 검은색 고기가 올려져 있었다. 뭔지 모를 매콤한 향신료에서 풍기는 냄새에 릴리는 눈과 입에 동시에 물기가 돌았다.

아엔은 릴리에게 젓가락 한 벌을 챙겨 주고 자기 몫을 챙기러 사람들 틈으로 돌아갔다. 작고 날씬한 아엔은 덤불 밑을 달리는 토끼처럼 날쌔게 다른 남자들의 어깨와 팔 아래로 파고들었다. 아엔이 커다란 대접의 밥 위에 두부와 고기를 쌓아 빠져나오기까지는 그리 오래 걸리지 않았다. 아엔이 제 몫의 음식을 챙길 수 있을지 불안한 눈빛으로 지켜보던 릴리의 모습이 아엔의 눈에 들어왔다. 로건의 맞은편 자리에 앉아 대접을 높이 쳐들고서, 아옌은 릴리에게 외쳤다.

"먹어, 어서!"

릴리는 로건의 시범을 보고 나서 젓가락질 하는 요령을 대강 익혔다. 커다랗고 둔해 보이는 로건의 손이 젓가락을 능숙하게 놀려 깨지기 쉬운 두부 조각을 집어서 하나도 부수지 않고 입까지 가져가는 광경은 놀랍기만 했다. 처음 몇 번 시도했을 때 릴리는 두부를 모조리 부수고 말았다.

릴리는 마침내 두부 한 조각을 무사히 입에 넣고는, 감사하는 마음으로 냠냠 씹었다. 그때껏 알지 못했던 맛이 입속에 퍼져 나갔다. 혀 전체가 기뻐할 만큼 풍부한 맛이었다. 짠맛, 고추의 어렴풋한 매운맛, 소스의 바탕을 이루는 약한 단맛, 그리고 혀를 간지럽히는 무언가. 릴리는 두부를 오물오물 씹어 보았다. 맛이 더 우러나오도록 해서 뭔지 모를 그 맛의 정체를 더 또렷이 밝히려고. 고추 맛은 더욱 강해졌고, 간질거리던 느낌은 얼얼한 느낌으로 변해 혀끝에서 혀뿌리까지 남김없이 뒤덮었다. 릴리는 두부를 조금 더 씹다가……

"으아아아악!"

비명을 질렀다. 얼얼한 느낌이 갑자기 조그맣고 뜨거운 바늘 수천 개로 변해 혀를 온통 찔러 댔다. 콧속에 콧물이 가득한 느낌이 들었고, 눈앞은 눈물 때문에 뿌예졌다. 중국인 남자들은 릴리의 비명에 놀라 일제히 조용해졌다가, 무슨 일인지 알아차리고 껄껄 웃었다.

"쌀밥을 먹어라. 어서."

로건의 말에 릴리는 부리나케 쌀밥을 몇 입 씹어 삼켰다. 부드러운 밥 알갱이가 혀를 주무르고 목구멍 안을 달래 주도록. 혀는 마비돼서 감각이 사라진 듯했고, 얼얼한 느낌은 이제 가라앉았지만 볼 안쪽은 계속 따끔거렸다.

"새로운 맛의 세계에 온 걸 환영한다." 즐거워하는 로건의 눈에 장난기가 가득했다. "그건 '마라[麻辣]'라는 맛이다. 촉(蜀) 땅의 이름을 중국 전역에 알린 얼얼한 매운맛이지. 조심해라, 그 맛은 사람을 살살 꼬드겨서 먹게 해 놓고는 입안 가득 불을 질러 댄다. 하지만 한번 익숙해지면 혀가 춤을 추고 그보다 순한 맛으로는 만족할 수가 없지."

로건의 충고에 따라 릴리는 혀가 쉴 틈을 주려고 두부 사이사이에 여주와 파를 먹었다. 여주의 쓴맛은 두부의 마라 맛과 멋진 대비를 이루었다.

"지금껏 쓴맛이 나는 음식을 먹어 본 적이 없는 게로구나."

로건의 말에 릴리는 고개를 끄덕였다. 어머니가 만든 음식 중에 쓴맛이 나는 것은 하나도 떠오르지가 않았다.

"중요한 건 맛의 균형이다. 중국인에게 운명이란 단맛과 신맛, 쓴맛, 매운맛, 짠맛, 마라 맛, 그리고 부드러운 위스키 맛을 한꺼번에 모두 맛보는 거다. 뭐, 사실 중국인은 위스키가 뭔지 모를 테지만, 그래도 내 말이 무슨 뜻인지는 너도 알 거다."

"릴리, 와서 저녁 먹어라."

릴리는 고개를 들었다. 채소밭 귀퉁이 너머에 아버지가 서서 오라고 손짓하고 있었다.

"잭. 이리 와서 아옌이 만든 요리를 같이 들지 않겠소?" 로건이 외쳤다.

잭 시버는 생각지도 못했던 제안에 놀라 잠시 머뭇거리다가, 이내 고개를 끄덕였다. 오이와 양배추 사이의 고랑을 걸어오는 동안 흐뭇한 웃음을 감추지 못하던 잭이 로건 곁에 와서 섰다.

"고맙소. 댁들이 처음 이사 왔을 때부터 여기서 풍기는 냄새를 맡고 꼭 한번 먹어 보고 싶었는데." 잭은 둘러앉은 중국인 남자들을 돌아보았다. "형씨들, 요즘 채굴 경기는 좀 어때요?"

"좋습니다, 시버 씨." "사방이 다 금이에요." "로건은 금 찾는 재주가 있다니까요."

"듣던 중 반가운 소리구먼. 좀 있으면 샌프란시스코에 상품 주문을 넣을 건데, 차이나타운에서 들여오고 싶은 게 있으면 말해 줘요. 앞으로 댁들 주머니의 금을 내 주머니로 살짝 옮길 작정이니까."

둘러앉은 중국인 남자들이 왁자하게 웃으며 이것저것 외치자 잭은 수첩에 물건의 이름을 받아 적었고, 샌프란시스코의 도매상이 영어 이름을 모를 것 같은 물건의 경우에는 중국인들이 한자로 이름을 적도록 이따금씩 수첩을 양보하기도 했다. 그러는 동안 아옌은 잭이 먹을 밥을 챙기러 다시 부엌으로 달려갔다.

잭은 사람들이 만든 원의 한복판에 있는 요리를 바라보며 군침이 도는 듯 입맛을 다셨다.

"오늘 저녁 메뉴는 뭐지?"

"마파두부라는 거예요. 조심하세요, 아빠. 처음 먹어 보는 맛이거든요. 그리고 저건 웨이공러우, '웨이 공작의 고기'래요."

"무슨 고기로 만든 거요?"

"파와 여주를 곁들여 구운 개고기요." 로건이 대답했다.

구운 고기 한 점을 입에 막 넣으려던 릴리가 대접을 떨어뜨렸다. 쌀밥과 두부와 고기와 빨간 소스가 사방으로 튀었다. 릴리는 속이 울렁거렸다.

잭은 딸을 부축해서 꼭 끌어안았다.

"이게 뭐 하는 짓이오? 도대체 누구네 개를 죽인 거요? 이거 난리 나겠는데." 잭의 찡그린 표정이 점점 심각해졌다. "엘지가 알면 길길이 뛰겠군."

"주인이 있는 개가 아니에요. 숲에 뛰어다니던 들개였어요. 새끼였을 때 누가 숲에 갖다 버린 것 같던데요. 저를 물려고 덤비길래 어쩔 수 없었어요." 잭에게 줄 밥을 들고 부엌에서 나온 아옌이 말했다.

"하지만 너희도 애완견은 키울 거 아냐. 개를 먹다니…… 그건 어린애를 먹는 거나 같은 짓이잖아."

"개를 애완동물로 키우는 건 우리도 마찬가지요. 애완용으로 키우는 개는 먹지 않소. 하지만 이놈은 들개였고, 아옌은 자기 몸을 지키기 위해 이놈을 죽이는 수밖에 없었소. 맛있는 들개 고기가 있는데 버릴 이유는 없지 않소?"

로건이 말했다. 다른 중국인 남자들은 젓가락질을 멈추고 둘의 대화에 귀를 기울였다.

"들개든 아니든 개를 먹는 건 미개한 짓이오."

"개를 너무 좋아해서 안 먹는단 말이군." 로건은 곰곰이 생각하다가 말을 이었다. "당신들은 쥐도 안 먹을 것 같소만."

"안 먹는 게 당연하지! 생각만 해도 끔찍하군. 쥐는 병균이 득시글거리는 더러운 동물인데." 잭은 상상만으로 속이 거북해졌다.

"우리도 쥐는 먹지 않소. 보통은. 하지만 굶주린 상황에서 다른 고기가 없다면, 쥐도 먹을 만하게 요리할 수 있소."

중국인의 타락상은 끝이 없단 말인가? "쥐를 맛있게 먹다니, 난 상상도 못하겠군."

"이제 알겠소. 당신네는 조금 좋아하는 동물만 잡아먹고, 많이 좋아하는 동물은 안 잡아먹는단 말이로군."

잭 시버는 로건의 말에 마땅한 대답이 떠오르지 않았다. 토하지 않으려고 꾹 참는 릴리를 부축하고서, 잭은 채소밭을 떠나 자기 집으로 돌아갔다. 엘지가 준비한 저녁은 닭고기를 넣은 파이였지만, 이날은 잭도 릴리도 뭘 먹을 기분이 아니었다.

깃털[羽]과 긴 구름[雲長]

장생이 담을 기어오를 무렵, 동녘 하늘은 아직 생선 배처럼 회색빛이었다. 담을 다 넘었을 때에도 첫닭은 아직 울지 않았지. 서까래와 벽이 흰개미와 쥐에게 갉아 먹힌 오래된 저택은 눈 깜짝할 새에 활활 타올랐다. 마을 사람들이 소리를 지를 때쯤 장생은 이미 20리나 달아난 후였지.

떠오르는 아침 해가 동녘 지평선의 산맥 위로 가없는 띠처럼 이어진 구름을 장생의 얼굴빛만큼이나 벌겋게 물들였다. *피처럼 붉고 긴 구름이라.*

장생은 속으로 생각했어. 하늘도 나와 함께 기뻐하는가. 장생은 복수의 쾌감에 한참 동안 껄껄 웃었단다. 깃털처럼 가벼워진 느낌, 동쪽을 향해 영원히 달릴 수도 있을 것 같은 기분이었어. 그 기다란 구름 속에, 아니면 동쪽 바다에 뛰어들 때까지.

이제 새 이름이 필요하다. 장생은 생각했다. 앞으로는 깃털 우(羽) 자를 써서 관우라고 해야겠어. 자(字)는 운장(雲長), 긴 구름이라는 뜻에서.

그 한 달 전, 마을에서는 가을의 정기 순회 재판이 열렸다. 반란죄는 사형에 처해지는 중죄였기에, 순회 재판관이 직접 재판을 관장했지. 칼을 쓰고 아문의 대청으로 끌려나온 관 씨는 아내와 아들이 재판을 구경하러 온 사람들 사이에서 지켜보는 가운데 단단한 돌바닥에 무릎을 꿇었단다.

이제 전보다 더욱 뚱뚱해진 화웅이 재판관 앞에서 바람 속의 나뭇잎처럼 벌벌 떨며 토지 문서를 꺼냈다. 학자 출신으로 낙양(洛陽)에서 갓 부임한 젊은 재판관은 황제의 총애를 받는다는 자부심이 가득했지. 화웅은 곤경에 처한 관 씨 일가를 도우려 했을 때 관 씨가 8할 5푼의 소작료를 내겠다고 고집을 부리는 바람에 어안이 벙벙했다고 진술했어.

"제가 물었습니다. '그렇게 해서 무슨 수로 생계를 꾸린단 말입니까?' 그러자, 존경하는 판관님, 관 씨가 말했습니다. '만약 그자가 환관들과 이 혼란한 시절에 학자입네 하는 아첨꾼 조신(朝臣)들의 충고에 따라 나라를 다스린다면,' 그렇습니다, 판관님, 이때 관 씨는 감히 천자의 이름을 욕되이 부른 것입니다. '그렇다면 어차피 천하의 모든 백성이 굶주릴 것입니다. 저는 농사지은 것을 모조리 세금으로 빼앗기느니 차라리 화 대인께 다 드리고 싶습니다. 상관없습니다. 저는 황건적에 가담해서 도적이 되어 더 큰 기회를 노릴 작정이니까요.' 이상입니다."

재판관은 대청 아래에 무릎 꿇은 관 씨를 힐긋 내려다보았다. 입꼬리가 못마땅한 듯 축 처져 있었지.

"흠. '이 혼란한 시절에 학자입네 하는 아첨꾼 조신들'이라. 여봐라, 농민, 너는 성상(聖上)과 지엄한 국법에 대한 경의가 정녕 안중에도 없느냐? 충(忠)이 무엇인지 다 잊어버렸단 말이냐? 방금 그 고발에 뭐라 답할 작정이냐?"

관 씨는 꽁꽁 묶인 와중에도 허리를 한껏 꼿꼿이 펴고 앉았다. 그러고는 젊은 재판관의 서슬 퍼런 얼굴을 올려다보았어.

"저는 진실로 황제 폐하께서 부도덕한 신하들 때문에 그른 길로 나아가신다고 믿습니다. 그들은 백성을 오로지 마지막 은전 한 닢까지 쥐어짤 생선이나 고기쯤으로 여길 뿐, 백성의 고통에는 눈도 깜짝하지 않는 자들입니다. 그러나 저는 폐하에 대한 충심이나 제국 군대에서 몇 대에 걸쳐 복무한 제 집안의 전통을 한 번도 잊은 적이 없으며, 폐하에 맞서 반란을 일으킬 생각 또한 없습니다. 저를 고발한 자는 제 가족을 곤궁에 빠뜨리고 저를 모욕하기 위해 저런 거짓말을 지어냈습니다. 단지 제 아들이 바둑으로 자신에게 수치를 안겼다는 이유 때문에 말입니다. 폐하께서 판관님께 생사여탈의 권한을 주신 것은 틀림없이 판관님께서 젊은 나이에도 불구하고 지혜를 갖추셨기 때문일 것입니다. 그러므로 저는 지혜로운 판관님께서 저의 무죄를 밝혀 주시리라 믿어 의심치 않습니다."

땅바닥에 무릎을 꿇고 있었는데도, 관 씨의 목소리는 마치 그가 대청에 모인 사람 모두를 굽어보는 것처럼 쩌렁쩌렁했다. 재판관조차도 감명을 받은 눈치였지.

재판관의 안색이 변한 것을 알아챈 화웅은 무릎을 꿇고 재빨리 머리를 세 번 조아렸다.

"존경하는 판관님, 관 대인의 아들과 저는 어릴 적부터 친구처럼 지낸 사이였던 만큼, 확실한 증거가 없었다면 저는 결코 관 대인을 고발하지 않았을 것입니다. 저는 그저 미천한 장사치일 뿐이오나 관 대인은 황제 폐하를 섬긴 장군과 학자를 여럿 배출한 명문가의 후손입니다. 그러나 저는 폐하를 숭모하는 마음에 가만히 있을 수가 없었습니다. 그 마음이 너무나 절실하여 감히 관 대인 같은 사람을 고발하기로 결심한 것입니다. 저는 관 대인이 가문의 영광스러운 지난날을 방패로 삼아 본인의 모든 불충과 악덕을 가릴까 두려웠습니다. 부디 판관님께서 정의를 바로 세워 주시기를 바랄 따름입니다." 화웅은 말을 마친 후에도 계속 땅에 머리를 조아렸어.

"그만해라." 재판관이 짜증스러운 듯이 말했다. "가문의 영광스러운 과거 따위 두려워할 필요 없다. 천자의 법은 공평무사하다. 설령 공후(公侯)의 아들이라 한들 황제 폐하를 거스르고자 모의하는 자들이라면 마땅히 두려움 없이 고발해야 한다."

다시 관 씨에게 눈을 돌린 재판관의 표정은 딱딱했다.

"나는 저자 같은 악한을 여럿 보았다. 선조들의 충성을 이유로 폐하께서 가문에 하사하신 영예에 우쭐해져서는, 스스로 법 위에 있다고 믿는 자들이지. 뭐, 내 손에 걸리면 더욱 가혹한 처벌을 받겠지만. 혹시 다른 증거가 또 있느냐?"

화웅은 뒤쪽 구석에 웅크리고 있던 여자 세 명을 고갯짓으로 가리켰다.

"관 대인이 숲에서 도끼와 벌목도로 무예 연습을 하는 걸 이 처녀들이 보고 들었습니다. 그들이 목격하길, 관 대인은 길길이 날뛰면서……그……"

"뭘 어쨌다는 거냐?"

"천자께 도끼와 칼을 휘두르는 시늉을 했다고 합니다." 화웅은 다시 쉴 새 없이 고개를 조아렸다. 땅바닥에 부딪힌 이마에서 피가 흐르도록.

"거짓말입니다." 사람들 틈에서 장생이 외쳤다. 그런 노골적인 거짓말에 맞장구치는 처녀들한테 격노했던 거지. 그런데 다시 보니 모두 화웅에게 큰 빚을 진 집의 딸들이었던 거야. 장생은 말을 하지 않으면 목의 핏줄이 터져 버릴 것만 같았어.

"숲에 있었던 사람은 저……"

"장생아, 무슨 일이 있어도 입을 열면 안 된다." 관 씨가 외쳤다. "너는 어머니를 돌봐야 한다."

"여봐라." 재판관이 병사들을 불렀다. "저 되바라진 녀석과 그 천한 어미를 아문에서 쫓아내라. 저것들이 내 재판을 구경거리로 삼게 놔둘 수는 없다."

반격하지 않으려고 꾹 참느라 장생은 피가 나오도록 자기 혀를 깨물었다. 아문에서 비틀비틀 나가는 동안에는 병사들의 매질을 막으려고 자기 몸으로 어머니를 감쌌지.

관 씨는 반역을 꾀한 죄로 그날 오후에 사형을 선고받았고, 잠시 후에 아문 바깥의 깃대에 그의 머리가 걸렸다. 그날 저녁, 장생의 어머니는 부엌 한복판의 대들보에 줄을 묶고 고리를 만들어 목에 건 다음, 딛고 선 의자를 걷어차 버렸단다.

장생은 화웅을 마지막까지 살려 두었다. 화 씨 일가의 다른 식구들(스무 명 남짓)을 처치한 후, 장생은 (먼저 손목을 휙 놀려 화웅과 나란히 누운 첩 두 명의 목을 딴 후에) 곯아떨어진 화웅을 깨웠단다. 장생이 들고 있던 횃불의 침침한 불빛 속에서 화웅은 눈앞에 있는 것이 붉은 얼굴을 한 귀신이라고 생각했어. 자기 혼을 빼앗으러 지옥에서 온 병사라고 말이야.

"잘못했습니다, 잘못했습니다." 화웅은 횡설수설하다가 그만 탈분하고 말았다.

장생은 칼로 화웅의 팔과 다리의 힘줄을 끊어 꼼짝도 못하게 만들었다. 그런 다음 축 처진 뚱뚱한 몸뚱이를 다시 침상에 눕혔지. 숨이 끊어진 두 첩 사이에 안기도록.

"깨끗이 보내 주지는 않을 거다. 너는 내 아버지가 도적이라고 했지. 이 제 도적이 너 같은 자를 어떻게 처치하는지 보여 주마."

뒤이어 장생은 온 집에 불을 놓기 시작했다. 금세 연기가 자욱하게 퍼지자 화웅은 도와 달라는 소리조차 할 수 없었어. 기침이 점점 심해져서 어찌할 바를 몰랐거든. 화웅은 자기 침에 조금씩 숨이 막혀 갔어.

관우는 기다란 핏빛 구름이 손짓하는 동쪽을 향해 쉬지 않고 말을 몰았다. 마음은 깃털처럼 가벼웠고, 싸움의 쾌감과 복수의 달콤함은 영원토록 사라지지 않을 것만 같았어. 관우는 신이 된 기분이었단다.

이런저런 인상들

중국인 남자들의 사금 채취장에서 개울 건너편에 있는 비탈 중턱의 숲은 한복판에 공터가 있었다. 이제 때는 6월 하순, 공터 가장자리의 거친 흙 땅에는 라일락 덤불이 자라 오렌지향 비슷한 싱그러운 향기를 한가득 내뿜었다. 공터 복판은 키 작은 야생 해바라기의 샛노란 빛이 양탄자처럼 깔린 가운데, 여기저기 치커리의 남자주색이 단조로움을 깨뜨렸다.

릴리는 공터 가장자리의 나무 그늘에 앉아 눈앞의 색조를 바라보는 것이 좋았다. 그렇게 오래 앉아 있다 보면 산들바람과 비뚜름히 쏟아지는 햇살이 공모하여 꽃 한 송이 한 송이를 쓸어 모아 일렁이는 빛의 들판으로 바꾸어 놓았다. 그러면 세상은 아직 오지 않은 날과 찾지 못한 즐거움으로 가득한 새로운 곳처럼 보였다. 그때 할 만한 일은 노래뿐인 것 같았다.

공터 끝자락에서 뭉게뭉게 피어오르는 연기가 릴리의 몽상을 방해했다.

릴리는 공터를 가로질러 연기 쪽으로 걸어갔다. 연기가 나는 곳옆에 웅크려 앉은 시커먼 남자 형상이 보였다. 남자는 무언가 맛있는 냄새가 나는 음식을 만드는 중이었다. 하지만 그 냄새에는 살짝 불쾌한 구석이 있었다. 머리카락이 타는 듯한.

이제 웬만큼 가까이서 보니 그 남자는 덩치가 커다랬다. 로건보다 더 컸다. 남자가 피처럼 빨간 가죽을 두른 커다란 개의 주검을 통째로 굽고 있는 것을 릴리가 알아차릴 무렵, 남자는 몸을 틀어 릴리를 보며 씩 웃었다. 입속에 단검처럼 날카로운 이가 가득 돋아 있었다.

그 남자는 크릭이었다.

릴리는 비명을 질렀다.

잭은 엘지에게 그만 가서 자라고 했다.

"괜찮아. 내가 차를 한 잔 끓여 줄게."

아버지의 아늑하고 따뜻한 품에서 듣는 물 끓는 소리는 릴리의 머릿속에서 악몽의 마지막 잔상을 몰아내 주었다. 차를 홀짝이면서, 어머니에게 들리지 않도록 나지막이 소곤거리는 목소리로, 릴리는 로건과 크릭의 싸움을 목격한 이야기를 아버지에게 털어놓았다.

"오비는 어떻게 됐는데?"

"모르겠어요. 그 사람은 달아났거든요."

"크릭의 시체는 어떻게 됐지?"

릴리는 이 또한 아는 바가 없었다.

"오비가 먼저 쏜 걸 본 게 확실하니? 그 총알은 로건의 어깨에 맞았고?"

릴리는 열심히 고개를 끄덕였다. 로건의 어깨가 터져 나가는 장면은 릴리의 머릿속에 깊이 새겨져 결코 지워지지 않았다. 릴리는 로건이 돌아보았을 때 자신이 어떻게 그렇게 차분했는지도 궁금했다. 마치 로건에게 특별한 힘이 있어서 자기 용기를 릴리에게 나눠 준 것만 같았다. 릴리에게 아무 일 없을 거라고 알려 준 것 같았다.

잭은 딸의 이야기를 되씹어 보았다. 만약 릴리의 말이 사실이라면 로건은 중상을 입었을 텐데, 그는 열두 시간도 안 지나서 곧바로 동료들과 채굴장으로 향했다. 이는 그 중국인 사내가 이때껏 본 적이 없을 만큼 튼튼한 인간이든가, 아니면 릴리가 호들갑을 떤다는 뜻이었다. 그러나 잭은 딸을 잘 알았다. 상상력이 풍부하기는 해도 거짓말을 하는 아이는 아니었다.

오비와 크릭은 악명 높은 범죄자였고, 화재를 일으켜 수많은 이의 삶을 무너뜨리고 켈리 일가의 목숨을 빼앗은 범인 또한 그 둘이라고 의심하는 사람이 많았다. 그러나 화재와 일가족 살인 사건은 목격자가 없었기에 이인조는 기소되지 않았다. 만약 오비가 로건을 살인죄로 고발한다면, 오비 자신과 릴리와 모든 중국인 광부가 사건을 목격한 이상 로건은 교수형에 처해질지도 몰랐다. 백인들은 백인 광부에게서 채굴권을 빼앗아간다는 이유로 중국인 광부들을 백안시했다. 그 채굴권은 대개 백인들이 포기한 것이었는데도 그러했다. 쌀농사에 익숙한 중국인 특유의 물 관리 기술과 끈기를 지니지 못한, 또는 돈을 아끼려고 쌀밥과 채소만 먹으며 좁아터진 판잣집에 바글바글 모여 살 만큼 살아남겠다는 의지가 강하지 않은 백인들. 설령 로건이 크릭을 죽인 사연이 정당방위처럼 들린다 해도, 배심원단이 어떤 평결을 내릴지는 알 수 없었다.

"아빠, 저한테 화나셨어요?"

몽상에 빠져 있던 잭은 흠칫하며 생각을 추슬렀다.

"아니. 내가 왜 너한테 화가 나겠어?"

"아빠가 그러셨잖아요, 로건은 아무래도 사람을 죽인 적이 있는 것 같으니까 중국인들한테 가까이 가지 말라고요. 게다가…… 지난주엔 하마터면 개를 먹을 뻔했고요."

잭이 껄껄 웃었다.

"그런 것 때문에 화를 낼 순 없지. 중국인들이 만든 음식은 냄새가 너무 맛깔나서 말이지, 나도 개고기에 흥미가 돌았단다. 실은 지금도 살짝 맛이 궁금할 정도야. 넌 아무것도 잘못한 게 없어. 그날 싸움에 휘말린 건 위험한 짓이었지만, 네 잘못은 절대 아니야. 내가 보기엔 그 일도 잘 마무리된 것 같아. 네가 안 다쳤으니까."

"다치긴 했어요. 살짝."

"다행스럽게도 중국인들의 약이 효과가 있었나 보구나. 로건은 참, 특이한 인물이야."

"로건은 이야기를 정말 재미있게 잘해요."

릴리는 아버지에게 군신 관우의 무용담이나 오랑캐에게 시집간 해우 공주 이야기를 들려주고 싶었다. 그 이야기를 들으면 어떤 기분이 드는지 아버지에게 설명해 주고 싶었다. 로건이 위스키 기운이 감도는 억양으로 쨍그랑대는 리듬에 따라 들려주는 이야기가 얼마나 몽환적이면서도 친근한지를, 커다란 손의 길고 울퉁불퉁한 손가락으로 이야기의 장면을 묘사하는 손짓은 또 얼마나 우습고 진지한지를. 그러나 모든 것이 아직은 너무 낯설고 혼란스러웠기에, 릴리는 적절한 표현을 떠올려 그 순간순간의 인상을 제대로 된 그림 한 폭으로 아버지에게 보여 줄 자신이 없었다.

"당연히 그렇겠지. 그게 우리가 이 서부로 온 이유란다. 서부는 누구의 땅도 아니고, 그래서 모두가 자기만의 이야기를 가진 이방인이니까. 캘리포니아주는 지금 천상 민족이 쏟아져 들어오는 중이니까, 이제 곧 여기 아이다호에도 밀려들 거야. 머잖아 모두가 그들의 이야기를 들을 수 있겠지."

릴리는 차를 다 마셨다. 마음은 편해졌지만, 악몽의 두근거리는 여운 때문에 눈이 말똥말똥했다.

"아빠, 노래 불러 주시면 안 돼요? 저 잠이 안 와요."

"당연히 되지. 우리 금덩이 부탁인데. 그럼 밖에 나가서 잠깐 건자. 엄마가 듣고 깨면 안 되니까."

릴리와 잭은 잠옷 위에 웃옷을 걸치고 소리 없이 집을 나섰다. 따뜻한 여름날 저녁이었고, 구름도 달도 없는 하늘에는 무수히 많은 별이 반짝였다.

중국인 남자 몇 명이 여태 집 앞 포치에 나와 있었다. 그들은 등유 램프의 가녀린 불빛 속에 주사위로 게임을 하는 중이었다. 잭과 릴리는 길을 걸어가며 그들에게 손을 흔들었다.

"저 친구들도 잠이 안 오는 모양이구나. 그럴 만도 하지. 사내들 대여섯 명이 통조림 속의 정어리처럼 꼭꼭 붙어 누워 있는데 잠이 오다니, 상상도 못할 일이지. 다들 발 냄새를 풀풀 풍기면서 코를 골아 대는데."

얼마 안 가서 둘은 중국인들의 램프 불빛을 뒤로 하고 마을 어귀를 벗어났다. 잭은 도로 옆 비탈 쪽에 있는 바위 위에 걸터앉은 다음, 릴리를 들어 올려 옆에 앉히고 한 팔로 감쌌다.

"어떤 노래가 듣고 싶니?"

"엄마가 절대 못 부르게 하는 그 노래는 어때요? 장례식 이야기 나오는 노래 말이에요."

"그거 좋지."

잭은 벌레가 가까이 못 오도록 담배 파이프를 꺼내어 불을 붙이고는 노래를 시작했다.

팀 피네건은 워킨 스트리트에 살았네

점잖은 아일랜드 남자, 꽤 별종이었지

구성지고 구수한 고향 사투리 말씨에

벽돌 지게 하나 들고 생계를 해결했네.

술이라면 사족을 못 쓰던 팀,

날 때부터 위스키를 얼마나 사랑했던지

날마다 힘내서 하루 일을 시작하려고

아침마다 한 모금씩 위스키를 마셨네.

릴리는 아버지의 얼굴을 올려다보았다. 파이프 불빛에 발갛게 빛
나는 그 얼굴을 보니 불현듯 사랑과 위안이 가슴속에 파도처럼 밀
려왔다. 서로에게 빙그레 웃으며, 아버지와 딸은 노래의 후렴구를
합창했다.

왝 폴 더 다 오, 파트너와 춤을 추세

바닥을 박차세, 다리가 후들거리게

어때, 내 말이 사실이지

피네건의 경야는 참으로 신이 나지!

잭은 노래의 나머지 가사를 마저 불렀다.

어느 날 아침 팀은 숙취에 정신을 못 차리고

머리가 하도 띵해서 비틀비틀 휘청거렸지

그러다 사다리에서 떨어져 머리가 깨져

사람들이 팀의 시체를 집으로 날라다 주었지.

사람들은 깨끗한 침대보로 팀을 싸서

침대 위에 반듯이 눕혀 주고는

발치에는 위스키 한 통을 놓고

머리맡에는 흑맥주 한 통을 놓아 주었지.

친구들이 장례식 경야를 위해 모이자

피네건 부인이 점심을 먹으라고 불렀지

처음에는 홍차와 케이크

그다음은 파이프 담배와 위스키 펀치.

비디 오브라이언이 통곡을 시작했지

"그렇게 깨끗한 시체, 다들 본 적 있소?

아아, 팀, 내 친구, 어찌 이리 일찍 갔소?"

"에라, 그 주둥이 다물어라!" 패디 맥기가 외쳤지!

다음은 매기 오코너가 이어받았네

"비디, 이것아! 어디서 허튼소릴 씨부렁대냐!"

비디는 매기의 입을 후려갈겼고

매기는 바닥에 벌러덩 자빠졌네

그렇게 한바탕 전쟁은 시작됐고

여자 대 여자, 남자 대 남자로,

분노의 주먹 다 함께 휘두르며

난리법석 난장판의 막이 올랐네

미키 말로니가 냉큼 고갤 숙이자

미키를 노리고 날아오던 술잔은

과녁을 비껴가 침대에 떨어졌고

위스키는 팀이 다 뒤집어썼는데!

시체가 살아났네! 일어나는 팀을 보라!

티모시 피네건 침대에서 일어나

말하길, "위스키를 사방에 질질 흘리다니,

이 급살 맞을 놈들! 내가 죽은 줄 알았냐?"

"이제 잠이 좀 오니?"

"아니요."

"좋아, 그럼 이번엔 다른 노래."

둘은 별빛 아래 머물렀다. 한참 동안, 아주 한참 동안.

신(神)으로 가는 길

삼국의 병사들 사이에는 관우가 불사신이라는 소문이 암암리에 돌았
다. 교활한 조조와 오만한 손권의 휘하 장수들은 그 소문을 애써 웃어넘기
며 유포한 자를 처형했지. 그래 봤자 전장에서 관우와 맞붙는 날에는 무적
이라 일컬어지던 여포조차도 공격을 망설였지만.

그런데 이야기를 조금 건너뛰었구나. 한나라 황실이 어떻게 쓰러졌을까? 삼국은 어떻게 일어났을까? 관우와 더불어 활약한 영웅호걸은 누구였을까?

　황건적은 온 나라를 휩쓸었고, 그들과 합세한 반란군은 소리 높여 외쳤다. 황제는 황궁 바깥에 한 발자국도 디뎌 본 적 없는 애송이이고 환관들은 농민의 고혈을 빨아먹는다고 말이야. 반란군에 맞서 봉기한 간웅(奸雄) 조조는 황제를 자기 수도에 인질로 잡고 황제의 이름으로 북방의 초원과 사막을 다스렸지.

　남방에서는 어린 군주 손권이 비옥한 무논과 굽이진 강 유역을 기반으로 수로를 장악하고 황제의 옥좌를 호시탐탐 노렸고.

　온 사방에 기아와 역병이 창궐했고, 일구는 이 없는 논밭에는 군대가 진군했지.

　유비는 귀가 커서 어깨에 닿을 만큼 외모가 기이했으나 사람을 끄는 매력이 남다른 인물로, 일개 돗자리 장수로 지내던 시절에 푸주한 장비와 죄를 짓고 여태 도망 다니는 신세였던 관우를 만났다. 그 무렵 관우는 그 유명한 수염을 막 기르기 시작했는데, 풍성하고 새까만 수염 덕분에 나이를 짐작하기가 어려웠지. 그 수염은 양자강의 적벽에서 나는 붉은 돌을 조각한 듯 이목구비가 매끄럽고 준수한 관우의 얼굴과 잘 어울렸어.

　"호랑이처럼 용맹하게 싸우는 부하들이 내 곁에 있다면 한 황실의 영광을 되찾을 수 있을 텐데."

　유비가 복숭아밭에서 두 이방인과 고량주를 나누어 마시며 중얼거린 말이었다.

　"그게 나한테 무슨 이득이겠소?"

장비가 물었다. 장비의 얼굴은 석탄처럼 검었고, 양팔은 매일 소를 도살장으로 끌어내느라 근육이 우람했지.

유비는 낸들 아냐는 듯이 어깨를 으쓱했어.

"장 형에게는 이러나저러나 상관없을지도 모르겠구려. 하지만 내가 황제라면 판관은 다시금 정의로운 판결을 내릴 테고, 농부는 어진 마음으로 부지런히 들을 일굴 것이며, 다관은 다시금 학자와 가희(歌姬)의 노랫소리와 웃음소리로 가득할 것이오."

유비는 관우의 얼굴에서 좀처럼 시선을 거두지 못했단다. 그와 비슷하게 생긴 자의 목에 두둑한 현상금을 걸었다는 수배 전단이 온 고을에 붙어 있었기 때문이지.

"지금은 수많은 사람이 범죄자가 된 시대이지만, 그중에는 다만 법이 어질지 못한 까닭에 법의 울타리 바깥에 선 사람이 적지 않소. 만약 내가 황제라면 나는 그들을 범죄자가 아니라 판관으로 세울 것이오."

"그런데 귀공께선 무슨 근거로 뜻을 이루리라 자신하십니까?"

관우가 물었다. 불콰해진 얼굴은 이미 피처럼 붉었지만, 손은 무심하게 수염을 쓰다듬고 있었지. 마치 화동들이 꽃을 따는 5월의 정경을 시로 쓰기에 앞서 붓을 만지작거리는 문인처럼.

"성공할지 어떨지는 저도 모릅니다. 인생은 모름지기 실험이니까요. 하지만 훗날 죽음이 목전에 오면, 한때 용처럼 날아오르고자 애썼다는 기억은 떠올릴 수 있겠지요."

그리하여 그 복숭아밭에서 세 사람은 의형제의 연을 맺었다.

"저희 셋 비록 같은 해 같은 달 같은 날에 태어나지는 못했으나, 하늘에 바라옵건대 부디 같은 시 같은 분 같은 초에 죽는 기쁨을 누리게 하소서."

세 사람은 서쪽으로 향했다. 그리하여 산으로 둘러싸인 촉 땅에서 촉한 (蜀漢) 왕조를 세웠지. 관우가 마라 맛을 처음 배운 바로 그곳에서 말이야.

이로써 천하는 조조와 손권과 유비가 세운 삼국으로 갈라졌다. 셋 중 조조에게는 북쪽 하늘의 용맹과 야성이 있었고 손권에게는 남쪽 대지의 재화와 저력이 있었지만, 덕을 지녀 백성에게 사랑을 받은 군주는 오로지 유비뿐이었단다.

관우는 유비의 으뜸가는 장수였다. 그의 힘은 1000명을 대적할 만했으나, 그를 사랑한 사람은 그보다 더 많았어.

"관우는 피와 살로 이루어진 인간이 아니다."

조조가 한숨을 쉬며 한 말이다. 관우가 홀로 말을 몰고 천리 길을 달리며 관문 다섯 곳을 돌파하고 조조가 거느린 최고의 장수 여섯을 쓰러뜨린 후에 유비와 합류했을 때였지.

"관우는 제비와 참새 떼 속의 봉황이로다."

손권은 고개를 절레절레 흔들며 말했다. 뼈를 긁어 독을 제거하는 동안 관우가 웃으며 바둑을 뒀다는 얘기를 들었을 때였지. 관우는 그 이튿날 곧바로 말에 올라 다시 칼을 휘둘렀단다.

삼국은 몇 년에 걸쳐 전쟁을 벌였지만 어떤 나라도 다른 두 나라를 굴복시키지 못했다. 관우의 얼굴은 결코 붉은빛을 잃지 않았고, 검은 수염은 점점 더 길어져서 나중에는 싸움에 거치적거리지 않도록 비단 주머니로 싸서 깨끗이 보관했지.

유비는 어질기는 했지만, 천명(天命)은 그에게 임하지 않았다. 유비의 군대는 싸우다 지고 지다가 다시 싸우면서 전투에 전투를 거듭했어. 촉나라 군대가 북방을 정벌하다가 한 차례 퇴각하는 과정에서, 관우와 장비는 그만 본진과 헤어지고 말았지. 정찰대 100명만 거느린 채 1만이 넘는 조조 군대에 포위되어 버린 거야. 조조는 둘에게 협상을 제안했어.

"투항하여 내게 충성을 맹세하라. 그리하면 천자 앞에서도 무릎 꿇을 필요가 없는 공(公)의 작위를 내리겠다."

관우는 껄껄 웃었다.

"그대는 나 같은 자가 싸우는 이유를 모르는구려. 물론 전장을 누비는 기쁨 때문이기는 하지만, 그게 다는 아니오." 관우는 자신이 걸친 낡고 빛바랜 전포(戰袍)를 펼쳐 숭숭 뚫린 구멍과 너덜너덜한 가장자리와 여기저기 덧댄 자국을 조조에게 보여 줬다. "이 전포는 내 의형이신 유비 형님께서 주신 것이오. 이 전포를 입기 전까지 나는 아무것도 아니었소. 법망을 피해 도망 다니는 살인자였을 뿐. 허나 이 전포를 두르고 나서, 나는 오로지 덕(德)의 이름으로만 도검을 휘둘렀소. 그대가 내게 그 이상의 무엇을 줄 수 있단 말이오?"

조조는 돌아서서 자기 진영으로 말을 달렸다. 그러고는 아군에게 즉시 공격하라고 명령했지. 장수들은 명령을 하달했지만 병사들은, 수천에 수천을 거듭하며 끝이 안 보일 만큼 긴 대열을 이룬 조조의 병사들은, 관우와 장비와 그 둘이 거느린 100명을 상대로 진격하기를 거부했단다.

조조는 후미에 선 병사들을 그 자리에서 참수하라고 명령했다. 겁먹은 병사들은 앞에 있는 동료들을 밀어붙였지. 수많은 병력이 느린 파도처럼 앞으로 나아가 관우와 장비를 둘러싸고 점점 좁혀들었단다.

전투는 아침부터 밤까지 이어졌고, 다시 밤을 새우고 이튿날 아침까지 이어졌다.

"복숭아밭의 맹세를 잊지 말거라!"

관우가 장비에게 외쳤다. 거대한 말 적토(赤兔)를 타고 조조의 군사들을 추풍낙엽처럼 베면서. 주인의 붉은 얼굴에 걸맞게 온몸이 붉은색이었던 적토는 붉은 땀을 흘리며 커다란 발굽으로 적군을 짓밟았지.

"만약 하늘이 우리에게 허락한 날이 오늘까지라면, 적어도 그날의 맹세만은 지켜야 한다!"

"그럼 유비 형님이 조금 늦으실 텐데!"

장비가 대꾸했다. 뱀처럼 구불구불한 날에 쇠자루가 달린 기다란 창 장팔사모로 적군 둘을 한꺼번에 꿰면서.

"그 정도는 봐 드려야지!" 관우가 말했다.

형제는 껄껄 웃고는 다시 헤어져 전투를 재개했단다.

관우가 적토를 타고 반달처럼 생긴 기다란 청룡언월도를 휘두르며 달리는 곳마다, 조조의 부하들은 말과 그 주인을 피해 앞다퉈 달아나려다 우르르 넘어졌다. 그 둘 앞의 적군은 호랑이 앞의 양 떼처럼, 독수리 앞의 닭 떼처럼 둘로 갈라졌어. 관우는 그들을 인정사정없이 쓸어버렸지. 적토는 입에서 거품을 흘릴 만큼 숨이 가빴으면서도 투지가 넘쳐 지친 줄도 몰랐단다.

"형님 곁에서 나란히 싸울 때면 말이지." 장비가 검은 얼굴에 흐르는 피를 닦으며 말했다. "난 겁이란 게 뭔지 까맣게 잊어버린다니까. 정신은 굳건해지고 마음은 예리해지고, 기운은 빠지는데 투지는 거꾸로 더 활활 타오른다, 이거야."

관우와 장비가 거느린 부하 100명은 점점 줄어서 50명이 되었고, 다시 15명이 되었다가, 결국에는 관우와 장비 둘만 남아 조조의 군대가 만든 창검의 바다를 이리저리 휘저었다.

다시 날이 저물었다. 조조는 휴전을 청하고 군대를 뒤로 물렸어. 피가 강처럼 흐르는 전장에는 잘린 팔다리와 머리가 썰물 때 바닷가의 조개처럼 널려 있었지. 지는 해가 대지에 핏빛 노을을 기다랗게 드리우자 그 붉은 빛이 노을인지 피인지 분간하기가 힘들었단다.

"투항하라." 조조는 두 의형제를 향해 외쳤다. "그대들의 용기와 유비에 대한 충성은 이미 증명되었다. 어떤 신도 인간도 그 이상은 바라지 않을 것이다."

"내가 바랄 것이오." 관우가 말했다.

조조는 냉정하고 속이 좁은 인물이었지만, 그런 그조차도 관우를 향한 존경심에 압도되고 말았어.

"죽기 전에 나와 술잔을 기울이지 않겠는가?"

"기꺼이. 고량주라면 마다한 적이 없소."

"미안하지만 고량주는 없네. 허나 서역 오랑캐가 공물로 바친 처음 보는 술이 한 통 있지."

그 술은 포도로 만든 것이었다. 포도는 서역의 오랑캐 사절단이 사막을 건너 가져온 낯선 과일이었어.

"그거 혹시 와인인가요?"

"그래. 관우는 그때 처음 와인이라는 술을 맛본 거다."

관우와 조조는 옥배(玉杯)에 와인을 따라 마셨다. 단단하고 서늘한 옥 술잔은 부드러운 와인과 더없이 잘 어울렸지. 날은 점점 캄캄해졌지만 술잔의 재료인 옥돌은 속에 빛을 품고 있었기에, 두 사람의 얼굴은 술잔의

빛으로 물들었어. 조조에게 공물과 함께 바쳐진 오랑캐 가희들은 기묘하게 생긴 류트로 구슬픈 가락을 연주했단다. 실은 류트가 아니라 비파라는 악기였지.

관우는 그 선율을 들으며 혼자만의 상념에 잠겼다. 그러다 벌떡 일어서서, 오랑캐 비파의 선율에 맞춰 노래를 부르기 시작했어.

밤을 밝히는 잔에 맛좋은 포도주
마시려 하나 비파 소리 말에 오르라 재촉하네
술에 취해 전장에 넘어져도 비웃지 마오
예로부터 전쟁에서 살아 돌아온 이 몇이나 되던가.

관우는 술잔을 던졌다.
"조조 공, 맛난 술 잘 마셨소. 허나 이제 하던 일로 돌아갈 때인 것 같구려."

"그러니까 아저씨가 연주하던 그 밴조랑 비슷하게 생긴 악기가 비파군요, 그렇죠?"
로건이 부르던 구슬픈 노래가 다시금 릴리의 머릿속에 맴돌았다. 릴리는 로건에게 비파 타는 법을 가르쳐 달라고 부탁하기로 마음먹었다.
"그래." 로건은 비파를 무릎 위에 올리고 서양 배처럼 생긴 몸통을 쓰다듬었다. 사랑스러운 아기를 쓰다듬듯이.

"이건 꽤 오래된 비판데, 해가 갈수록 소리가 더 그윽해진다."

"그치만 진짜 중국 악기는 아니잖아요. 안 그래요?"

로건은 잠시 생각에 잠겼다.

"글쎄다. 아니라고 할 수도 있겠지, 수천 년을 거슬러 올라가 생각해 보면. 하지만 내 생각은 달라. 처음에는 중국에서 생기지 않았지만 나중에 중국 역사가 된 것은 아주 많단다."

"천상 민족이 그런 말을 하다니 의외로군."

잭이 한 말이었다. 그는 로건이 중국 남자아이는 누구나 엄마 젖과 함께 마시기 시작한다는 고량주의 맛에 익숙해지려고 여태 애쓰는 중이었다. 고량주를 마시면 면도날을 한입 가득 삼키는 느낌이 들었다. 릴리는 고량주를 한 모금 더 마시고 이마에 깊은 주름이 팬 아버지를 보고는 웃음이 터졌다.

"어째서?"

"난 자네들 천상 민족이 유구한 중국 역사에 엄청난 자부심을 느낀다고 생각했거든. 예수님께서 태어나시기도 전에 공자님이 계셨나니, 어쩌고저쩌고 하면서 말이야. 천상 민족인 자네가 야만인들한테서 뭘 배웠다고 인정할 줄은 몰랐어."

그 말에 로건은 웃음을 터뜨렸다.

"내 핏줄에도 북방 오랑캐의 피가 조금은 흐르고 있소. 도대체 중국인이란 게 뭐요? 오랑캐는 또 뭐고? 그런 걸 고민해 봤자 목구멍에 밥이 들어가는 것도 아니고, 내 친구들의 얼굴에 웃음이 깃드는 것도 아니요. 그럴 바에야 난 차라리 서역에서 고비 사막을 넘어온 초록 눈의 무희들에 관한 노래를 부르며 비파를 타겠소."

"로건, 우리가 서로 잘 모르는 사이였다면 난 그 말을 듣고 자네가 중국계 미국인인 줄 알았을 거야."

잭과 로건은 함께 껄껄 웃었다.

"간베이[乾杯], 간베이."

둘은 중국어로 건배를 외치고는 저마다 위스키 잔과 고량주 잔을 기울였다.

"그 「피네건의 경야」라는 노래를 좀 배우고 싶소만. 그날 밤에 부녀가 함께 부르는 걸 들었는데 좀처럼 잊을 수가 없구려."

"먼저 이야기부터 다 들려주세요!"

"알았다. 하지만 미리 말해 두마. 나는 이 이야기를 셀 수 없이 여러 번 풀어 놓았는데, 그때마다 조금씩 달라졌다. 이젠 이야기가 어떻게 끝나는지 나도 잘 모를 지경이야."

전투가 얼마나 계속됐을까? 적은 지금도 교활한 조조일까, 아니면 음흉한 손권일까? 관우는 기억이 나지 않았다.

장비에게 전장을 벗어나 유비 곁으로 돌아가라고 말했던 것만은 기억이 났다.

"아군의 지휘관은 나다, 그러니 부하들을 죽음으로 몰아넣은 것은 방심한 나의 잘못이다. 성도(成都)로 귀환하면 망자들의 아내와 아버지가 왜 나만 살아 돌아오고 남편과 아들은 못 돌아왔냐고 물을 텐데, 나는 차마 그들을 마주할 수가 없다. 동생아, 너는 싸워서 네 길을 뚫어라. 그리고 내 복수를 해다오."

장비는 고삐를 당겨 말을 세우고 길게 울부짖었다. 슬픔과 회한이 가득한 그 날카로운 울부짖음에 사방을 포위한 1만 적군은 다리를 후들거리며 저마다 세 걸음씩 물러섰단다.

"잘 가시오, 형님!"

장비는 말의 옆구리를 차서 서쪽으로 질주했고, 적군은 그의 창과 말을 피해 둘로 갈라졌다. 서로 먼저 피하려고 자기들끼리 다투면서.

"돌격해라, 돌격!" 조조는 성난 목소리로 외쳤다. "관우를 생포하는 자는 공으로 봉하겠다!"

적토가 힘없이 비틀거렸다. 피를 너무 많이 흘렸거든. 관우는 자신의 전마(戰馬)가 땅에 쓰러지기 직전에 말 등에서 훌쩍 뛰어내렸다.

"미안하다, 오랜 벗이여. 내가 지켜 주어야 했는데."

피와 땀이 관우의 수염에서 후드득 떨어졌다. 두 줄기 눈물이 얼굴에 말라붙은 피와 흙먼지를 가르고 붉은 길을 냈단다.

관우는 언월도를 던지고 뒷짐을 졌다. 그렇게 황제 앞에서 『시경(詩經)』을 암송하려 하는 시인처럼, 사방을 빙 둘러보았어. 다가오는 적군을 보는 관우의 눈에는 가소롭다는 빛이 어려 있었지.

"적군은 이튿날 동틀 녘에 관우의 목을 벴다."

"어떡해."

릴리가 듣고 싶었던 결말은 아니었다.

세 사람이 잠시 말없이 앉아 있는 동안, 아옌이 요리를 하느라 피운 연기가 부엌에서 흘러나와 맑은 하늘에 퍼졌다. 국자가 웍에 부딪히는 소리가 릴리에게는 칼이 방패에 부딪히는 소리처럼 들렸다.

"그다음에 어떻게 됐는지는 안 물어볼 거요?"

"그다음이라니요?" 잭과 릴리가 한목소리로 외쳤다.

"그게 무슨 소리냐?"

조조가 외쳤다. 어찌나 황급히 일어섰던지 앞에 있던 서안(書案)이 다 뒤집힐 정도였지. 벼루와 붓이 사방으로 흩어졌다.

"머리를 찾을 수가 없다니, 그게 대체 무슨 소리냔 말이다!"

"대왕, 저는 제 눈으로 직접 본 사실만 말씀드리는 것이옵니다. 방금 전까지 땅바닥에 구르던 관우의 머리가 어느새 몸뚱이와 함께 간데없이 사라져 버렸습니다. 관우는…… 관우는 허공으로 감쪽같이 사라졌습니다."

"네놈이 나를 바보천치로 아느냐? 여봐라!" 조조는 호위병에게 손짓했다. "이놈을 꽁꽁 묶어서 목을 쳐라. 이놈이 관우의 머리를 잃었으니 내 천막 바깥에 이놈의 머리를 대신 걸어라."

"관우 장군님이야 당연히 살아 계시지." 머리가 희끗한 노병이 볼이 발그레한 신병에게 말했다. "나는 장군님께서 붙잡히신 그날 그곳에 있었단다. 그분께서는 위(魏)군의 10만 병사를 무슨 티끌처럼 거침없이 쓸어버리셨어. 그런 분이 고작 망나니의 도끼날에 목숨을 잃으실 것 같으냐?"

"관우는 당연히 살아 있다." 유비가 장비에게 말했다. 둘 다 상복 대신 흰 천으로 감싼 갑옷을 입고 있었어. 사지가 멀쩡한 촉나라 남자를 모두 모아 군대를 조직하고 관우의 복수를 맹세하면서. "우리 형제 관우가 복숭아밭의 맹세를 지키지 않고 이승을 떠났을 리 없지 않으냐."

"관우는 당연히 살아 있다." 손권은 숨을 거두기 직전에 그렇게 말했다. "관우는 죽음을 두려워하지 않는다. 내 평생 유일한 여한은 이제 곧 건너갈 저세상에서 관우와 벗이 될 수 없음이니라. 언젠가는 그와 친구가 되기를 앙망했거늘."

"관우는 당연히 살아 있다." 조조가 마침내 삼국을 통일하고 촉의 국새를 부수도록 명한 후에, 유비의 아들 유선(劉禪)에게 한 말이었다. "나는 너와 네 아비를 높이 평가하지 않았다. 허나 관우가 네 아비를 기꺼이 섬긴 것을 보면, 틀림없이 내가 간파하지 못한 네 아비의 장점을 그는 알았을 것이다. 관공(關公)은 지금도 너를 굽어보고 있을 터, 나는 그에게 나 또한 덕이 없는 자가 아님을 보여 줄 것이다. 내가 너를 해치는 일은 없을 테니 나의 궁에서 언제까지나 귀빈으로 지내도록 하라."

"관우 장군님은 당연히 살아 계신단다." 어머니가 아들에게 들려주는 이야기는 그렇게 시작했다. "그분은 중국 역사에서 가장 위대한 장군님이셔. 네가 그분의 힘과 용기를 100분의 1만 닮아도 엄마는 도둑과 산적을 걱정하지 않아도 될 거야."

"관제(關帝)님께 기도 드리자." 스승은 제자들에게 말했다. "그분은 무인일 뿐 아니라 시인이기도 하셨단다. 또한 명예를 잊지 않으려 하루하루 분투한 분이기도 하시지."

"관제님께 기도할지어다." 황제는 관우를 기리는 사당인 관제묘(關帝廟)를 지어 바치며 말했다. "부디 우리 군대가 오랑캐를 무찌르도록 보우하시기를."

"관제님께 기도 드리세." 검은 돌을 쥔 기사(棋士)가 말했다. "관제님과 마주 앉아 바둑 한판을 두는 것은 모든 기사의 꿈이 아닌가. 우리가 오늘 이 대국을 잘 치르면, 관제님께서 친히 강림하시어 우리에게 가르침을 내리실지도 모르네."

"관제님께 비나이다." 머나먼 실론(오늘날의 스리랑카.— 옮긴이)과 싱가포르의 항구를 향해 대양을 건너기 전, 상인들이 말했다. "부디 저희를 굽어살피사 해적과 태풍을 물리쳐 주소서."

"관제님께 비나이다." 값비싼 백단향이 우거진 하와이섬과 금이 많이 난다는 캘리포니아주 샌프란시스코로 향하는 커다란 범선에 오르면서, 노동자들은 그렇게 빌었다. "부디 저희가 먼 바닷길에 살아남도록 굽어살피시고, 저희 앞을 가로막은 높은 산을 부수어 주소서. 부디 저희가 큰돈을 벌 때까지 안전하게 지켜 주시고, 그 후에는 저희를 고향으로 인도하소서."

중국 식당

여름이 끝나갈 무렵, 중국인 광부들의 채굴장에 금을 실어다 주던 개울은 바닥을 드러냈다. 로건과 동료들은 물길을 다스리는 솜씨가 훌륭했지만, 건기(乾期)의 시작은 곧 사금을 제대로 채취하기가 더는 불가능하다는 뜻이었다. 채취장을 접고 이듬해 봄까지 기다리는 수밖에 없었다.

사금 채취 기간인 봄부터 여름까지 좋은 수확을 올리기는 했지만, 중국인 광부들이 모은 돈의 액수는 결코 크지 않았다. 그들은 아이다호시티 주민들과 같은 일상을 보내며 이듬해까지 남은 기간을 버티는 동안 생계를 해결할 다른 길을 찾아야만 했다.

아옌을 비롯한 젊은 중국인 몇몇은 일거리를 찾아 마을을 돌아다니며 자기들끼리 두런두런 얘기를 나누었다. 그들이 알아차린 바는 이러했다. 마을에는 자기 셔츠를 빨 줄 모르거나 빨래 같은 것은 아예 안 하려 하는 독신 남성이 잔뜩 살았지만, 그들의 빨래를 대신해 줄 세탁부는 턱없이 모자랐다.

"하지만 빨래는 여자들의 일이잖아요! 그 남자들은 체면이란 게 뭔지도 모른단 말이에요?"

잭이 중국인 남자들의 사업 계획을 들려주었을 때 엘지가 외친 말이었다.

"글쎄, 그게 그렇게 체면 깎이는 일인가? 당신은 왜 중국인들이 하는 일이라면 죄다 싫어하질 못해서 안달이야?"

잭의 목소리에서는 짜증과 은근히 즐거워하는 기색이 앞다퉈 머리를 쳐드는 듯했다.

"새디어스 시버."

엘지는 서슬 퍼런 표정으로 남편을 보았다. 중국인들이 점점 더 대담해지도록 부추긴 장본인이 바로 남편인 이상, 엘지는 남편이 저들의 해괴망측한 짓거리에 다른 정상인들처럼 경악하리라는 기대는 애초에 하지도 않았다. 그런데 뒤이은 엘지의 주장에는 그런 남편조차 수긍할 수밖에 없었다.

"생각을 한번 해 봐요, 새디어스. 난 저 이교도 중국 남자들이 일을 어떤 식으로 하는지 다 봤어요. 일단 세탁소를 열면 저 사람들은 하루에 열여섯 시간씩, 일주일에 이레를 일할 거예요. 마음속에 든 거라곤 돈 욕심하고 죄의 근원인 아편을 피울 생각밖에 없으니까 그런 거죠. 그래서 잠시 일을 쉬면서 하느님의 영광을 찬양할 생각 은 아예 안 하는 거예요, 심지어 일요일에도. 난 그 사람들이 뭘 어 떻게 먹는지도 다 봤어요. 무슨 메뚜기 떼인지 헐값에 파는 쌀이랑 채소만 먹고 살더군요. 우리 정직한 크리스천 남녀는 일할 힘을 비 축하려고 고기를 챙겨 먹는데. 게다가 마을의 상점이랑 술집이 망 하지 않도록 정직하고 유익한 오락과 사교에 지출하는 우리네 남자 들이랑 다르게 그네들은 그쪽으로도 돈을 안 써요. 그 대신 귀가 찢 어질 것 같은 자기네 노래를 부르고 비밀스런 이야기나 속닥거리면 서 저녁 시간을 허비하죠. 끝으로, 밤이 깊어서 크리스천 가족은 다 들 사적이고 단란한 가정생활을 갖는 시간에⋯⋯" 여기서 엘지는 잠시 입을 다물고 남편에게 의미심장한 눈빛을 보냈다. "⋯⋯중국 남자들은 되도록 적은 침대에 되도록 많은 몸뚱이를 꾹꾹 욱여넣 죠. 집세를 아낀답시고."

"아이고, 엘지." 잭은 우스워 죽겠다는 듯이 껄껄 웃었다. "은근 한 칭찬은 전에 들어 본 적이 있지만 은근한 비난이란 건 또 처음인 것 같군. 계속 그러면 당신이 중국인을 엄청 좋아하는 줄 착각하겠 어, 우리가 잘 모르는 사이였다면 말이야. 당신은 나한테 중국인의 단점을 가르쳐 주겠다고 하지만, 당신 얘기에서 알 수 있는 건 그저 그 사람들이 부지런하고 검박하고, 영리하고, 서로 어울리면서 즐 거움을 찾고, 스스로 고난을 감수한다는 것뿐이잖아. 만약 당신이 중국인의 최악의 단점으로 꼽은 게 그 정도라면, 그렇다면 유교 문명이 크리스트교 문명을 능가하는 건 시간문제야."

"당신은 참 생각이 짧네요." 엘지의 목소리는 싸늘했다. "그 중국 남자들이 싼값에 노동을 하면 필연적으로 어떤 결과가 일어날지 모르겠어요? 그 사람들은 오스캔런 부인이랑 데이 부인 같은 홀어머니들보다 세탁 요금을 더 적게 받을 거라고요. 그 여자들은 지금도 밤낮으로 일하면서 충분히 힘들게 일하고 있어요, 빨래 통에서 잠시도 빼질 못해 벌겋게 튼 손으로 말이에요. 그렇게 일을 해도 본인이랑 아이들 입에 풀칠하는 게 고작이에요. 이 마을의 나약한 남정네들은 보나마나 크리스천의 의무에 어두울 테니 중국인들한테 빨래를 맡기겠죠. 선한 마음을 간직하고 하느님을 섬기는 정직한 홀어머니들한테 맡기는 것보다 싸게 먹힐 테니까. 당신이 보기엔 중국 남자들한테 일을 빼앗긴 홀어머니들이 뭘 어떻게 해야 할 것 같아요? 그 사람들한테 마담 이사벨이 운영하는 죄악의 집에 가서 일자리를 구걸하라고 할 건가요?"

생전 처음으로, 잭 시버는 아내에게 대꾸할 말을 찾지 못했다.

"목공 일은 어때? 아니면 가구 마감 작업이라든가? 우리 가게에서 점원으로 일하고 싶으면 채용할 수도 있어." 잭이 아옌에게 한 말이었다.

"제 월급은 감당 못하실 거예요. 저희는 셔츠 한 장에 25센트씩 받는데요, 그 요금이면 혼자 사는 남자들 것만 다 합쳐도 하루에 10달러예요. 호텔에서 받아 오는 담요랑 시트는 넣지도 않은 게 그 정도라고요. 사람들 말이 저희 다림질 솜씨가 전에 하던 여자들보다 낫대요." 아엔은 쓸쓸하게 웃고는, 가늘지만 단단해 보이는 오른팔을 쭉 뻗어 부어오른 엄지손가락을 바라보았다. "종일 다리미를 눌러 댔더니 엄지손가락이 다 부었지 뭐예요. 제가 이제 다림질의 명수라는 소식을 고향에 있는 아내가 들으면 얼굴이 빨개지도록 웃을걸요."

아엔에게서 가족 이야기를 들은 잭은 묘한 부조화를 느꼈다. 자신이 보기에는 이토록 어리기만 한 아엔이 단지 요리와 세탁을 잘하는 영리한 청년이 아니라, 실은 아내가 곁에 없기 때문에 그런 일의 요령을 배워야 했던 남편이자 아마도 아버지일 거라는 생각 때문이었다.

며칠 전 릴리가 잭에게 말하길, 중국인들이 새로운 사업을 몇 가지 구상했는데 아버지의 조언을 듣고 싶어 한다고 했다. 잭은 이날 아침에야 딸과 함께 가게를 몇 시간 비울 짬이 났고, 릴리는 중국인들의 집에 도착하기가 무섭게 곧장 로건이 있는 뒷마당으로 뛰어갔다. 잭은 아엔이 아침 대신 먹으라며 준 고기만두를 씹으며 생각에 잠겼다. 입속에서 터진 만두는 돼지고기의 단맛과 감칠맛에 더해 채소의 매콤하고 짭짤한 맛으로 잭의 입안을 가득 채웠다.

"잠깐만." 그 맛을 원 없이 음미하지 못해 안타까웠지만, 잭은 만두를 서둘러 삼켰다. "나한테 생각이 있어. 네가 만든 요리를 먹기 전까지 난 양배추하고 콩이 쇠고기나 소시지보다 더 맛있을 수 있다고는 상상도 못했어. 은은하게 감도는 쓴맛에 마음이 끌릴 거란 생각도 못했고 말이야. 그런데 네 덕분에 생각이 바뀌었다고. 아이다호시티의 다른 주민들한테도 그 맛을 보여 주는 게 어때? 너랑 친구들이 같이 식당을 열어서 돈을 잔뜩 벌어 보잔 말이야."

잭의 말에 아옌은 고개부터 저었다.

"그건 힘들 거예요, 시버 씨. 샌프란시스코에 있는 제 친구들도 해 봤대요. 보통 미국 사람은 시버 씨 같지가 않아요. 중국 음식의 맛을 견디질 못해요. 속이 울렁거려서."

"샌프란시스코에는 중국 식당이 여러 군데 있다던데."

"그건 중국 식당이 아니에요. 뭐, 중국 식당이긴 한데, 시버 씨가 생각하는 식당하고는 달라요. 주인은 중국 사람이지만 내놓는 건 다 서양 음식이에요. 로스트비프, 초콜릿 케이크, 프렌치토스트 같은 거요. 전 그런 거 만들 줄도 몰라요. 팔기는커녕 제가 먹을 수준으로도 못 만든다고요."

"하지만 진짜야, 네 요리 솜씨는 진짜, 진짜 훌륭해." 잭은 주위를 두리번거리고는 목소리를 낮추었다. "네가 만든 음식은 엘지가 만든 것보다 훨씬 더 맛있는데, 내가 알기로 엘지의 요리 실력은 이 근방 주부들하고 비슷한 수준이야. 네가 식당을 열고 내가 동네 남자들한테 몰래 소문을 내면 매일 저녁 가게에 빈자리가 하나도 없을걸."

"시버 씨는 칭찬도 참 후하게 하시네요. 남편 입맛에는 뭐니 뭐니 해도 아내가 만든 음식이 최고라는 건 저도 알아요." 잠시 입을 다문 아옌의 표정은 꼭 머나먼 딴 곳에 생각이 가 있는 사람 같았다. "게다가 말이죠, 저희는 요리사도 아니에요. 제가 만드는 요리는 다 그냥 가정식이에요. 광둥[廣東] 지방의 진짜 요리사들이 보면 자기네

개한테도 안 먹일 음식이죠. 미국에 진짜 중국 식당이 생기려면 일단 미국에 중국 사람이 웬만큼 많이 살아야 돼요…… 그리고 그 사람들이 외식할 마음이 생기려면 돈도 웬만큼 벌어야겠죠."

"더 많은 중국 사람이 미국인이 돼야 한단 말이구나."

"아니면 그보다 더 많은 미국 사람이 중국에 관해 지금보다 더 많이 배우든가요."

주위에는 중국 남자 몇 명이 모여 둘의 대화를 듣고 있었다. 이때 그중 한 명이 중국어로 뭐라고 하자 나머지 남자들이 왁자한 웃음을 터뜨렸다. 아옌은 웃다가 눈물까지 흘렸다.

"저 친구가 뭐래?" 로건과 함께 술을 마시고 권주가를 부르며 중국어를 배우려고 무진 애쓰기는 했지만, 잭의 듣기 실력은 일상 회화를 알아듣기에 아직 턱없이 부족했다. 다만 릴리는 훨씬 수월하게 배우는 모양이어서 이제는 가끔 로건과 중국어 반 영어 반으로 대화할 정도였다.

아옌은 눈물을 닦았다. "싼룽[三龍]이 그러는데, 식당 이름을 '개는 사람 무시, 사람은 개 무시 식당'이라고 지으래요."

"무슨 말인지 모르겠어."

"중국에 되게 유명한 만두 가게가 있는데 거기 이름이 '개가 쳐다도 안 보는 집(1858년 톈진에서 문을 연 유명한 만두 전문점 '거우부리[狗不理]'를 가리킨다. 주인의 아명이 개였는데 장사가 워낙 잘돼서 손님이 와도 만두 빚기에만 바빠 '개놈이 만두만 팔지 손님은 쳐다도 안 보네[狗子卖包子, 不理人]'라는 말에서 가게 이름이 유래했다고 한다.— 옮긴이)'이거든요. 그리고 미국 사람들이 개고기라면 질겁하는 건 시버 씨도 아시잖아요, 그러니까 우리는 개를 안 건드린다는 뜻에서." 아옌은 잭의 표정을 보고 손을 휘휘 저었다. "됐어요. 이 농담은 너무 중국식이라 이해 못하실 거예요."

싼룽은 이제 땅바닥에서 잔가지를 몇 개 주워 뭔지 모를 시늉을 하더니, 잭을 보며 바로 코앞에 있는 과녁에다 다트를 던지는 술 취한 사람 시늉을 했다. 아옌과 다른 중국 남자들은 아까보다 더 자지러지게 웃었다.

"싼룽 말이 미국에선 중국 식당이 절대 성공 못 할 거래요, 손님들이 젓가락 쓰는 법을 몰라서요."

"아, 그래, 참 재밌다. 좋아, 식당은 없었던 걸로 하자. 그리고 개이야기랑 칭찬처럼 안 들리는 칭찬 이야기가 나와서 말인데, 그날 저녁때 난 진짜 너 때문에 태어나서 처음으로 개고기 맛이 궁금했어."

"우리 아빠 일감이 떨어진 세탁부 아주머니들이 걱정된대요."

릴리가 로건에게 한 말이었다. 둘은 치커리 레인을 나란히 걸어가는 중이었다. 로건은 어깨에 대나무 멜대를 지고 있었다. 멜대의 양 끝에 매달린 버들바구니에는 오이와 양파, 당근, 애호박, 토마토, 깍지콩, 사탕무 따위가 들어 있었다.

"어떻게 해야 좋을지 모르겠대요. 아옌이랑 친구들이 세탁 요금하고 다림질 요금을 너무 많이 내렸는데, 아주머니들이 그보다 더 싸게 해 주지 않으면 남자들이 일을 안 맡길 거래요."

"오이 한 타(打)에 2달러, 양파 한 타에 1달러요!"

로건이 쩌렁쩌렁한 목소리로 외쳤다. 그의 목소리는 사방으로 울리다가 빽빽하게 지은 집들 사이의 좁은 골목길로 한참 만에 사라졌다.

"싱싱한 당근, 깍지콩, 사탕무도 있소! 직접 와서 한번들 보시오. 아가씨들, 싱싱한 채소를 먹으면 피부가 고와지고 윤기가 돌 거요. 총각들, 싱싱한 채소를 먹으면 입가가 헐지 않소!"

길게 오르락내리락하는 장단으로 가격과 상품 이름을 외치는 로건의 목소리는 노동요를 부르며 동료들을 이끌 때와 별반 다르지 않았다.

이 집 저 집의 현관문이 일제히 열렸다. 흥미가 동한 주부와 독신 남자 무리가 로건이 무슨 노래를 부르는지 보려고 거리로 나왔다.

"이거 오와이히 크리크에도 좀 가져가서 팔지 그래. 데이비네 광부들이 아직 거기서 사금을 찾는 중이거든, 원주민이 무슨 샘물이 솟는 데를 가르쳐 줬다면서." 남자들 중 한 명의 말이었다. "그 친구들 푸성귀 맛을 본 지가 일주일은 됐을걸. 거기 가면 그 오이 한 타에 5달러는 받을 거야."

"충고 고맙구려."

"이런 물건이 다 어디서 났우?" 주부 한 명이 물었다. "시버 씨네 가게에서 파는 것보다 훨씬 싱싱하네. 그 집도 채소를 금방금방 들여오는 편인데."

"다 저희 집 뒷마당에서 기른 겁니다, 부인. 거기 그 당근은 오늘 아침에 제 손으로 뽑은 지 한 시간도 안 됐습니다."

"뒷마당에서? 아니 무슨 수로? 난 세이지하고 로즈메리도 제대로 못 키우겠던데."

"음, 저는 중국에 살 때 원래 찢어지게 가난한 농사꾼이었습니다. 그러다 보니 어떻게든 흙에서 먹을거리를 뽑아내는 재주가 있나 봅니다."

"지난봄 내내 식초에 절인 감자만 먹었는데, 이 싱싱한 양파랑 오이가 있었으면 얼마나 좋았을까." 나이 지긋한 광부는 로건의 바구니 속에 든 커다란 오이와 토마토를 예뻐 죽겠다는 듯이 쓰다듬으며 말했다. "자네 말마따나 괴혈병은 정말 무서운 거야, 그 병에 약이라고는 신선한 채소뿐이지. 젊은 친구들은 그 말을 안 믿다가 너무 늦게 깨달으니 참 아쉬워. 이거 한 타 주게."

"오늘 이 두 바구니 다 팔기 전에는 못 보내 주겠는데요." 젊은 주부 한 명이 말하자 다른 여성도 맞장구를 쳤다. "다른 사람들이랑 같이 먹을 건 남겨 뒀어요?"

"저희 걱정은 안 하셔도 됩니다. 올해에만 대여섯 번은 더 수확할 수 있을 겁니다. 필요한 만큼 사 가세요. 몇 주 있다가 또 오겠습니다."

얼마 안 가서 로건은 가져온 채소를 다 팔았다. 그는 이날 번 돈 가운데 20달러를 세어 릴리에게 건넸다.

"오스캔런 부인한테 10달러를 드려라. 요즘 그 집 벌이가 시원찮은 거 안다. 식욕이 한창때인 아들도 둘이나 있고 말이지. 남은 돈이 누구한테 필요한지는 아버지께 여쭤 봐라."

나이 든 남자와 소녀는 뒤로 돌아서서, 마을 반대편 중국 남자들의 집으로 돌아가는 먼 길을 태평하게 걷기 시작했다. 인적 없는 거리 가득 환하게 이글거리는 한낮의 햇살 속에서, 성큼성큼 걷는 키큰 중국 남자와 대나무 멜대 양 끝에 나른하게 대롱거리는 바구니 두 개가 만든 그림자는 햇볕에 물든 연못 수면을 우아하게 미끄러져 가는 소금쟁이와 비슷해 보였다.

그러다 한순간, 남자와 소녀는 길모퉁이를 돌아 사라졌고, 거리는 다시 쥐 죽은 듯 고요했다.

중국 설날

꼬박 일주일째 눈이 퍼부었다. 2월 중순의 아이다호시티는 온통 웅크려 잠든 채 아직 몇 달 남은 봄을 기다리는 모양새였다.

아니, 온통은 아니고 대부분이었다. 중국인 남자들은 중국 설날을 준비하느라 바빴다.

그 일주일 내내 중국인 남자들은 설날 잔치 이야기만 했다. 샌프란시스코에서 주문한 기다랗고 새빨간 연발 폭죽은 포장이 벗겨진 채 습기가 마르도록 선반에 올려져 있었다. 손재주가 좋은 몇몇은 향 다발과 함께 조상에게 바칠 종이 동물을 접고 자르는 일을 맡았다. 아이들에게 기분 좋은 새해 선물로 줄 말린 사탕과 연밥을 빨간 종이로 싸는 일은 모두가 함께했다. 섣달그믐 이틀 전, 아옌은 설날 당일에 먹을 만두 수천 개를 만드는 작업에 모든 중국인을 투입하고 지휘했다. 판잣집 거실이 만두 공장의 조립 라인으로 변신하여 몇 명은 한쪽 끄트머리에서 밀가루를 반죽했고, 몇 명은 다진 돼지고기와 새우와 잘게 썬 채소에 참기름을 살짝 쳐서 만두소를 버무렸으며, 나머지는 만두소 한 숟가락씩을 만두피로 싸서 입을 다문 조개 모양으로 조물조물 빚었다. 다 빚은 만두는 양동이에 꽉 채우고 말린 연잎으로 덮어서 추위에 꽁꽁 얼도록 바깥에 내놓았다. 펄펄 끓는 물에 넣어 익힐 설날 전야를 기다리며.

릴리는 힘닿는 데까지 거들었다. 수많은 폭죽을 크기별로 분류하느라 손에서 화약 냄새가 날 지경이었다. 색색의 종이를 잘라 닭과 염소와 양 같은 종이 동물을 만드는 법도 배웠는데, 이는 여러 신과 조상이 산 자들을 찾아와 함께 잔치를 즐기도록 제물 삼아 불태우는 것이라고 했다.

"관우님도 이 종이 양을 드시러 오실까요?"

릴리가 로건에게 물었다. 하도 추워서 얼굴이 평소보다 더 벌게진 로건은 언뜻 흐뭇한 표정을 짓다가, 이내 진지한 표정으로 대답했다.

"분명히 오실 거다."

준비가 막바지에 이르렀을 때, 릴리는 만두 조립 라인의 최종 담당자로서 비범한 재능을 발휘했다. 만두 가장자리에는 끊어지지 않고 흐르는 재물을 상징하는 구불구불한 조개껍질 무늬를 새겼는데, 릴리는 포크로 이 무늬를 새기는 일의 전문가였던 것이다.

"솜씨가 참으로 훌륭하구나. 붉은 머리에 초록 눈만 아니었으면 중국 아이인 줄 알았을 거다."

"파이 껍질에 무늬를 만드는 거랑 똑같은데요, 뭐. 엄마가 가르쳐 주셨어요."

"설날 다 쇠면 나한테 파이 껍질 만드는 법 꼭 좀 가르쳐 줘." 아
옌이 말했다. "전부터 미국식 파이 만드는 법이 엄청 궁금했거든."

부산하게 움직이는 중국인 남자들 덕분에 아이다호시티의 다른
주민들도 온갖 기대를 품고 마음이 들떴다.

"돈이랑 사탕이 든 빨간 봉투를 아무나 다 받을 수 있대." 아이들
은 서로서로 소곤거렸다. "그 사람들 집 앞에 가서 '새해 복 많이 받
으세요'라고만 하면 된대."

"잭 시버가 몇 달 전부터 그렇게 호들갑을 떨었잖아요. 중국인들
요리가 맛있다고." 상점과 거리에서 만난 주부들이 두런두런 얘기
했다. "맛을 볼 기회는 이번뿐이에요. 중국인은 자기 집에 찾아오는
사람이면 누구한테든 세상의 모든 맛이 다 들어 있는 돼지고기 만
두를 준다지 뭐예요."

"자네 중국인들이 하는 새해맞이 파티에 갈 건가?" 남자들도 서
로에게 그렇게 물었다. "그 이교도들은 자기네 조상을 기리는 행진
을 한다더군. 화려한 옷을 입고 시끄러운 음악을 연주하면서 말이
야. 다 끝나면 보이시 분지 어디에서도 구경 못한 성대한 파티를 열
거라던데."

"로건은 중국에서 어떻게 살았어요? 중국에 식구들이 많아요?"

릴리가 아옌에게 물었다. 둘은 단 맛이 나는 죽순이 든 커다란 병
조림 여러 개를 집 안으로 나르던 중이었다. 릴리는 그날 종일 일한

탓에 피곤했고, 다음날의 잔치를 기다리느라 애도 탔다. 솔직히 말하면, 살짝 죄책감도 들었다. 어머니가 집안일을 도와 달라고 할 때에는 이렇게 열심히 거든 적이 없어서였다. 릴리는 이튿날 잔치가 끝나면 어머니께 더 잘하기로 마음먹었다.

"나도 몰라. 로건은 우리 고향 출신이 아니거든. 실은 아예 남방 출신이 아니야. 로건은 우리 배가 샌프란시스코로 출발하던 날 난데없이 부두에 나타났어."

"그러니까 자기 고향에서도 이방인이었던 거네요."

"그렇지. 우리가 미국까지 어떻게 왔는지는 로건한테 물어봐."

유복한 사람과 권력 있는 사람은 망명을 하지 않는다.
— 알렉시스 드 토크빌

미국으로 가는 길

맑은 날이면 선장은 배의 '화물' 일부를 밑바닥 선창에서 갑판으로 데려와 바람을 쐬게 해 주었다. 각각의 화물은 그 밖의 시간 대부분을 관보다 더 좁은 6척짜리 자기 침상에서 보냈다. 밤처럼 캄캄한 선창에 갇힌 화물들은 잠으로 시간을 때우려고 애썼지만, 자면서 꾸는 꿈은 근거 없는 희망과 알 길 없는 위험으로 뒤죽박죽이었다. 화물들 곁에 늘 함께하는 길동무는 냄새였다. 그것은 면화 더미나 럼주 통을 보관하도록 만들어진 선창에 욱여넣어진 남자 예순 명이 자신들의 토사물과 배설물과 음식물과 씻지 않은 몸으로 빚어내는 악취였다. 거기다 무려 6주에 걸쳐 태평양을 횡단하는 범선의 끊임없는 요동은 덤이었다.

화물들은 물을 달라고 했다. 가끔은 선원이 부탁을 들어줄 때도 있었다. 그럴 때를 빼면 화물들은 비가 내리기만 기다렸고, 선창 천장에서 새는 빗물 소리에 귀를 기울였다. 소금에 절인 생선을 그만 먹어야 한다는 것을 깨닫기까지는 오래 걸리지 않았다. 먹으면 목이 탔으니까.

캄캄한 어둠에 괴로워하다가 돌아버리지 않으려고, 인간 화물들은 머릿속에 외우고 있는 이야기를 서로에게 들려주었다.

사람들은 돌아가며 무성 관우의 이야기를 암송했다. 관우가 오로지 전마 적토와 청룡언월도 한 자루에 의지하여 다섯 관문을 돌파하면서 교활한 조조의 여섯 장수를 쓰러뜨린 이야기를.

"배를 타고 여행하는 우리가 목이 좀 마르고 배가 좀 고프다고 불평하는 걸 관우님께서 들으시면, 어린애 투정이라며 껄껄 웃으실 거요."

이렇게 말한 중국인 남자를 사람들은 라오관이라고 불렀다. 라오관은 키가 어찌나 컸던지, 침상에 누워 자려면 무릎을 당겨 가슴에 딱 붙여야 했다.

"우리가 두려워할 게 뭐가 있겠소? 전쟁터에 나가는 것도 아니고, 철로를 놓으러 가는 길인데. 미국은 늑대와 호랑이가 사는 땅이 아니요. 사람들이 사는 곳이지. 우리와 똑같이 일하고 먹으며 살아가는 사람들이."

그 말을 들은 사람들은 어둠 속에서 웃었다. 그러면서 관우의 붉은 얼굴을 떠올렸다. 어떤 전투에서도 굴하지 않았고, 어떤 함정도 넘치는 기지로 무사히 빠져나왔던 관우의 얼굴을. 이깟 굶주림과 목마름과 어둠이 뭐 대순가, 관우님은 이보다 1만 배는 더 위험한 곤경에서도 끄떡 않으셨는데.

그들은 고향 마을의 밭에서 뽑아 온 순무와 양배추를 품에 안고 빨아먹었다. 코에 대고 아직 뿌리에 붙은 흙의 냄새를 깊이 들이마시기도 했다. 앞으로 몇 년은 고향의 냄새를 맡을 일이 없었으므로.

　몇몇이 병에 걸려 밤새 기침을 하는 바람에 다들 그 소리에 오랫동안 잠을 이루지 못했다. 병에 걸린 사람들의 이마는 불에 너무 오래 올려놓은 냄비처럼 뜨거웠다. 그들에게는 약이 없었고, 얼음사탕 한 알이나 기침을 다스리는 데에 좋은 배 한 조각 없었다. 할 수 있는 거라고는 그저 어둠 속에서 조용히 기다리는 것뿐이었다.

　"어릴 적에 어머니가 들려주신 노래를 함께 불러 봅시다."

　라오관이 말했다. 그는 키가 어찌나 컸던지, 천장에 머리를 찧지 않도록 허리를 구부정하니 굽히고 컴컴한 선창을 돌아다니며, 동료들 한 명 한 명의 손을 잡아 주었다. 아픈 사람, 건강한 사람 가리지 않고.

　"지금 우리 곁에는 가족이 없소. 그러니 관우님께서 유비님과 장비님과 함께 복숭아밭에서 보여 주신 모범을 따릅시다. 우리 서로에게 형제가 되어 줍시다."

　선창의 텁텁한 공기 속에서 사람들은 어릴 적에 들었던 별 뜻 없는 자장가를 불렀고, 그들의 목소리는 시원한 산들바람처럼 흘러 퍼져 병자들의 몸을 식혀 잠들게 해 주었다.

　아침이 되자 기침 소리는 더 들리지 않았다. 병자들 가운데 몇 명은 관만 한 침상에서 뻣뻣하게 굳은 모습으로 발견되었다. 다리를 굽혀 몸에 붙이고 있는, 잠든 아기 같은 모습으로.

　"바다로 던져 버려." 선장이 말했다. "저놈들의 뱃삯은 남은 너희가 대신 치러야 할 거다."

라오관의 얼굴은 열에 들뜬 병자들의 얼굴보다 더 붉어졌다. 그는 주검들 옆에 웅크리고 앉아 한 명 한 명의 머리카락을 한 타래씩 잘라서, 각각 봉투에 넣고 조심스레 봉했다.

"이 친구들의 고향 마을에 보내 줄 거요. 혼백이 집으로 가는 길을 못 찾고 바다 위를 떠돌지 않도록."

더러운 시트에 둘둘 말린 채, 주검들은 뱃전 너머로 던져졌다.

마침내 일행은 샌프란시스코에 도착했다. 그들 고향에서는 오래된 금광 산이라는 뜻의 '주진산[舊金山]'이라는 이름으로 알려진 곳이었다. 배에 오른 사람은 60명이었지만, 걸어서 발판을 건너 부두에 발을 디딘 사람은 50명뿐이었다. 남자들은 쨍한 햇살에 눈을 찡그린 채, 가파르고 기복이 심한 언덕땅의 기슭부터 마루까지 줄줄이 늘어선 조그만 집들을 바라보았다. 그들 눈에 보이는 거리는 금으로 덮여 있지 않았고, 부두에 있던 백인 남자들 중 일부는 그들만큼이나 허기지고 지저분해 보였다.

그들 일행은 백인처럼 차려입은 중국인 남자를 따라 차이나타운의 어느 눅눅한 지하실로 향했다. 그 남자는 변발을 하지 않고 머리에 기름을 발라 딱 붙게 빗었는데, 낯선 머릿기름 냄새에 중국 남자들은 재채기가 터졌다.

"이게 너희 고용 계약서다."

백인 흉내를 내는 중국인 남자는 그렇게 말하며 라오관 일행에게 파리 대가리보다 조그마한 글씨가 적힌 종이를 몇 장씩 나누어 주었다.

"이 문서에 따르면," 라오관이 말했다. "우린 중국에서 여기까지 오는 뱃삯의 이자를 당신한테 더 지불하게 되어 있소. 허나 이들의 가족은 이미 모든 재산을 팔아서 배표의 값을 다 치렀소."

"마음에 안 들면 알아서 돌아가든가." 백인 흉내를 내는 중국인 남자는 기다랗게 다듬은 오른손 새끼손가락으로 이를 쑤시며 말했다. "나보고 어쩌라는 거야? 중국 놈들을 바다 건너까지 실어 오려면 비용이 많이 든다고."

"하지만 여기, 우리가 당신한테 빚진 돈이라고 적힌 금액을 다 갚으려면 3년이나 걸리는데, 오는 길에 죽은 자들의 빚까지 우리한테 떠넘겼으니 그보다 더 길어질 것 아니오."

"그러니까 친구들이 아프지 않게 잘 보살피지 그랬어." 백인인 척하는 중국인이 회중시계를 꺼내어 힐긋 보았다. "빨리 서명이나 해. 난 바쁜 사람이야."

이튿날, 그들은 짐마차에 빼곡히 실려 내륙으로 향했다. 그들이 마침내 짐짝처럼 내려진 산속의 천막촌은 무수히 많은 천막으로 이루어진 도시처럼 널따랬다. 그 천막촌 한쪽으로 눈길 닿는 곳까지 뻗어나간 철로가 보였다. 반대쪽의 산에는 중국인 남자들이 삽과 곡괭이를 들고 개미 떼처럼 바글바글 움직이고 있었다.

밤이 되자 야영지의 중국인 남자들은 모닥불을 피우고 새로 도착한 후배들을 위해 잔치를 열어 주었다.

"먹어, 먹어." 선배들이 후배들에게 말했다. "양껏 먹어."

중국인들은 뭐가 더 맛있는지 알 수가 없었다. 허기진 배를 채워 주는 음식인지, 오랜만에 듣는 고향 말인지.

후배들은 선배들이 '위스키'라고 부르는 술이 든 병을 서로에게 돌리며 나누어 마셨다. 목구멍이 얼얼할 정도로 센 위스키는 모두가 나누어 마셔도 충분할 만큼 많이 있었다. 술을 다 마시고 나서 선배들은 천막촌 끝자락에 있는 커다란 천막에 같이 가지 않겠냐고 물었다. 그 천막 바깥의 장대에는 붉은 비단 스카프와 여자 신발 한 켤레가 대롱거렸다.

"너희 운 좋은 줄 알아." 나이가 좀 있는 축인 싼룽이라는 사내가 부루퉁하게 구시렁거렸다. "난 월요일에 애니한테 돈을 다 써버렸어. 이제 일주일을 더 기다려야 된다고."

"외상으로 해 줄 텐데, 뭐." 다른 선배가 말했다. "그 대신 오늘은 애니가 아니라 샐리를 만나야 되겠지만."

싼룽은 헤벌쭉 웃으며 일어나 동료들을 따라갔다.

"여긴 정말 천국이네요." 그렇게 말한 아옌은 아직 어린애티도 못 벗은 청년이었다. "이 사람들 돈 펑펑 쓰는 것 좀 보세요! 품삯을 많이 받는 게 틀림없어요, 그래서 일찌감치 빚을 다 갚고 가족들한테 보낼 돈도 모으고, 이렇게 재미나게 사는 걸 거예요."

라오관은 고개를 저으며 수염을 쓰다듬었다. 그는 꺼져 가는 모닥불 곁에 앉아 파이프 담배를 피우며, 비단 스카프와 여자 신발이 걸린 천막을 서글픈 눈으로 바라보았다. 그 천막의 불빛은 밤이 깊도록 꺼지지 않았다.

일은 고됐다. 그들은 눈앞의 산을 뚫어 철로가 지날 길을 만들어야 했다. 산은 그들의 곡괭이와 끌 앞에서 좀처럼 후퇴할 기미가 보이지 않았기에, 어깨와 팔의 뼈가 저릴 때까지 쉬지 않고 두들겨야 했다. 옮겨야 할 산이 어찌나 많았던지 꼭 나무 숟가락으로 황궁의 쇠문을 뚫고 들어가려 애를 쓰는 것만 같았다. 그러는 동안 내내 백인 십장은 더 빨리 움직이라고 고래고래 소리를 질렀고, 잠깐 앉아 쉬려는 중국인 인부가 보이면 거침없이 채찍과 주먹을 휘둘렀다.

나날의 진척이 너무나 더뎠기에 인부들은 아침이면 일을 시작하기도 전에 이미 지치고 말았다. 그들의 사기는 바닥이었다. 한 명 또 한 명 연장을 놓는 사람이 나타났다. 산이 인간을 패배시켰던 것이다. 백인 십장들은 길길이 날뛰며 일을 시작하라고 채찍을 휘둘렀지만, 중국인 남자들은 슬쩍 피하기만 할 뿐이었다.

라오관은 골짜기 한쪽에 있던 바위 위로 훌쩍 뛰어올랐다. 모두가 그를 우러러볼 수 있도록.

"차오니마!" 라오관은 그렇게 외치고 산을 향해 침을 뱉었다. "차오니마!"

그러고는 백인 십장을 보며 빙그레 웃었다.

골짜기는 중국인 남자들의 웃음소리로 떠나갈 듯했다. 그들은 라오관의 구호를 하나둘 따라 외쳤다.

"차오니마! 차오니마!"

그들은 웃는 얼굴로 그 구호를 외치며 백인 십장을 손짓으로 가리켰다. 뭐가 뭔지 몰랐던 백인 십장들도 함께 외쳤다. 그렇게 하면 중국 놈들이 좋아할 것 같아서였다. 다시 연장을 든 중국인 남자들은 구호의 박자에 맞추어 분노와 복수심을 퍼부으면서 산을 부수기 시작했다. 그들이 그날 오후에 나아간 거리는 그 전 일주일 치와 맞먹었다.

"빌어먹을 노란 원숭이 놈들." 현장 감독이 중얼거렸다. "그래도 마음만 먹으면 일은 확실하게 한다니까. 저것들 지금 뭐라고 노래하는 거야?"

"누가 알겠습니까?" 십장들은 고개를 절레절레 흔들었다. "저흰 저것들이 쓰는 피진 잉글리시는 한마디도 못 알아듣는데요. 무슨 노동요 같습니다."

"가서 이 길에다 '차니머 고개'라는 이름을 붙일 거라고 말해 줘. 그럼

저 원숭이들은 기차를 타고 여길 지나는 사람은 누구나 자기네 노랠 떠올릴 거란 생각에 더 열심히 일할 거다.”

중국인 남자들은 그날 하루 치 일을 다 마치고 나서도 계속 그 구호를 외쳤다.

“차오니마[操你妈]!”

백인 십장을 향해 외치면서, 전에 없이 환한 함박웃음을 지으며, 그들은 속으로 중얼거렸다. ‘예라, 이 니미럴 놈아!’

주말이 되자 중국인들은 급료를 받았다.

“약속한 돈이랑 액수가 다른데.” 라오관이 경리에게 말했다. “이건 내 품삯의 절반도 안 되지 않소.”

“식대랑 천막 사용료를 제한 돈이야. 원한다면 내역을 보여 줄게, 네가 그렇게 큰 숫자를 계산할 수 있다면 말이지만.” 경리는 라오관에게 책상 앞에서 비키라고 손짓했다.

“다음!”

“저자들은 항상 이런 식인가?” 라오관이 싼룽에게 물었다.

“아, 그럼. 전부터 쭉 이런 식이었지. 식대랑 숙박비로 제하는 돈은 올해에만 세 번이나 인상됐어.”

“하지만 이런 식이면 돌아갈 때 챙겨 갈 목돈을 만들기는커녕 빚도 영영 못 갚을 거 아닌가.”

“뭐 뾰족한 수가 있나?” 싼룽은 낸들 알겠냐는 듯이 어깨를 으쓱했다. “반경 80킬로미터 안에는 음식을 살 곳이 없는데. 우리 빚은 어차피 못 갚는 돈이야. 저놈들은 누가 빚을 다 갚을 만큼 돈을 모은 것 같다 싶으면 바로 이자를 올려 버리거든. 우리가 할 수 있는 거라곤 그저 주는 만큼 받아서 술 마시고 도박하고, 애니랑 다른 여자들한테 다 퍼붓는 것뿐이야. 취해서 곯아떨어지면 아무 걱정도 못 하니까 말이지."

"그러니까 놈들이 우리한테 사기를 친다, 이거군. 처음부터 다 함정이었어."

"어이, 지금 와서 울고불고 해 봐야 늦었어. 진산[金山]에 금이 굴러다닌다는 말을 멍청하게 믿어 버린 대가라고. 이런 꼴을 당해도 싸지."

라오관은 천막촌을 돌아다니며 남자들을 불러 한자리에 모았다. 그에게는 계획이 있었다. 다 같이 달아나서 산속으로 숨었다가 샌프란시스코로 돌아가는 계획이었다.

"이 땅에서 돈을 벌려면 영어를 익히고 미국이라는 나라가 돌아가는 방식을 배우는 수밖에 없소. 여기 눌러 있으면 우리는 백인의 장부에 차곡차곡 적히는 빚 말고는 아무것도 없는 노예 신세일 뿐이오."

라오관은 한 명 한 명의 눈을 보며 말했다. 그의 덩치가 어찌나 컸던지, 다른 남자들은 그와 눈을 마주치는 것조차 피했다.

"하지만 그랬다간 계약을 어기고 빚을 안 갚는 셈이 되는데요." 아옌의 말이었다. "그건 고향의 가족과 조상님들께 폐를 끼치는 짓이에요. 약속을 어기다니, 중국인답지 않다고요."

"우린 저들한테 진 빚의 스무 배가 넘는 돈을 이미 치렀다. 저들이 우리를 정직하게 대하지 않는데 우리가 왜 저들한테 신의를 지킨단 말이냐? 이곳은 사기꾼들의 땅이다. 그렇다면 우리도 미국인들만큼 사기에 능해지는 수밖에 없다."

남자들은 쉽사리 마음을 정하지 못했다. 라오관은 그들에게 해우(解憂) 공주 이야기를 들려주었다. 한나라 공주였던 해우의 이름은 '슬픔을 삭이는 사람'이라는 뜻이었다.

해우는 무제(武帝)의 명에 따라 중원에서 수천 리 떨어진 서역 초원의 오랑캐 왕에게 시집을 갔소. 한나라는 오랑캐에게서 튼튼한 전마를 사들여야 국경을 방어할 수 있었기 때문이오.

'내 보배 같은 딸아.' 무제는 편지에 이렇게 적었소. '네가 고향을 그리워한다는 소식을 들었다. 네가 이국땅의 오랑캐가 먹는 거친 날고기를 차마 먹지 못하고, 들소와 곰의 털가죽이 깔린 침상에서 잠을 이루지 못해 고생한다고 하더구나. 비단처럼 곱던 네 살결이 사막의 모래바람에 거칠어지고, 한때는 달처럼 밝았던 네 눈이 겨울의 매서운 추위에 흐려졌다는 말도 들었다. 네가 고향이 그리워 울다 지쳐 잠든다는 말도. 만약 그중 어느 하나라도 사실이라면 내게 편지를 써라. 그리하면 제국의 모든 군대를 보내어 너를 고향으로 데려올 것이다. 딸아, 네가 괴로워한다고 생각하니 견딜 수가 없구나. 너는 이 늙은 아비의 빛이자 영혼의 위안이다.'

'아버지이자 황상(皇上)이신 폐하.' 해우 공주는 답장에 그렇게 적었소. '들으신 소식은 모두 사실입니다. 하오나 소녀에게는 소녀의 본분이 있고, 황상께는 황상의 본분이 있습니다. 제국이 흉노의 침략에 맞서 국경을 지키려면 튼튼한 말이 필요합니다. 딸이 슬퍼한다는 이유로 어찌 백성에게 오랑캐의 발굽 아래 죽고 다치는 위험을 감수하라 하겠습니까? 황상께서는 제게 어울리는 이름을 지어 주셨습니다. 저는 제 이름대로 슬픔을 삭이고, 새 고향에서 행복을 찾고자 합니다. 거친 고기는 우유와 함께 요리하는 법을 배우고, 따가운 잠자리에서는 부드러운 잠옷을 입고 잘 것입니다. 얼굴은 망사로 가려 모래바람을 막고, 추운 겨울에는 남편과 나란히 말을 달려 몸을 덥힐 것입니다. 저는 이제 이국땅에 있으니 이국인들의 방식을 배워야 마땅합니다. 저는 오랑캐의 일원이 됨으로써 진정한 중국인이 되고자 합니다. 저는 두 번 다시 중국으로 돌아가지 못할 테지만, 그래도 아버지께 영광을 안겨 드릴 것입니다.'

"무제의 딸이라 한들 가녀린 여성이었던 해우 공주가 보인 지혜와 용기를 우리가 따라하지 못할 이유가 뭐요? 우리가 진정으로 조상과 가족에게 영광을 돌리고자 한다면, 우리는 먼저 미국인이 되어야 하오."

"하늘이 우리를 어떻게 보겠어?" 싼룽이 물었다. "자네 말대로 하면 우린 범죄자가 되는 거잖아. 그건 하늘의 뜻을 거스르는 짓 아니야? 우리가 다 부자가 될 팔자를 타고난 건 아니라고, 뼈 빠지게 일하면서 굶주리는 팔자도 있어. 지금 누리는 것만 해도 감지덕지."

"관우님도 한때는 죄인이지 않았소? 하늘은 운명을 제 손으로 개척하는 자에게만 웃음을 보인다는 것이 관우님의 가르침 아니오? 우리에게는 산을 뚫어 길을 내는 팔 힘이 있고, 이야기와 웃음만으로 버티며 대양을 건너는 지혜가 있소. 그런 우리가 대관절 무엇 때문에 고분고분 고개를 숙이고 남은 평생을 빈털터리로 살아야 한단 말이오?"

"하지만 도망가서 더 잘 살 거라는 보장이 어디 있어요?" 아옌이 물었다. "그러다 붙잡히면요? 산적들한테 습격이라도 당하면 어떡해요? 불이 밝혀진 이 천막촌을 떠나서 캄캄한 저 바깥으로 나갔다가 더 고생만 하고 위험만 겪으면 어떡할 건데요?"

"바깥에서 무슨 일을 겪을지는 나도 모른다. 인생은 모름지기 실험이니까. 하지만 눈을 감을 때가 되면 우리는 알 것이다. 우리 삶을 마음대로 휘두른 것은 누구도 아닌 우리 자신이었음을, 우리가 거둔 승리도 우리가 저지른 실수도 온전히 우리 자신의 것이었음을."

라오관은 팔을 쭉 뻗어 가없이 펼쳐진 지평선을 가리켰다. 기다란 구름이 서쪽 하늘을 나지막이 덮고 있었다.

"이곳의 땅은 고향의 냄새가 나지 않지만, 하늘만은 내가 본 그 어디의 하늘보다 더 넓고도 높소. 나는 날마다 세상에 있는 줄도 몰랐던 것들의 이름을 익히고, 내가 할 수 있는 줄도 몰랐던 엄청난 일을 해내고 있소. 우리가 힘닿는 데까지 올라가 스스로 새 이름을 거머쥐는 것을 두려워할 이유가 뭐요?"

미약한 불빛 속에 서 있는 라오관은 남자들의 눈에 나무처럼 커다랗게 보였고, 길고 가느다란 눈은 화톳불처럼 벌건 얼굴에서 보석처럼 반짝였다. 중국인 남자들의 가슴은 아직 이름을 모르는 어떤 것에 대한 결의와 갈망으로 순식간에 부풀어 올랐다.

"당신들도 느꼈소? 가슴에 치밀어 오르는 그것을, 당신들도 느끼고 있소? 머리가 어질어질한 그 느낌을? 그건 위스키의 맛이오. 그것이 바로 미국의 참맛이오. 술에 취해 곯아떨어진 건 실수였소. 우리는 술에 취해 싸워야 하오."

고국 땅에서는 가난한 사람도 맛보는
소박하고 안온한 즐거움을 버리고
이국 하늘 아래 성공하여 누릴 거친 기쁨을 택했다는 말.

대대로 살아온 집의 따뜻한 난롯가와
조상들이 묻힌 들녘을 떠나 왔다는,
다시 말해 산 자와 죽은 자를 모두 버리고
행운을 좇아 떠나 왔다는 말……
미국인들에게는 그런 말이 최상의 칭찬이다.
— 알렉시스 드 토크빌

닭 피의 맹세

아이다호시티 관악대는 로건의 끈질긴 요청에 따라 「피네건의
경야」를 연주했다.

"이 정도로 시끄러워서는 턱도 없소. 중국에서는 탐욕스러운 악
귀를 쫓으려고 온 마을 아이들이 종일 폭죽을 터뜨린단 말이오. 지
금 우리가 가진 폭죽은 몇 시간 터뜨리면 끝이오. 악귀를 쫓으려면
여러분이 젖 먹던 힘까지 다하는 수밖에 없소."

팥소가 든 찰떡과 매콤한 고기만두로 배가 꽉 찬 관악대 주자들
은 맡겨진 임무에 신명나게 착수했다. 그들은 독립기념일에도 그렇
게 기운차게 연주하지는 않았다.

중국인들의 설날 잔치를 둘러싼 소문은 모두 사실이었다. 아이들
의 주머니는 사탕과 짤그랑거리는 동전으로 가득했고, 마을의 어른
남녀는 눈앞에 펼쳐진 성찬을 즐기며 웃음이 그치지 않았다. 끝날
줄 모르고 폭발하는 폭죽과 관악대가 연주하는 음악 때문에 이야기

를 나누려면 서로에게 소리를 질러야 했다.

다른 여성들과 함께 채소밭에 있던 엘지가 잭의 눈에 띄었다. 뒷마당에는 함께 모여 음식을 먹는 손님들이 몸을 녹이도록 모닥불이 피워져 있었다.

"참 놀랄 노 자로군. 당신이 만두를 세 개나 먹는 거 내가 다 봤어. 중국인들이 만든 음식에는 손도 안 댈 줄 알았는데."

"새디어스 시버." 엘지의 목소리는 추상같았다. "어쩌다 그런 허튼 생각을 품었는지 알 수가 없군요. 이웃이 문을 열고 파티에 와서 함께 먹자고 초대하는데 당신 말처럼 행동하는 건 결코 크리스천이 할 짓이 아니에요. 모르는 사람이 들으면 여기 이교도는 당신 혼자인 줄 알겠어요."

"그래야 내 마누라지. 그나저나 이젠 당신도 나를 잭이라고 부를 때가 된 것 같지 않아? 남들은 다 그러는데."

"그건 일단 저기 있는 편강을 먹으면서 좀 생각해 볼게요." 엘지는 그렇게 말하고는 깔깔 웃었고, 잭은 아이다호시티로 이사 온 후 그 웃음소리가 얼마나 듣고 싶었던지 문득 깨달았다.

"근데 당신, 내 첫사랑이었던 남자애 이름이 잭인 거 알아요?"

그 말에 주위의 여성들은 박장대소했고, 잭도 따라서 웃었다.

관악대의 연주가 느닷없이 멈췄다. 사람들은 하나둘 입을 다물고 문 쪽을 바라보았다. 문간에 개스킨스 보안관이 서 있었다. 무슨 사과할 일이 있는지 겸연쩍은 표정이었다.

"미안하네, 친구들. 나도 이러고 싶진 않았어." 보안관은 한쪽 구석에 있는 아옌을 발견하고 손짓을 했다. "다음에 세금 걷으러 갈 땐 절대 안 속을 거야."

"그 얘기는 나중에 하셔도 되잖아요, 보안관님. 오늘은 즐거운 잔 칫날이라고요."

"안 그래도 나중에 할 거야. 오늘은 공무를 집행하러 왔어."

로건이 안으로 들어서자 사람들은 둘로 갈라져 길을 터 주었다. 로건이 보안관과 정면으로 마주 보고 서기 전, 웬 남자가 보안관 뒤쪽에 슬쩍 나타났다가 쏜살 같이 다시 사라졌다.

"오비가 자네를 살인죄로 고발했네. 난 자넬 체포하러 왔어."

펜실베이니아주 목터틀에서 어린 시절을 보내는 동안, 에밋 헤이워스는 나중에 커서 로키산맥 깊은 곳에 처박혀 판사 노릇을 할 거라고는 꿈에도 생각지 못했다.

에밋은 필라델피아에서 은행가로 일하다가 은퇴하고 조용한 전원생활을 즐기던 자기 아버지와 마찬가지로 뚱뚱한 남자였다. 스무 살이 되기 전까지 에밋의 가장 큰 자랑거리는 파이 많이 먹기 대회의 카운티 결승전에서 3년 연속 우승을 차지한 것이었다. 에밋은 크게 성공할 인물은 절대 아니라는 평을 들었다. 열심히 노력하지 않아도 충분히 먹고살 만한, 그러면서도 큰 사고를 치기에는 충분하지 않은 재산을 물려받을 예정이기 때문이었다. 모두가 에밋을 좋아했다. 누가 '헤이워스 나리'라고 불러 주면 기꺼이 술을 한잔 샀기 때문이었다.

그러다가 남북 전쟁이 터졌다. 그리고 그 무렵에는 아직 모두가 남부 반란군이 석 달도 못 버티고 종이호랑이처럼 찌부러질 거라고 믿었다. 에밋은 혼자서 중얼거렸다. '한번 해 보지, 뭐. 내 평생 뉴올리언스에 가 볼 기회는 이번뿐일 테니까.' 그리하여 에밋은 아버지의 돈으로 병력을 모아 연대를 조직했고, 하루아침에 북부 연방 육군의 에밋 헤이워스 대령이 되었다.

에밋은 군 생활에 의외로 잘 적응했다. 말 위에서 생활하며 식사를 양껏 못하다 보니 몸은 점점 날씬해졌지만, 활발한 성격은 결코 어두워지지 않았다. 어찌된 영문인지 에밋의 연대는 신문 1면을 장식하는 처절한 대전투를 번번이 피해 갔고, 그 덕분에 여느 부대보다 사상자가 적었다. 부하들은 운 좋은 연대장에게 감사했다.

"아아, 내가 남자가 아니라 여자였다면." 에밋 연대의 병사들은 그렇게 노래했다. "헤이워스 대령님하고 결혼할 텐데. 손은 점잖고 말은 명랑한 우리 대령님. 그분이 우릴 뉴올리언스까지 데려가실 거야."

에밋은 부하들이 부르는 노래를 들으면 껄껄 웃었다.

그들은 실제로 뉴올리언스에 진군했지만, 그때는 이미 이름난 유흥가의 면모가 많이 바랜 후였다. 전쟁이 끝나면서 에밋은 부상도 훈장도 없이 무사히 종전을 맞았다.

"뭐, 나쁘지 않았어. 이 정도면 괜찮은 거지."

그러던 어느 날, 만나서 할 말이 있으니 워싱턴으로 오라는 링컨 대통령의 명령서가 날아왔다.

에밋은 링컨의 키가 생각보다 훨씬 더 컸다는 것만 빼면 그날의 만남이 어땠는지 거의 기억나지 않았다. 둘은 악수를 했고, 뒤이어 링컨이 아이다호 지역의 상황을 설명하기 시작했다.

"미주리주를 떠난 남부 민주당의 잔당이 아이다호 준주의 광산 지대로 몰려들고 있소. 그곳에는 에밋 대령 같은 사람이 필요하오. 용기와 충성과 대의에 헌신하는 자세를 보여 준 대령 같은 사람이."

에밋은 '사람 잘못 보셨는데요'라는 생각밖에 떠오르지 않았다.

알고 보니 모든 문제의 근원은 에밋의 부하들이 농담 삼아 부른 그 노래였다. 그 노래는 다른 연대에서도 인기를 끌면서 북부군이 진군하는 곳마다 널리 퍼졌다. 이 부대에서 저 부대로 전해지는 사이에 새 가사가 덧붙었고, 에밋 헤이워스가 누군지도 모르는 병사들이 용맹과 희생정신을 그의 공으로 찬양했다. 헤이워스 대령은 남북 전쟁의 불씨를 지핀 존 브라운만큼이나 유명해졌다.

어쨌거나 에밋 헤이워스는 모든 재산을 정리하여 아이다호 준주의 보이시로 떠났다. 에밋이 아이다호 준주의 지사가 자신을 그 지역 판사로 임명한 것을 안 때는 보이시에 도착한 후였다.

잭 시버는 책상 너머에 앉아 있는 에밋 헤이워스 판사의 거대한 몸집을 바라보았다. 판사는 점심식사인 닭튀김 한 접시를 열심히 해치우는 중이었다. 아무래도 판사는 한창 발전하는 아이다호 준주에서 편한 삶을 보내는 모양이었다. 통처럼 불룩한 가슴과 밀가루 포대처럼 축 처진 배, 닭 뼈에 붙은 맛난 고기를 부지런히 발라 먹느라 이마에서 줄줄 흐르는 땀을 보면 알 수 있었다.

소문에 따르면 판사는 전쟁 영웅이었다. 잭 시버는 그런 자들을 잘 알았다. 아버지 재산으로 편히 사는 데에 익숙한 자들, 그런 주제에 보급선 관리 같은 편한 보직을 사서 조그마한 공까지 박박 긁어모아 모든 것이 북부 연합과 하느님의 영광 덕분이라고 떠들다가, 약삭빠르게 이런 한직에 취임하는 자들이었다. 잭 시버 같은 병사들이 진흙탕에서 총알을 피하고 동상에 발가락이 잘리는 고생을 하는 동안에. 잭은 이를 악 물었다. 속에 품은 경멸을 드러내기에는 때도 장소도 적당치 않았기 때문이었다. 그렇게 하는 대신, 잭은 동부에 살 적에 장인의 청을 거절하지 않고 법률 공부를 했더라면 얼마나 좋았을까 하는 생각을 곱씹었다.

"그나저나 그 닭 피 어쩌고 하는 얘기는 뭐요?" 에밋이 물었다.

"말도 안 됩니다." 오비가 말했다. "전 못합니다. 애초에 그 중국놈한테 왜 말할 기회를 주시는 겁니까? 캘리포니아주에서는 이런 식으로 안 하던데요."

"그건 당신이 선택할 일이 아닙니다."

에밋 헤이워스 판사가 말했다. 판사도 처음에는 그 중국인 남자가 하겠다는 의식이 그리 탐탁지 않았지만, 잭 시버는 무척이나 설득에 능한 사람이었다. 만약 변호사가 되기로 마음먹었다면 이 일대의 변호사들 정도는 가볍게 찜 쪄 먹을 수준이었다.

"캘리포니아에선 중국인이 법정에서 증언할 수 없다는 이유로 백인의 말만 듣고 판결하는지 몰라도, 여긴 캘리포니아가 아닙니다. 피고인은 공평무사한 재판을 받을 권리가 있어요. 게다가 피고인이 우리 관습에 따라 성서에 손을 얹고 선서하겠다고 동의한 이상, 당신도 그들의 오랜 전통에 나와 있는 방식대로 증인 선서를 해야 공평하다 할 수 있습니다."

"미개한 짓이잖습니까!"

"그럴지도. 하지만 안 하겠다면 나로서는 배심원단에 무죄 평결을 지시하는 수밖에 없습니다."

오비는 나직이 욕을 중얼거렸다.

"알겠습니다."

오비는 판사에게 대답하고 법정 반대편에 있는 로건을 바라보았다. 눈이 어찌나 증오로 활활 타올랐던지, 얼굴이 평소보다 더 쥐를 닮은 것처럼 보였다.

호명을 받은 아옌이 증인석으로 나왔다. 왼손에는 발목을 붙잡힌 채 버둥거리는 암탉을 들고 있었고, 오른손에는 작은 그릇을 들고 있었다.

아옌은 오비 앞에 그릇을 내려놓았다. 그런 다음 허리띠에 차고 있던 칼을 꺼내어 암탉의 목을 능숙하게 땄다. 피가 그릇에 후드득 떨어지는가 싶더니 닭이 마침내 발버둥을 멈추었다.

"빠짐없이 다 적셔질 만큼 깊이 그릇에 손을 담그세요."

아옌이 말했다. 오비는 내키지 않는 표정으로 그 말을 따랐다. 손이 너무 심하게 떨려서 그릇이 나무 탁자에 부딪혀 덜그럭거리는 소리가 났다.

"이제 로건의 손을 잡고 눈을 똑바로 마주 보면서 진실만 말하겠다고 선서하세요."

로건은 개스킨스 보안관의 호위를 받으며 증인석에 들어섰다. 손발에 수갑과 족쇄를 찬 탓에 시간이 조금 걸렸다.

오비를 내려다보는 로건의 핏빛 얼굴은 주름 한 줄 한 줄에 경멸이 드러나 있었다. 로건은 수갑 찬 양손을 닭 피가 든 그릇에 담가 꼼꼼하게 적셨다. 손을 꺼낸 후에는 뚝뚝 듣는 피를 살짝 털고 오른손을 활짝 펴 오비에게 내밀었다. 이제 손도 얼굴과 같은 색이었다.

오비는 망설였다.

"자." 헤이워스 판사의 목소리에 짜증이 묻어났다. "시작하세요. 그 사람과 악수하는 겁니다."

"판사님." 오비는 재판장석을 향해 돌아섰다. "이건 속임수입니다. 제가 악수하면 이자는 제 손을 부러뜨릴 겁니다."

법정 안은 웃음바다가 되었다.

"아니, 안 그럴 겁니다." 판사는 웃음을 참으며 말했다. "혹시라도 그런 짓을 하면 제 손으로 직접 태형을 집행하겠습니다."

오비는 조심스레 로건의 손을 향해 자기 손을 내밀었다. 시선은 두 손 사이의 점점 좁아지는 간격에 못 박혀 있었다. 마치 그 간격에 자기 목숨이 달리기라도 한 양. 오비는 숨도 쉬지 못했고, 그의 손은 격렬하게 떨렸다.

로건은 한 걸음 나서서 오비의 손을 잡고는, 나지막이 으르렁거렸다.

오비는 뜨거운 부지깽이에 찔린 사람처럼 꽥 소리를 질렀다. 그러고는 미친 듯이 뒤로 물러나서 로건의 손에 닿은 자기 손을 빼냈다. 오비의 바짓가랑이에 짙은 얼룩이 천천히 번져 나갔다. 잠시 후, 고약한 배설물 냄새가 보안관과 판사의 코를 찔렀다.

"저는 이 사람의 손을 잡지도 않았습니다." 로건은 양손을 쳐들었다. 닭 피가 칠해진 오른손 손바닥에는 오비의 손자국이 보이지 않았다.

"정숙하십시오, 정숙!"

헤이워스 판사는 법봉을 두드렸다. 그러다가 이내 포기하고 별꼴을 다 본다는 듯이 고개를 저었다.

"데리고 나가서 좀 씻기세요." 판사는 웃음을 참으며 개스킨스 보안관에게 지시했다. "이제 그만 좀 웃으십시오. 그, 음, 법 집행관으로서 어울리지 않습니다. 그리고 그 닭은 나한테 주세요, 그래도 되겠죠? 멀쩡한 닭을 낭비하면 안 되니까요."

"그냥 사실만 있는 그대로 얘기하면 돼요. 아빠가 저한테 그러셨어요. 하나도 어렵지 않아요."

"법이란 우스꽝스러운 거다. 너도 내 이야기를 듣지 않았느냐."

"여기선 그런 식으로 안 할 거예요. 절 믿으세요."

그날 일찍, 릴리는 배심원단에게 중국인들의 사금 채취장에서 목격한 바를 증언했다.

법정 방청석의 앞줄에 앉아 있던 오스캔런 부인은 재판장석 옆의 증인석에 들어서는 릴리를 보고 빙그레 웃었다. 릴리는 그 웃음을 보고 용기가 솟는 느낌이 들었다.

배심원석에 앉은 남자들의 표정은 엄숙하고 무덤덤했다. 릴리는 그들을 보고 슬며시 겁이 났다. 그러나 릴리는 속으로 그저 이야기를 하는 것뿐이라고 스스로를 타일렀다. 로건이 이야기를 들려주었던 것과 똑같은 방식으로. 다른 점이 있다면 사실 그대로 이야기해야 하므로 아무것도 지어낼 필요가 없다는 것뿐이었다.

이야기를 다 마치고 나서, 릴리는 사람들이 자기 말을 믿었을지 확신이 서지 않았다. 그러나 오스캔런 부인을 비롯한 방청객들은 릴리의 증언을 다 듣고 나서 박수를 쳐 주었고, 그 덕분에 릴리는 기분이 흐뭇했다. 판사가 법봉을 몇 번 두드려 방청객을 조용히 시킨 후에도 흐뭇한 기분은 여전했다.

하지만 지금은 로건에게 그 이야기를 할 때가 아니었다.

"사람들은 당연히 아저씨 말을 믿을 거예요. 사건을 목격한 사람이 엄청 많잖아요."

"하지만 너 한 명을 빼면 다들 하찮은 중국인일 뿐이다."

"왜 그런 말을 하세요?" 릴리는 화가 났다. "전 오비가 하는 거짓말을 믿을 바엔 차라리 중국인이 될 거예요."

그 말에 로건은 웃음을 터뜨렸지만, 재빨리 진지한 표정으로 돌아갔다.

"미안하다, 릴리. 나만큼 나이를 먹은 사람도 가끔은 냉소에 빠질 때가 있는 법이다."

둘은 한동안 말없이 각자의 생각에 잠겨 있었다.

잠시 후, 릴리가 먼저 침묵을 깨뜨렸다.

"석방되면 중국에 돌아가지 않고 여기 머무실 건가요?"

"난 집에 갈 거다."

"아."

"하지만 셋집에 계속 사는 것보단 내 집을 갖고 싶구나. 집을 짓겠다고 하면 네 아버지가 도와줄 것 같으냐?"

릴리는 무슨 말인지 몰라서 로건을 말똥말똥 쳐다보았다.

"여기가 내 집이다." 로건은 빙그레 웃으며 릴리를 마주 보았다. "나는 여기서 마침내 세상의 모든 맛을 찾았다. 그 모든 단맛과 쓴맛, 위스키 맛과 고량주 맛, 거칠고 아름다운 남자들과 여자들, 그들이 지닌 야성의 흥분과 불안, 아직 사람의 손을 타지 않은 대지의 평화와 고독…… 한마디로 말해 정신을 고양시키는 짜릿한 맛, 그게 바로 미국의 맛이다."

릴리는 기쁨의 비명을 지르고 싶었지만, 섣부른 희망을 품고 싶지는 않았다. 아직은, 아니었다. 로건은 이튿날 배심원단 앞에서 진술해야 할 처지였다.

그러나 한편으로는, 아직 이야기를 들을 시간이 하룻밤 더 남아 있었다.

"이야기 하나만 들려주실래요?"

"좋지. 하지만 앞으로는 중국인으로 살던 시절의 이야기는 그만해야 할 것 같다. 이제부턴 내가 어떻게 미국인이 되었는지에 관해 이야기해 주마."

지치고 수척한 중국인 남자 한 무리가 아이다호시티에 나타났을 때, 그들의 어깨에는 우스꽝스럽게 생긴 대나무 멜대가……

에필로그

1800년대 후반에 중국인은 아이다호 준주의 인구에서 큰 비중을 차지했다.* 그들은 광부나 요리사, 세탁부, 정원사로서 공동체를 이루고 활발하게 일하며 광산촌의 백인 사회에 순조롭게 동화되었다. 거의 모두 돈을 벌러 미국에 건너온 남성이었다.**

중국인 다수가 미국에 정착하여 미국인이 되기로 마음먹었을 무렵, 반(反)중국인 정서가 미국의 서쪽 절반을 휩쓸었다. 1882년에 제정된 '중국인 배제법(Chinese Exclusion Act)'을 필두로 연방법과 개별 주법(州法), 일련의 법원 판결 등을 통하여 중국인 남성이 중국에서 미국으로 신붓감을 데려오는 일이 금지되었고, 나중에는 중국인이라면 남녀 가릴 것 없이 미국에 입국하는 길이 막히기에 이르렀다. 백인과 중국인의 인종 간 혼인은 법적으로 허가받지 못했다. 그 결과 아이다호 광산 지대의 중국인 독신 남성 공동체는 점점 축소되다가, 결국에는 제2차 세계 대전 기간 중에 배제법이 폐지되는 것을 보지 못하고 모두 사망하고 말았다.

오늘날까지도 아이다호주의 몇몇 광산촌에서는 그들 사회의 일부였던 중국인들의 존재를 기리며 중국식 설날을 축하하고 있다.

---

* 1870년 아이다호 인구의 28.5퍼센트는 중국계였다.

** 이른바 '골드러시' 시대에 아이다호에 거주한 중국인의 역사에 관해서는 다음의 책을 참조하면 좋다. 주리핑(Zhu, Liping), 『중국인 남자의 기회: 로키산맥 광산 지대의 중국인들(A Chinaman's Chance: The Chinese on the Rocky Mountain Mining Frontier)』(볼더: 콜로라도 대학교 출판부, 1997).

Memories of My Mother

내 어머니의 기억

열 살

아빠가 현관에서 나를 맞아 주었다. 불안한 표정으로.

"에이미, 누가 왔는지 보렴."

아빠가 옆으로 물러섰다.

엄마는 우리 집 여기저기에 걸려 있는 사진 속의 엄마와 똑같았다. 검은 머리카락, 갈색 눈, 곱고 창백한 피부. 그런데도 낯선 사람처럼 느껴졌다.

나는 책가방을 내려놓고는, 어쩔 줄을 몰라 주뼛거렸다. 엄마는 내게로 걸어와 허리를 숙이고 나를 끌어안았다. 처음에는 살짝, 그러다가 꼭. 엄마한테서 병원 냄새가 났다.

아빠는 의사들이 엄마의 병을 고칠 방법을 못 찾았다고 했다. 그래서 앞으로 2년밖에 못 산다고.

"정말 많이 컸구나."

목에 닿는 엄마의 숨결은 따뜻했고, 간질거렸고, 그래서 불쑥, 나도 엄마를 꼭 끌어안았다.

엄마가 나한테 주려고 가져온 선물이 있었다. 너무 작은 드레스, 너무 오래된 책들, 엄마가 타고 온 로켓의 모형이었다.

"나는 되게 오랫동안 우주여행을 했어. 우주선은 속도가 너무 빨라서, 그 안에서는 시간이 천천히 흐른단다. 고작 석 달밖에 안 지난 것 같은 느낌이야."

엄마는 그렇게 말했다. 아빠가 전에 다 설명해 준 이야기였다. 엄마가 시간을 속이는 방법이 바로 그거라고 했다. 엄마한테 남은 시간인 2년을 길게 늘여서, 내가 자라는 모습을 보려고. 하지만 엄마의 말을 막지는 않았다. 엄마 목소리가 듣기 좋아서.

"네가 뭘 좋아할지 몰라서 그만."

엄마는 내 주위에 널린 선물들을 보며 부끄러워했다. 내가 아닌 다른 아이, 엄마 마음속의 딸한테 줄 선물들이었다.

내가 진짜 갖고 싶었던 건 기타였다. 하지만 아빠는 나한테 기타가 너무 이르다고 했다.

내가 조금 더 나이가 많았다면 엄마한테 말했을 것이다. 괜찮다고, 엄마가 준 선물들이 마음에 쏙 든다고. 하지만 그때의 나는 아직 거짓말이 서툴렀다.

나는 엄마한테 집에 언제까지 있을 거냐고 물었다.

엄마는 그 질문에 답하지 않고 이렇게 말했다.

"오늘은 밤새 같이 놀자. 아빠가 하지 말라고 한 것들, 엄마랑 같이 다 하는 거야."

엄마는 나를 데리고 나가서 기타를 사 주었다. 나는 이튿날 아침

일곱 시가 돼서야 엄마 무릎에서 잠들었다. 정말이지 꿈같은 밤이었다.

일어나 보니 엄마는 이미 떠나고 없었다.

열일곱 살

"오면 누가 반갑다고 할 줄 알았어?"

나는 엄마의 면전에서 방문을 쾅 닫았다.

"에이미!"

아빠가 방문을 다시 열었다. 아직 스물다섯 살인 엄마, 지금도 가족사진 속의 그 여자와 똑같이 생긴 엄마가 아빠 곁에 나란히 서 있으니, 아빠가 얼마나 늙었는지 더럭 실감이 났다.

아빠는 내가 속옷에 묻은 피를 처음 보고 머릿속이 하얘지도록 겁에 질렸을 때 나를 달래 준 사람이었다. 얼굴이 빨개져서는, 가게 점원에게 나한테 맞는 브래지어를 좀 골라 달라고 더듬더듬 말한 사람도 아빠였다. 내가 소리를 지르며 대들 때 꿋꿋이 서서 나를 안아 준 사람도.

엄마라고 해서 7년마다 한 번씩 찾아와 내 인생을 휘저어 놓을 권리가 있는 건 아니잖아. 신데렐라 이야기에 나오는 요정 대모도 아니고.

나중에, 엄마가 다시 내 방 문을 노크했다. 나는 침대에 가만히 누운 채 대꾸하지 않았다. 엄마는 아랑곳하지 않고 들어왔다. 집에 오려고 몇 광년을 건너뛴 사람이었으니, 어차피 합판으로 만든 문짝 하나가 막을 수는 없는 노릇이었다. 나를 보려고 억지로 들어오는 엄마가 좋으면서도 싫었다. 내 마음은 뒤죽박죽이었다.

"드레스가 참 예쁘네."

엄마가 말했다. 방문 안쪽에 졸업 무도회에서 입을 내 드레스가 걸려 있었다. 드레스는 내가 저금한 돈 절반을 털어서 사야 했을 만큼 예뻤지만, 허리 쪽이 그만 찢어지고 말았다.

한참 후에, 나는 침대에서 몸을 돌려 일어나 앉았다. 엄마는 내 의자에 앉아 바느질을 하고 있었다. 자기가 입은 은색 드레스를 기타 모양으로 한 조각 잘라서 내 드레스의 찢어진 자리에 대고 깁는 중이었다. 완벽하게 잘 어울렸다.

"네 외할머니는 내가 어릴 때 돌아가셨어. 난 엄마가 어떤 분이셨는지 알 기회가 없었지. 그래서 나는 다른 방법을 찾기로 했던 거야. 내가…… 앞으로 어떻게 될지 알았을 때."

엄마를 끌어안는 기분은 묘했다. 내 언니라고 해도 좋을 나이였으니까.

서른여덟 살

엄마와 나는 공원에 나란히 앉았다. 아직 아기인 내 딸 데비는 유아차에 누워 자고 있었고, 아들 애덤은 다른 남자아이들과 정글짐에서 신나게 소리를 지르며 놀고 있었다.

"스콧하고는 만나 보지도 못했네." 엄마의 목소리에서 미안한 기색이 묻어났다. "지난번에 들렀을 때 네가 사귀던 사람이었잖아. 너 대학원 다닐 때."

좋은 사람이었어요. 하마터면 그렇게 말할 뻔했다. 그냥 서로 멀어진 것뿐이에요. 말하기가 어렵지는 않았을 것이다. 모두에게 오랫동안 했던 거짓말이었으니까. 나 자신도 포함해서.

하지만 이제는 거짓말도 지긋지긋했다.

"나쁜 놈이었어요. 그냥, 그걸 인정하기까지 몇 년이 걸렸죠."

"사랑에 빠졌을 때 사람들은 이상한 짓을 하곤 하지."

엄마는 겨우 스물여섯 살이었다. 그 나이였을 때에는 나도 온갖 희망에 가슴이 부풀어 있었다. 엄마는 내가 살아온 삶을 정말로 이해했을까?

엄마는 내게 아빠의 마지막 나날이 어땠는지 물었다. 나는 아빠가 편안하게 가셨다고 대답했다. 사실은 그렇지 않았는데도. 주름살은 엄마 얼굴보다 내 얼굴에 더 많았기에, 나는 엄마를 지켜 주어야 한다는 생각이 들었다.

"우리 슬픈 얘기는 그만하자."

엄마가 말했다. 나는 금세 방긋 웃는 엄마를 보며 화가 났지만, 한편으로는 엄마가 곁에 있어서 기뻤다. 내 마음은 뒤죽박죽이었다.

그래서 우리는 아기에 관해 이야기했다. 그렇게 어두워질 때까지 애덤과 아이들이 노는 모습을 지켜보았다.

여든 살

"애덤?"

내가 묻는다. 요즘은 휠체어 바퀴를 돌리기도 힘들고, 눈앞은 다

뿌옇게 보이기만 한다. 애덤이 왔을 리가 없는데. 그 애는 얼마 전에 태어난 아기 때문에 정신없이 바쁘니까. 그럼 혹시 데비? 하지만 데 비는 절대로 나를 찾아오지 않는데.

"나야."

엄마는 그렇게 말하며 내 앞에 쭈그려 앉는다. 나는 눈을 찡그리고 자세히 본다. 엄마는 지금도 예전 모습 그대로이다.

하지만 완전히 똑같지는 않다. 약품 냄새가 여느 때보다 훨씬 더 강하게 풍기고, 나를 잡은 손은 떨리는 느낌이 든다.

"여행을 한 지 얼마나 됐어요?" 내가 묻는다. "처음 떠났을 때부터 계산해서."

"2년이 넘었어. 이번엔 다시 돌아가지 않을 거야."

그 말을 들으니 슬프지만, 한편으로는 기쁘기도 하다. 내 마음은 뒤죽박죽이다.

"떠난 보람이 있었나요?"

"난 다른 엄마들보다는 너를 지켜볼 시간이 적었지만, 그래도 한편으로는 훨씬 오래 볼 수 있었어."

엄마는 내 휠체어 옆에 의자를 갖다 놓고 앉고, 나는 엄마 어깨에 머리를 기댄다. 그렇게 잠에 빠져들면서, 나는 어린아이로 돌아간 것만 같다. 눈을 떠 보면 엄마가 곁에 있을 테니까.

옮긴이의 말

2018년 11월에 발간된 『종이 동물원』은 여러 신문과 인터넷 서점의 '올해의 책' 목록에 이름을 올리며 켄 리우라는 작가를 처음으로 한국에 알렸다. 그로부터 약 1년 반이 흐른 지금까지 중쇄를 거듭하며 사랑받는 그 책은 작가 켄 리우의 성격을 가장 잘 보여 주는 이야기 열네 편을 담고 있다. 프로그래머이자 변호사, 번역가, 소설가인 리우가 자신의 경험과 지식과 기술을 한껏 담아 써 내려간 기기묘묘한 이야기들을 읽으며 한국의 독자들은 저마다 다른 이야기를 최고로 꼽았고, 같은 이야기에서도 다른 지점에 감동했다. 이처럼 다양한 감상에 비슷하게 나타나는 점들을 한 문장으로 표현하면 다음과 같다. '언뜻 보면 서로 어울리지 않는 역사와 언어, 기술이라는 요소를 SF와 판타지를 넘나들며 짧지만 여운이 긴 이야기로 직조하는 탁월한 이야기꾼.'

이제껏 책으로 엮인 적이 없는(그러므로 '원서'가 존재하지 않는) 켄 리우의 중단편 소설 열두 편을 엮어 만든 이 책 『어딘가 상상도 못 할 곳에, 수많은 순록 떼가』는 이전 단편집과 달리 느슨하게나마 수록작들을 하나로 묶는 주제가 존재하는데, 다름 아닌 '초월'이다. 수록작 가운데 굳이 나누자면 SF로 분류될 이야기들은 육체라는 존재양식만이 아니라 시공마저도 초월한 인간의 모습을 보여 준다. 그초월을 이룬 후에도 소중하게 간직하는 것이야말로 인간이라는 종의 본성이라고, 아마도 작가는 말하는 듯하다.

한편 판타지로 분류될 이야기들은 역사라는 굴레를 딛고 넘으려하는 인간 개개인의 모습을 보여 준다. 먼저 도착한 이들이 나중에도착한 이들을 배척하는 땅, 그 땅에서 '나라 세우기'에 엄연히 한몫을 떠맡았으면서도 역사책에서 지워지고 배제된 사람들의 이야기를 2020년 여름에 읽는 것은 아마도 각별한 독서 경험일 것이다.

이상은 순전히 옮긴이의 공상이자 이미 만들어진 책에 덧붙이는짧막한 설명일 뿐, 지은이가 의도한 바는 결코 아니다. 이야기 짓기와 읽기는 오로지 또 마땅히 지은이와 읽는 이 사이에서만 이루어져야 할 가장 인간다운 활동으로서, 거기에 옮긴이가 끼어 앉을 자리는 없다. 지은이는 이 신비한 공동 작업을 다음과 같이 설명한다.

독자들은 제가 책에 쓴 단어 하나하나를 저마다 다른 방식으로 해석할 겁니다. 왜냐면 독자 한 명 한 명이 자기만의 이야기보따리와 자기만의 해석 틀, 자기만의 상처, 자기만의 정서적 공명점을 지닌 채로 책을 펼친 다음, 제가 쓴 글을 읽고 완전히 다른 세상을 쌓아올릴 테니까요. 이로써 완성된 결과물은 사실 절반만 제 것이고, 절반은 독자의 것입니다.*

그러므로 이번 단편집이 끝이 아니라 켄 리우의 단편 열한 편을 묶은『신들은 죽임당하지 않을 것이다』와 얼마 전 미국에서 발간된 최신 단편집『은낭전(The Hidden Girl and Other Stories)』, 장편 판타지 시리즈 '민들레 왕조 연대기'의 2부인『폭풍의 벽(The Wall of Storm)』 또한 그리 머지않은 미래에 선보이리라는 전언을 끝으로, 옮긴이는 이만 물러나고자 한다. 판권 계약부터 조판, 편집, 디자인, 제작, 마케팅에 이르기까지, 책이 완성되는 과정에서 애써 주신 모든 출판 노동자께 지은이를 대신하여 감사드리며.

2020년 6월

장성주

---

* 웹진《게르니카》에 실린 2020년 5월 20일자 인터뷰(「*We get to define the stories we want to be told about us*」)에서 인용(*https://www.guernicamag.com/miscellaneous-files-ken-liu/*).

수록작 발표 지면

- 호(弧):《더 매거진 오브 판타지 앤드 사이언스 픽션(The Magazine of Fantasy & Science Fiction)》, 2012년 9/10월호.
- 심신오행(心神五行):《라이트스피드(Lightspeed)》, 2012년 1월 24일.
- 매듭 묶기:《클락스월드(Clarkesworld)》, 2011년 1월.
- 사랑의 알고리즘:《스트레인지 호라이즌스(Strange Horizons)》, 2004년 7월.
- 카르타고의 장미: 오슨 스콧 카드, 키스 올렉사 편, 『꿈과 기적의 제국: 포보스 SF 단편선집 제1권(Empire of Dreams and Miracles: The Phobos Science Fiction Anthology (v. 1))』, 2002년.
- 만조(滿潮):《데일리 사이언스 픽션(Daily Science Fiction), 2012년 11월 1일.
- 뒤에 남은 사람들:《클락스월드(Clarkesworld)》, 2011년 10월 1일.
- 곁:《언캐니(Uncanny)》, 2014년 11/12월호.
- 어딘가 상상도 못할 곳에, 수많은 순록 떼가:《더 매거진 오브 판타지 앤드 사이언스 픽션(The Magazine of Fantasy & Science Fiction), 2011년 5/6월호.
- 달을 향하여:《파이어사이드(Fireside)》 1호, 2012년 4월 17일.
- 모든 맛을 한 그릇에 ― 군신 관우의 아메리카 정착기:
  《기가노토소러스(GigaNotoSaurus)》, 2012년 2월(이후 미국판 『종이 동물원』에 수록).
- 내 어머니의 기억:《데일리 사이언스 픽션(Daily Science Fiction)》, 2012년 3월 19일.

어딘가 상상도 못 할 곳에, 수많은 순록 떼가

1판 1쇄 펴냄 2020년 7월 2일
1판 10쇄 펴냄 2023년 7월 18일

지은이 | 켄 리우
옮긴이 | 장성주
발행인 | 박근섭
편집인 | 김준혁
펴낸곳 | 황금가지

출판등록 | 2009. 10. 8 (제2009-000273호)
주소 | 06027 서울 강남구 도산대로 1길 62 강남출판문화센터 5층
전화 | 영업부 515-2000 **편집부** 3446-8774 **팩시밀리** 515-2007
홈페이지 | www.goldenbough.co.kr

도서 파본 등의 이유로 반송이 필요할 경우에는 구매처에서 교환하시고
출판사 교환이 필요할 경우에는 아래 주소로 반송 사유를 적어 도서와 함께 보내주세요.
06027 서울 강남구 도산대로 1길 62 강남출판문화센터 6층 민음인 마케팅부

㈜민음인은 민음사 출판 그룹의 자회사입니다.
황금가지는 ㈜민음인의 픽션 전문 출간 브랜드입니다.

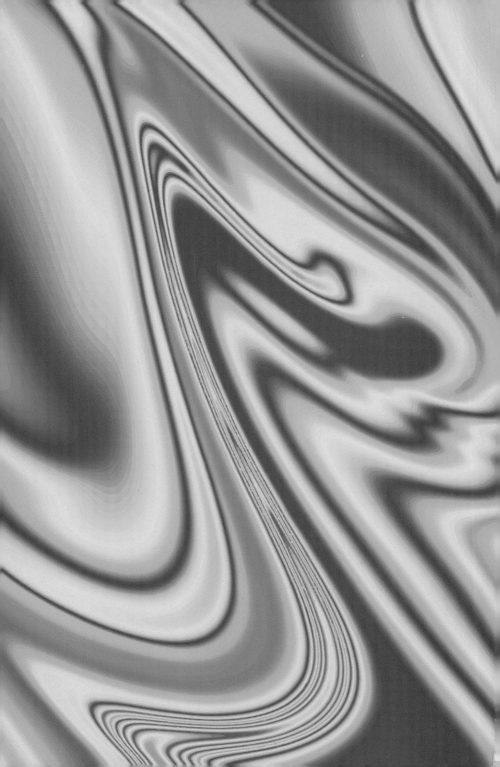